KB217770

한위육조시선

漢魏六朝詩選

한중역대한시선 ❶

漢魏六朝詩選

한위육조시선

기태완 선역

보고사

머리말

　한시는 『시경』과 『초사』에서 발원하여 한(漢)·위(魏)·육조(六朝)를 거치면서 여러 형식의 고시가 갖추어지고 당나라에 이르러 정형시인 근체시가 완성되었다. 이후 고시와 근체시는 한시의 두 산맥으로서 상호보완관계를 이루며 창작되었다.

　우리나라와 중국의 역대에 걸쳐 고시는 한시의 원류로 인식되어 중시되었는데, 특히 한·위·육조의 시는 고시의 전범으로서 더욱 중시되었다. 우리나라의 경우 고려 때까지는 고시의 선집으로서 『문선(文選)』과 같은 책을 참고하다가 조선초에 이르러 『풍소궤범(風騷軌範)』과 같은 독자적인 고시선집을 펴내기도 하였다. 이는 성현(成俔)이 한위(漢魏)에서 명초(明初)에 이르는 중국 역대의 고시를 선발하여 펴낸 것이다. 무려 3096제(題)의 방대한 고시를 46권 14책으로 성종 15년(1484)에 펴낸 것이다. 이후 이이(李珥)가 1573년에 펴낸 중국시선집인 『정언묘선(精言妙選)』 또한 약간의 근체시가 섞여 있기는 하지만 주로 한위에서 당나라 때까지의 고시를 선발해 놓고 있음을 볼 수 있다.

　아무튼 이이와 같은 도학파(道學派)를 중심으로 한 일부 문인들의 고시에 대한 선호의식은 뿌리깊은 것으로서 조선후기까지 한 풍조를 이루었다. 따라서 고시의 창작 또한 조선후기까지 활발하였다. 그런데 고시의 창작에는 항상 한·위·육조의 시가 그 전범으로 작용하였다. 그러므로 역대의 고시를 연구하고 감상하는 데에는 한·위·육조의 시에 대한 전반적인 이해가 선행되어야 함이 당연할 것이다. 그런데 아직까지 한· 위·육조의 시를 소개하는 마땅한 우리말 서적이 없는 것이 우리의 현실이다.

이 『한위육조시선』은 도서출판 보고사에서 기획한 한국과 중국의 '역대한시선(歷代漢詩選)' 중의 한 책으로 펴내게 된 것이다. 한·위·육조의 중요작품 3백여 수를 선발하여 역주하고, 한국과 중국 역대의 평설(評說) 약간을 붙여 연구와 감상에 도움이 되고자 하였다. 시의 선발은 『한위육조시삼백수』(강서각(姜書閣)·강일파(姜逸波) 선주, 악록서사(岳麓書社), 1992)를 대체로 따랐는데 약간의 첨삭을 가하였다.

번역은 직역을 원칙으로 하였으나 간혹 의역을 한 곳도 있다. 시의 제목에 있어서 역대에 걸쳐 반복된 악부시의 제목 등은 우리말로 풀지 않고 그대로 두었다. 다만 긴 산문으로 된 제목이나 악부시 외의 몇몇 시에 한하여 우리말로 풀었다. 후인의 위작으로 지목된 작품들의 경우는 주석에서 이를 밝히고 그 작가의 이름은 그대로 두었다.

끝으로 역주에 참고한 역대의 여러 주석가들에게 감사를 올린다. 또한 책의 간행에 애써준 보고사의 여러분께도 감사드린다.

2005년 8월 정취재(情趣齋)에서 기태완

차 례

한시 漢詩

항적 項籍

항적(기원전232-기원전202). 자는 우(羽), 혹은 자우(子羽). 하상(下相: 지금의 江蘇省 宿遷縣 서쪽) 사람. 전국말(戰國末) 초(楚)나라 장군 항연(項燕)의 손자. 진(秦)나라 이세(二世) 원년(기원전207)에 진승(陳勝)이 군대를 일으키자, 항적은 숙부 항량(項梁)을 따라 군사를 일으켜 향응(響應)하였음. 2년 후 진나라 주력군을 깨뜨리고 진나라가 망한 이듬해(기원전206)에 항적은 스스로 서초패왕(西楚覇王)이 되어 팽성(彭城)에 도읍하였음. 이때 항적은 한왕(韓王) 유방(劉邦)과 천하를 다투고 있었는데, 항적은 한나라 군을 여러 번 패배시켰으나 최후 일전이 된 해하(垓下: 지금의 安徽省 靈璧縣 동남쪽)에서 크게 패하여 도리어 포위된 채 대세를 만회할 수 없게 되었다. 한밤중에 사방에서 한나라 군이 부르는 초가(楚歌)를 듣고 항적은 놀라서 장막에서 일어나 애첩 우희(虞姬)를 대하고 강개한 비가(悲歌)를 불렀다. 후인들은 이 비가를 〈해하가(垓下歌)〉라고 불렀다. 그 비가를 들은 우희가 해하성에서 자결하자 항적은 탈출하여 조국 강동(江東)으로 건너가는 나루 오강정(吳江亭)에 이르렀으나 권토중래를 포기하고 그 역시 자결하고 말았다.

해하가 垓下歌[1]

力拔山兮氣蓋世	힘은 산을 뽑고 기개는 세상을 뒤덮는데
時不利兮騅不逝[2]	시운이 불리하여 추마는 전진하지 못한다
騅不逝兮可奈何	추마가 전진하지 못하니 이를 어찌할까?
虞兮虞兮奈若何[3]	우희여 우희여 그대를 어찌할꼬!

주석 ᘓᕉ

1) 〈해하가(垓下歌)〉: 본래 한(漢)나라 사마천(司馬遷)의 『사기(史記)·항우본기(項羽本紀)』에 실려 있었는데, 송(宋)나라 곽무천(郭茂倩)의 『악부시집(樂府詩集)』에 〈역발산조(力拔山操)〉라는 이름으로 채록되었음. 후대의 여러 선집에는 〈해하가〉라는 이름이 보통이다.

2) 騅(추): 털빛이 청백색으로 알록달록한 말. 逝(서): 떠나가다. 이 구절은 전세가 불리하여 추마에 올라 적의 포위망을 뚫을 수 없다는 의미임.

3) 虞(우): 우희(虞姬). 항적의 애첩. 우미인(虞美人)이라고도 함. 若(약): 이인칭대명사. 우희를 지칭함. 『고시원(古詩苑)』 등에 〈해하가〉에 화답하였다는 우희의 노래 〈답항왕초가(答項王楚歌)〉 "漢兵已略地, 四面楚歌聲. 大王意氣盡. 賤妾何聊生."이 실려 있음.

평설 ᘓᕉ

• 전문(田雯) 『고환당집(古歡堂集)』 권21, 「잡저(雜著)」: "〈대풍가(大風歌)〉는 격(格)이 높은데 유방에게서 나왔고, 〈해하가〉는 운(韻)이 예스러운데 항우에게서 나왔다."

• 『고악원(古樂苑)』: "『진사(塵史)』에서 이르기를 「왕득인(王得仁)이 칠언

(七言)은 〈해하가〉와 〈백량편(柏梁篇)〉에서 비롯되었으므로 이를 조(祖)로 삼아야 한다」고 하였다."

- 서정경(徐禎卿) 『담예록(談藝錄)』: "〈해하가〉는 유리(流離)에서 나왔고, 〈자두시(煮豆詩)〉는 초솔(草率)에서 이루어졌다. 시어[命詞]가 강개하고 모두 기공(奇工)하다. 이는 곧 심정(深情)과 소기(素氣)가 격동하여 말을 이룬 것으로서 시의 권례(權例)이다. 전하는 말에 「질행(疾行)에는 좋은 자취[善迹]가 없다」고 하였다. 이는 곧 예가(藝家)의 항론(恒論)이다."

- 호응린(胡應麟) 『시수(詩藪)』 내편(內篇) 권3 : "항왕(項王)은 독서를 좋아하지 않았으나 〈해하〉 한 노래는 말이 몹시 비장하다. 「우혜(虞兮)」는 절로 본색(本色)이다. 굴자(屈子: 屈原)는 택반(澤畔)에서 외롭게 읊조릴 때 오히려 미인이나 공자(公子)에다 기탁(寄託)하였지만, 항우는 실정(實情)과 실사(實事)를 모사(模寫)하였으니 어찌 불만이 되겠는가? 송인(宋人)들은 도리(道理)로써 시를 말하기 때문에 종종 이와 같이 유려(謬戾)하다."

유방 劉邦

유방(기원전256-기원전195), 서한(西漢)을 창건한 한고조(漢高祖). 자는
계(季)이고 패(沛: 지금의 江蘇省 沛縣) 사람. 진(秦)나라 때 사상정장(泗
上亭長)을 지냄. 진나라 이세(二世) 원년(기원전209)에 진섭(秦涉)이 기의
(起義)하자, 유방은 군사를 일으켜 호응하고 패공(沛公)이라 자칭하였다.
항우와 함께 진나라 군을 격파하고, 기원전 206년 함양(咸陽)으로 쳐들어
가서 진나라를 멸망시켰다. 항우는 그를 한왕(漢王)으로 봉하고 파촉(巴
蜀)과 한중(漢中)의 땅을 다스리게 하였다. 이로부터 5년 동안 항우와 천
하를 다투다 마침내 기원전 202년 항우를 멸망시키고 전국을 통일하여 한
나라를 건립하였다.

대풍가 大風歌[1]

大風起兮雲揚飛　　큰바람 일어나니 구름 날리도다
威加海內兮歸故鄉[2]　천하에 위엄 떨치고 고향으로 돌아왔도다
安得猛士兮守四方　어디에서 맹사를 얻어 사방을 지킬거나!

주석 ⌒

1) 대풍가(大風歌): 고제(高帝) 12년(기원전195) 겨울, 유방은 영포(英布: 鯨布)
를 평정하고 돌아온 후 패현(沛縣)에 들러 패궁(沛宮)에 술자리를 벌리고 고
인(故人), 부로(父老), 자제 등과 함께 술을 마셨다. 술이 거나해지자 유방은
축(筑)을 치며 스스로 이 〈삼후장(三侯章)〉을 불렀는데, 후세에 〈대풍가〉라
고 불리었다. 또 〈맹사가(猛士歌)〉로 불리기도 한다. 이 노래는 『사기·고조
본기(高祖本紀)』에 처음 실렸던 것인데, 『악부시집』에는 〈대풍기(大風起)〉
로 되어 있다.

2) 海內(해내): 사해(四海)의 안, 즉 중국 전역. 당시 사람들은 중국 전역이 사방
에 바다로 둘러싸여 있다고 여겼음.

평설 ⌒

• 정도전(鄭道傳) 『삼봉집(三峰集)』 권11, 「경제문감별집(經濟文鑑別集)」상 : "또
한 〈대풍〉 한 노래는 기세가 호방하고 힘이 웅대한데 비록 4백년 오랜
기간에 국세(國勢)를 떨칠 수 있었으나 패심(覇心)이 남아 있어서 삼대
(三代)의 성왕(聖王)들을 따를 수 없었다. 애석하다!"

• 이육(李陸) 『청파집(靑坡集)』 권2, 「풍월정시집서(風月亭詩集序)」: "『삼백편』
이래 시법이 서로 승강하였다. 〈역수가(易水歌)〉·〈대풍가〉·〈하량가

(河梁歌)〉·〈백량편(栢梁篇)〉은『삼백편』의 유음(遺音)이 아니나 웅심
(雄深) 아정(雅正)한 기상이 있다.”

- 이수광(李睟光)『지봉유설(芝峯類說)』권10 : “한고조의 〈대풍가〉는「큰바
  람 일어나니 구름 날리도다」라고 하였고, 무제(武帝)의 〈추풍사(秋風
  辭)〉는「가을바람 일어나니 흰 구름 날리도다」라고 하였다. 〈대풍가〉
  는「어디에서 맹사를 얻어 사방을 지킬거나」라고 하였고, 〈추풍사〉는
  「가인(佳人)을 생각하니 잊을 수가 없다」라고 하였다. 그 말은 같으나
  생각하는 바는 같지 않다. 또한 〈대풍가〉의 끝은 위험을 잊지 않겠다
  는 뜻이 있다. 그러나 〈추풍사〉의 말구「소장(少壯)이 얼마일 것인가
  늙음을 어찌하리」에는 생을 탐하고 늙음을 한탄하는 뜻이 있으니, 고
  조와 무제의 기상이 어떠한지를 알 수 있다.”

- 갈립방(葛立方)『운어양추(韻語陽秋)』권19 : “고조(高祖)의 〈대풍가〉는 비
  록 33자에 불과하지만 지기(志氣)가 강개하고 규모(規模)가 굉원(宏遠)
  하여 늠름하게 이미 4백년 기업(基業)의 기상을 지녔다.『사기·악서
  (樂書)』에는 이것을 〈삼후장〉이라 하였다. 패(沛)에서 종묘에 사시(四
  時) 가무(歌舞)를 올리게 한 것은 대개 후대의 자손들이 그 조상의 창업
  에 대한 근면을 알고 수성(守成)에 태만하지 않도록 하고자 한 것이다.”

- 왕세정(王世貞)『예원치원(藝苑卮言)』권2 : “〈해하가〉에서 진정 ‘우혜(虞
  兮)’를 불만으로 여길 필요가 없다. 비장하고 오열하여 〈대풍가〉와 더
  불어 각자 제왕의 흥쇠(興衰)의 기상을 묘사하였다.”

- 사진(謝榛)『사명시화(四溟詩話)』권1 : “한고제(漢高帝)는 〈대풍가〉에서「어
  디에서 맹사를 얻어 사방을 지킬거나!」라고 하였는데, 후에 곧 공신들을
  살육하였다.”

- 이동양(李東陽)『녹당시화(麓堂詩話)』: “고가사(古歌辭)는 간원(簡遠)함을

귀하게 여기는데, 〈대풍가〉는 다만 3구이고, 〈역수가〉는 다만 2구이지만 감격 비장하여 말은 짧지만 의미는 더욱 길다."

* 호응린(胡應麟) 『시수(詩藪)』 내편 권1 : "한(漢)나라 시와 문부(文賦)는 모두 지극한 데 이르렀으나 다만 소(騷)만이 미치지 못하였다. 그러나 〈대풍〉의 장엄함과 〈소산(小山)〉의 기이함은 천고에 관절(冠絕)하니 그러므로 많은 것에 달려있지 않다."

* 호응린 『시수』 내편 권3 : "〈대풍가〉는 천추의 기개(氣槪)의 조(祖)이고, 〈추풍사〉는 백대의 정치(情致)의 종(宗)이다. 비록 사어(詞語)는 짧지만[寂寥] 의상(意象)은 끝이 없다."

유철 劉徹

유철(기원전156-기원전87), 즉 한무제(漢武帝)이다. 경제(景帝) 계(啓)의 아들. 기원전 140년에서 기원전 87년까지 54년 동안 재위하였다. 무제는 재위 기간 동안 대내적으로는 정치와 경제적 기반을 공고히 하고 문화를 발전시켰다. 대외적으로는 북쪽의 흉노를 격파하고, 서역과 교류하였고, 남쪽의 진(滇)·검(黔)·월(粵)·계(桂)를 복종시켰다. 그는 또한 문예를 좋아하였는데 특히 사부(辭賦)를 더욱 좋아하였다. 무제는 일찍이 하동(河東)으로 행차하여 후토(后土)에 제사지낸 후 군신들과 연희를 즐기면서 즐거움이 극진하자 스스로 〈추풍사(秋風辭)〉를 지었다고 한다.

추풍사 秋風辭

秋風起兮白雲飛	가을바람 일어나니 흰 구름 날리도다
草木黃落兮雁南歸	초목이 누렇게 잎이 지니 기러기 남으로 돌아오네
蘭有秀兮菊有芳[1]	난은 꽃피고 국화는 향기로운데
懷佳人兮不能忘	가인을 생각하니 잊을 수가 없네
泛樓船兮濟汾河[2]	누선을 띄워 분하를 건너는데
橫中流兮揚素波	중류를 가로지르며 흰 파도를 일으키네
簫鼓鳴兮發棹歌[3]	피리 북소리 울리고 뱃노래 부르는데
歡樂極兮哀情多	환락이 지극하니 슬픈 정이 많네
少壯幾時兮奈老何	젊음이 얼마나 갈 것인가 늙음을 어찌하리

주석 ⌒ゞ

1) 秀(수): 초목의 꽃이 핀 것.

2) 樓船(누선): 선창이 층을 이룬 큰 배. 한나라 때는 주로 전선(戰船)을 지칭하
   였으나 후대에는 보통 유람선을 말함. 汾河(분하): 천(川)의 이름. 산서성(山
   西省) 영무현(寧武縣) 관잠산(管涔山)에서 흘러나와 영하현(榮河縣) 북쪽을
   지나 황하로 흘러든다.

3) 棹歌(도가): 뱃노래.

평설 ⌒ゞ

● 심덕잠(沈德潛) 『고시원(古詩源)』: "초사(楚辭)의 유향(遺響)이다. 문중자
   (文中子)가 이르기를 「즐거움이 극에 이르면 슬픔이 일어난다」고 하였
   다. 아마 회심(悔心)의 맹아(萌芽)이었던가?"

이연년 李延年

이연년(?-기원전87), 중산(中山: 하북성 定縣) 사람. 한무제 때의 음악가. 한무제의 총회(寵姬) 이부인(李夫人)의 오빠. 한무제가 악부(樂府)를 세우고 그를 협률도위(協律都尉)에 임명하였음.

북방유가인 北方有佳人

北方有佳人	북방에 가인이 있으니
絶世而獨立	세상에서 제일의 미모 홀로 빼어났네
一顧傾人城	한 번 돌아보면 성을 기울게 하고
再顧傾人國	거듭 돌아보면 나라를 기울게 하네
寧不知傾城與傾國	성과 나라를 기울게 됨을 어찌 모르겠는가만
佳人難再得	가인은 다시 얻기 어렵도다

주석 ⌒

1) 〈북방유가인(北方有佳人)〉: 원래 제목이 없었으나 후인들이 제목을 붙인 것임. 심덕잠의 『고시원』에는 〈가일수(歌一首)〉로 되어 있음. 『漢書·外戚傳』: "李延年性知音, 善歌舞, 武帝愛之. 延年侍上, 起舞, 歌曰云云, 上嘆息曰:「世豈有此人乎」平陽主因言延年有女弟. 上召見之, 實妙麗善舞, 由是得幸."

유세군 劉細君

유세군(생졸년 미상), 한무제 때의 사람. 강도왕(江都王) 유건(劉建)의 딸. 무제 원봉(元封: 기원전110-기원전105) 연간에 무제는 오손(烏孫: 지금의 新疆省 伊犁河 上流)과 연합하여 흉노를 물리치려 하였다. 이에 유세군을 공주로 삼아 오손국왕 곤막(昆莫)에게 시집을 보냈다. 그래서 유세군을 강도공주 및 오손공주라고 부른다. 곤막은 연로하고 언어가 서로 통하지 않아서 공주는 슬퍼하며 〈비수가(悲愁歌)〉를 지어 불렀다고 한다.

비수가 悲愁歌

吾家嫁我兮天一方	내 집안에서 하늘 끝으로 나를 시집보내
遠託異國兮烏孫王	이국의 오손왕에게 멀리 의탁하였네
穹廬爲室兮氈爲墻[1]	둥근 지붕의 천막집과 양탄자 담장
以肉爲食兮酪爲漿[2]	고기 음식과 요구르트 음료
居常土思兮心內傷[3]	항상 고향 생각에 마음 상하니
願爲黃鵠兮歸故鄕[4]	황곡이 되어 고향으로 돌아가고 싶네

주석

1) 穹廬(궁려): 원형의 양탄자 천막집.

2) 酪(락): 말, 소, 양, 낙타 등의 젖을 발효시켜 만든 음료. 일종의 요구르트.

3) 居常(거상): 평거(平居). 평상(平常). 土思(토사): 고향생각.

4) 黃鵠(황곡): 천아(天鵝). 깃이 창황색(蒼黃色)의 큰 기러기.

양홍 梁鴻

양홍(생졸년 미상), 동한(東漢) 장제(章帝) 때의 일민(逸民), 자는 백란(伯鸞), 부풍(扶風) 평릉(平陵: 지금의 陝西省 咸陽市 西北) 사람. 어려서 고아가 되어 가난했는데 태학(太學)에서 수업하였고 온갖 서적을 널리 읽었다. 같은 현의 맹씨(孟氏)의 딸 광(光)을 처로 삼았는데 못생겼지만 어질었다. 맹광은 식사를 올릴 때마다 감히 앙시(仰視)하지 못하고 거안제미(擧案齊眉)하였다. 그녀와 함께 패릉(霸陵) 산중에 은거하여 농사와 베짜기를 생업으로 삼았다. 후에 관(關)을 나와 낙양(洛陽)을 지나다가 궁실이 부려(富麗)한 것을 보고 〈오희가(五噫歌)〉를 지어 통치자를 비판하고 백성들의 노고를 한탄하였다. 경제가 보고 불만스럽게 여겨 그를 잡으려고 하였다. 이에 양홍은 성명을 바꾸고 처자와 함께 제(齊)와 노(魯) 지역으로 피하여 살면서 끝내 벼슬에 나가지 않았다.

오희가 五噫歌

陟彼北芒兮, 噫![1]	저 북망산에 올라가니 아!
顧瞻帝京兮, 噫![2]	제경을 둘러보니 아!
宮闕崔嵬兮, 噫![3]	궁궐이 높이 솟았구나 아!
民之劬勞兮, 噫![4]	백성들의 고달픔이여 아!
遼遼未央兮, 噫![5]	끊임없이 이어져 끝이 없구나 아!

주석

1) 北芒(북망): 산 이름. 북망(北邙) 혹은 망산(邙山)이라고도 함. 지금의 하남성 (河南省) 낙양시(洛陽市) 북쪽에 있음. 噫(희): 장탄식(長歎息).

2) 帝京(제경): 동한(東漢)의 도성(都城) 낙양(洛陽)을 말함.

3) 崔嵬(최외): 높이 솟은 모양.

4) 劬勞(구로): 노고(勞苦).

5) 遼遼(요요): 길게 이어짐. 未央(미앙): 끝이 없음. 다하지 않음.

장형 張衡

장형(78-139), 자는 평자(平子), 남양(南陽) 서악(西鄂: 지금의 하남성 남양현 북쪽, 남소현(南召縣) 남쪽) 사람. 박통다식(博通多識)하고, 사부(辭賦)에서 뛰어났을 뿐 아니라 천문(天文)과 역산(曆算)에도 뛰어났음. 천문을 담당하는 태사령(太史令)과 하간상(河間相) 등을 역임하였음. 그의 중요작품으로는 〈이경부(二京賦)〉·〈동경부(東京賦)〉·〈서경부(西京賦)〉·〈귀전부(歸田賦)〉 및 오언시 〈동성가(同聲歌)〉 등이 있음.

사수시 四愁詩

我所思兮在太山[1]   나의 그리움 태산에 있는데

欲往從之梁父艱[2]   그곳에 가고자 하나 양보산이 험하구나

側身東望涕霑翰[3]   몸 돌려 동쪽을 바라보며 붓에 눈물 적시네

美人贈我金錯刀[4]   미인이 나에게 금착도를 주셨는데

何以報之英瓊瑤[5]   무엇으로 보답하랴 영경거일세

路遠莫致倚逍遙[6]   길 멀어 드리지 못하고 소요하며

何爲懷憂心煩勞   어찌 근심 품고 마음 괴로워하는가?

我所思兮在桂林[7]   나의 그리움 계림에 있는데

欲往從之湘水深[8]   그곳에 가고자 하나 상수가 깊구나

側身南望涕霑襟   몸 돌려 남쪽을 바라보며 옷깃에 눈물 적시네

美人贈我金琅玕[9]   미인이 나에게 금낭간을 주셨는데

何以報之雙玉盤   무엇으로 보답하랴 쌍옥반일세

路遠莫致倚惆悵[10]   길 멀어 드리지 못하고 슬퍼하며

何爲懷憂心煩傷   어찌 근심 품고 마음 괴로워하는가?

我所思兮在漢陽[11]   나의 그리움 한양에 있는데

欲往從之隴坂長[12]   그곳에 가고자 하나 농판이 길구나

側身西望涕霑裳   몸 돌려 서쪽을 바라보며 옷에 눈물 적시네

美人贈我貂襜褕[13]   미인이 나에게 초첨유를 주셨는데

何以報之明月珠   무엇으로 보답하랴 명월주일세

路遠莫致倚踟躕[14]   길 멀어 드리지 못하고 주저하며

何爲懷憂心煩紆[15]	어찌 근심 품고 마음 괴로워하는가?
我所思兮在雁門[16]	나의 그리움 안문에 있는데
欲往從之雪紛紛	그곳에 가고자 하나 눈발이 분분하구나
側身北望涕霑巾	몸 돌려 북쪽을 바라보며 수건에 눈물 적시네
美人贈我錦繡段[17]	미인이 나에게 금수단을 주셨는데
何以報之靑玉案[18]	무엇으로 보답하랴 청옥안일세
路遠莫致倚增歎	길 멀어 드리지 못하고 탄식만 더하며
何爲懷憂心煩惌	어찌 근심 품고 마음 괴로워하는가?

주석 ↪

1) 太山(태산): 태산(泰山). 지금의 산동성(山東省) 중부(中部)에 있음. 태산은 당시의 군주를 비유함.

2) 梁父(양보): 양보산(梁甫山). 태산 기슭에 있음. 죽은 사람을 매장한 장소였음. 양보산은 소인(小人)을 비유함.

3) 翰(한): 모필(毛筆). 붓.

4) 美人(미인): 당시의 군주를 말함. 金錯刀(금착도): 금사(金絲) 혹은 금편(金片)으로 칼자루에 무늬를 새겨 넣은 패도(佩刀).

5) 英(영): 영(瑛). 옥 같은 미석(美石) 혹은 옥빛. 瓊瑤(경요): 패옥(佩玉).

6) 倚(의): 의(猗)와 같음. 혜(兮)와 같은 어조사.

7) 桂林(계림): 진(秦)나라 때의 군(郡) 이름. 지금의 광서성(廣西省) 계평현(桂平縣) 서남.

8) 湘水(상수): 광서성 영천현(靈川縣) 동쪽 해양산(海陽山)에서 발원하여 영릉(零陵), 장사(長沙), 악양(岳陽) 등을 거쳐 동정호(洞庭湖)로 흘러드는 물.

9) 金琅玕(금랑간): 금빛 낭간. 낭간은 주옥(珠玉) 같은 미석(美石).

10) 惆悵(추창): 슬퍼함.

11) 漢陽(한양): 군(郡) 이름. 원래 천수군(天水郡)이었는데 한나라 명제(明帝) 때 개명하였음. 지금의 감숙성(甘肅省) 감곡(甘谷) 동남.

12) 隴坂(농판): 농산(隴山). 섬서성, 감숙성, 영하성(寧夏省)에 걸쳐 있음. 지금 의 육반산(六盤山) 남단.

13) 貂襜褕(초첨유): 담비가죽으로 만든 단의(短衣).

14) 踟躕(지주): 배회하며 떠나지 못함.

15) 煩紆(번우): 번민하고 근심함.

16) 雁門(안문): 군(郡) 이름. 지금의 산서성 대현(代縣) 서북.

17) 錦繡段(금수단): 일단(一段)의 금수(錦繡).

18) 靑玉案(청옥안): 푸른 옥으로 장식한 안상(案床).

평설 Ꮔᕗ

• 『문선』권29, 〈사수시〉·서(序) : "당시 천하가 점차 피폐해지고 울울(鬱鬱)하게 뜻을 얻을 수 없어서 〈사수시〉를 지었다. 굴원(屈原)이 미인을 군자(君子)로 삼고, 진보(珍寶)를 인의(仁義)로 삼고, 수심(水深)·설무(雪霧)를 소인(小人)으로 삼고, 도술(道術)로써 보답하려고 했던 것을 생각하고, 당시의 군주(君主)에게 드리고자 했으나 참사(讒邪)로 인하여 통하지 못할 것을 두려워하였다."

• 심덕잠 『고시원(古詩源)』권2 : "마음이 괴롭고 우울하여 저회(低徊)하는 정이 깊어서 풍소(風騷)의 변격(變格)이다."

• 심덕잠 『설시수어(說詩晬語)』권상 : "시에는 천심(淺深)을 사용하지 않고, 변환(變換)을 사용하지 않고, 대략 한두 글자를 바꾸었는데 그 의미가 유연(油然)히 절로 드러나고 반복영탄(反覆詠歎)에서 묘한 것이 있다. 〈부이(芣苢)〉·〈은기뢰(殷其雷)〉이후 장평자(張平子)의 〈사수시〉가 그것을 얻었다."

진가 秦嘉

진가(생졸년 미상), 자는 사회(士會), 농서(隴西: 지금의 감숙성 임조현(臨洮縣) 동남) 사람. 환제(桓帝) 때 본군(本郡) 상계리(上計吏)가 되어 낙양(洛陽)에 부임하였을 때 처 서숙(徐淑)이 병들어 처가에 있었는데 직접 이별하지 못하고 시를 지어보내어 그리운 정을 표하였다.

종영(鍾嶸)의 『시품(詩品)』에서 진가와 서숙을 함께 중품에 넣고 "부처(夫妻)의 일이 이미 상심한데 문(文) 또한 처원(凄怨)하다"고 평하였다.

군(郡)에 머물러 부인에게 주는 시(留郡贈婦詩) 3수

1.

人生譬朝露	인생은 아침이슬과 같으니
居世多屯蹇[1]	세상살이 둔건이 많네
憂艱常早至	근심걱정은 항상 일찍 닥치고
歡會常苦晚	즐거운 만남은 항상 괴롭게 늦네
念當奉時役[2]	명령받은 지금의 임무를 생각하면
去爾日遙遠[3]	그대와의 거리 날로 멀어지네
遣車迎子還[4]	수레 보내어 당신의 귀가를 맞으려 했건만
空往復空返	공연히 갔다가 공연히 돌아왔네
省書情悽愴	편지를 보고 심정이 슬퍼서
臨食不能飯	밥상을 대하고도 먹을 수가 없네
獨坐空房中	빈 방안에 홀로 앉아 있으니
誰與相勸勉	누구와 더불어 서로 권면할 건가
長夜不能眠	긴 밤 동안 잠들 수 없어
伏枕獨展轉	베개에 엎드려 외롭게 몸만 뒤척이네
憂來如循環	근심은 순환되어 오는데
匪席不可卷[5]	돗자리가 아니라서 말아버릴 수도 없네

2.

皇靈無私親[6]	황령은 사사롭게 친애함이 없으니
爲善荷天祿[7]	선을 행하면 하늘의 복을 받는다네
傷我與爾身	슬프구나 나와 당신의 신세

少小罹煢獨[8]	어려서 외로운 처지를 당하였고
旣得結大義	이미 부부의 대의를 맺고도
歡樂苦不足	즐거움 부족함이 괴롭네
念當遠別離	먼 이별을 생각하며
思念敍款曲[9]	그리움 속에 충정을 펴네
河廣無舟梁	하수 넓은데 건널 배와 다리 없고
道近隔丘陸	길 가까운데 구릉으로 막히었네
臨路懷惆悵	길 나서서 슬픔을 머금고
中駕正蹢躅[10]	수레에 올라 진정 머뭇거리네
浮雲起高山	뜬구름은 높은 산에서 오르고
悲風激深谷	슬픈 바람은 깊은 골짜기에서 격렬하네
良馬不回鞍	양마는 되돌아가지 못하고
輕車不轉轂	빠른 수레는 바퀴를 되돌리지 못하네
鍼藥可屢進[11]	침약을 자주 올려야 하건만
愁思難爲數	근심 속에서 헤아릴 수 없구려
貞士篤終始	곧은 선비는 시종을 돈독히 해야 하는데
恩義不可屬[12]	은의에 대한 감사를 표현할 수 없구려

3.

蕭蕭僕夫征[13]	내달리며 마부가 길을 가니
鏘鏘揚和鈴[14]	짤랑짤랑 마차의 방울소리 울려나네
淸晨當引邁[15]	맑은 새벽 길 떠남을 당하여
束帶待鷄鳴	허리띠 묶고 닭 울음 기다리네
顧看空室中	빈 방안을 둘러보며

彷佛想姿形	흡사 그대의 모습 있는 듯 상상하네
一別懷萬恨	한 번의 이별에 만 가지 한을 품으니
起坐爲不寧	일어나 앉아서 편안하지 못하네
何用叙我心	어떻게 내 마음을 펴서
遺思致款誠	내 그리움의 정성을 드릴 수 있나
寶釵好耀首	아름다운 비녀는 머리에서 곱게 빛나고
明鏡可鑒形	밝은 거울은 모습을 비추고
芳香去垢穢	방향은 티끌을 제거하고
素琴有清聲[16]	소금은 맑은 음향 울리고
詩人感木瓜	시인은 주신 모과에 감동하여
乃欲答瑤瓊[17]	곧 요경으로 보답하려 했었는데
愧彼贈我厚	그대가 나에게 준 것이 두터워 부끄러운데
慙此往物輕	이렇게 보내는 것은 가벼워 부끄럽네
雖知未足報	비록 충분한 보답이 아님을 알지만
貴用叙我情	나의 정을 편 것을 귀히 여긴다네

주석 ∞

1) 屯蹇(둔건): 역(易)의 둔괘(屯卦)와 건괘(蹇卦). 간난(艱難) 곤고(困苦)하여
   순리(順利)하지 못함.

2) 奉時役(봉시역): 명령을 받고 도성(都城) 낙양(洛陽)으로 가는 일.

3) 爾(이): 이인칭대명사. 서숙(徐淑)을 지칭함.

4) 子(자): 이인칭대명사. 서숙에 대한 존칭.

5) 匪席(비석): 비(匪)는 비(非)와 같음. 『시경·백주(柏舟)』: "마음이 자리가 아
   니니, 말아버릴 수 없네(心匪席, 不可卷也)."

6) 皇靈(황령): 상제(上帝).

7) 荷(하): 부(負). 天祿(천록): 하늘이 내리는 복.

8) 罹(리): 당하다. 만나다. 煢獨(경독): 의지할 부모형제가 없어 외로운 처지.

9) 款曲(관곡): 충정(衷情).

10) 躑躅(척촉): 떠나가지 못하고 머뭇거림.

11) 鍼藥(침약): 침과 탕약.

12) 屬(속): 문장을 지음.

13) 肅肅(숙숙): 질주하는 모습. 僕夫(복부): 수레를 모는 마부.

14) 鏘鏘(장장): 방울소리.

15) 引邁(인매): 상로(上路). 길을 나섬.

16) 素琴(소금): 장식하지 않은 금(琴).

17) 『시경・위풍(衛風)・모과(木瓜)』: "나에게 모과를 던져주니, 경요(瓊瑤)로써 보답하네(投我以木瓜, 報之以瓊瑤)."

평설 ෴

• 『고시원』: "사기(詞氣)가 화이(和易)하나 사람을 감동시킴이 절로 깊다. 그러나 서한(西漢)의 혼후(渾厚)한 풍(風)과는 거리가 멀다."

조일 趙壹

조일(생졸년 미상), 자는 원숙(元叔). 한양(漢陽) 서현(西縣: 지금의 甘肅省 天水市 西南) 사람. 영제(靈帝) 광화(光和) 원년(178) 군상계(郡上計)로 천거되어 경사로 들어감. 이때 사도(司徒) 원봉(袁逢)과 하남윤(河南尹) 양척(羊陟) 등에게 애중(愛重)을 받아 명성이 경사에 자자하였음. 서쪽으로 귀환한 후 공부(公府)에서 10차례 불렀으나 나가지 않았음.

질사시 疾邪詩 2수[1]

1.

河淸不可俟[2]	황하의 맑음은 기다릴 수 없고
人命不可延	인명은 연장할 수 없네
順風激靡草[3]	바람 따라 격렬히 쓸리는 풀을
富貴者稱賢	부귀자들은 어질다고 칭송하네
文籍雖滿腹	문적이 뱃속에 가득하지만
不如一囊錢	한 자루의 돈 가치도 못되네
伊優北堂上[4]	아첨꾼은 북당 위에 있고
抗髒倚門邊[5]	올곧은 사람은 문가에 기대 있네

2.

勢家多所宜	권세가는 적합한 바가 많아
咳唾自成珠[6]	침을 뱉어도 절로 진주가 되는데
被褐懷金玉[7]	갈옷 입고 금옥을 품었으나
蘭蕙化爲芻[8]	난혜가 꼴로 변하네
賢者雖獨悟	현자가 홀로 깨치었지만
所困在群愚	여러 어리석은 자들 속에서 곤핍하네
且各守爾分	각자 자신의 분수를 지키어
勿復空馳驅	다시 공연히 내달리지 마오
哀哉復哀哉	슬프고 또 슬프구나
此是命矣夫	이것이 운명이던가!

1) 이 2수의 시는 조일의 〈자세질사부(刺世疾邪賦)〉 속의 가공인물인 진객(秦
   客)의 시와 노생(魯生)의 가(歌)임. 이를 통하여 당시 사회현실에 대하여 불
   만을 표하였음.

2) 俟(사): 기다리다. 황하가 맑아지면 상서로운 징조로서 성인(聖人)이 나온다
   고 함.『좌전·양공팔년(襄公八年)』:"황하의 맑음을 기다리지만, 사람의 수
   명은 얼마이던가?(俟河之淸, 人壽幾何.)"

3) 靡草(미초): 유약하여 바람에 쓸리는 풀.

4) 伊優(이우): 굴곡영미(屈曲佞媚)한 모습.

5) 抗髒(항장): 고항행직(高亢婞直)한 모습.

6) 咳唾(해타): 침을 뱉음.

7) 褐(갈): 거친 베로 지은 옷.『노자(老子)』:"이 때문에 성인이 갈옷을 입고 옥
   을 품고 있다(是以聖人被褐懷玉)". 이 구는 빈천한 사람이 높은 재능을 품고
   있다는 뜻임.

8) 蘭蕙(난혜): 난와 혜는 모두 향초로서 현인을 상징함.
   芻(추): 가축을 먹이는 꼴.

● 종영(鍾嶸)『시품(詩品)』하 : "원숙(元叔)은 난혜(蘭蕙)에다 분노를 표하고
   낭전(囊錢)을 지적하여 배척하였다. 고언(苦言)과 절구(切句)가 참으
   로 근실하다."

신연년 辛延年

신연년(생졸년 미상), 출신도 알 수 없으며 다만 동한(東漢) 사람이라는 것만 알려졌음.

우림랑 羽林郎[1]

昔有霍家奴[2]	옛날 곽가에 노예가 있어
姓馮名子都[3]	성은 풍이고 이름은 자도라네
依倚將軍勢	장군의 세력의 기대여
調笑酒家胡[4]	술집 호희를 희롱하네
胡姬年十五	호희는 나이가 열다섯인데
春日獨當壚[5]	봄날 홀로 술을 팔고 있네
長裾連理帶	긴 옷자락 띠로 연결되고
廣袖合歡襦[6]	넓은 소매의 합환 저고리
頭上藍田玉[7]	머리 위엔 남전의 옥
耳後大秦珠[8]	귀 뒤엔 대진의 진주
兩鬟何窈窕[9]	양 쪽진 머리는 얼마나 아리따운가
一世良所無	일세에 참으로 없는 바이네
一鬟五百萬	한 쪽진 머리 장식 오백만인데
兩鬟千萬餘	양 쪽진 머리 장식 천만 여이네
不意金吾子[10]	뜻밖에 금오자가
娉婷過我廬[11]	아름답게 나의 술집에 들르니
銀鞍何煜爚[12]	은 안장 얼마나 눈부신가
翠蓋空踟躕[13]	취개가 공연히 서성이네
就我求淸酒	나에게 와서 청주를 구매하니
絲繩提玉壺	명주실끈으로 묶은 옥 술병이네
就我求珍肴	나에게 와서 좋은 안주 구매하니
金盤膾鯉魚	금반에 회친 잉어일세

貽我靑銅鏡	나에게 청동거울을 주며
結我紅羅裾	나의 붉은 비단 옷자락에 묶어주네
不惜紅羅裂	붉은 비단옷이 찢기는 건 아깝지 않으나
何論輕賤軀	나를 경박하고 천하게 대함을 어찌 논하랴
男兒愛後婦	남아는 후부인을 사랑하나
女子重前夫	여자는 전남편을 중시한다네
人生有新故	인생엔 새로움과 묵음이 있으나
貴賤不相踰	귀천은 서로 넘을 수 없다네
多謝金吾子	몹시 감사하니 금오자여
私愛徒區區[14]	사애가 어찌 그리 구구한가

주석 ⌒⌒

1) 羽林(우림): 원래 한무제 때 설치한 장숙위(掌宿衛) 시종(侍從)의 경위군(警衛軍)의 이름. 선제(宣帝) 때 중랑장(中郎將) 기도위(騎都衛)에게 우림을 감독하게 하여 낭(郎) 백 사람을 거느리게 하였다. 나중에 악부〈잡곡가〉의 명칭이 됨.

2) 霍家奴(곽가노): 서한(西漢) 소제(昭帝) 때의 대사마(大司馬) 대장군(大將軍) 곽광(霍光)의 가노(家奴).

3) 馮子都(풍자도): 이름은 은(殷), 자는 자도(子都). 곽광이 총애했던 가노의 두목.

4) 胡(호): 한나라 때 서북지역 이민족의 총칭.

5) 當墟(당로): 당로(當壚)와 같음. 술을 팜.

6) 合歡襦(합환유): 대칭 도안의 화문(花紋)을 수놓은 짧은 저고리.

7) 藍田玉(남전옥): 남전에서 생산된 옥. 남전은 지금의 섬서성 남전. 고대부터 옥광산으로 유명하였음.

8) 大秦(대진): 한나라 때 로마제국을 지칭하던 말.

9) 鬟(환): 구름처럼 높이 올린 쪽진 머리. 窈窕(요조): 아름다운 모양.

10) 金吾子(금오자): 금오(金吾)는 양쪽 끝을 도금한 구리 몽둥이[銅棍]. 경사의 금군군관(禁軍軍官)이 소지하였음. 금오자는 금군군관에 대한 존칭.

11) 娉婷(병정): 아름다운 모습.

12) 煜爚(욱약): 광채가 눈부심.

13) 翠蓋(취개): 푸른 깃으로 장식한 수레덮개. 화려한 수레를 말함.

14) 區區(구구): 은근하고 다정함.

평설

- 왕부지(王夫之) 『고시평선(古詩評選)』 : "앞의 만란(漫爛)함으로 인하여 장말(章末)의 귀숙(歸宿)을 알 수가 없기 때문에 인의(人意)를 격앙시켜 더욱 칠례(七禮)를 깊이 생각하게 한다. 두릉(杜陵)의 〈여인행(麗人行)〉 또한 여기에 규모(規模)하였는데, 그러나 소타(捎打)가 너무 일러 도리어 사람을 봉영(逢迎)하게 하여 일찍부터 뜻이 낮아졌다. 문필의 차이는 참는 힘에 달려 있다. 이처럼 참지 못하면 힘이 없고 힘이 없으면 능히 참을 수 없다."

- 『고시원』 권3 : "병려(騈麗)한 사(詞)인데 귀숙(歸宿)이 도리어 지극히 정정(貞正)하다 풍(風)의 변체(變體)인데 그 바름을 잃지 않은 것이다. 「일환오백만」 두 구절은 쪽진 머리[鬟]를 논하고 있지 않음을 반드시 알아야 한다."

송자후 宋子侯

송자후(생졸년 미상), 신세(身世)를 알 수 없고 다만 동한(東漢) 사람이
라는 것만 알려짐.

동교요 董嬌嬈[1]

洛陽城東路	낙양성 동쪽 길
桃李生路傍	복숭아 자두나무 길가에 자라서
花花自相對	꽃마다 절로 서로 마주하고
葉葉自相當[2]	잎마다 절로 서로 마주하였네
春風東北起	봄바람 동북에 일어나니
花葉正低昂	꽃과 잎이 바로 나부끼네
不知誰家子	누구 집 자식인지 모르겠으나
提籠行采桑	바구니 들고 뽕을 따러 나왔네
纖手折其枝	섬섬옥수로 그 가지를 꺾으니
花落何飄揚	꽃잎 떨어져 얼마나 휘날리는가
"請謝彼妹子[3]	「물어봅시다 저 예쁜 아가씨
何爲見損傷?"[4]	무엇 때문에 손상을 당해야 하나요?」
"高秋八九月	「높은 가을 팔구 월에
白露變爲霜	흰 이슬 서리로 변하고
終年會飄墮	종년엔 날려 떨어질 것이니
安得久馨香?"	어찌 향기를 오래 지닐 것인가?」
"秋時自零落	「가을에 절로 시들어 떨어졌다가
春月復芬芳	봄에 다시 향기를 피우는데
何如盛年去	어찌하여 성년이 지나간다고
歡好永相忘"	즐거움을 영원히 잊겠습니까?」
吾欲竟此曲	나는 이 곡을 끝내려 하니
此曲愁人腸	이 곡이 사람을 애간장 태우기 때문이네

歸來酌美酒　　　돌아가 좋은 술을 따르고
挾瑟上高堂　　　슬을 끼고 고당에 오르리라

주석 ⌒

1) 董嬌嬈(동교요): 원래는 어떤 여자의 이름이었을 것이나 악부의 구제(舊題) 가 되었음.

2) 相當(상당): 상대(相對).

3) 請謝(청사): 청문(請問). 姝子(주자): 어여쁜 아가씨.

4) 이 두 구절은 복사꽃과 자두꽃이 아가씨에게 책망하는 말임.

평설 ⌒

• 『고시원』 권3 : "대의(大意)는 꽃이 지는 것으로써 성년(盛年)이 쉽게 가 버리는 것을 비유하였다. 아리따운 그 자태를 무궁하게 이끌었다."

채 염 蔡琰

채 염(생졸년 미상), 자는 문희(文姬), 진류(陳留) 어(圉: 지금의 河南 杞縣 남쪽) 사람. 채옹(蔡邕)의 딸. 박학하고 재능이 많았고, 음률에 달통하였음. 하동(河東) 위중도(衛仲道)에게 시집갔는데, 남편이 죽고 자식도 없어서 친가로 돌아왔음. 흥평(興平) 연간(194-195)에 천하에 난리가 일어나 포로로 붙잡혀 남흉노(南匈奴)로 들어가 좌현왕(左賢王)과 호중(胡中)에서 12년을 살면서 두 자식을 낳았다. 조조(曹操)가 채옹의 후사가 없음을 애통히 여기고 사자를 보내어 금벽(金璧)으로 속량시켜 왔다. 다시 진류(陳留)의 동사(董祀)에게 시집갔다. 그래서 『후한서』에는 동사처(董祀妻)라고 하였음.

비분시 悲憤詩[1]

漢季失權柄[2]	한말에 권병을 잃어서
董卓亂天常[3]	동탁이 천상을 어지럽혔네
志欲圖簒弒	뜻이 찬탈과 시해를 도모하여
先害諸賢良	먼저 여러 현량들을 해쳤네
逼迫遷舊邦[4]	옛 수도로 천도를 강요하여
擁主以自彊	황제를 끼고 자강으로 삼았네
海內興義師[5]	해내에 의병들 일어나
欲共討不祥	모두 함께 역적을 토벌하려 하였지만
卓衆來東下[6]	동탁의 무리가 동쪽 아래로 내려와
金甲耀日光	철갑이 햇살에 빛났네
平土人脆弱[7]	평토 사람들 취약한데
來兵皆胡羌[8]	내려온 병사들 모두 호강들일세
獵野圍城邑	들 사냥하듯 성읍을 포위하여
所向悉破亡	향하는 곳 모두 파멸뿐이네
斬截無孑遺	모조리 베어 한 사람도 남기지 않으니
尸骸相撑拒	시체들 서로 엉겨붙었네
馬邊縣男頭	말 옆엔 남자의 머리를 매달고
馬後載婦女	말 뒤엔 부녀자를 태웠네
長驅西入關	멀리 달려 서쪽 관으로 들어가니
迥路險且阻	먼 길 험하고도 막히었네
還顧邈冥冥	돌아보니 아득히 막막하여
肝脾爲爛腐	애간장 썩어 문드러지네

所略有萬計	약탈할 만 가지 계획이 있어
不得令屯聚	머물러 모이지 못하게 하니
或有骨肉俱	어떤 사람은 골육이 함께 있지만
欲言不敢語	말하고 싶으나 감히 못하고
失意幾微間	잠깐이라도 그들 뜻을 어기면
輒言"斃降虜	곧 욕하길 「죽일 놈의 포로들아
要當以亭刃	마땅히 칼날을 받아야 하리
我曹不活汝"	우린 너희를 살려주지 않을 터이다」라 하네
豈敢惜性命	어찌 감히 목숨을 아끼면서
不堪其罵詈	그 욕설을 참지 않을 수 있으랴
或便加棰杖[9]	어떤 때는 곧 매질을 가하니
毒痛參幷下[10]	원한과 고통이 함께 끼쳐오네
旦則號泣行	아침엔 울부짖으며 길을 가고
夜則悲吟坐	저녁엔 슬프게 신음하며 앉네
欲死不能得	죽으려 해도 그럴 수 없고
欲生無一可	살려 해도 전혀 가망이 없으니
彼蒼者何辜	저 하늘이여 무슨 죄가 있다고
乃遭此戹禍	이런 재앙을 당하게 하는가
邊荒與華異	변방과 중국은 서로 달라
人俗少義理	사람 풍속에 의리가 없고
處所多霜雪	처소는 서리와 눈발만 많네
胡風春夏起	호땅의 바람 봄여름에 일어나
翩翩吹我衣	펄럭펄럭 내 옷자락 날리고
蕭蕭入我耳	쏴아쏴아 내 귓속으로 들어오네

感時念父母　　시절에 감개하여 부모를 생각하니

哀歎無窮已　　슬픔 탄식이 끝이 없네

有客從外來　　어떤 객이 외부에서 왔는데

聞之常歡喜　　그 소문을 듣고 기뻐서

迎問其消息　　맞이하여 그 소식을 물어보니

輒復非鄉里　　곧 고향사람이 아니지만

邂逅徼時願　　해후하여 숙원을 풀게 되었네

骨肉來迎己　　골육처럼 와서 나를 맞이하니

己得自解免　　나는 스스로 석방되게 되었지만

當復棄兒子　　당장 다시 아이들을 버려야 하네

天屬綴人心　　천륜의 친속 사람의 마음을 묶었건만

念別無會期　　이별을 생각하면 만날 기약이 없으니

存亡永乖隔[11]　존망은 물론 영원히 헤어지게 되었네

不忍與之辭　　차마 그들과 더불어 하직할 수 없는데

兒前抱我頸　　아이들이 앞에 와서 나의 목을 껴안으며 말했네

問"母欲何之　　「어머니는 어디로 가려하시나요?

人言母當去　　사람들이 어머니가 떠날 것이라 말하니

豈復有還時　　어찌 다시 돌아올 때가 있겠어요

阿母常仁惻[12]　어머니는 항상 인자하셨는데

今何更不慈　　지금은 어찌 다시 자애롭지 않나요?

我尚未成人　　우리는 아직 어른이 아닌데

奈何不顧思"　　어찌 돌보려 하지 않나요?」

見此崩五內[13]　이를 보고 오장이 무너지고

恍惚生狂癡　　정신 아찔하게 미칠 것 같아

號泣手撫摩	울부짖고 손으로 어루만지며
當發復回疑[14]	출발에 당하여 다시 미적거리네
兼有同時輩	또한 함께 있던 무리가 있어
相送告離別	서로 전송하며 이별을 고하니
慕我獨得歸	내가 홀로 돌아감을 부러워하며
哀叫聲摧裂	슬피 울부짖는 소리 마음 찢어지네
馬爲立踟躕	말이 멈추어 주저하니
車爲不轉轍	수레가 굴러가지 못하네
觀者皆歔欷	보는 사람 모두가 탄식하니
行路亦鳴咽	지나가는 사람들 또한 오열하네
去去割情戀	가고 또 가며 연정을 떨쳐내며
遄征日遐邁[15]	빠른 여정 날로 멀리 나가네
悠悠三千里	멀고 먼 삼천 리
何時復交會	어느 때나 다시 만나려나
念我出腹子	나의 자식들을 생각하면
胸臆爲摧敗	애간장이 무너지네
旣至家人盡	집에 도착하니 집사람들 하나도 없고
又復無中外[16]	또한 친척들도 없네
城郭爲山林	성곽은 산림이 되었고
庭宇生荊艾	집안에 가시나무만 우거졌네
白骨不知誰	백골들 누구인지 알 수 없는데
從橫莫覆蓋	종횡으로 흩어져 덮어놓지도 않았네
出門無人聲	문을 나와도 사람 소리 없고
豺狼號且吠	승냥이만이 울부짖네

煢煢對孤景[17]	쓸쓸히 외로운 그림자 대하니
怛咤糜肝肺[18]	고통스런 탄식 애간장이 무너지네
登高遠眺望	언덕에 올라 멀리 바라보니
魂神忽飛逝	혼신이 문득 날아갈 듯하여
奄若壽命盡[19]	숨이 막혀 목숨이 끊기려하네
旁人相寬大	옆에 사람들 관대하여
爲復彊視息	다시 억지로 눈뜨고 숨쉬게 되었네
雖生何聊賴[20]	비록 살아났지만 어디에 의존할 것인가
託命於新人[21]	목숨을 새 남편에게 의탁하였네
竭心自勖勵[22]	마음을 다하고 스스로 노력하지만
流離成鄙賤	떠돌며 비천하게 되어
常恐復捐廢[23]	항상 다시 버려질까 두렵네
人生幾何時	인생이 얼마 동안이던가
懷憂終年歲	근심 품고 세월을 마치네

주석 ✑

1) 〈비분시〉는 2편이 전하는데 1편은 5언시이고, 또 1편은 소체(騷體)이다. 그런데 소체는 후인의 위작이라고 인정되고 있다.

2) 權柄(권병): 황제의 대권(大權).

3) 董託(동탁): 동한말의 권신. 군대를 이끌고 함양(咸陽)으로 들어가 소제(少帝)를 폐위하고 헌제(獻帝)를 세워 조정을 전단(專斷)하였음. 나중에 여포(呂布)에게 살해당했음. 天常(천상): 윤리강상(倫理綱常).

4) 舊邦(구방): 서한의 옛 수도인 장안(長安). 초평(初平) 원년(190)에 동탁은 동한의 수도 낙양(洛陽)을 불태우고 조정을 이끌고 장안으로 천도하였음.

5) 義師(의사): 동탁을 토벌하기 위해 궐기한 원소(袁紹)를 맹주로 한 관동(關東) 여러 군(郡)의 연합군을 지칭함.

6) 초평(初平) 3년(192)에 동탁의 부하 이각(李傕)과 곽사(郭汜) 등이 함곡관(函谷關) 동쪽 진류(陳留)와 영천(穎川) 등의 여러 현을 공격했음.

7) 平土(평토): 평원이 위주인 중원(中原) 지역.

8) 胡羌(호강): 동탁의 군대 가운데 서북 지역에서 차출한 이민족의 병사들.

9) 棰杖(추장): 매질하다.

10) 毒痛(독통): 구한(仇恨)과 고통.

11) 乖隔(괴격): 격절(隔絶).

12) 仁惻(인측): 인자(仁慈).

13) 五內(오내): 오장(五臟).

14) 回疑(회의): 회의(迴疑), 지의(遲疑). 유예(猶豫)하고 결단하지 못함.

15) 遄征(천정): 속행(速行). 遐邁(하매): 원거(遠去).

16) 中外(중외): 내친(內親)과 외척(外戚).

17) 煢煢(경경): 외로운 모습. 景(영): 영(影).

18) 怛咤(달타): 고통스런 탄식. 糜(미): 부서지다.

19) 奄若(엄약): 호흡이 미약한 모습.

20) 聊賴(요뢰): 의뢰(依賴).

21) 新人(신인): 새 남편인 동사(董祀)를 지칭함.

22) 勖勵(욱려): 면려(勉勵).

23) 損廢(운폐): 휴기(休棄).

평설 ◑◐

• 『고시원』권3 : "단락(段落)이 분명(分明)하여 감거탈각(減去脫却)하고

전접(轉接)의 흔적(痕迹)이 자잘하고 어지럽지 않다. 소릉(少陵)의 〈봉선(奉先)〉·〈영회(詠懷)〉·〈북정(北征)〉 등의 작품은 종종 이것과 비슷하다. 격양(激昂) 산초(酸楚)하여 읽어 가면 날리는 쑥대처럼 흔들리고 모래자갈이 절로 날린다. 동한(東漢) 사람 가운데 역량이 최대여서 사람들에게 그녀의 실절(失節)을 잊게 하고 다만 가련함만 깨닫게 한다. 진정[情眞]에서 나오고, 또한 정의 깊음에서 나왔기 때문이다. 세상에서 전하는 〈십팔박(十八拍)〉은 때때로 경솔한 구가 많아서 마땅히 후인의 의작(擬作)에 속한다."

고시십구수 古詩十九首

〈고시십구수〉는 동한(東漢)말엽 중하층 지식인들이 민가의 영향 아래 지은 오언시. 한 개인이나 한 시기의 작품이 아니다. 수량 또한 19수뿐이 아닐 것이나 다만 『문선』에 19수가 선발되어 전함으로 통상 〈고시십구수〉로 불림. 건안(建安) 시대의 오언시의 성립에 많은 영향을 미침. 허학이(許學夷)의 『시원변체(詩源辯體)』에서 "〈고시십구수〉에 대해, 종영(鍾嶸)은 「그 체제는 국풍(國風)에서 근원하였다」고 말했고, 유협(劉勰)은 「완전(婉轉)한 뜻을 사물에 붙여 슬프고 절절한 정이다」라고 했다. 왕원미(王元美)는 「〈십구수〉에서 이치를 말함은 〈삼백편〉보다 못하다. 그러나 은미한 말과 완곡한 뜻은 충분히 수레를 나란히 할 만하여, 천고의 오언시의 조(祖)이다」라고 했다."고 하였다.

행행중행행 行行重行行¹⁾

行行重行行	가고 또 가서
與君生別離²⁾	임과 생이별을 하니
相去萬餘里	서로 만여 리나 떨어져
各在天一涯	각각 하늘 끝에 있네
道路阻且長³⁾	길은 험하고도 머니
會面安可知	훗날의 만남을 어떻게 알리오
胡馬依北風⁴⁾	호마는 북풍에 의지하고
越鳥巢南枝⁵⁾	월조는 남쪽가지에 깃드네
相去日已遠	서로의 거리 날마다 더욱 멀어지고
衣帶日已緩	의대는 날마다 더욱 느슨해지네
浮雲蔽白日	뜬구름이 밝은 해를 가려
遊子不顧反⁶⁾	나그네는 돌아오지 않네
思君令人老	임 생각에 사람은 늙어가는데
歲月忽已晚	세월이 문득 저물었네
棄捐勿復道	버림받음을 다시 말할 필요가 없으리라
努力加餐飯⁷⁾	다만 식사 잘 하시어 건강하시오

주석 ⌇

1) 『옥대신영(玉臺新詠)』권1에는 매승(枚乘)의 〈잡시(雜詩)〉로 되어 있음.

2) 生離別(생별리): 『楚辭·九歌·少司命』: "悲莫悲兮生離別."

3) 阻且長(저차장): 길이 험하고 멂. 『詩經·秦風·蒹葭』: "遡洄從之, 道阻且長."

4) 胡馬(호마): 북방 호(胡) 지방의 말.

5) 越鳥(월조): 남방 월 지방의 새. 『文選』 李善注: "『韓詩外傳』曰, '詩曰, 代馬 依北風, 飛鳥棲故巢." 대(代)는 지금의 산서성(山西省) 북동지방. 말과 새도 고향을 그리워하는데 고향을 떠난 사람이야 말할 것이 있겠느냐는 뜻.

6) 『문선』 이선주 : "뜬구름이 밝은 해를 가렸다는 것으로써 사악한 신하가 충량 한 신하를 해친 것을 비유한 것이다. 그래서 나그네의 행차가 돌아오지 않는 것이다(浮雲之蔽白日, 以喩邪侫之毀忠良. 故遊子之行, 不顧反也)." 장옥곡 (張玉穀), 『고시상석(古詩賞析)』: "뜬구름이 해를 가렸다는 것은 유혹받은 바 가 있어 나그네가 돌아오지 않는 것을 비유한 것이다. 저버린 마음을 지적하 고 원망의 뜻을 나타냈다(浮雲蔽日, 喩有所惑, 遊不顧反. 點出負心, 略露怨 意)." 양설 모두 통한다고 하겠으나 당대 악부의 주인공 대부분이 향리의 평 범한 백성들임을 고려하면 유자(遊子)를 조정의 충량 혹은 현신으로 파악하 는 것은 무리이다. 따라서 유자는 향리에서 참사(讒邪)의 해를 당하여 고향 을 떠나 떠도는 인물, 또는 부인을 배신하고 떠나간 탕자로 보는 것이 타당하 다고 생각한다.

7) 加餐飯(가찬식): 당대 시가의 상투어구. 蔡邕(채옹) 〈음마장성굴행(飮馬長城 窟行)〉: "長跪讀素書, 書中竟何如? 上有加餐食, 下有長相億."

평설 ᠗᠍

• 왕부지 『고시평선(古詩評選)』: "〈십구수〉는 온화한 정(情)이 일체이고, 여 러 원망이 모두 마땅하다. 시교(詩敎)가 올바라서 말로써 드러내지 않 았다. 입흥(入興)·이운(易韻)이 법으로 삼지 않는 법[不法之法]이다. 모든 것이 뜬구름으로 가렸으니, 슬프구나, 해가 가버렸도다!(〈十九 首〉諧情一切, 群怨俱宜. 詩敎良然, 不以言著. 入興易韻, 不法之法. 俱 以浮雲而蔽, 哀哉, 白日去矣.)"

청청하반초 青青河畔草

青青河畔草	푸릇푸릇 물가의 풀
鬱鬱園中柳[1]	무성한 동원의 버들
盈盈樓上女[2]	아리따운 누대 위의 여인
皎皎當窓柳[3]	환하게 창에 비추는 버들
娥娥紅粉粧[4]	아름답게 분단장하고
纖纖出素手	가느다란 흰 손을 꺼내었네
昔爲倡家女[5]	예전엔 창가의 여인
今爲蕩子婦[6]	지금은 탕자의 부인
蕩子行不歸	탕자가 길 떠나 돌아오지 않으니
空牀難獨守	빈 침상을 홀로 지키기 어렵네

주석 ⌒

1) 鬱鬱(울울): 초목이 무성한 모양.

2) 盈盈(영영): 자태가 아름다운 모양.

3) 皎皎(교교): 환한 모양.

4) 娥娥(아아): 예쁜 모양.

5) 倡家女(창가녀): 가무(歌舞) 등의 기예(伎藝)를 팔아 생계로 삼는 기녀(妓女).

6) 蕩子(탕자): 유인(遊人). 후세에서 말하는 방탕아가 아님.

평설 ⌒

• 『고시원』권4: "첩자(疊字)를 사용하였다. 『시경·위풍(衛風)·석인(碩人)』"

의 「하수양양(河水洋洋), 북류활활(北流活活)」1장을 점화하여 나온 것
이다(用疊字, 從衛碩人河水洋洋, 北流活活一章化出)."

● 『고시평선』권4 : "전반 6구는 혼백을 경동(驚動)시키고 후반 4어(語)는
요소를 점거하여 사람을 억누른다. 전반은 시절을 말하고 후반은 일을
진술하였다. 통수(通首)가 모두 한 정사(情事)를 그렸다. 이를 대하는
사람은 많으나 이를 깨닫는 사람은 드물다.(前六句驚魂動魄, 後四語居
要扼人. 前言時, 後述事, 通首共繪一情事, 當之者衆, 知之者鮮.)"

청청릉상백 靑靑陵上栢

靑靑陵上栢	푸릇푸릇 능 위의 측백나무
磊磊澗中石[1]	많은 산골 물 속의 바위
人生天地間	인생이 천지간에서
忽如遠行客	갑자기 먼길의 나그네가 되어
斗酒相娛樂[2]	말술로 서로 즐기며
聊厚不爲薄	후하게 여기고 박하다 하지 않네
驅車策駑馬	수레 몰아 노둔한 말 채찍질하며
遊戲宛與洛[3]	완현과 낙양을 유람하네
洛中何鬱鬱	낙양은 어찌 그리 번화한가
冠帶自相索[4]	고관들 서로를 방문하네
長衢羅夾巷[5]	긴 대로엔 좁은 골목들 늘어져
王侯多第宅	왕후의 저택이 많네
兩宮遙相望[6]	양궁은 멀리 서로 마주보고

雙闕百餘尺[7]	쌍궐은 높이가 백여 척이나 되네
極宴娛心意	지극한 잔치 마음을 즐겁게 하는데
戚戚何所迫[8]	근심스레 어찌 그리 급박한가?

주석 ∽

1) **磊磊**(뇌뢰): 바위가 많은 모양. **澗**(간): 계곡의 물.

2) **斗酒**(두주): 한 말의 술. 여기서는 양이 적은 술을 말함.

3) **宛**(완): 완현(宛縣). 지금의 하남(河南) 남양시(南陽市). 서한 때 오도(五都) 중의 하나였음. **洛**(낙): 낙양(洛陽).

4) **冠帶**(관대): 왕후(王侯) 등 고관 세력가들.

5) **衢**(구): 사방으로 통하는 대로.

6) **兩宮**(양궁): 당시 낙양에 있던 남궁(南宮)과 북궁(北宮), 서로의 거리가 7리였다고 함. 『문선』 이선주: "東都洛陽有南宮北宮, 相去七里."

7) **雙闕**(쌍궐): 궁문 앞 좌우에 세우는 높은 건물.

8) **戚戚**(척척): 근심하는 모양.

평설 ∽

• 『고시원』권4 : "기언(起言)은 측백나무와 바위는 오래 존재하나 사람은 나무와 바위와는 다름을 말한 것이다.(起言栢與石長存, 而人異於樹石也.)"

• 『고시평선』권4 : "「구거(驅車)」 이하는 모두 권면하는 말이다. 이것을 알면 바야흐로 결구(結構)를 깨닫게 된다.(驅車以下俱勸勉之詞, 知此方知結構.)"

금일량연회 今日良宴會

今日良宴會	오늘은 좋은 연회
歡樂難具陳	그 즐거움을 다 말하기 어렵네
彈箏奮逸響[1]	쟁의 탄주 빼어난 음향을 울려
新聲妙入神	새 음률 묘하게 입신하였네
令德唱高言[2]	현사가 높은 뜻을 노래하니
識曲聽其眞	이 곡을 알면 그 참뜻을 들으리라
齊心同所願	같은 마음 같은 소원이건만
含意俱未伸	품은 뜻 모두 펴지 못하네
人生寄一世	인생을 한 시대에 붙였는데
奄忽若飆塵	갑자기 날리는 먼지와 같네
何不策高足[3]	어찌 준마를 채찍질하여
先據要路津[4]	먼저 요로진을 차지하지 못하는가?
無爲守窮賤[5]	반드시 궁천을 지키지 말 것이니
轗軻長苦辛[6]	험한 길 영원히 고생한다네

주석 ☙

1) 箏(쟁): 일종의 현악기.

2) 令德(영덕): 현사(賢士)을 말함. 영(令)은 선(善). 高言(고언): 의미가 고묘(高妙)한 말.

3) 高足(고족): 준마(駿馬).

4) 要路津(요로진): 요직(要職).

5) 無爲(무위): 불요(不要). 무(無)는 무(毋).

轗軻(감가): 감가(坎坷). 도로가 평탄하지 못함 모양.

평설 ⌒

• 『고시원』권4 : "「거요진(據要津)」은 곧 궤사(詭詞)이다. 고인(古人)의 감분 (感憤)은 매번 이런 종류이다.(據要津乃詭詞也. 古人感憤, 每有此種.)"

서북유고루 西北有高樓[1]

西北有高樓	서북의 높은 누대
上與浮雲齊	뜬구름 위로 솟아있네
交疏結綺窓[2]	꽃무늬 아로새긴 격자창
阿閣三重階[3]	높은 네 처마와 삼중의 계단
上有絃歌聲	위에서 거문고 소리 들리는데
音響一何悲	음향이 어찌 이리 슬픈가!
誰能爲此曲	누가 이런 곡을 탈 수 있는가?
無乃杞梁妻[4]	아마 기량의 처가 아닐까?
淸商隨風發[5]	맑은 가락 바람 따라 일어나
中曲正徘徊	곡중에서 배회하네
一彈再三歎	한 번 타고 두세 번 탄식하며
慷慨有餘哀	강개하여 슬픔이 넘치네
不惜歌者苦	노래하는 이의 고생은 절통하지 않으나
但傷知音稀	다만 지음이 드문 것이 마음 아프네

願爲雙鳴鶴[6]　　　두 마리 명학이 되어

奮翅起高處　　　날개 쳐서 높이 날아오르고 싶네

주석 ᧄ

1) 『문선』 이선주: "이 편은 높은 재능이 있는 인물이 현달하지 못하고 알아주
   는 사람이 드묾을 밝힌 것이다. 서북은 건위(乾位)로서 임금의 거처이다(此篇
   明高才之人, 仕宦未達, 知人者稀也. 西北乾位, 君之居也)." 『옥대신영』 권1
   에는 매승의 〈잡시〉로 되어 있음.

2) 交疏結綺窓(교소결기창): 소(疏)는 아로새김. 문양을 아로새긴 나무를 교차
   하여 비단의 무늬처럼 꾸민 창문. 『後漢書·梁冀傳』: "窓牖皆有綺疏青瑣",
   注: "綺疏謂鏤爲綺文."

3) 阿閣(아각): 사아(四阿)를 말함. 사면이 높이 치켜진 처마가 있는 누각. 『周書』:
   "明堂咸有四阿." 鄭玄, 『周禮注』: "四阿者, 今四注者也."

4) 杞梁妻(기량처): 제(齊)나라 기량식(杞梁殖)의 부인. 『열여전(列女傳)』: "장
   공(莊公)이 거(莒)를 습격하였다. 기량식은 이 전투에서 전사하였다---기량
   의 처에게는 자식이 없었고, 시댁과 친정에 다섯 가지 상복을 입을 가까운
   친척도 없어서 돌아갈 곳이 없었다. 남편의 시신을 성 아래에 누이고 곡을
   하였다. 그 마음의 정성이 사람들을 감동시켜 길 가는 사람들이 눈물을 훔치
   지 않은 자가 없었다. 그렇게 십일 동안 곡을 하니 성이 붕괴되었다. 장사를
   지낸 후에 말하기를 '---지금 나에게는 위로는 아버지가 없고, 가운데에는 남
   편이 없고, 밑으로는 자식이 없다. 안으로는 의지하여 내 정성을 보여줄 곳이
   없고, 밖으로는 의지하여 나의 절개를 세울 데가 없다. 그렇다고 어찌 다시
   시집을 가겠는가? 역시 죽음뿐이구나!' 하고, 마침내 치수(淄水)로 달려가 몸
   을 던져 죽었다." 『금조(琴操)』: "「기량처탄(杞梁妻嘆)」은 제읍(齊邑) 기량식
   의 처가 작곡한 것이다. 식이 죽자 그 처가 탄식하길 '위로는 아버지가 없고,
   가운데는 남편이 없고, 아래로는 자식이 없으니 장차 어떻게 나의 절개를 세
   울 것인가? 또한 죽을 뿐이다!'라고 하고, 금(琴)을 끌어안고 연주를 하였다.

곡이 끝나자 마침내 치수에 투신하여 죽었다." 최표(崔豹), 『고금주(古今注)』
: "악부 「기량처」는 기식(杞殖)의 처매(妻妹) 조일(朝日)이 작곡한 것이다----
그 매(妹)가 언니의 정조를 슬퍼하여 노래를 지어 「기량처」라고 이름하였다.
양(梁)은 식(殖)의 자(字)이다.(樂府杞梁妻者, 杞殖妻妹朝日之所作----其妹悲
姉之貞操, 乃作歌名曰杞梁妻. 梁殖字也.)" 『고시상석』권2, 기량처의「琴曲」:
"樂莫樂兮新相知, 悲莫悲兮生離別."

5) 淸商(청상): 맑은 상음(商音). 宋玉, 「笛賦」: "吟淸商追流徵."

6) 鳴鶴(명학): 홍곡(鴻鵠). 고대에는 학(鶴)과 곡(鵠)을 통용하였음.

평설 ᢗᡃᢛ

• 『고시평선』 : "오는 실마리는 알 수 없는데 자연스럽게 마음이 쏠리니,
눈으로 보는 것은 얕지만 마음으로 보는 것은 심장(深長)하다.(來端不
可知, 自然趨赴, 以目視者淺, 以心視者長.)"

섭강채부용 涉江采芙蓉

涉江采芙蓉[1]	강에 가서 연꽃을 따는데
蘭澤多芳草[2]	난이 자라는 소택엔 방초가 많네
采之欲遺誰	이를 따다가 누구에게 주려는가
所思在遠道	그리운 이는 먼길에 있네
還顧望舊鄉	고개 돌려 고향을 바라보니
長路漫浩浩[3]	긴 길은 아득하기만 하네
同心而離居	같은 마음으로 떨어져 사니

憂傷以終老　　　　슬픔 속에 늙어만 가네

주석 ∽

1) 芙蓉(부용): 연꽃.

2) 蘭澤(난택): 난이 자라는 소택(沼澤). 난(蘭)은 택란(澤蘭).

3) 漫浩浩(만호호): 아득히 멀어 끝이 없음.

평설 ∽

● 『고시평선』 권4 : "광대하여 은악(垠鄂)이 없다.(廣大無垠鄂)"

명월교야광 明月皎夜光

明月皎夜光	명월은 밤 빛 환하고
促織鳴東壁[1]	귀뚜라미는 동쪽 벽에서 우네
玉衡指孟冬[2]	옥형은 초겨울을 가리키는데
衆星何歷歷	뭇별은 어찌 그리 역력한가
白露霑野草	흰 이슬 들풀에 맺히고
時節忽復易	시절은 문득 다시 바뀌었네
秋蟬鳴樹間	가을매미 나무 사이에서 울고
玄鳥逝安適[3]	제비는 떠나서 어디로 가는가
昔我同門友	예전의 동문의 친구는
高擧振六翮[4]	높이 올라 날개를 치네

不念携手好	손잡던 친구를 생각하지 않고
棄我如遺跡	남긴 발자취처럼 나를 버렸네
南箕北有斗[5]	남쪽의 기성 북쪽의 두성
牽牛不負軶[6]	견우성은 멍에를 지지 않았네
良無盤石固	참으로 반석의 굳음이 없으니
虛名復何益	헛된 명성 다시 무슨 이득이 있으리오

주석 ～

1) 促織(촉직): 실솔(蟋蟀). 귀뚜라미.

2) 玉衡(옥형): 별 이름. 북두성의 다섯 번째의 별. 북두성의 자루가 서북쪽을 향하여 초겨울을 가리킴을 말함.

3) 玄鳥(현조): 연자(燕子). 제비.

4) 六翮(육핵): 새 날개의 굳고 강한 여섯 개의 깃털.

5) 『시경·소아·대동(大東)』: "維南有箕, 不可以簸揚. 維北有斗, 不可以挹酒漿."

6) 軶(액): 멍에. 목재의 마구. 수레를 끌 때 말의 목 부위에 씌워서 수레와 연결함.

평설 ～

• 『고시평선』 권4 : "마땅히 작자임을 알 수 있으니 또한 즉시(卽時) 즉사(卽事)가 진정 정이 깊다. 헛되이 애만 쓰는 후인들은 그 그림자를 찾지만 반드시 묶을 수가 없다.(當知作者亦卽時卽事, 正爾情深, 徒勞後人索其影射. 直必不絞.)"

• 『고시원』 권4 : "남기(南箕) 두 말[二語]은 이름은 있으나 실질이 없음을 말한 것이다.(南箕二語, 言有名而無實也.)"

염염고생죽 冉冉孤生竹

冉冉孤生竹[1]	유약하게 외롭게 자란 대나무
結根泰山阿[2]	태산 기슭에 뿌리를 박았네
與君爲新婚	그대와 신혼을 이루니
兔絲附女蘿[3]	토사가 여라에 붙은 것 같네
兔絲生有時	토사의 자람엔 시절이 있고
夫婦會有宜	부부의 만남엔 마땅한 인연이 있네
千里遠結婚	천 리 멀리 결혼하니
悠悠隔山陂	아득히 산언덕에 가로막히었네
思君令人老	그대 생각 사람을 늙게 하는데
軒車來何遲[4]	수레 오는 것 어찌 더딘가
傷彼蕙蘭花	저 혜란꽃을 보고 슬퍼하는데
含英揚光輝	꽃을 머금고 빛이 나네
過時而不采	시절 지나도록 따지 않으니
將隨秋草萎	장차 가을 풀을 따라 시들리라
君亮執高節	그대는 참으로 고절을 지녔으니
賤妾亦何爲	천첩 또한 무슨 말을 하리오

주석 ○~

1) 冉冉(염염): 염염(苒苒). 유약한 모습.

2) 阿(아): 산기슭.

3) 兔絲(토사): 토사(菟絲). 다른 나무를 감고 자라는 일종의 덩굴식물. 女蘿(여라): 일종의 덩굴식물. 일설에는 토사의 별칭이라고 함.

4) 軒車(헌거): 사대부가 타는 봉거(篷車).

평설 ☜

• 『고시평선』권4 : "〈십구수〉는 〈국풍(國風)〉을 계승한 것이 많다. 이는 더욱 삼위(三衛)를 적찬(嫡纘)하였다.(十九首多承國風, 此尤嫡纘三衛.)"

• 『고시원』권4 : "기(起) 4구는 비유 가운데 비유를 이용하였다. 「유유격산피」는 정이 이미 떨어진 것이다. 그러나 바라보는 것이 끝이 없고, 감히 결절(決絶) 원한(怨恨)의 말을 짓지 않았으니 온후함이 지극하다. (起四句比中用比. 悠悠隔山陂, 情已離矣. 而望之無已, 不敢作決絶怨恨之語, 溫厚之至也.)"

정중유기수 庭中有奇樹

庭中有奇樹[1]	마당 안에 진기한 나무가 있어
綠葉發華滋	초록 잎과 핀 꽃이 무성하네
攀條折其榮[2]	가지에 올라 그 꽃을 꺾어서
將以遺所思	장차 그리운 사람에게 보내려하네
馨香盈懷袖	향기가 가슴과 소매에 가득한데
路遠莫致之	길 멀어 보낼 수가 없네
此物何足貴	이 꽃이 어찌 귀할 것인가
但感別經時	다만 이별이 길어짐을 슬퍼하네

주석 ♋

1) 奇樹(기수): 진기하고 희소한 나무.

2) 榮(영): 화(花).

평설 ♋

● 『고시평선』권4 : "매 일회의 필(筆)마다 천파(千波)가 있는 듯하다. 그러
나 끝까지 잔잔한 물결[平瀲]이니 고인(古人)의 힘은 아마 신(神)이던
가?(每一回筆, 如有千波, 而終平瀲, 古人之力其神乎.)"

초초견우성 迢迢牽牛星

迢迢牽牛星[1]	아득한 견우성
皎皎河漢女[2]	밝은 은하수의 직녀
纖纖擢素手	가냘픈 흰 손을 들어
札札弄機杼	찰칵찰칵 베틀을 놀리네
終日不成章	종일 무늬를 못 놓고
泣涕零如雨	눈물만 빗물처럼 떨구네
河漢清且淺	은하수 맑고도 얕은데
相去復幾許	서로의 거리 얼마쯤인가
盈盈一水間[3]	찰랑대는 한 물 사이에서
脉脉不得語[4]	애타게 바라보며 말을 못하네

1) 迢迢(초초): 멀리 있는 모습.

2) 河漢女(하한녀): 은하수의 직녀성.

3) 盈盈(영영): 물이 맑으면서 얕은 모양.

4) 脉脉(맥맥): 맥맥(脈脈). 정을 머금고 바라보는 모양.

평설 ᒕ

• 『고시평선』권4 : "처음부터 끝까지 직녀를 읊었을 뿐이다. 부(賦)·비(比)·이(理)·사(事)·정(情)이 올바르다. 이런 점으로써 〈십구수〉가 되었다. 전편이 색태를 꾸미지 않은 듯하다.(終始咏牛女耳. 可賦可比 可理可事可情, 此以爲〈十九首〉. 全于若不爾處設色.)"

• 『고시원』권4 : "서로 가까운데도 정을 보낼 수 없으니 더욱 슬프다. 이는 또한 흥을 기탁한 말이다.(相近而不能達情, 彌復可傷. 此亦託興之詞.)"

회거가언매 廻車駕言邁

廻車駕言邁[1]	수레 돌려 먼 길을 떠나
悠悠涉長道	아득하게 긴 도로를 지나네
四顧何茫茫	사방을 둘러보니 어찌 그리 망망한가
東風搖百草	봄바람 뭇 풀을 흔드네
所遇無故物	만나는 곳엔 옛 사물이 없는데
焉得不速老	어찌 빨리 늙어가지 않을 수 있으리오

盛衰各有時	성쇠엔 각기 시절이 있는데
立身苦不早²⁾	입신이 빠르지 못하여 괴롭네
人生非金石	인생은 금석이 아닌데
豈能長壽考³⁾	어찌 장수하며 늙을 수 있으랴
奄忽隨物化⁴⁾	문득 물화를 따라가니
榮名以爲寶	영명을 보배로 삼아야 하리

주석 ☞

1) 駕言邁(가언매): 수레를 타고 멀리 떠나가다. 언(言)은 무의미한 어조사.

2) 立身(입신): 공업(功業)을 세움.

3) 考(로): 노(老)와 같음.

4) 物化(물화): 사망(死亡)을 말함.

평설 ☞

• 『고시평선』권4 : "이는 직접 정사(情事)를 읊었다. 도연명도 또한 이것을 본받았는데, 서로의 거리가 어떠한가?(此直賦情事, 陶令亦效此, 乃相去若何.)"

동성고차장 東城高且長¹⁾

東城高且長	동성은 높고도 길어
逶迤自相屬²⁾	구불구불 서로 이어지네

回風動地起[3]	돌개바람 땅을 울리며 일어나니
秋草萋已綠[4]	가을 풀 처량한 초록빛이네
四時更變化	사시가 다시 변화하니
歲暮一何速	세모가 어찌 그리 빠른가?
晨風懷苦心[5]	송골매는 괴로운 마음 품고
蟋蟀傷局促[6]	귀뚜라미는 국촉됨을 아파하네
蕩滌放情志[7]	근심 씻고 회포를 푸니
何爲自結束[8]	무엇 때문에 스스로 속박될 것인가
燕趙多佳人[9]	연과 조 지역엔 가인이 많은데
美者顔如玉	미인들 얼굴이 옥과 같네
披服羅裳衣[10]	비단 의상을 걸치고
當戶理淸曲[11]	창가에서 청상곡을 연주하니
音響一何悲	음향이 어찌 그리 슬픈가
絃急知柱促[12]	현이 급하니 기둥을 조인 것을 알겠네
馳情整中帶[13]	깊이 생각하며 의대를 정리하고
沈吟聊躑躅	침음하며 잠시 서성이네
思爲雙飛燕	쌍으로 나는 제비가 되어
銜泥巢君屋	진흙 물고 그대의 지붕에 둥지를 짓고 싶네

주석 〰

1) 명나라 장봉익(張鳳翼)은 『문선찬주(文選纂注)』에서 전반 10구(「東城高且
長」에서 「何爲自結束」까지)와 후반 10구(「燕趙多佳人」에서 「銜泥巢君屋」
까지)는 별개의 시라고 하였음. 문의(文意)가 연관(連貫)되지 않고 정조(情
調)가 불일치한 점에서 볼 때 타당한 주장이라 생각됨.

2) 逶迤(위이): 구불구불 길게 이어진 모양. 相屬(상속): 서로 이어짐.

3) 回風(회풍): 아래에서 위로 일어나는 선풍(旋風).

4) 萋已綠(처이록): 처이록(凄以綠). 가을바람이 일어나 풀의 초록빛이 시들어 간다는 의미.

5) 晨風(신풍): 전(鸇) 혹은 지조(鷙鳥). 매의 일종. 『시경·秦風·晨風』: "鴥彼 晨風, 鬱彼北林. 未見君子, 憂心欽欽."

6) 蟋蟀(실솔): 귀뚜라미. 『시경·唐風·蟋蟀』: "蟋蟀在堂, 歲聿其莫. 今我不樂, 歲聿其除."

7) 蕩滌(탕척): 세척(洗滌). 일체의 우려를 씻어내다.

8) 結束(결속): 속박(束縛).

9) 燕趙(연조): 주나라 때 있었던 연나라와 조나라 지역. 지금의 하북(河北), 산서(山西) 일대.

10) 披服(피복): 피복(被服). 옷을 입음.

11) 淸曲(청곡): 청상곡(淸商曲)의 간칭.

12) 柱促(주촉): 주(柱)는 현을 거는 기둥. 촉(促)은 단촉(短促).

13) 馳情(치정): 심사(深思). 中帶(중대): 속옷의 띠. 일작 의대(衣帶).

평설 ∽

• 『고시원』권4 : "어떤 이는 「연조다가인」 이하를 별도의 한 수라고 한다. (或以燕趙多佳人下, 另作一首.)"

구거상동문 驅車上東門

驅車上東門[1]	상동문으로 수레 몰아
遙望郭北墓[2]	멀리 성곽 북쪽의 묘지들을 바라보네
白楊何蕭蕭[3]	백양나무 얼마나 소소한가
松栢夾廣路	소나무 측백나무 넓은 길을 끼고 있네
下有陳死人[4]	아래엔 오랜 죽은 사람들이 있어
杳杳卽長暮[5]	어두운 긴 밤 속으로 나아가네
潛寐黃泉下	황천 아래 잠겨 잠든 채
千載永不寤	천년 동안 영원히 깨어나지 못하네
浩浩陰陽移	드넓은 음양이 바뀌니
年命如朝露	연명은 아침 이슬과 같네
人生忽如寄	인생은 잠깐 동안 머문 것 같으니
壽無金石固	수명은 금석처럼 견고함이 없네
萬歲更相送	만세가 서로 교차하니
聖賢莫能度	성현도 넘을 수 없다네
服食求神仙[6]	복식으로 신선을 구하나
多爲藥所誤	대부분 약 때문에 잘못되었네
不如飮美酒	좋은 술을 마시고
被服紈與素[7]	비단 옷을 입는 것만 못하리

주석

1) 上東門(상동문): 낙양(洛陽) 동성(東城)의 삼문(三門) 중 가장 북쪽에 있는 문.

2) 郭北墓(곽북묘): 낙양성 북쪽의 북망산(北邙山)을 말함. 동한(東漢) 광무제

(光武帝) 때부터 왕후(王侯) 경상(卿相)들의 묘지가 들어서서 이후 공동묘지로 유명하게 되었음.

3) 白楊(백양): 버드나무과의 사시나무. 옛날에는 묘소를 보호하기 위해 백양, 소나무, 측백나무, 오동나무, 느릅나무 등을 심었음. 蕭蕭(소소): 나뭇잎이 바람에 나부끼는 소리.

4) 陳(진): 구(久).

5) 杳杳(묘묘): 어둡고 깊은 모양. 卽(즉): 취(就). 長暮(장모): 장야(長夜).

6) 服食(복식): 신선이 되기 위해 방사(方士)가 만든 단약(丹藥) 등을 복용함을 말함.

7) 紈與素(환여소): 환(紈)과 소(素). 정세(精細)하고 결백(潔白)한 견(絹). 흰 비단.

거자일이소 去者日以疎

去者日以疎[1)	떠나가는 것은 날로 멀어지고
來者日以親	오는 것은 날로 가까워지네
出郭門直視[2)	성곽 문을 나서 직시하니
但見丘與墳	다만 구릉과 봉분만 보이네
古墓犂爲田[3)	옛 묘지는 갈아엎어져 밭이 되었고
松栢摧爲薪	소나무 측백나무는 꺾여져 땔나무가 되었네
白楊多悲風	백양나무엔 슬픈 바람이 많아
蕭蕭愁殺人	쏴아쏴아 사람에게 근심을 끼치네
思還故里閭	고향 마을로 돌아가려고 생각하나
欲歸道無因	돌아가려도 길이 없네

주석 ✑

1) 去者(거자): 세월과 같은 과거의 모든 사물.

2) 郭(곽): 외성(外城).

3) 犁(려): 쟁기. 경작함을 말함.

평설 ✑

● 『고시평선』 권4 : "「백양다비풍」에서 '다(多)' 한 글자를 어떤 이는 솔연 (率然)하다고 여기고, 어떤 이는 생신(生新)하다고 여긴다. 누가 체물 (體物)이 진실로 그러함을 알겠는가?(白楊多悲風, 一多字或以爲率然, 或以爲生新, 孰知體物固然.)"

생년블만백 生年不滿百

生年不滿百	사는 해는 백 년을 채우지 못하나
常懷千歲憂[1]	항상 천년 세월의 근심을 지녔네
晝短苦夜長	낮은 짧고 괴롭게 밤은 긴데
何不秉燭遊[2]	어찌 불 밝히고 놀지 않는가?
爲樂當及時	노는 것 마땅히 때에 맞춰야 하니
何能待來茲[3]	어찌 내년을 기다릴 수 있겠는가
愚者愛惜費	어리석은 사람은 비용을 아까워하여
但爲後世嗤	다만 후세의 비웃음을 당할 뿐이네
仙人王子喬[4]	선인 왕자교와

難可與等期　　　　함께 되기를 기대하기 어렵다네

주석 ⌒⌒

1) 千歲憂(천세우): 사후(死後)와 자손들 일에 대한 근심.

2) 秉燭(병촉): 병(秉)은 지(持). 손으로 촛불을 쥐고 조명함.

3) 來玆(내자): 내년(來年).

4) 王子喬(왕자교): 고대 전설 속의 신선의 이름. 유향(劉向)『열선전(列仙傳)』:
   "王子喬, 周靈王太子晉也. 好吹笙, 作鳳鳴. 浮丘公接上崇山, 三十餘年, 仙去."

평설 ⌒⌒

• 『고시평선』권4 : "(위) 3편 시는 영기(英氣)로써 통달하였다. 영기는 스
  스로 생물(生物)이니, 수미(首尾) 근락(筋絡)을 진정 승척(繩尺)으로
  찾을 수 없다.(三詩洞達以英氣, 見英其自是生物, 首尾筋絡, 正不可繩
  尺相尋.)"

늠름세운모 凜凜歲云暮

凜凜歲云暮[1]　　　　서늘하고 서늘하여 세월이 저물려하는데

螻蛄夕鳴悲[2]　　　　땅강아지 석양에 슬피 우네

涼風率已厲[3]　　　　서늘한 바람 모두 맹렬해졌는데

遊子寒無衣[4]　　　　나그네는 추워도 옷이 없네

錦衾遺洛浦[5]　　　　비단 이불 낙수 가에 남기고

同袍與我違[6]	동포를 나와 더불어 하지 않네
獨宿累長夜	홀로 자는 긴 밤이 쌓이고
夢想見容輝[7]	꿈에 본 용모가 빛났네
良人惟古歡[8]	낭인이 옛 정을 생각하여
枉駕惠前綏[9]	수레 타고 와서 줄을 잡고 오르게 하고
願得常巧笑[10]	항상 어여쁜 미소를 얻고자 하여
攜手同車歸[11]	손 이끌고 함께 수레 타고 돌아왔네
旣來不須臾[12]	이미 꿈속으로 온 후 얼마 되지도 않아
又不處重闈[13]	또 내실에 있지 않으니
亮無晨風翼	참으로 송골매의 날개가 없으니
焉能凌風飛	어떻게 바람을 타고 날아갈 수 있으리?
眄睞以適意[14]	곁눈질로 돌아보며 다정한 정 펴며
引領遙相睎	고개 늘여 멀리 바라보네
徙倚懷感傷[15]	서성이며 슬픔을 안고
垂涕沾雙扉	흐르는 눈물 사립문을 적시네

주석 ⌒⌒

1) 凜凜(늠름): 한기(寒氣)가 심한 모양. 云(운): 어조사. 장(將)의 용법.

2) 螻蛄(누고): 땅강아지. 납랍고(拉拉古), 토구(土狗). 농작물의 뿌리를 해치는 해충. 땅강아지도 작은 소리를 내기는 하나 슬픈 소리로서 인상적인 것인지는 의문임. 아무래도 누고는 땅강아지가 아닌 매미라고 여겨짐.

3) 率(솔): 대개(大概). 厲(려): 맹렬(猛烈).

4) 遊子(유자): 자신을 버리고 떠나간 낭군을 말함.

5) 洛浦(낙포): 낙수(洛水)의 물가. 이 구절은 낙수의 신 복비(宓妃)로써 낭군에

게 새 여인이 있음을 암시하고 있음.

6) 同袍(동포): 도포를 함께 사용함. 『시경·秦風·無衣』: "豈曰無衣, 與子同袍. 王子興師, 修我戈矛, 與子同仇." 동포는 원래 전우(戰友)를 말한 것이나 여기 서는 부부의 관계를 말함.

7) 容輝(용휘): 용안(容顔). 이 구절 이하 「焉能凌風飛」까지 꿈속의 환몽을 진술 하고 있음.

8) 惟古歡(유고환): 유(惟)는 사(思). 고환(古歡)은 구정(舊情).

9) 惠(혜): 사(賜). 綏(수): 수레에 오를 때 손으로 잡고 오르는 줄. 고대 혼례에 서 신랑이 수레를 타고 신부를 맞이하러 왔을 때 신부에게 줄을 건네주어 수레에 오르게 함. 이 구절은 낭인과의 과거의 혼례식을 상상하는 것임.

10) 상(常): 일작 장(長). 巧笑(교소):『시경·衛風·碩人』: "巧笑倩兮." 교소는 여 인의 아름다운 자태를 말함.

11) 攜手同車(휴수동거):『시경·邶風·北風』: "北風其喈, 雨雪其霏. 惠而好我, 攜手同車."

12) 須臾(수유): 짧은 시간.

13) 重闈(중위): 심규(深閨). 깊은 내실.

14) 眄睞(면래): 곁눈질로 돌아봄. 適意(적의): 견회(遣懷).

15) 徙倚(사의): 저회(低徊). 배회함.

평설 ⟢

● 『고시평선』권4 : "호색하되 음란하지 않고, 원비(怨誹)하되 상심하지 않 음을 이것에서 오히려 볼 수 있다. 심련(深練) 화섬(華贍)함은 반첩여 (班婕妤)·장화(張華) 여러 사람의 본색에서 비롯되었다. 「기래(旣來)」 두 말(語)은 참으로 사람을 감동시키는데, 〈국풍〉에는 이런 것이 없고, 마땅히 〈초사(楚辭)〉에서 비롯되었다. 결어(結語)는 박야(朴野)함이

지나치게 심하다. 고인(古人)의 뇌구(纇句)는 이와 같다.(好色不淫, 怨誹不傷, 猶于此見之. 深練華瞻, 自班張諸人本色, 既來二語固動人, 國風無此, 當由楚辭. 結語朴野過甚, 古人之纇句如此.)"

● 『고시원』권4 : "이는 상견을 기약할 수 없어서 꿈에 기탁한 것이다.「기래불수유」두 말은 황황홀홀(恍恍惚惚)하여 몽경(夢境)을 그리는데 입신하였다.(此相見不期, 託之於夢也. 既來不須臾二語, 恍恍惚惚. 寫夢境入神.)"

맹동한기지 孟冬寒氣至

孟冬寒氣至	초겨울 추운 기운 이르니
北風何慘慄[1]	북풍이 얼마나 차가운가
愁多知夜長	근심 많아 밤이 김을 깨닫고
仰觀衆星列	별들 늘어짐을 우러러보네
三五明月滿[2]	십오일 밝은 달 둥글고
四五蟾兔缺[3]	스무날 상현달 이지러졌네
客從遠方來	객이 먼 곳에서 찾아와
遺我一書札	나에게 한 통 편지 전하였네
上言長相思	위에는 길이 그립다하고
下言久離別	아래엔 오랜 이별을 말하였네
置書懷袖中	편지를 소매 안에 품어 두었는데
三歲字不滅	삼세 동안 글자가 지워지지 않았네
一心抱區區[4]	한 마음으로 애절하게 품었는데

| 懼君不識察 | 그대가 살피지 못할까 두렵네 |

주석 ᄋᄅ

1) **慘慄**(참률): 살을 에는 모진 추위.

2) 三五(삼오): 음력 15일 보름.

3) 四五(사오): 음력 20일 상현. **蟾免**(섬토): 달의 별칭. 섬서(蟾蜍)와 옥토(玉免), 즉 두꺼비와 옥토끼. 두꺼비는 항아(姮娥)의 화신이라 하고, 옥토끼는 태음(太陰)의 정(精)으로서 토끼 형상이라고 함. 모두 달을 상징함.

4) **區區**(구구): 권권(拳拳). 정회(情懷)가 전일(專一)한 모양.

평설 ᄋᄅ

• 『고시평선』권4 : "이는 〈행행중행행〉과 항좌(亢坐)한다. 나머지 수(首)는 오히려 병려(並旅)이다.(此與行行重行行亢坐, 餘首猶並旅也.)"

객종원방래 客從遠方來

客從遠方來	객이 먼 곳에서 찾아와서
遺我一端綺[1]	나에게 반 필의 비단을 전하였네
相去萬餘里	서로의 거리 만여 리인데
故人心尙爾[2]	고인의 마음 오히려 이러하네
文彩雙鴛鴦	비단 무늬가 쌍 원앙인데
裁爲合歡被[3]	재단하여 합환 이불을 만들어

著以長相思[4]   중간에 장상사를 채우고

緣以結不解   사면을 누벼서 풀어지지 않게 하였네

以膠投漆中   아교를 칠에 넣었으니

誰能別離此   누가 이를 분리할 수 있으리오

주석 ◦◦

1) 一端(일단): 반 필(匹). 이장(二丈)이 일단(一端)이고, 이단(二端)이 일필(一
   匹)임. 綺(기): 흰색 화문(花紋)의 비단.

2) 故人(고인): 오랫동안 헤어져 있는 장부(丈夫)를 말함. 爾(이): 여차(如此).

3) 合歡被(합환피): 대칭의 화문 도안이 있는 이불.

4) 長相思(장상사): 사면(絲綿). 면실이 면면이 이어지는 것[長相絲]을 장상사
   (長相思)라고 하여 부부의 정을 암유(暗喩)한 것임. 양신(楊愼)『승암시화(升
   庵詩話)』권1 "長相思, 謂以絲縷絡綿, 交互網之, 使不斷, 長相思之義也."

평설 ◦◦

• 『고시평선』권4 : "무수한 완욕(婉縟)을 다만 일직(一直)으로 그려내었다.
  (無數婉縟, 但一直寫之.)"

명월하교교 明月何皎皎

明月何皎皎   명월이 얼마나 밝은지

照我羅牀幃[1]   나의 비단 침상 휘장을 비추네

憂愁不能寐	근심으로 잠들 수 없어
攬衣起徘徊[2]	옷을 걸치고 일어나 배회하네
客行雖云樂	나그네 길이 비록 즐겁다고 하나
不如早旋歸	빨리 돌아오는 것만 못하리
出戶獨彷徨	문을 나서 홀로 방황하며
愁思當告誰	이 근심 누구에게 알려야 하나
引領還入房	고개 늘여 멀리 바라보다 다시 방에 들어오니
淚下沾裳衣	눈물 떨어져 의상을 적시네

주석 ◌◞

1) 幃(위): 휘장.

2) 攬衣(남의): 피의(披衣).

평설 ◌◞

• 『고시평선』권4 : "몹시 바른 언정(言情)이 풍아(風雅)의 바른 계보이다. (大端言情, 風雅正系.)"

• 『고시원』권4 : "〈십구수〉는 대략 축신(逐臣)·기처(棄妻)·붕우(朋友)·활절(闊絶)·사생(死生)·신고(新故)의 감개이다. 중간에 혹은 우언(寓言) 혹은 현언(顯言)이 있다. 반복저회(反覆低徊)하고 억양(抑揚)이 그치지 않아서 독자를 무단히 비감(悲感)하게 한다. 유연(油然)하게 선입(善入)한다. 이는 국풍의 유풍(遺風)이다. 정을 말함이 다하지 않았는데 그 정이 곧 심장(深長)하다. 후인의 근심은 다 말함을 좋아하는 데에 있다. 〈십구수〉를 읽어보면 마땅히 깨치는 것이 있을 것이다. 청

화(淸和)하고 평원(平遠)하여 기벽(奇闢)한 생각이나 경험(驚險)한 구가 불필요하다. 한경(漢京)의 여러 고시는 모두 그 아래에 있다. 오언 중에 방원(方員)이 지극하다.(十九首大率逐臣·棄妻·朋友·闊絶·死生·新故之感. 中間或寓言. 或顯言. 反覆低徊, 抑揚不盡, 使讀者悲感無端, 油然善入. 此國風之遺也. 言情不盡, 其情乃長, 後人患在好盡耳. 讀十九首應有會心. 淸和平遠, 不必奇闢之思, 驚險之句. 而漢京諸古詩皆在其下. 五言中方員之至.)"

고시 古詩 3수[1]

상산채미무 上山采蘼蕪[2]

上山采蘼蕪	산에 올라 미무를 캐고
下山逢故夫[3]	산을 내려오다 옛 남편을 만났네
長跪問故夫	꿇어앉아 옛 남편에게 물었네
"新人復何如"[4]	「새 부인은 어떠합니까?」
"新人雖言好	「새 부인은 비록 좋다고 말할 수 있지만
未若故人姝[5]	당신의 아름다움만 못하다오
顔色類相似	얼굴은 대략 비슷하지만
手爪不相如"[6]	손 솜씨는 서로 같지 않다오」
"新人從門入	「새 부인이 문으로 들어올 때
故人從閣去"[7]	옛 부인은 쪽문으로 떠나갔지요」
"新人工織縑[8]	「새 부인은 합사 비단을 잘 짜는데
故人工織素[9]	당신은 흰 비단을 잘 짰었지
織縑日一匹[10]	합사 비단은 하루에 한 필을 짜는데

89

織素五丈餘　　　흰 비단은 오 장 남짓을 짜니
將縑來比素　　　합사 비단과 흰 비단을 비교하면
新人不如故"　　　새 부인이 당신만 못하구려」

주석 ᒼᕉ

1) 〈상산채미무(上山采蘼蕪)〉·〈사좌차막훤(四坐且莫喧)〉·〈목목청풍지(穆穆淸風至)〉 3수는 『옥대신영(玉臺新詠) 권1 〈고시팔수(古詩八首)〉 가운데 있음. 모두 동한(東漢) 말의 무명씨의 작품임.

2) 蘼蕪(미무): 천궁(川芎). 궁궁이와 비슷한 향초. 약초로서 어린 싹은 나물로 먹을 수 있음.

3) 故夫(고부): 전 남편.

4) 新人(신인): 새 부인.

5) 故人(고인): 옛 부인. 곧 미무를 캐는 여인.

6) 手爪(수조): 손과 손톱. 여기서는 베를 짜는 손 솜씨를 말함.

7) 閣(합): 곁문. 쪽문.

8) 工(공): 솜씨가 뛰어남. 縑(겸): 합사로 짜는 일종의 황견(黃絹).

9) 素(소): 백색의 세견(細絹).

10) 匹(필): 4장(丈).

평설 ᒼᕉ

● 『고시평선』 권4 : "시에는 서사(敍事), 서어자(敍語者)가 있다. 사(史)와 비교하면 더욱 쉽지 않다. 사재(史才)는 본래 은괄(檃括)을 생색(生色)으로 삼는데 사실을 좇아 글을 짓는 것은 절로 쉽다. 시는 즉사(卽事)로 정을 생기게 하고, 즉어(卽語)로 형상을 그리는 것으로서 한결같이

사법(史法)을 사용한다면 감동을 줌이 영언(永言) 화성(和聲) 가운데에 존재하지 않아 시도(詩道)가 폐해지게 된다. 이것이 〈상산채미무〉한 시가 천공(天工)을 묘하게 탈취한 까닭이다. 두자미(杜子美)가 이를 모방하여 지은 〈석호리(石壕吏)〉는 또한 혹초(酷肖)하게 하려 했지만 매번 각화처(刻畵處)에 있어서는 오히려 본 진실을 핍사(逼寫)하여 끝내 사(史)에는 남음이 있으나 시에는 부족함을 깨닫는다. 논자는 곧 시사(詩史)라고 두보를 칭찬하지만, 낙타를 보면 말의 등이 볼록하지 않음이 한스러울 터이니, 이런 이유로 이름이 연민(憐憫)하게 된 것이다. 〈신인종문거〉한 돈(頓)은 진정 초묘(超妙)하여 마침내 맹인에게 고부(故夫)의 사(詞)가 아니라고 의심하게 한다.(詩有敍事敍語者, 較史尤不易. 史才固以櫽括生色, 而從實著筆自易. 詩則卽事生精, 卽語繪狀, 一用史法, 則相感不在永言和聲之中, 詩道廢矣. 此上山采蘼蕪一詩所以妙奪天工也. 杜子美倣之石壕吏, 亦將酷肖, 而每于刻畵處以逼寫見眞, 終覺于史有餘, 于詩不足. 論者乃以詩史譽杜, 見駝則恨馬之不腫, 是則, 名爲可憐憫者. 新人從門入一頓, 正爾超妙, 遂令盲人疑爲非故夫之詞.)"

사좌차막훤 四坐且莫喧

四坐且莫喧[1]	사방 좌석에 떠들지 말라 하고
願聽歌一言	노래 한 곡을 듣고 싶네
請說銅爐器	청동 향로에 대해 듣고자 하니
崔嵬象南山[2]	드높은 남산을 새겼다네
上枝似松柏	윗가지는 소나무 측백나무 같고

下根據銅盤[3]	아래 뿌리는 청동 탁반에 의지하였네
彫文各異類	새긴 문양 각각 다른 종류인데
離婁自相聯[4]	영롱하게 서로 이어졌네
誰能爲此器	누가 이 기물을 만들 수 있었나
公輸與魯班[5]	공수와 노반일세
朱火然其中[6]	붉은 불이 그 안에서 타니
靑煙揚其間	푸른 연기 그 사이에서 올라와
從風入君懷	바람 따라 그대 품으로 들어가니
四坐莫不歡	사방 좌석에서 감탄을 그치질 않네
香風難久居	향기로운 바람 오래 머물 수 없어
空令蕙草殘[5]	공연히 혜초만 재로 만드네

주석 ㉦

1) 四坐(사좌): 사좌(四座).

2) 崔嵬(최외): 높은 모양.

3) 銅盤(동반): 향로 아래를 받치는 청동 탁반(托盤).

4) 離婁(이루): 무늬가 영롱한 모양.

5) 公輸與魯班(공수여노반): 공수(公輸)는 춘추시대 노(魯)나라의 유명한 건축 공장(建築工匠)의 이름. 공수는 성씨이며, 이름은 반(般)인데, 세속에서 노반 (魯般)이라 불렀다. 후세에 종종 공수와 노반을 두 사람으로 착각하였는데, 이 시구가 그 한 예이다.

6) 然(연): 연(燃)의 고체자.

7) 蕙(혜): 향초의 이름.

평설 ⟳

* 『고시평선』권4 : "옹문자주(雍門子周)가 전문(田文 : 孟嘗君)을 감동시킨 것은 그 묘함이 우선 우류(迂謬)를 이용한 데에 있다. 그것을 좇아 들으면 문득 놀라게 되는데, 이 방법은 참으로 시에 적합하다. 그러나 고금에서 그 사이를 살피지 못하는데 다만 이처럼 끊임없이 인입(引入)함이 극성이어서 홀연히 차갑게 깨어나게 하고, 혼백을 흔들고 상하게 하고 서리를 날리고 돌마저 마시게 한다. 「차막훤」 세 글자는 몹시 날심(辣心)이 있다. 「향풍난구거, 공령혜초잔」은 이치가 지극하고 말이 극진하다. 중토인(中土人 : 중국인)에게 스스로 이런 영준(靈雋)한 마음이 있었으니 석씨(釋氏)의 동래(東來)로부터 있게 된 것이 아니다.(雍門之感田文者, 其妙在先爲迂謬, 從之聽而忽驚之, 此道良宜于詩. 而古今莫窺其際, 唯此迤邐引入極盛, 忽然冷醒, 蕩魄傷魂, 霜可飛, 石可飮矣. 且莫喧三字大有辣心. 香風難久居, 空令蕙草殘, 理至言極, 中土人自有此靈雋之心, 不自釋氏東來而有.)"

목목청풍지 穆穆淸風至

穆穆淸風至[1]	온화한 맑은 바람 이르니
吹我羅裳裾	나의 비단 옷자락을 날리네
靑袍似春草	푸른 도포 봄 풀빛과 같은데
草長條風舒[2]	풀 자라고 조풍이 퍼지네
朝登津梁上	아침에 나루의 다리에 올라
褰裳望所思[3]	아래 옷자락 걷어올리고 그리운 사람을 바라보네
安得抱柱信[4]	어디에서 기둥을 껴안던 신의를 얻어

皎日以爲期 　　　밝은 해로 기약을 삼을까

주석 ◎

1) 穆穆(목목): 온화한 모양.

2) 條風(조풍): 입춘 시절에 부는 동북풍.

3) 抱柱信(포주신): 미생(尾生)이 여자와 다리 밑에서 만나기로 하고 기다리다 홍수가 났는데 약속을 지키기 위해 다리 기둥을 껴안고 죽은 신의를 말함. 『장자(莊子)·도척(盜跖)』: "尾生與女子期于梁下, 女子未來, 水至不去, 抱梁柱而死."

평설 ◎

• 『고시평선』권4 : "정의 지극함은 사건과 관련이 없다. 바람에 나부끼는 의복과 풀빛은 모두 한 노구(爐韝)이다. 완절(宛折) 방오(旁午)하여 묘함을 보이지 않음이 없다. 고인(古人)은 이미 이러한 기교를 갖추었다. 고인이 아니면 이러한 기교가 없다.(情至不關事, 風衣草色共一爐韝, 宛折旁午, 無不見妙. 古人已具此巧, 非古人無此巧也.)"

고시 3수

이 고시 3수 〈귤유수화실(橘柚垂華實)〉·〈십오종군정(十五從軍征)〉·〈신수란혜파(新樹蘭蕙葩)〉는 『예문류취(藝文類聚)』·『초학기(初學記)』·『태평어람(太平御覽)』·『고시류원(古詩類苑)』·『시기(詩記)』 등에 실려 있음. 모두 동한말 무명씨의 작품임.

귤유수화실 橘柚垂華實

橘柚垂華實	귤 유자가 꽃과 과실을 드리우고
乃在深山側	곧 깊은 산 가에 있네
聞君好我甘[1]	그대가 나의 단맛을 좋아한다는 것을 듣고
竊獨自雕飾	내 홀로 스스로 단장하였네
委身玉盤中	옥반 안에 몸을 맡기고
歷年冀見食[2]	해를 지내며 먹힘을 바랐으나
芳菲不相投[3]	향기 다하도록 뜻을 이루지 못하고
靑黃忽改色	청황빛 홀연 색이 변하였네
人尙欲我知	사람들이 오히려 나를 알고자 하니
因君爲羽翼[4]	그대로 인해 우익이 되고자 하네

주석 ☙

1) 我(아): 귤유(橘柚)를 말함.

2) 見食(견식): 먹혀지다. 견(見)은 피(被).

3) 不相投(불상투): 불합의(不合意).

4) 羽翼(우익): 보좌(補佐).

평설 ☙

• 『고시평선』권4 : "위진(魏晉) 이하 사람들의 시는 제목을 드러내지 않으면 말한 바를 알지 못한다. 만일 말한 바를 알려면 한차례 뜻을 다하여야 한다. 한인(漢人)들은 그렇지 않으니, 이 시처럼 한 번 비유로 들어가 반복경도(反復傾倒)하여, 문외(文外)로는 감춰있지만 문내(文內)

에는 절로 드러나서 홀로의 생각을 펴서 여러 사람의 감동을 받는다. 포조(鮑照)와 이백(李白)이 간혹 이에 가까워 마침내 준일(俊逸)하다는 칭찬을 독점하였다.(魏晉以下人詩, 不著題則不知所謂, 倘知所謂, 則一往意盡. 唯漢人不然, 如此詩一行入比, 反復傾倒, 文外隱而文內自顯, 可抒獨思, 可授衆感. 鮑照李白間庶幾焉, 遂擅俊逸之稱.)"

● 『고시원』권4 : "구구한 정성으로 고원(高遠)함에 달하기를 바랐다. 통수(通首)가 탁물기흥(托物寄興)인데 정의(正意)를 드러내지 않고 더욱 그 고원함을 보이었다.(區區之誠, 冀達高遠. 通首托物寄興, 不露正意, 彌見其高.)"

십오종군정 十五從軍征

十五從軍征	열다섯에 종군하여 떠나서
八十始得歸	팔십에 비로소 돌아와
道逢鄉里人	길에서 고향사람 만났네
"家中有阿誰"	「집안에 누가 있나요?」
"遙望是君家	「멀리 보이는 것이 당신네 집인데
松栢冢纍纍"	소나무 측백나무 무덤만 즐비합디다」
兎從狗竇入	토끼가 개구멍으로 들어오고
雉從梁上飛	꿩은 대들보 위에서 날고
中庭生旅穀[1]	중정엔 야생 곡식이 자라고
井上生旅葵[2]	우물가엔 야생 아욱이 돋아났네
烹穀持作飯	곡식을 삶아 밥을 짓고

采葵持作羹	아욱을 뜯어 국을 끓이니
羹飯一時熟	국과 밥이 일시에 익었는데
不知貽阿誰	누구에게 주어야 할지 모르겠네
出門東向望	문 나서 동쪽을 바라보니
淚落沾我衣	눈물 떨어져 나의 옷을 적시네

주석 ⌒

1) 旅穀(여곡): 파종하지 않았는데 야생으로 자란 곡식.

2) 旅葵(여규): 야생으로 자란 아욱.

평설 ⌒

• 『고시평선』권4 : "고통이 심하고 핍박이 심하다. 그러나 뜻을 펴서 써간
것이 절로 여한(餘閑)이 있어서, 「행유치아존, 소비골수건(幸有齒牙
存, 所悲骨髓乾)」과는 같지 않다. 핍진하게 정축어(淨丑語)를 지었
다.(苦甚迫甚, 而發意出手自有餘閑, 不似幸有齒牙存, 所悲骨髓乾. 逼
眞作淨丑語.)"

신수란혜파 新樹蘭蕙葩

新樹蘭蕙葩[1]	새로 난혜의 꽃을 심어
雜用杜蘅草[2]	두형초와 섞어 재배하였네
終朝采其華[3]	새벽부터 그 꽃을 땄는데

日暮不盈抱	해 저물도록 한 아름을 채우질 못하였네
采之欲遺誰	꽃을 따서 누구에게 보내려 하나
所思在遠道	그리운 사람 먼길에 있다네
馨香易銷歇	향기는 쉽게 없어지고
繁華會枯槁	번화한 꽃 일찍 말라버리네
恨望何所言	한스럽게 바라보며 어디에 말을 하나
臨風送懷抱	바람 앞에서 회포를 보내네

주석 ᑔ

1) 樹(수): 심다. 蘭蕙(난혜): 택란(澤蘭)과 혜초(蕙草). 일종의 향초.

2) 用(용): 재배하다. 杜衡(두형): 일종의 향초, 약으로 쓰임.

3) 終朝(종조): 이른 아침. 『시경·소아·采綠』: "終朝采綠, 不盈一匊."

평설 ᑔ

• 『고시평선』권4 : "한 뜻을 구정(扣定)함이 초종(初終)에 미치지 않았다.
중변(中邊)의 작약(綽約)함을 진정 무궁하게 하였다. 고시는 본래 이
런 것을 대종(大宗)으로 삼는다.(扣定一意, 不及初終, 中邊綽約, 正使
無窮, 古詩固以此爲大宗.)"

악부가사 樂府歌辭 2수

〈전성남(戰城南)〉·〈상야(上邪)〉는 한악부(漢樂府) 고취가사(鼓吹歌辭)
〈요가(鐃歌)〉 18곡 중 2수임. 〈요가〉는 본래 군악(軍樂)으로서 그 가사
는 민간에서 나왔음. 지금 전하는 〈요가〉는 대부분 글자에 오류가 많아
서 해독하기가 어렵다.

전성남 戰城南

戰城南	성 남쪽에서 전투하고
死郭北[1]	외성 북쪽에서 전사하니
野死不葬烏可食	들에서 죽어 묻히지 못하니 까마귀가 먹으려 하네
爲我謂烏	나를 위해 까마귀에게 말해주오
"且爲客豪[2]	「장차 장례 호곡을 해다오
野死諒不葬	들에서 죽어 묻히지 못함을 생각하면
腐肉安能去子逃"[3]	썩은 고기가 어떻게 너를 피해 달아날 수 있으리오」
水深激激[4]	물 깊어 콸콸 흐르고
蒲葦冥冥[5]	부들과 갈대밭은 어둡네
梟騎戰鬪死[6]	효기는 전투하다 죽었는데
駑馬徘徊鳴[7]	노마는 배회하며 우네
梁築室[8]	다리 위에 집을 지으니
何以南	어디가 남쪽이고
何以北	어디가 북쪽인가
禾黍不獲君何食	곡식을 거두지 못하니 임금은 무엇을 먹을 건가
願爲忠臣安可得	충신을 원하나 어디에서 얻을 건가
思子良臣[9]	그대 같은 훌륭한 신하를 생각하니
良臣誠可思	훌륭한 신하가 참으로 그립네
朝行出攻	아침에 공격하러 나갔는데
暮不夜歸	저녁이 되어도 돌아오지 못하네

1) 郭(곽): 외성(外城).

2) 豪(호): 호(嚎). 발상(發喪) 때의 호곡(號哭). 까마귀에게 울부짖어 친척들 대
   신 곡장(哭葬)의 예를 치러달라는 뜻임.

3) 子(자): 까마귀.

4) 深(심): 일작 성(聲). 激激(격격): 물이 괄괄 흐르는 모양.

5) 冥冥(명명): 창망유암(滄茫幽暗).

6) 梟騎(효기): 효용(驍勇)한 기마. 즉 용사를 말함.

7) 駑馬(노마); 노둔한 말. 즉 겁 많고 나약한 병사를 말함.

8) 梁築室(양축실): 교량 위에 집을 지음. 불합리한 현상을 말함.

9) 子(자): 전사한 충량한 신하.

평설 ⤶

• 『고시평선』권1 : “〈요가〉 잡고취보(雜鼓吹譜)는 글자를 읽을 수 없는 것
  이 많다. 다만 이 수는 대략 해석이 통한다. 노래한 바는 비록 비장하
  지만 성정(聲情)이 요요(繚繞)하여 스스로 오균(吳均) 일파가 지은 장
  염(長髯) 대면강(大面腔) 보다 못하다. 장부는 비록 죽더라도 한한(閑
  閑)해야 하는데 어찌 적면(頳面)으로 몽둥이를 휘두를 수 있는가?(鐃
  歌雜鼓吹譜, 字多不可讀, 唯此首可通解. 所詠雖悲壯, 而聲情繚繞, 自
  不如吳均一派裝長髯大面腔. 丈夫雖死亦閑閑爾, 何至頳面張奉.)”

• 『고시원』권3 : “태백(太白)이 이르길 「야전격투사, 패마시명향천비(野戰
  格鬪死, 敗馬嘶鳴向天悲)라 하였는데, 이는 스스로 당인(唐人)의 말
  [語]이다. 효기(梟騎) 열 자를 읽어보면 얼마나 간경(簡勁)한가? 말단
  「사량신(思良臣)」은 몹시 그들을 키울 뜻을 품은 것이다.(太白云, 野

戰格鬪死, 敗馬嘶鳴向天悲. 自是唐人語. 讀梟驥十字, 何等簡勁. 末端
思良臣, 懷頗牧之意也.)"

상야 上邪

上邪	하늘이여
我欲與君相知[1]	나는 그대와 서로 사랑하여
長命無絶衰[2]	영원히 이별과 쇠함이 없기를 바라네
山無陵	산 언덕이 닳아 없어지고
江水爲竭	강물이 다 마르고
冬雷震震	겨울에 천둥이 울리고
夏雨雪[3]	여름에 눈이 내리고
天地合	천지가 합쳐진다 하더라도
乃敢與君絶	어찌 감히 그대와 떨어질 수 있으리오

주석 ∽

1) 相知(상지): 상애(相愛).

2) 命(명): 사역동사. 사(使).

3) 雨(우): 동사. 강(降).

평설 ∽

• 『고시원』 권3 : "「산무릉」 이하 모두 5가지 일이다. 중첩하여 말하였다.

그러나 그 배열을 볼 수 없다. 어찌 필력이 종횡한가(山無陵下共五事. 重疊言之. 而不見其排, 何筆力之橫也.)"

맥상상 陌上桑[1]

日出東南隅[2]	해가 동남쪽에서 떠서
照我秦氏樓	우리 진씨의 누대를 비추네
秦氏有好女	진씨에겐 예쁜 딸이 있어서
自名爲羅敷	이름이 나부라고 하네
羅敷善蠶桑	나부는 누에치기를 잘하여
采桑城南隅	성남 쪽에서 뽕잎을 따네
青絲爲籠係[3]	푸른 끈을 바구니줄로 하고
桂枝爲籠鉤[4]	계수나무 가지로 바구니고리를 만들었네
頭上倭墮髻[5]	머리 위엔 왜타계를 올리고
耳中明月珠[6]	귀엔 명월주를 매달았네
緗綺爲下裙	담황색 비단으로 아래치마를 지었고
紫綺爲上襦	붉은 비단으로 윗저고리를 지었네
行者見羅敷	행인이 나부를 보면
下擔捋髭鬚	짐을 내려놓고 수염을 매만지고
少年見羅敷	소년이 나부를 보면
脫帽著帩頭[7]	모자 벗고 묶은 머리 드러내네
耕者忘其犁	밭가는 사람은 그 소를 잃어버리고
鋤者忘其鋤	김매는 사람은 그 호미를 잃고서

來歸相怒怨	돌아와 서로 화내어 원망을 하니
但坐觀羅敷[8]	다만 나부만 보았기 때문이네
(一解)	
使君從南來[9]	사군이 남쪽에서 와서
五馬立踟躕	오마를 세워놓고 서성이네
使君遣吏往	사군이 관리를 보내 물었네
"問是誰家姝"[10]	「어느 댁의 아가씨인가요?」
"秦氏有好女	「진씨 댁에 예쁜 딸이 있어
自名爲羅敷"	이름이 나부라고 합니다」
"羅敷年幾何"	「나부는 나이가 얼마인지요?」
"二十尚不足	「스물엔 부족하고
十五頗有餘"	열다섯엔 남음이 있지요」
使君謝羅敷[11]	사군이 나부에게 물었네
"寧可共載不"	「차라리 함께 타고 가지 않겠는가?」
羅敷前致辭	나부가 앞으로 나와 말했네
"使君一何愚[12]	「사군께서는 어찌 그리 어리석습니까?
使君自有婦	사군에게는 스스로 부인이 있고
羅敷自有夫"	나부도 스스로 남편이 있답니다」
(二解)	
"東方千餘騎	「동방에 천여 기마가 있는데
夫壻居上頭[13]	남편은 그 앞에 있답니다
何用識夫壻	어떻게 남편을 알아볼 수 있는가
白馬從驪駒	백마를 검은 말이 따르고 있는데
青絲繫馬尾	푸른 끈으로 말꼬리를 묶었고

黄金絡馬頭	황금장식 말머리에 이어졌답니다
腰中鹿盧劍[14]	허리엔 녹로검을 찼는데
可値千萬餘	값이 천만 여 금이랍니다
十五府小史	열다섯에 부의 소리가 되고
二十朝大夫	스물엔 조정의 대부가 되고
三十侍中郎	삼십엔 시중랑이 되었고
四十專城居[15]	사십엔 전성거가 되었는데
爲人潔白晳	사람됨이 결백하게 피부가 희고
鬑鬑頗有鬚[16]	길고 많은 수염이 있고
盈盈公府步[17]	천천히 공부를 걸어가고
冉冉府中趨	느릿느릿 부중을 오가는데
坐中數千人	좌중의 수천 사람들이
皆言夫壻殊"	모두 남편을 제일 낫다고 한답니다」

(三解)

주석 ◌◌

1) 〈맥상상〉은 한나라 악부 〈상화가사(相和歌辭)·상화곡(相和曲)〉에 속한다.
진(晉)나라 최표(崔豹) 『古今注』에서 "〈맥상상〉은 진씨(秦氏) 여자에게서 나
왔다. 진씨는 한단(邯鄲) 사람이고, 딸이 있는데 이름이 나부(羅敷)이다. 읍
인(邑人) 천승(千乘) 왕인(王仁)의 처가 되었다. 왕인은 후에 조왕가(趙王家)
의 령(令)이 되었다. 나부가 외출하여 두둑 위에서 뽕잎을 따는데 조왕(趙
王)이 대에 올라 그녀를 보고서 좋아하게 되었다. 그래서 술자리를 갖추고
그녀를 탈취하려 하였다. 나부는 쟁(箏)를 잘 연주하였는데 곧 〈맥상상〉이
란 노래를 작곡하여 자신의 뜻을 밝혔다. 조왕이 이에 그만두었다"고 하였
다. 한편 「악부해제」에서는 "고사(古辭)이다. 나부가 뽕잎을 딸 때 사군에게

부름을 받자 그녀의 남편이 시중랑이라고 몹시 과장하여 거절하였다"고 하였다. 『고금악록(古今樂錄)』에는 〈염가나부행(艷歌羅敷行)〉, 『옥대신영』에는 〈일출동남우편(日出東南隅篇)〉, 『악부시집』에는 〈맥상상〉이라 하였다.

2) 隅(우): 변(邊) 혹은 방(方).

3) 籠係(농계): 바구니를 매는 줄.

4) 籠鉤(농구): 바구니에 줄을 매는 둥근 고리.

5) 倭墮髻(외타계): 고대 여성의 일종의 머리 형태. 둥글게 틀어 올린 머리가 정수리에서 한쪽으로 쏠려 있는 모양의 머리 형태. 타마계(墮馬髻)라고도 함.

6) 明月珠(명월주): 대진국(大秦國: 로마제국)에서 수입한 대보주(大寶珠).

7) 帕頭(초두): 고대 남자의 머리를 싸는 사건(紗巾). 백두(帕頭).

8) 但坐(단좌): 지인위(只因爲).

9) 使君(사군): 군의 태수.

10) 姝(주): 미녀.

11) 謝(사): 문(問).

12) 一何(일하): 하기(何其). 어찌 그렇게.

13) 上頭(상두): 앞의 열(列).

14) 鹿盧劍(녹로검): 녹로(鹿盧)는 녹로(轆轤). 녹로는 둥근 도로래. 검의 자루를 녹로 형태로 만들고 옥으로 장식한 검.

15) 專城居(전성거): 한 성(城)을 주재(主宰)하는 주목(州牧) 혹은 군수(郡守).

16) 鬑鬑(염렴): 긴 모양.

17) 盈盈(영영): 서두르지 않고 의젓하게 걷는 모양.

평설 ⋐∿

• 『고시평선』권1 : "악부 여러 곡은 민간에서 채록한 것이 많은데 관현(管絃)에 올려서 귀를 즐겁게 하였다. 즉재(卽裁)는 문사들로부터였는데,

또한 반드시 필묵의 기운이 다하여도 음영(吟詠)한 정은 길게 하였다. 고체(古體)는 본디 그러하여 이 같은 것이 있다. 비록 유속(流俗)의 솔이(率爾)함에서 비롯되었지만 재제(裁制)는 본래 절로 순호(純好)하다. 만일 한(漢)나라의 이러함을 살피지 못하고「개언부서수」이하에 반드시 다시 준거어(峻拒語)를 짓는다면 곧 악도(惡道)로 영원히 떨어질 것이다.(樂府諸曲, 多采之民間, 以付管絃, 悅流耳. 卽裁自文士, 亦必筆墨氣盡, 吟詠情長, 古體固然有如此者. 雖因流俗之率爾, 而裁制固自純好. 使不了漢爲此, 于皆言夫婿殊之下, 必再作俊拒語, 卽永落惡道矣.)"

- 『고시원』권3 : "포진(鋪陳)이 농지(穠至)함은 신연년(辛延年)의〈우림랑(羽林郎)〉의 일부 필묵과 함께 한다. 이 악부체는 여기 있는 고시들과 다르다.……사군에게 말한 네 구절은 대의가 늠연(凜然)하다. 말단의 남편을 성대하게 칭찬한 것은 장법(章法)이 있는 듯하고 없는 듯한데 이런 것이 고인(古人)의 입신처(入神處)이다.(鋪陳穠至, 與辛延年羽林郎一部筆墨. 此樂府體別於古詩在此.……謝使君四語, 大義凜然. 末端盛稱夫壻, 若有章法, 若無章法, 是古人入神處.)"

염가행 豔歌行[1]

翩翩堂前燕	훨훨 나는 당 앞의 제비
冬藏夏來見	겨울에 숨었다가 여름에 보이네
兄弟兩三人	형제들 두세 명이
流蕩在他縣[2]	떠돌며 다른 현에 있다네

故衣誰當補	헌 옷은 누가 기워주며
新衣誰當綻³⁾	새 옷은 누가 지어주는가
賴得賢主人⁴⁾	현명한 주인에게 의뢰하여
覽取爲我綻	내 대신 지어주게 하오
夫壻從門來	남편이 문으로 들어와서
斜倚西北眄	서북쪽에 기대어 흘겨보네
"語卿且勿眄	「당신은 흘겨보지 마오
水淸石自見"	물이 맑으니 돌이 절로 드러나리라」
石見何纍纍	돌이 드러난 것 어찌 그리 많은가
遠行不如歸	먼 여행길 돌아옴만 못하리라

주석 ᧦

1) 〈염가행〉은 악부 〈상화가사·슬조곡(瑟調曲)〉에 속함. 『악부시집』에서 "〈염
가행〉은 하나가 아니다. 곧장 〈염가(豔歌)〉라고 하기도 하는데 곧 〈염가행〉
이다"라고 하였다. '염(豔)'은 전문 음악용어로서 정곡(正曲) 앞의 일단(一段)
이 곡을 이끄는 것을 지칭함. 「악부해제」에 "고사(古辭)의 「편편당전연, 동장
하래건」은 제비는 겨울에 숨었다가 여름에 오는데 형제들은 오히려 다른 현
에서 떠돌고 있어서, 주부가 그들을 위해 의복을 짓는데 남편이 이를 의심한
다는 것을 말하는 것이다"고 하였다.

2) 流蕩(유탕): 밖으로 떠도는 것.

3) 綻(탄): 봉제(縫製).

4) 賢主人(현주인): 거처하는 집의 현덕한 주부.

5) 斜倚(사의): 문에 기대어 서 있음. 眄(면): 흘겨봄.

평설 ⟅⟆

- 『고시평선』권1 : "고인(古人)은 이런 일에 대하여 이처럼 한원(閑遠) 위사(委蛇)하다. 이에 관현에 올려도 난색(赧色)이 없다. 탁골자염(擢骨載髥)으로 대단(大端)을 말하는 사람은 야인(野人)일 것이다.(古人于爾許事, 閑遠委蛇如此, 乃以登之管絃, 遂無赧色. 擢骨載髥以道大端者, 野人哉.)"

- 『고시원』권3 : "⟨맥상상⟩·⟨우림랑⟩과 함께 성정의 바름을 볼 수 있으니 ⟨국풍⟩의 유풍이다.(與陌上桑羽林郞, 同見性情之情, 國風之遺也.)"

채옹 蔡邕

채옹(132-192), 동한(東漢)의 사부가(辭賦家). 산문·서법에도 뛰어났
음. 자는 백개(伯喈), 진류어(陳留圉), 지금의 하남 기현(河南 杞縣) 사
람. 영제(靈帝) 때 낭중(郎中)·교서동관(校書東觀)·의랑(議郎) 등을 지
내고, 동탁(董卓)이 전횡하였을 때 강제로 출사하였다가 동탁이 피살된
후 옥중에서 죽었다. 명대(明代) 장박(張薄)이 찬집한 『채중랑집(蔡中
郎集)』이 전한다.

음마장성굴행 飲馬長城窟行[1]

青青河邊草	푸릇푸릇한 강가의 풀
綿綿思遠道	끊이지 않는 먼 길 떠난 임 생각
遠道不可思	먼 길은 생각할 수 없으나
宿昔夢見之	엊저녁 꿈에서 보았네
夢見在我傍	꿈에 볼 때는 내 곁에 있었는데
忽覺在他鄉	문득 깨니 타향에 있네
他鄉各異縣	타향은 서로 다른 현이니
展轉不可見[2]	잠 못 이루어도 볼 수가 없네
枯桑知天風	마른 뽕나무가 어찌 천풍을 알고
海水知天寒[3]	바닷물이 날 차가움을 어찌 알리오
入門各自媚	돌아온 사람들은 각자 즐기는데
誰肯相爲言	누가 기꺼이 소식을 전해주리오
客從遠方來	어떤 손님이 멀리서 와서
遺我雙鯉魚[4]	나에게 두 마리 잉어를 전해주네
呼童烹鯉魚	동자 불러 잉어를 삶으라 했더니
中有尺素書[5]	뱃속에 한 자 길이 비단 편지가 있네
長跪讀素書	단정히 무릎꿇고 편지를 읽으니
書中竟如何	편지는 끝내 어떤 내용이던가
上有加餐食[6]	위에는 식사 잘 하시오라는 말과
下有長相憶[7]	아래에는 길이 그리워한다는 말이 있네

1) 〈음마장성굴행〉: 악부 〈상화가사 · 금조곡(瑟調曲)〉에 속함. 일명 〈음마행 (飮馬行)〉. 『문선』권27에는 〈고사(古辭)〉라고 하였고, 『옥대신영(玉臺新詠)』 권1에는 채옹(蔡邕)의 작품으로 되어 있음. 『문선』이선주: "여선장(酈善長) 의 『수경(水經)』에서 말하길, '내가 장성에 가니, 그 아래에 종종 샘물이 솟는 굴이 있어 말에게 물을 먹일 만하였다. 고시(古詩) 「음마장성굴행」은 믿을 만하다'고 했다. 장성은 몽염(蒙恬)이 쌓은 것이다. 수자리 부역자가 장성에 이르면 말에게 물을 먹인다는 것을 말한 것이다. 그 부인이 그를 그리워하여 〈장성굴행〉을 지었다. 『음의(音義)』에 행(行)은 곡(曲)이라 하였다."

2) 展轉不可見(전전불가견): 전전(展轉)은 전전(輾轉)과 통용. 뜻은 전전반측 (輾轉反側). 『옥대신영』권1에는 '가(可)'가 '상(相)'으로 되어 있음.

3) 枯桑知天風, 海水知天寒(고상지천풍, 해수지천한): 『옥대신영』주: "한(翰) 이 말하기를 '지(知)'는 '기지(豈知)'를 말하는 것이다. 마른 뽕나무는 지엽이 없기 때문에 천풍을 알지 못한다. 바닷물은 얼어붙지 않으므로 날 추움을 모른다'고 했다. 또 살펴보니, 『문선』의 주에서는 '마른 뽕나무는 지엽이 없지만 오히려 천풍을 알고, 바닷물은 광대하나 오히려 날 추움을 안다. 군자의 행역이 어찌 바람과 추위에서 벗어나겠는가?'라고 했다."

4) 雙鯉魚(쌍리어): 편지. 『고시상석(古詩賞析)』주: "옛사람은 척소(尺素)로 잉어형상을 만들었는데 곧 편지를 그렇게 봉한 것이다. 지금사람처럼 밀랍을 사용하지 않았다.----물고기를 삶아 편지를 얻었다는 것은 정황을 비유하는 말일 뿐이다. 그런데 오신(五臣)과 유리(劉履)는 옛사람은 물고기 뱃속에다 편지를 부치는 것이 많았다고 말하며, 진섭(陳涉)이 물고기를 잡은 일을 끌어다가 증명했다. 어리석은 사람이 꿈속의 일을 말하는 것과 무엇이 다를 것인가?" 『옥대신영』주: "『한서, 진섭전(漢書, 陳涉傳)』에 '이에 비단에 붉은 글씨로 「진승왕(陳勝王)」이라고 써서, 사람을 시켜 물고기 뱃속에다 넣어두도록 하였다. 그 뒤에 물고기를 사다 삶다가 그 글을 얻었다'고 했다. 이 시는 그 일을 암용(暗用)하였다."

5) 尺素(척소): 한 자 길이의 비단. 고대에는 종이를 대신하여 편지지로 썼음.

6) 有(유): 『악부시집』권38에는 언(言)으로 되어 있음.

7) 有(유): 『악부시집』에는 언(言)으로 되어 있음. 『예문유취(藝文類聚)』권4에
는 억(憶)이 사(思)로 되어 있음.

평설 ᠀

• 『고시평선』: "종횡으로 운(韻)을 사용했는데, 원만하지 않은 가락은 없
다. 곧 이 일단(一端)은 천고의 금대(衿帶)가 되기에 충분하다. 어떤
곳은 흥(興)이고 어떤 곳은 비(比)이며, 심원한가 하면 천근하기도 하
며, 멈추어 있는가 싶으면 흐르고 있고 또한 흐르고 있는가 싶으면 멈
추어 있다. 신룡(神龍)이 구름과 안개를 일으키며 달려감을 인정(人
情)으로 준거하면 다만 크게 탄식할 뿐이다. 신묘한 이치는 대략 〈동
산(東山)〉시로부터 왔는데, 그러나 〈동산〉시는 과녁으로 삼아 활을 당
겨 겨눌 수 있으니, 그 차이가 천 리이다. 이 시는 천우(天遇)로써 이
루었고 의중(意中)으로 이룬 것이 아니다. '입문각자미(入門各自媚)'를
깊이 음미해보면, 그 일탕(一蕩)함을 요행히 얻을 수 있다(縱橫使韻,
無曲不圓. 卽此一端, 已足衿帶千古. 或興或比, 一遠一近, 謂止而流, 謂
流而止. 神龍之興雲霧馭, 以人情準之, 徒有浩嘆而已. 神理略從〈東山〉
來, 而以〈東山〉爲鵠, 關弓向之, 則其差千里. 此以天遇, 非以意中者.
熟吟'入門各自媚', 一蕩或僥幸得之)."

장가행 長歌行[1]

靑靑園中葵[2]	푸릇푸릇한 동원의 아욱
朝露待日晞	아침 이슬은 햇살 받아 마르고
陽春布德澤[3]	양춘이 덕택을 베푸니
萬物生光輝	만물에 빛이 나네
常恐秋節至	항상 두려운 건 가을이 와서
焜黃華葉衰[4]	누렇게 꽃잎이 시듦이네
百川東到海	모든 냇물은 동쪽으로 흘러 바다에 이르는데
何時復西歸	어느 때에 다시 서쪽으로 돌아오겠는가
小壯不努力	젊은이가 노력하지 않으니
老大徒傷悲	늙은이가 헛되이 슬퍼하네

1) 〈長歌行(장가행)〉: 악부 〈상화가사(相和歌辭)·상화곡(相和曲)〉에 속함. 『고
금주』: "장가와 단가는 사람 수명의 길고 짧음이 각자 정해진 분수가 있어서
망령되게 구할 수 없음을 말한 것이다." 『곽악부(郭樂府)』: "고시에서는 '장가
진정 격렬하네(長歌正激烈)'라고 하고, 위문제(魏武帝)의 〈연가행(燕歌行)〉
에서는 '단가의 은미한 읊조림 길게 할 수 없네(短歌微吟不可長)'라고 했고,
진(晉)나라 부현(傅玄)의 〈염가행(艶歌行)〉에서는 '문득 장가에다 단가를 잇
네(咄來長歌續短歌)'라고 했다. 그러니 노랫소리에 길고 짧음이 있는 것을
말하는 것이지 수명을 말하는 것이 아니다."

2) 葵(규): 아욱. 토규(菟葵)·초규(楚葵)·부규(鳧葵)라고도 함. 영어 명은 mallow.

3) 德澤(덕택): 은택(恩澤).

4) 焜黃(혼황): 꽃이나 이파리가 시들어 누렇게 됨.

평설 ⟨⟩

• 『고시평선』: "남을 경계시키고자 하였기에, 음률 또한 급박하다. 그 급한
음률에 당하여, 거두어 억누르며 또한 밀어 흔들면서, 급박한 가운데
재촉함은 누구도 미칠 수가 없다(欲以警人, 故音亦危迫. 乃當其急, 斂
抑且推蕩, 迫中之促, 無可及也)."

탁문군 卓文君

탁문군(생졸년 미상), 한(漢)나라 여류문인. 임공(臨邛) 사람으로 탁왕
(卓王)의 손녀. 일찍이 과부가 되었는데 음률을 좋아하였다. 사마상여가
그녀의 집에 손님으로 가서 거문고를 타서 유혹하였다. 탁문군은 밤중
에 도망하여 사마상여와 부부가 되었다.

백두음 白頭吟[1]

皚如山上雪	희기는 산 위의 눈 같고
皎若雲間月	밝기는 구름 사이의 달 같네
聞君有兩意	그대가 두 마음이 있다는 말을 듣고
故來相決絶	서로 의절하려고 왔다네
今日斗酒會	오늘 함께 술자리를 갖지만
明旦溝水頭	내일 아침엔 도랑 가에 있으리라
躞蹀御溝上[2]	궁궐의 도랑 가를 걸어가니
溝水東西流	도랑물은 동과 서로 흘러가네
凄凄復凄凄	처량하고 또 처량해라
嫁娶不須啼	시집가고 장가드는 일에 반드시 울지 마시오
願得一心人	한 마음의 사람을 얻어
白頭不相離	늙도록 헤어지지 마시오
竹竿何嫋嫋[3]	대나무 막대는 어찌 저리 휘청거리고
魚尾何簁簁[4]	물고기 꼬리는 어찌 저리 요동치는가
男兒重意氣	남아는 의기를 중시해야지
何用錢刀爲	어찌 돈으로 이룰 것인가

주석 ◯◯

1) 〈白頭吟(백두음)〉: 악부 〈상화가사(相和歌辭)·초조곡(楚調曲)〉에 속함. 『서
경잡기(西京雜記)』: "사마상여(司馬相如)가 무릉(茂陵)의 여자를 첩으로 삼
으려 하자, 탁문군이 〈백두음〉을 지어 스스로 의절하려고 했다. 사마상여가
곧 그 일을 그만두었다." 『송서(宋書)·악지(樂志)』에서는 〈백두음〉을 "가맥
요구(街陌謠謳)"라고 하였고, 『악부시집』에서는 "고사(古辭)"라고 하여 탁문

군의 작품으로 인정하지 않았음.

2) 躞蹀(섭접): 걷는 모양. 御溝(어구), 궁궐의 도랑.

3) 竹竿何嫋嫋(죽간하뇨뇨): 요뇨(嫋嫋)는 휘청거리는 모양. 휘청거리는 죽간
   은 변심하기 쉬운 사람의 마음을 비유함.

4) 魚尾何簁簁(어미하사사): 사사(簁簁)는 물고기가 뛰는 모양. 요동치는 물고
   기의 꼬리 또한 변심하기 쉬운 사람의 마음을 비유함.

평설 ⌒⌒

- 『고시평선』: "우아하면서도 방탕한데, 악부의 절창이다. 당일의 말을 가
  볍게 적었는데 더욱 사람을 슬프게 한다. 『시경』의 '곡풍(谷風)'시는
  구하지 못함이 있음을 서술했고, 『시경』의 '맹(氓)'시는 복관(復關)의
  약속을 어리석게 책망하였으니, 진정 스스로 시골 부인의 콧물 어린
  말들이다. 반드시 한(漢)나라 사람의 악부가 〈삼백편〉에 미치지 못한
  다고 말하는 것은 또한 종이 창문 아래의 견문 없는 눈동자일 뿐이다.
  여러 흥이 싫증나지 않음은, 천재(天才)가 문원(文園, 사마상여)의 부
  (賦) 짓는 마음에 견주려 했기 때문이다(亦雅亦宕, 樂府絶唱. 揹著當
  日說, 一倍愴人. '谷風'敍有無之求, '氓'蚩數復關之約, 正自村婦鼻涕長
  一尺語. 必謂漢人樂府不及〈三百篇〉, 亦紙窓下眼孔耳. 屢興不厭, 天才
  欲比文園之賦心)."

- 허학이(許學夷)『시원변체(詩源辯體)』: "탁문군의 악부, 오언 〈백두음〉은
  패연히 폐부에서 흘러나온 것으로서, 진악(晉樂)의 한 곡으로 연주되
  었다. 이에 후인들이 자구(字句)를 덧붙여 음절에 맞추었을 뿐이다(卓
  文君樂府五言'白頭吟', 沛然從肺腑中流出, 其晉樂所奏一曲, 乃後人添
  設字句以配音節耳)."

- 육시옹(陸時雍)『시경총론(詩鏡總論)』: "오언은 한(漢)나라에서 마침내 비

119

조가 되었다. 서경(西京)의 시편들은 모두 아름다운데, 소무(蘇武)와 이릉(李陵)이 참으로 그러하다. 탁문군은 일개 여자로서 가슴에는 수호(繡虎)가 없고 팔에는 영균(靈均)이 결핍했지만 〈백두음〉은 기흥(寄興)이 고기(高奇)하고 시어의 선택은 간준(簡雋)하여 풍회(風會)의 익인(翊人)과는 거리가 멂을 알 수 있다."

소무 蘇武

소무(약 기원전143-기원전60), 자는 자경(子卿), 한(漢)나라 경조(京兆) 사람. 무제(武帝) 때 중랑장(中郎將)으로서 흉노에 사신으로 갔다가 억류되었으나 19년 동안 지절을 굽히지 않았다. 소제(昭帝)가 흉노와 화친하였을 때 한나라로 돌아와서 전속국(典屬國)에 임명되었다.

소자경에게 주는 시 與蘇子卿詩 4수[1]

1.

骨肉緣枝葉[2]	골육은 한 가지에서 난 나뭇잎인데
結交亦相因[3]	결교 또한 서로 그 같은 것이네
四海皆兄弟	사해가 모두 형제인데
誰爲行路人	누가 나그네가 되었는가?
況我連枝樹[4]	하물며 우린 가지가 맞붙은 나무처럼
與子同一身	그대와 한 몸처럼 같음에랴!
昔爲鴛與鴛	예전엔 원앙새였는데
今爲參與辰[5]	지금은 삼성과 상성처럼 되었네
昔者常相近	예전엔 항상 서로 가까웠는데
邈若胡與秦[6]	아득히 떨어짐이 호와 진과 같네
惟念當乖離	다만 이 이별을 생각하면
恩情日以新	은정이 날로 새로워지리라
鹿鳴思野草[7]	사슴의 울음 들풀을 생각하니
可以喩嘉賓	좋은 손님으로 비유할 수 있으리
我有一尊酒	나에게 한 동이 술이 있으니
欲以贈遠人	먼길 가는 나그네에게 주고 싶네
願子留斟酌	그대가 머물러 잔에 따르길 바라며
敍此平生親	이로써 평생의 친애함을 표하고 싶네

1) 본시는 『문선』권29에 이릉(李陵)의 〈여소무시(與蘇武詩)〉 3수와 함께 실려 있는데, 모두 동한말 후인의 가탁(假託) 시로 인정되고 있다. 종영(鍾嶸)은 이릉의 시는 본인의 것이라 인정하였는데, 유협(劉勰)은 이릉의 시 역시 위작으로 믿을 수 없다고 하였다.

2) 骨肉(골육): 형제.

3) 結交(결교): 교유를 맺음.

4) 連枝樹(연지수): 연리수(連理樹). 가지가 서로 합쳐진 나무.

5) 參與辰(삼여진): 삼성(參星)과 상성(商星). 삼성은 서남방 신위(申位)에 있는 일곱 개의 별. 즉 오리온좌의 어깨, 허리, 다리에 있는 알파, 혹은 베텔규스성, 베타 혹은 리겔성, 감마, 델타, 입실론, 제타, 에타, 카파 등이다. 상성은 동방 묘위(卯位)에 있는 별. 일명 심성(心星) 혹은 대화성(大火星). 전갈의 심장에 해당되는 안타레스, 시그마, 타우이다. 삼성과 상성은 동서로 떨어져서 동시에 볼 수 없는 별이다. 따라서 이별의 상징이 되었다.

6) 胡與秦(호여진): 호와 진나라는 서로 가까이 있지만 도리어 관계가 소원(疏遠)함을 말함.

7) 『시경·小雅·鹿鳴』: "呦呦鹿鳴, 食野之苹. 我有嘉賓, 鼓瑟吹笙."

평설 ᚙ

1) 이수광(李睟光) 『지봉유설(芝峰類說)』권9: "서경(西京)의 문(文)은 무제(武帝) 때에 이르러 성대하였다. 사마상여(司馬相如)는 사부(詞賦)로써, 자장(子長)은 사재(史才)로써, 동중서(董仲舒)는 유학자로서 명성이 있었다. 그러나 시에 있어서는 소무(蘇武)·이릉(李陵)에게 양보해야 한다. 이릉은 이광(李廣)의 손자이고, 소무는 소건(蘇建)의 아들로서 모두 장군집안에서 나왔으나 능히 오언시의 조(祖)가 되었으니, 위대하다!"

2) 남용익(南龍翼)『호곡만필(壺谷漫筆)』: "오언 칠언은 모두 한무제 때 창시
되었다. 그런데 〈백량(柏梁)〉 칠언은 치해(癡駭)하여 가소롭다. 소
무·이릉의 오언은 후대에 관면(冠冕)하였다. 그 재능을 논한다면 소
무가 이릉에 미치지 못하지만, 두 사람은 모두 초승액호(超乘扼虎)의
집안에서 태어나 능히 전에 없던 문호를 열어서 후세에 전하였으니 귀
하게 여겨야 한다."

3) 『고시원』권2: "소무와 이릉의 시는 일창삼탄(一唱三歎)이다. 감오(感寤)
가 모두 갖추어 있고, 급언(急言)이나 갈론(竭論)이 없지만 뜻은 절로
길고, 말은 절로 원대하다.

4) 『고시원』권2: "수장(首章)은 형제를 이별한 것이고, 차장(次章)은 처를
이별한 것이고, 3,4장은 벗을 이별한 것으로서 모두가 이릉을 이별한
것이 아니다. 종경릉(鍾竟陵)은 모두를 이릉을 이별한 것으로 해석하
였지만 반드시 그렇지는 않다."

2.

結髮爲夫妻[1]	결발하고 부부가 되니
恩愛兩不疑	은애를 둘 다 의심하지 않았네
歡娛在今夕	즐거움은 오늘 저녁에 있고
燕婉及良時[2]	아리따운 사람 좋은 때를 만났네
征夫懷往路[3]	나그네는 갈 길을 생각하고
起視夜何其[4]	일어나 보니 밤이 어찌 다 갔는가
參辰皆已沒	삼성과 상성이 이미 모두 졌네
去去從此辭	가고 가서 이로써 헤어지면
行役在戰場	행역이 전장에 있으리라

相見未有期	서로 만남을 기약할 수 없어
握手一長歎	손을 잡고 한 차례 길게 탄식하니
淚爲生別滋	생이별 때문에 눈물이 흐르네
努力愛春華[5]	노력하여 봄꽃을 사랑하고
莫忘歡樂時	즐거웠던 시절을 잊지 마시오
生當復來歸	살아서는 마땅히 다시 돌아올 것이고
死當長相思	죽어서는 마땅히 길이 그리워 할 것이오

주석 ⟋

1) 結髮爲夫妻(결발위부처), 『문선』 이선주: "결발은 비로소 성인이 되는 것이다. 남자의 나이 20세, 여자의 나이 15세 때 계관(笄冠)을 취하여 의리를 이룬다. 『한서(漢書)·이광전(李廣傳)』에 '결발하여 흉노와 전쟁을 하였다'고 했다." '부처(夫妻)'는 『옥대신영』 권1에 '부부(夫婦)'로 되어 있음.

2) 燕婉(연완): 연완(嬿婉). 즐거워하는 모습.

3) 往路(왕로): 『옥대신영』 권1에는 원로(遠路)로 되어 있음.

4) 何其(하기), 『문선』 이선주: "모장(毛萇)의 『시전(詩傳)』에서 말하기를 「'기(其)'는 '사(辭)'이다」라고 했다."

5) 春華(춘화), 『문선』 이선주: "춘화는 젊은 시절을 비유한 것이다."

평설 ⟋

1) 『고시평선』: "소자경의 시 사수(四首) 중 이 시가 가장 뛰어나다. 이른바 흰 땅에서 빛나는 비단이다(四首中此爲擅場, 所謂白地光明錦也)."

3.

黃鵠一遠別	황곡이 한 차례 멀리 떠나
千里顧徘徊	천리 밖에서 돌아보며 배회하네
胡馬失其群	호마는 그 무리를 잃고
思心常依依[1]	그리는 마음 항상 끊임없네
何況雙飛龍[2]	하물며 쌍으로 나는 용이
羽翼臨當乖	우익과 이별하게 됨에랴
幸有絃歌曲	다행히 현가곡이 있어
可以喩中懷	마음의 회포 비유할 수가 있네
請爲遊子吟[3]	유자음을 연주해 주기를 청하니
泠泠一何悲[4]	맑은 소리 어찌 그리 슬픈가?
絲竹厲淸聲[5]	악기의 처절하고 맑은 소리
慷慨有餘哀	강개하여 넘치는 슬픔이 있네
長歌正激烈	긴 노래 진정 격렬하여
中心愴以摧	속마음이 슬프게 무너지네
欲展淸商曲[6]	청상곡을 펴려하다가
念子不得歸	그대 돌아오지 못함을 생각하네
俯仰內傷心	주변을 들러보며 속으로 상심하여
淚下不可揮	눈물이 흘러나와도 닦을 수가 없네
願爲雙黃鵠	바라건대 쌍 황곡이 되어
送子俱遠飛	그대 송별하며 함께 멀리 날고 싶네

1) 依依(의의): 연연하여 그만두지 못하는 모양.

2) 雙飛龍(쌍비룡): 자신과 벗과의 관계를 비유함.

3) 遊子吟(유자음): 고악부(古樂府)의 곡조의 이름.

4) 泠泠(영령): 맑은 소리.

5) 絲竹(사죽): 현악기와 관악기. 전하여 악기를 말함.

6) 淸商曲(청상곡): 악부 곡조의 이름.

4.

燭燭晨明月[1]	빛이 밝은 새벽의 명월
馥馥我蘭芳[2]	향내 질은 나의 난 향기
芬馨良夜發	향기가 참으로 밤에 발하여
隨風聞我堂[3]	바람 따라 나의 당에 끼쳐오네
征夫懷遠路	길가는 사람 먼길을 생각하고
遊子戀故鄕	나그네는 고향을 그리네
寒冬十二月	추운 겨울 십이월
晨起踐嚴霜	아침에 일어나 된서리를 밟으며
俯觀江漢流	강물 흐름을 내려다보고
仰視浮雲翔	뜬구름이 나는 것을 올려다보네
良友遠別離	좋은 벗과 멀리 이별하여
各在天一方	각자 하늘 끝에 있네
山海隔中州[4]	산해는 중주와 격해 있고
相去悠且長	서로의 거리 멀고 기네

嘉會難再遇 　　좋은 모임 다시 만나기 어려운데
歡樂殊未央 　　환락이 도리어 다하지 못 하였네
願君崇令德 　　바라건대 그대는 영덕을 숭상하여
隨時愛景光 　　때를 따라 광경을 아끼구려

주석 ෴

1) 燭燭(촉촉): 달빛이 밝은 모양.

2) 馥馥(복복): 향기가 진한 모양.

3) 聞(문): 냄새가 끼쳐옴.

4) 中州(중주): 옛 예주(豫州: 지금의 하남성 일대).

이릉 李陵 ☁

이릉(?-기원전74), 자는 소경(少卿), 농서(隴西) 성기(成紀: 감숙성 秦安) 사람. 이광(李廣)의 손자이다. 기도위(騎都尉)가 되어 한무제 천한(天漢) 2년(기원전99)에 보졸 5천을 거느리고 흉노를 쳤다. 격전을 치르다 화살이 다 떨어져서 마침내 항복하여 포로가 되었다. 선우(單于)가 자신의 딸을 처로 삼게 하고 우교왕(右校王)으로 세웠다. 소제(昭帝) 초년에 곽광(霍光)이 그의 친구를 농서(隴西)로 보내 정사를 맡게 하고, 이릉을 부르도록 하였으나 끝내 오지 않았다. 흉노에서 20여 년을 보내고 원평(元平) 원년에 병사했다.

『한서・소무전』에 이릉의 〈소체가(騷體歌)〉 1수, 『문선』에 〈여소무시(與蘇武詩)〉 3수, 『고문원(古文苑)』에 〈녹별시(錄別詩)〉 8수 등이 전하나 모두 후인의 위작으로 인정됨. 『시품』에서는 이릉을 상품에 넣고 "그 근원은 〈초사〉에서 나왔고, 문(文)은 처원(凄怨)함이 많다"고 평하였음.

소무에게 주는 시 與蘇武詩 1)

良時不再至	좋은 시절은 다시 오지 않고
離別在須臾	이별이 지금에 있네
屛營岐路側 2)	불안하게 갈림길 가에서
執手野蜘躕 3)	손잡고 들판을 서성이네
仰視浮雲馳	뜬구름 내달림을 우러러보니
奄忽互相踰	머무르고 떠나감이 서로 어긋나네
風波一失所	풍파가 한 차례 스러진 곳
各在天一隅	각자 하늘 한 구석에 있네
長當從此別	길이 이런 이별을 당하여
且復立斯須 4	또다시 지금에 서 있네
欲因晨風發 5)	이른 바람이 오르면
送子以賤軀	천한 몸이 그대를 보내고자 하네

주석 ☙

1) 『문선』 권29에 〈여소무시(與蘇武詩)〉 3수가 있음. 모두 후인의 위작으로 인정됨.

2) 屛營(병영): 불안한 모양. 혹은 방황하는 모양.

3) 蜘躕(지주): 주저(躊躇). 『詩經·邶風·靜女』: "愛而不見, 搔頭蜘躕." 『集傳』: "蜘躕, 猶躊躇也."

4) 斯須(사수): 수유(須臾). 짧은 시간.

5) 晨風(신풍): 새벽바람. 『문선』 이선주: "신풍은 이른 바람(早風)이다. 바람이 일어나면 그것을 타고서 그대를 보내고 싶다는 것을 말한 것이다. 『초사(楚

辭)』에 '도는 바람을 타고 멀리 유람함이여(乘回風兮遠遊)'라고 했다."

평설 ⟋⟍

● 『고시원(古詩源)』 : "일편(一片)의 화기(化機)로서 인력(人力)과는 관계
가 없다. 이는 오언시의 조(祖)이다(一片化機, 不關人力. 此五言詩之
祖也)." "소리는 지극히 화평하고, 가락은 지극히 합당하며, 글자는 지
극히 온건하다. 그리하여 스스로 한(漢)나라 사람의 고시(古詩)가 되
니, 후인들이 모방하려 해도 그럴 수 없다. 그것은 지극함을 이루었기
때문이다(音極和, 調極諧, 字極穩. 然自是漢人古詩, 後人摹倣不得. 所
以爲至)."

2.

嘉會難再遇	좋은 모임 다시 만나기 어려우니
三載爲千秋	삼 년이 천추와 같네
臨河濯長纓[1]	하수에 임하여 긴 갓끈을 씻고
念子悵悠悠	그대 생각하니 슬픔이 끝없네
遠望悲風至	멀리 바라보니 슬픈 바람 불어오고
對酒不能酬	술을 대하고도 따라줄 수가 없네
行人懷往路	나그네는 갈 길을 생각하는데
何以慰我愁	어떻게 나의 수심을 위로할까
獨有盈觴酒	홀로 술잔에 가득 따라
與子結綢繆	그대와 깊은 정을 맺네

1) 濯長纓(탁장영):『孟子·爾婁上』: "滄浪之水兮, 可以濯我纓." 전하여 세속을
   초탈하여 고결함을 지키는 것을 상징함.

3.

携手上河梁	손 끌고 하수의 다리에 올라
遊子暮何之	나그네는 석양에 어디로 가려는가
徘徊蹊路側[1]	좁은 길가에서 배회하며
悢悢不能辭[2]	슬프게 작별을 고할 수가 없네
行人難久留	나그네는 오래 머물 수가 없어
各言長相思	각자 긴 그리움을 말하네
安知非日月[3]	어찌 달을 그르침을 알랴
弦望自有時[4]	상현과 보름이 절로 때가 있다네
努力崇明德	노력하여 명덕을 숭상하여
皓首以爲期	백발이 되도록 기약합시다

주석 ⌒

1) 蹊路(혜로): 좁은 길.
2) 悢悢(낭량): 슬픈 모양.
3) 日月(일월): 달[月]을 말함.
4) 弦望(현망): 상현과 보름.

반첩여 班婕妤

반첩여(약 기원전48-약 기원전6), 누번(樓煩: 산서성 寧武) 사람. 좌조
월기교위(左曹越騎校尉) 황(況)의 딸. 어려서부터 재학(才學)이 있었는
데, 효성제(孝成帝) 즉위년에 후궁으로 들어갔다. 처음 소사(少使)가 되
었다가 곧 대행(大幸)이 되고 첩여(婕妤)가 되었다. 나중에 조비연(趙飛
燕)이 총애를 받자 장신궁(長信宮)으로 들어가서 태후를 공양했다. 이때
〈원가행〉을 지어 자신의 처지를 스스로 슬퍼했다.

『시품』에 반첩여를 상품에 넣고 "그 근원은 이릉(李陵)에게서 나왔고,
〈단선(團扇: 원가행)〉 단장(短章)은 사지(辭旨)가 청첩(清捷)하고 원망
이 깊고 문채가 기려하여 필부(匹婦)의 정치(情致)을 얻었다"라고 평하
였음.

원가행 怨歌行[1]

新裂齊紈素[2]	새로 제나라 비단을 끊으니
鮮潔如霜雪[3]	정결함이 서리와 눈 같네
裁爲合歡扇	재단하여 합환부채를 만드니
團團似明月	둥근 모습 명월과 같네
出入君懷袖	출입할 땐 그대가 소매 안에 품고
動搖微風發	부치면 미풍이 일어나네
常恐秋節至	항상 두려운 건 가을이 되어
涼風奪炎熱	서늘한 바람이 더위를 쫓으면
棄捐篋笥中[4]	상자 속에 버려져서
恩情中道絕	은정이 중도에서 끊어지는 것이네

주석

1) 〈원가행(怨歌行)〉: 악부 〈상화가사·초조곡(楚調曲)〉에 속함. 『옥대신영』에는 〈원시(怨詩)〉로 되어 있음. 이 시는 후인의 위작으로 인정되고 있음.

2) 齊紈素(제환소): 제나라에서 생산되는 비단.

3) 鮮潔(선결): 『문선』에는 '교결(皎潔)'로 되어 있음.

4) 篋笥(협사): 대나무로 만든 상자.

평설

● 『고시평선』: "말이 '상공(常恐)'에 이르러 곧 그친다면, 다만 지금사람의 반쪽의 고시가 될 뿐이다. 사람들에게 이런 것의 부당함을 깨우쳐 줌에 있어서, 반드시 달이 기울어 사람들이 흩어짐을 기다려야 하는가?

한나라 사람 중에 〈국풍〉을 높이 뛰어넘은 자가 있는데, 바로 이런 유
가 그러하다.(說到'常恐'便止, 但堪作今人牟首古詩耳. 曉人不當如是,
而必待之月斜人散哉? 漢人有高過〈國風〉者, 此類是也.)"

● 『시원변체』: "반첩여의 악부, 오언 〈원가행〉은 사물에 의탁하여 흥을 붙
   인 것으로서 문채가 절로 드러난다. 풍원성(馮元成)은 '원망하면서도
   화내지 않았으니, 풍인(風人)의 남긴 뜻이다'라고 했다. 왕원미(王元
   美)가 '「십구수」·「소무·이릉」과 나란히 할 만하다'고 한 것이 바로 이
   것이다(斑婕妤樂府五言'怨歌行', 託物興寄, 而文采自彰. 馮元成謂'怨
   而不怒, 風人之遺', 王元美謂'可與十九首·蘇李並驅是也)."

고시위초중경처작 古詩爲焦仲卿妻作[1]

孔雀東南飛,	공작이 동남쪽으로 날아가며
五里一徘徊.	오 리마다 한 번씩 배회하네
"十三能織素,[2]	「열세 살에 비단을 짰고
十四學裁衣.	열네 살에 옷을 지었지요
十五彈箜篌,[3]	열다섯 살에 공후를 탄주하고
十六誦詩書.	열여섯에 시서를 암송했지요
十七爲君婦,	열일곱 살에 당신의 부인의 되어
心中常苦悲.	마음이 항상 괴롭고 슬펐어요
君旣爲府吏,[4]	당신이 이미 부리가 된 후
守節情不移.	수절하며 정을 변치 않았어요
賤妾留空房,	천첩은 빈방에 머물며
相見常日稀.	서로 보는 것이 늘상 드물었지요
鷄鳴入機織,	닭이 울면 베틀에 올라 베를 짜며

夜夜不得息.	밤마다 쉴 수 없었지요
三日斷五疋,	삼 일만에 오 필을 끊어내었으나
大人故嫌遲.[5]	시어머니는 일부러 더디다고 꾸짖었지요
非爲織作遲,	베 짜기가 더뎌서가 아니라
君家婦難爲.	당신 집안의 며느리가 되기 어렵기 때문이에요
妾不堪驅使,	첩은 부림을 감당할 수 없는데
徒留無所施.	공연히 머무르며 시행할 바가 없으니
便可白公姥[6]	곧장 당신의 어머니께 말씀드려
及時相遣歸."	때맞추어 돌아갈 수 있게 해주셔요」
府吏得聞之,	부리가 그 말을 듣고
堂上啓阿母.	당상에서 어머니에게 아뢰었네
"兒已薄祿相,[7]	「아들은 본래 박록한 상인데
幸復得此婦.	다행히 이 처를 얻어서
結髮同枕席,[8]	결혼하여 잠자리를 함께 하며
黃泉共爲友.	황천에서도 함께 짝이 되고자 하였습니다
共事二三年,	함께 섬긴 지 이삼 년
始爾未爲久.	시작한 지 오래되지도 않았고
女行無偏斜,	여자의 행실에 잘못도 없는데
何意致不厚?"	무슨 뜻으로 박대하십니까?」
阿母謂府吏	어머니가 부리에게 말하였네
"何乃太區區[9]	「어찌 이다지도 구구하느냐
此婦無禮節	너의 처는 예절이 없어
舉動自專由	행동거지가 멋대로이다
吾意久懷忿	내 뜻은 오랫동안 생각한 바인데

汝豈得自由	너는 어찌 잘못이 없다고 하느냐
東家有賢女	동쪽 이웃에 어진 처녀가 있는데
自名秦羅敷	자신의 이름이 진나부라고 한다
可憐體無比[10]	사랑스런 몸매가 비할 바 없으니
阿母爲汝求	어미가 너를 위해 구해줄 터이니
便可速遣之	곧 네 처를 빨리 쫓아보내라
遣之愼莫留」	쫓아내어 머물지 못하게 하여라」
府吏長跪告	부리가 꿇어앉아 고하기를
伏惟啓阿母[11]	공손히 어머니에게 아뢰었네
"今若遣此婦	「지금 만약 이 처를 쫓아낸다면
終老不復取」	늙도록 다시 장가가지 않겠습니다」
阿母得聞之	어머니가 그 말을 듣고
搥床便大怒	상을 치며 크게 화를 냈네
"小子無所畏	「어린 자식이 두려운 바가 없이
何敢助婦語	어찌 감히 처를 편드는 말을 하느냐
吾已失恩義	나는 이미 은의를 잃었으니
會不相從許」	결코 상종함을 허락할 수 없다」
府吏黙無聲	부리는 묵묵히 말이 없다가
再拜還入戶	재배하고 다시 방으로 들어갔네
擧言謂新婦[12]	신부에게 말을 꺼내려다가
哽咽不能語[13]	목이 메어 말을 잇지 못하였네
"我自不驅卿[14]	「내 자신은 그대를 구박하지 않는데
逼迫有阿母	핍박하는 어머니가 있으니
卿但暫還家	그대는 다만 잠시 친정으로 돌아가시오

吾今且報府	나는 지금 부에 갔다가
不久當歸還	오래지 않아 틀림없이 돌아올 것이오
還必相迎取	돌아오면 반드시 맞아들일 터이니
以此下心意	이로써 마음을 가라앉히고
愼勿違吾語”	부디 내 말을 어기지 마시오」
新婦謂府吏	신부가 부리에게 말했네
“勿復重紛紜	「거듭 번거롭게 말하지 마셔요
往昔初陽歲	지난 날 초봄에
謝家來貴門	집을 떠나 당신의 집으로 와서
奉事循公姥	받드는 일들 당신의 어머니를 따랐으니
進止敢自專	행동을 감히 멋대로 했겠습니까
晝夜勤作息	밤낮으로 열심히 일하고 마치었으나
伶俜縈苦辛[15]	고단하게 몸만 괴로웠습니다
謂言無罪過	나에게 죄가 없다고 할 수 있는데
供養卒大恩	공양에 대은이 끊기고
仍更被驅遣	곧 쫓김을 당하게 되었는데
何言復來還	어찌 다시 돌아오라고 하십니까
妾有繡腰襦[16]	첩에게 수놓은 요유가 있어
葳蕤自生光[17]	성대하게 절로 광채가 납니다
紅羅複斗帳[18]	붉은 비단 복두장
四角垂香囊	사각 수향낭
箱簾六七十	상자 육칠십 개
綠碧靑絲繩	초록 쪽빛 청색의 실끈
物物各自異	물건마다 각자 이채롭고

種種在其中	종류마다 그 가운데 있습니다
人賤物亦鄙	사람이 천하니 물건 또한 비루하여
不足迎後人[19]	새 부인을 맞아들이기에 부족하지만
留待作遺施	남겨두었다가 주십시오
於今無會因	이제부터 만날 인연이 없으니
時時爲安慰	때때로 위안이 될 것이고
久久莫相忘"	오래도록 서로 잊지 못할 겁니다」
鷄鳴外欲曙	닭이 울어 밖은 날이 새려하니
新婦起嚴妝[20]	신부는 일어나 꼼꼼히 단장하였네
著我繡袂裙	수놓은 겹치마를 걸치고
事事四五通	일마다 사오 번 살피네
足下躡絲履	발에는 비단 신을 신고
頭上玳瑁光	머리 위엔 대모장식이 빛나고
腰若流紈素	허리엔 흰 비단 무늬가 흐르고
耳著明月璫	귀엔 명월주 귀고리를 달고
指如削葱根	손가락은 깎아낸 파뿌리 같고
口如含朱丹[21]	입은 붉은 구슬을 머금은 듯하였고
纖纖作細步	사뿐사뿐 작은 걸음을 옮기니
精妙世無雙	정묘한 모습 세상에서 짝이 없네
上堂謝阿母	당에 올라 시어머니에게 하직인사 하니
母聽去不止	시어머니는 듣고서 가는 것을 막지 않네
"昔作女兒時	「지난 날 계집아이 시절
生小出野里	시골마을에서 태어나
本自無教訓	본래 스스로 교훈이 없어서

兼愧貴家子	귀가의 아드님에게 부끄러웠고
受母錢帛多	어머님의 폐백을 많이 받고도
不堪母驅使	어머님의 시키심을 감당하지 못하여
今日還家去	금일 친정으로 돌아가게 되었으니
念母勞家裏"	어머님께 집안 일로 폐를 끼치게 되었습니다」
却與小姑別	물러나서 어린 시누이와 이별할 때
淚落連珠子	눈물이 구슬처럼 연이어 떨어졌네
"新婦初來時	「내가 처음 왔을 때
小姑始扶床	어린 시누이는 막 침상을 붙들었는데
今日被驅遣	오늘 쫓겨나는 때
小姑如我長	어린 시누이는 나처럼 성장하였군요
勤心養公姥	마음 다하여 어머니를 공양하셔요
好自相扶將	부디 집안 일을 잘 꾸리셔요
初七及下九[22]	초칠일과 하구일에
嬉戲莫相忘"	즐겁게 놀았던 때를 서로 잊지 맙시다」
出門登車去	문을 나서 수레를 타고 떠나니
涕落百餘行	눈물이 수없이 흘러내리네
府吏馬在前	부리의 말은 앞에 있고
新婦車在後	신부의 수레는 뒤에 있는데
隱隱何甸甸[23]	수레소리 덜컹덜컹 삐걱삐걱
俱會大道口	함께 큰 도로 입구에서 만나니
下馬入車中	말을 내려 수레로 들어가
低頭共耳語	고개 숙이고 함께 귀엣말을 나누네
"誓不相隔卿[24]	「맹세하건대 그대와 헤어지지 않겠소

且暫還家去	잠시 친정에 가 있으시오
吾今且赴府	나는 지금 부로 갔다가
不久當還歸	오래지 않아 반드시 돌아올 터이니
誓天不相負”	하늘에 맹세하여 서로 저버리지 맙시다」
新婦謂府吏	신부가 부리에게 말하였네
“感君區區懷	「당신의 절절한 마음에 감동하니
君旣若見錄[25]	당신이 만약 거두어준다면
不久望君來	오래지않아 당신이 오는 것을 바라겠어요
君當作盤石	당신은 마땅히 반석이 되시고
妾當作蒲葦[26]	나는 마땅히 포위가 되겠어요
蒲葦紉如絲	포위는 실처럼 묶을 수 있고
盤石無轉移	반석은 옮김이 없답니다
我有親父兄	나에게 친부형이 있는데
性行暴如雷	성행이 포악하기가 우레와 같습니다
恐不任我意	나의 뜻에 맡겨주지 않고
逆以煎我懷”	도리어 내 마음을 괴롭힐까 두렵습니다」
擧手長勞勞[27]	손을 흔들며 오랫동안 마음 아파하며
二情同依依[28]	두 사람의 정은 함께 의의하였네
入門上家堂	문으로 들어가 집의 당으로 오르니
進退無顔儀	행동에 면목이 없었네
阿母大拊掌	어머니가 몹시 놀라 손벽을 쳤네
“不圖子自歸	「뜻밖에 자식이 스스로 돌아왔구나
十三敎汝織	열셋에 너에게 베짜기를 가르쳤고
十四能裁衣	열넷에 옷을 지었고

十五彈箜篌	열다섯에 공후를 연주하였고
十六知禮儀	열여섯에 예의를 알았고
十七遣汝嫁	열일곱에 너를 시집보냈다
謂言無誓違²⁹⁾	허물을 짓지 말라 하였는데
汝今無罪過	네가 지금 죄과가 없다면
不迎而自歸”	맞이하지도 않았는데 스스로 왔단 말이냐?」
蘭芝慙阿母³⁰⁾	난지는 어머니에게 부끄러웠네
“兒實無罪過”	「저는 정말 죄과가 없습니다」
阿母大悲摧	어머니는 몹시 슬퍼하였네
還家十餘日	집으로 돌아온 지 십여 일
縣令遣媒來	현령이 중매인을 보내 말했네
云“有第三郎	「셋째 도련님이 있는데
窈窕世無雙³¹⁾	요조함이 세상에서 짝이 없고
年始十八九	나이는 이제 십팔구 살로서
便言多令才”	말 잘하고 뛰어난 재간이 많습니다」
阿母謂阿女	어머니가 딸에게 말했네
“汝可去應之”	「네가 가서 허락하거라」
阿女銜淚答	딸이 눈물을 머금고 대답하였네
“蘭芝初還時	「난지가 처음 돌아올 때
府吏見丁寧	부리가 간곡함을 보여
結誓不別離	헤어지지 않겠다고 맹세하였는데
今日違情義	오늘 정의를 어긴다면
恐此事非奇	이 일은 좋지 않다 싶습니다
自可斷來信³²⁾	보내온 중매인에게 거절하고

徐徐更謂之」	천천히 다시 이를 얘기합시다」
阿母白媒人	어머니가 중매인에게 말하였네
"貧賤有此女	「빈천한 이 딸은
始適還家門	이제 막 집으로 돌아왔습니다
不堪吏人婦	관리의 부인도 될 수 없었는데
豈合令郎君	어찌 훌륭한 낭군에 합당하겠습니까
幸可廣問訊	부디 널리 알아보십시오
不得便相許"	부득이 허락할 수 없군요」
媒人去數日	중매인이 떠난 수일 후
尋遣丞請還	곧 파견된 관리가 청혼하러 왔네
說"有蘭家女	「난지라는 여자가 있는데
承籍有宦官"	적을 받든 벼슬아치 집안이라 하더군요」
云"有第五郎	「다섯째 도련님이 있는데
嬌逸未有婚	잘 생기고 미혼이랍니다
遣丞爲媒人	저를 파견하여 중매인으로 삼자고
主簿通語言	주부가 말하였답니다
直說太守家	태수의 집안에
有此令郎君	이 같은 낭군이 있어서
旣欲結大義	혼인을 맺고자 합니다
故遣來貴門"	그래서 나를 이 댁에 보낸 겁니다」
阿母謝媒人	어머니가 중매인에게 거절하여 말했네
"女子先有誓	「여자에게 앞선 맹세가 있는데
老姥豈敢言"	늙은 어미가 어찌 감히 말할 수 있겠습니까?」
阿兄得聞之	오빠가 그 말을 듣고

悵然心中煩	슬퍼하며 마음이 괴로워
擧言爲阿妹	누이에게 말하였네
"作計何不量	「앞날의 계책을 어찌 생각하지 않느냐?
先嫁得府吏	첫 번 결혼에서 부리를 얻었지만
後嫁得郎君	두 번째 결혼에서 낭군을 얻는다면
否泰如天地(33)	어그러지고 형통함이 하늘과 땅 차이 같으니
足以榮汝身	네 몸을 충분히 영화롭게 할 수 있다
不嫁義郎體	낭군에게 시집가지 않겠다면
其往欲何云"	그 뒤엔 어찌 하려느냐?」
蘭芝仰頭答	난지가 고개 들어 대답하였네
"理實如兄言	「이치와 사실이 오빠의 말과 같습니다
謝家事夫壻	집을 떠나 남편을 섬기다가
中道還兄門	중도에 오빠 집으로 돌아왔으니
處分適兄意	처분을 오빠의 뜻에 따라야겠지요
那得自任專	어찌 내 멋대로 할 수 있겠습니까?
雖與府吏要(34)	비록 부리와 서로 약속하였지만
渠會永無緣(35)	그와 만남이 영원히 인연이 없군요
登卽相許和(36)	즉시 허락하셔요
便可作婚姻"	곧 혼인할 수 있다고요」
媒人下牀去	중매인은 의자에서 내려와 떠나서
諾諾復爾爾	즐겁게 길을 달려
還部白府君(37)	부에 돌아와 부군에게 아뢰었네
"下官奉使命	「하관이 사명을 받들어
言談大有緣"	언담에 몹시 인연이 있었습니다」

府君得聞之	부군이 그 말을 듣고
心中大歡喜	마음이 몹시 즐거웠네
視曆復開書	책력을 살피고 다시 열어보니
便利此月內	편리한 날이 이 달 내에 있어
六合正相應[38]	육합이 진정 상응하네
"良吉三十日	「길한 날이 삼십일인데
今已二十七	지금 이미 이십칠일이니
卿可去成婚"	그대가 가서 혼인을 이루시오」
交語速裝束	사방에 명령을 전해 신속히 짐을 꾸리게 하니
絡繹如浮雲[39]	많은 사람들 끊임없이 뜬구름처럼 이어지네
靑雀白鵠舫	푸른 새와 흰 고니를 그린 배들
四角龍子幡[40]	사각의 용 그림 깃발들
婀娜隨風轉[41]	펄럭펄럭 바람 따라 나부끼고
金車玉作輪	금수레 옥으로 만든 바퀴
躑躅靑驄馬[42]	서성이는 청총마
流蘇金鏤鞍[43]	유소금루 안장
齎錢三百萬	보내는 돈 삼백만은
皆用靑絲穿	모두 푸른 실에 꿰었고
雜綵三百匹	각종 채단은 삼백 필이고
交廣市鮭珍[44]	교주 광주에서 사들인 해산물들
從人四五百	종인 사백 명이
鬱鬱登郡門	무리 지어 군문에 오르네
阿母謂阿女	어머니가 딸에게 말했네
"適得府君書	「지금 막 부군의 편지를 받았는데

明日來迎汝	내일 너를 맞으러 온다 하는구나
何不作衣裳	어찌 의상을 짓지 않느냐?
莫令事不擧”	일이 잘못되지 않도록 하여라」
阿女黙無聲	딸은 묵묵히 말이 없다가
手巾掩口啼	수건으로 입을 가리고 흐느끼니
淚落便如瀉	떨어지는 눈물 곧 쏟아지네
移我瑠璃榻	유리 장식 의자를 옮겨
出置前窓下	앞 창문 아래 내어놓고
左手持刀尺	왼손엔 칼과 자를 들고
右手執綾羅	오른손엔 능라를 잡고
朝成繡裌裙	아침엔 수놓은 겹치마를 짓고
晚成單羅衫	저녁엔 홀 나삼을 지었네
晻晻日欲暝	어둑어둑 해가 지려하는데
愁思出門啼	근심 속에 문을 나와 우네
府吏聞此變	부리가 이 변고를 전해듣고
因求假暫歸	휴가를 얻어 잠시 돌아오네
未至二三里	이삼 리를 다 오지 않았을 때
摧藏馬悲哀[45]	처절하게 말이 슬피 우니
新婦識馬聲	신부가 말울음을 알아듣고
躡履相逢迎	살금살금 맞으러 나왔네
悵然遙相望	슬프게 멀리서 서로 바라보며
知是故人來	옛사람이 온 것을 알았네
擧手拍馬鞍	손을 들어 말안장을 박차며
嗟嘆使心傷	한탄소리 마음을 슬프게 하네

"自君別我後　　　「당신이 나를 떠난 후

人事不可量　　　사람일을 헤아릴 수 없었으니

果不如先願　　　결국 앞서의 소원처럼 되지 못하였으니

又非君所詳　　　당신은 상세히 알지 못할 겁니다

我有親父母　　　나에게는 친부모가 있고

逼迫兼弟兄　　　핍박하는 형제가 있어

以我應他人　　　나를 다른 사람에게 시집가게 했으니

君還何所望"　　　당신이 돌아왔지만 무엇을 바랄 수 있으리오?」

府吏謂新婦　　　부리가 신부에게 말했네

"賀卿得高遷　　　「그대가 높은 데로 시집감을 축하하오

盤石方且厚　　　반석은 모나고 두터워

可以卒千年　　　천년을 견딜 수 있지만

蒲葦一時紉　　　포위는 한때 묶여졌더라도

便作旦夕間　　　곧 하루 사이뿐이군요

卿當日勝貴　　　그대는 마땅히 날로 귀한 신분이 되겠지만

吾獨向黃泉"　　　나는 홀로 황천을 향하겠오」

新婦謂府吏　　　신부가 부리에게 말했네

"何意出此言　　　「무슨 뜻으로 이런 말을 하시나요?

同是被逼迫　　　동시에 핍박을 당한 것은

君爾妾亦然　　　당신과 내가 그러하옵니다

黃泉下相見　　　황천 아래에서 만나자는

勿違今日言"　　　오늘의 말을 어기지 마셔요」

執手分道去　　　손잡고 길을 나눠 헤어져

各各還家門　　　각각 집으로 돌아가니

生人作死別　　　산사람이 사별하니
恨恨那可論　　　한스러움 어찌 논할 수 있으리오
念與世間辭　　　세상을 하직할 것 생각하니
千萬不復全　　　천만번 헤아려도 다시 목숨을 보존할 수 없네
府吏還家去　　　부리는 집으로 돌아와
上堂拜阿母　　　당에 올라 어머니에게 절하였네
"今日大風寒　　　「오늘 큰바람이 차갑고
寒風摧樹木　　　찬바람이 나무들을 꺾고
嚴霜結庭蘭　　　된서리가 마당의 난에 맺혔습니다
兒今日冥冥　　　아들은 지금 날이 어둑어둑하여
令母在後單　　　어머니를 뒤에 고단하게 남기게 되었습니다
故作不良計　　　일부러 불량한 계책을 세운 것이 아니니
勿復怨鬼神　　　다시 귀신을 원망하지 마십시오
命如南山石　　　어머니의 목숨은 남산의 바위 같고
四體康且直"　　　사체는 건강하고 바를 것입니다」
阿母得聞之　　　어머니가 그 말을 듣고
零淚應聲落　　　눈물을 떨구며 말했네
"汝是大家子　　　「너는 대가의 자식이니
仕宦於臺閣　　　대각에서 벼슬을 하게 될 것이다
愼勿爲婦死　　　부디 처를 위해 죽어서는 안 된다
貴賤情何薄　　　귀한 것이 천한 것을 버리는 정을 어찌 박하다고
　　　　　　　　하랴
東家有賢女　　　동쪽 집에 어진 여자가 있으니
窈窕豔城郭　　　요조하고 마을에서 가장 아름다운데

阿母爲汝求	어미가 너를 위해 구해줄 것이니
便復在旦夕"	조만간 그렇게 하리라」
府吏再拜還	부리는 두 번 절하고 돌아와
長嘆空房中	빈 방안에서 길게 탄식하네
作計乃爾立	계획을 곧 수립하고
轉頭向戶裏	머리 돌려 문안을 향해
漸見愁煎迫	잠시 고뇌에 휩싸였네
其日牛馬嘶	그 날 소와 말들이 몹시 울고
新婦入靑廬⁴⁶⁾	신부가 청려로 들어가니
菴菴黃昏後	어득어득한 황혼 뒤
寂寂人定初⁴⁷⁾	적적한 인정 초였네
"我命絶今日	「내 목숨 오늘 끊기리라
魂去尸長留"	혼은 시신을 떠나 영원히 머물리라」
攬裙脫絲履	치마 들춰 잡고 신발 벗고
擧身赴淸池	몸을 들어 맑은 못으로 뛰어들었네
府吏聞此事	부리가 이 일을 듣고
心知長別離	속으로 영원한 이별임을 알았네
徘徊庭樹下	정원의 나무 아래 배회하다
自掛東南枝	스스로 동남쪽 가지에 목을 매달았네
兩家求合葬	양가에서 합장을 청하여
合葬華山傍	화산 가에 합장하였네
東西植松柏	동서엔 소나무 측백나무를 심고
左右種梧桐	좌우엔 오동나무 심으니
枝枝相覆蓋	가지마다 서로 뒤덮고

葉葉相交通	이파리마다 서로 섞이었네
中有雙飛鳥	그 가운데 쌍으로 나는 새가 있어
自名爲鴛鴦	스스로 이름이 원앙이라 하였는데
仰頭相向鳴	고개 숙여 서로를 향해 울며
夜夜達五更	밤마다 오경에 이르렀네
行人駐足聽	행인들 멈춰 서서 귀 기울이고
寡婦起傍徨	과부들 일어나 방황하네
多謝後世人	후세인들에게 말하노니
戒之愼勿忘	이 일을 경계하여 부디 잊지 말지어다

주석 ∽

1) 시의 서(序)에 "한말(漢末) 건안(建安) 중 여강부(廬江府) 소리(小吏) 초중경(焦仲卿)의 처 유씨(劉氏)가 중경의 어머니에게 쫓겨났는데 스스로 다시 시집가지 않겠다고 맹세하였다. 그 집안에서 그녀를 시집가도록 강요하자 물에 투신하여 죽었다. 중경이 그 소식을 듣고 또한 정원의 나무에 스스로 목을 매어 죽었다. 당시 사람이 그 일을 슬퍼하여 시를 지었다"라고 하였다. 이 시는 처음 『옥대신영(玉臺新詠)』권1에 실렸고, 이후 〈초중경처(焦仲卿妻)〉혹은 〈공작동남비(孔雀東南飛)〉로도 불렀다. 『악부시집』의 〈잡곡가사〉안에 편입되었다.

2) 素(소): 흰색 세견(細絹).

3) 箜篌(공후): 고대 현악기의 하나.

4) 府吏(부리): 군아(郡衙)의 소리(小吏).

5) 大人(대인): 어른에 대한 존칭. 시어머니를 지칭함.

6) 白(백): 아뢰다. 公姥(공모): 공파(公婆). 늙은 어머니.

7) 薄祿相(박록상): 박복(薄福)한 운명의 상(相).

8) 結髮(결발): 성인이 되어 결혼함.

9) 區區(구구): 우졸(愚拙). 어리석고 졸렬함.

10) 可憐(가련): 가애(可愛).

11) 伏惟(복유): 아랫사람이 윗사람에 대한 존경을 표하는 언사(言辭). 엎드려 생각건대.

12) 擧言(거언): 발언(發言).

13) 哽咽(경열): 슬퍼서 목이 메임.

14) 卿(경): 부부간의 애칭.

15) 伶俜(영빙): 고단한 모습.

16) 腰襦(요유): 허리까지 내려오는 저고리.

17) 葳蕤(위유): 식물이 무성한 모양. 여기서는 빛이 성대한 모양.

18) 複斗帳(복두장): 겹으로 된 작은 휘장.

19) 後人(후인): 다시 맞아들일 새 부인.

20) 嚴妝(엄장): 세심한 단장.

21) 朱丹(주단): 홍보주(紅寶珠).

22) 初七(초칠): 음력 7월 초7일 칠석(七夕). 부녀자들이 집안에 모여 함께 직녀에게 제사를 올렸는데 이를 '걸교(乞巧)'라고 하였음. 下九(하구): 음력 19일. 이날 부녀자들이 모여서 노는 날로서 '양회(陽會)'라고 함. 음력 29일은 상구(上九), 음력 초9일은 중구(中九)라 하였음.

23) 隱隱(은은): 수레가 굴러가는 소리. 甸甸(전전): 수레가 굴러가는 소리. 何(하)는 뜻이 없는 어조사.

24) 相隔(상격): 상리(相離).

25) 錄(록): 수류(收留).

26) 蒲葦(포위): 부들과 갈대. 부들과 갈대는 유약하지만 엮어놓으면 쉽게 절단되지 않는다는 뜻.

27) 勞勞(로로): 근심하는 모양.

28) 依依(의의): 서로 헤어지지 못하는 모양.

29) 誓違(서위): 건위(譽違)의 잘못. 과실(過失).

30) 蘭芝(난지): 초중경의 처 유씨의 이름.

31) 窈窕(요조): 체모(體貌)가 준수함.

32) 來信(내신): 내사(來使).

33) 否泰(비태): 『주역』의 두 괘의 이름. 비(否)는 괴역(乖逆), 악운을 말함. 태
    (泰)는 형통(亨通), 호운(好運)을 말함.

34) 要(요): 서로의 약속.

35) 渠會(거회): 그와의 만남. 거(渠)는 삼인칭 대명사.

36) 登卽(등즉): 즉시. 許和(허화): 허락함.

37) 部(부): 군부(郡府)의 아문(衙門).

38) 六合(육합): 월건(月建)과 일진(日辰)이 상합함. 길일을 말함.

39) 絡繹(낙역): 인원이 많아서 끊이지 않고 이어짐.

40) 龍子幡(용자번): 용 깃발.

41) 婀娜(아나): 깃발이 펄럭이는 모양.

42) 躑躅(척촉): 주저함. 靑驄馬(청총마): 청색과 백색의 털이 섞여 있는 말.

43) 流蘇金鏤鞍(유소금루안): 술을 늘어뜨리고 금으로 무늬를 새긴 안장.

44) 交廣(교광): 교주(交州)와 광주(廣州). 鮭珍(해진): 진기한 해산물.

45) 摧藏(최장): 최창(摧愴). 비애(悲哀).

46) 靑廬(청려): 청포(靑布)로 두른 봉장(篷帳). 혼례를 거행하는 데 쓰임.

47) 人定初(인정초): 깊은 밤 사람들 소리가 조용하게 되었을 때.

평설 ～

• 『고시원』권4 : "모두 1,785자로서 고금 제일수(第一首)의 장시(長詩)이

다. 임림리리(淋淋漓漓)하고 반반복복(反反覆覆)하게 십여 인의 말을
섞어 서술하였다. 그러나 각각 그 성음(聲音)과 면목을 닮게 그려냈으
니 어찌 화공(化工)의 붓이 아니겠는가? 장편 시를 만약 평평하게 서
술해 간다면 색택(色澤)이 없을까 두렵다. 중간에 반드시 화려한 무늬
[華縟]를 뒤섞고 오색을 빛나게 하여 독자의 마음과 시선을 함께 현란
하게 해야 한다. 예컨대 편(篇) 중에서 신부가 문을 나설 때의 「첩유수
라유(妾有繡羅襦)」한 단(段)과 태수가 택일한 후의 「청작백곡방(靑雀
白鵠舫)」한 단이 이것이다. 작시(作詩)에서는 전재(剪裁)를 귀중히
여긴다. 입수(入手)에서 만약 양가(兩家)의 가세(家勢)를 서술하고, 말
단(末端)에서 양가가 어떻게 비통하였나를 서술했다면 어찌 용만(冗
漫) 타답(拖沓)하지 않겠는가? 그래서 끝내 한두 말로써 끝낸 것이다.
지극한 장시(長詩) 중에 전재가 갖추어 있다. 시누이와 이별하는 한
단은 비창(悲愴)한 가운데 다시 온후(溫厚)함을 극진히 하였다. 풍인
(風人)의 지취[旨]에 진실로 응한 것이다. 당인(唐人)의 작품 〈기부편
(棄婦篇)〉은 직접 그 말을 이용하여 「억아초래시, 소고시부상. 금별소
고거, 소고여아장(憶我初來時, 小姑始扶牀. 今別小姑去, 小姑如我長)」
이라고 하였는데, 아래에 갑자기 두 구절을 덧붙여 「회두어소고, 막가
여형부(回頭語小姑, 莫嫁如兄夫)」라고 하였다. 경박하여 남는 맛이 없
다. 그러므로 군자가 말을 지을 때는 법규가 있어야 한다. 「비태여천
지(否泰如天地)」한 구절은 소인들은 다만 부귀를 바라고 예의를 돌아
보지 않으므로 실로 이런 말을 한 것이다. 포위(浦葦)와 반석(磐石)은
곧 신부의 말로써 꾸짖은 것이다. 악부(樂府) 가운데는 매번 이런 장
법(章法)이 많다."

공융 孔融

공융(153-208), 자는 문거(文擧), 노국(魯國: 지금의 山東省 曲阜) 사람. 공자(孔子)의 20세손. 일찍이 북해(北海: 지금의 산동성 壽光縣) 상(相)을 지내서 세칭 '공북해(孔北海)'라고 한다. 후에 청주자사(靑州刺史)를 지냈음. 또 소부(少府), 대중대부(大中大夫) 등을 지냈음. 그는 동한말의 명사(名士)로서 성품이 강직하여 말함에 기탄이 없었다. 여러 번 조조(曹操)와 대립하여 그의 심기를 거슬렀다가 끝내 조조에게 피살되었다. 조비(曹丕)는 『전론(典論)·논문(論文)』에서 공융을 칠자(七子)의 한 사람으로 거론하였는데, 이로 인하여 공융은 '건안칠자(建安七子)'의 한 사람으로 불리게 되었다. 그러나 그의 연령과 활동시기는 다른 칠자와는 확연히 다르므로 건안 때의 문인으로 취급하기에는 부적절하다. 공융의 문집은 원래 10권이었다고 하나 거의 일실되었고, 명나라 장부(張溥)가 펴낸 『공소부집(孔少府集)』이 전하는데 대부분 산문이고 시는 겨우 7수가 남아 있다.

잡시 雜詩 2수[1]

1.

巖巖鍾山首[2]	드높은 종산의 꼭대기
赫赫炎天路[3]	혁혁한 염천의 길
高明曜雲門[4]	높은 밝은 해는 운문에서 빛나고
遠景灼寒素[5]	먼 빛은 한미한 사람을 비추네
昂昂累世士[6]	앙앙한 여러 세대의 선비
結根在所固	내린 뿌리 굳은 곳에 있네
呂望老匹夫[7]	여망은 늙도록 필부였는데
苟爲因世故	다만 이것은 세상의 일 때문이었네
管仲小囚臣[8]	관중은 젊어서 수인이었는데
獨能建功祚[9]	오히려 왕업의 공을 세웠네
人生有何常	인생에 무슨 일정함이 있겠는가
但患年歲暮	다만 세월이 저물어감이 근심이네
幸托不肖軀[10]	다행히 불초의 몸을 의탁할 수 있다면
且當猛虎步	마땅히 맹호처럼 걸으리라
安能苦一身	어찌 일신을 괴롭게
與世同擧措[11]	세상과 더불어 행동을 같이하리
由不愼小節	소절에 신중하지 못하여
庸夫笑我度	용부들이 나의 태도를 비웃네
呂望尚不希	여망조차도 존경하지 않는데
夷齊何足慕[12]	백이 숙제를 어찌 사모하겠는가

주석 ೧⁓

1) 『고문원(古文苑)』 권8에서 처음 보임.

2) 巖巖(암암): 산세가 높은 모양. 鍾山(종산): 신화와 전설 속에 등장하는 곤륜산(崑崙山).

3) 赫赫(혁혁): 붉은 불꽃이 왕성한 모양. 炎天(염천): 남방의 염열(炎熱)한 하늘.

4) 高明(고명): 높은 하늘의 밝은 해. 고관후록(高官厚祿)을 비유함. 雲門(운문): 천문(天門).

5) 遠景(원경): 먼 햇살. 寒素(한소): 신세가 한미한 사람.

6) 昂昂(앙앙): 의기가 헌앙(軒昂)한 모양. 累世(누세): 역대(歷代).

7) 呂望(여망): 강태공(姜太公). 강(姜)은 성(姓)이고, 여(呂)는 씨(氏)이고, 이름은 상(尙)이고 자는 자아(子牙)임. 그는 평생의 태반을 서민으로서 보냈는데 70세 때에도 조가(朝歌)에서 도축을 하였다고 함. 나중에 주(周) 문왕(文王)을 만나 사(師)로 발탁되어 태공망(太公望)이라 불리고 또 사상보(師尙父)라고 불렸다.

8) 管仲(관중): 춘추시대 제(齊)나라 사람. 이름은 이오(夷吾), 자는 중(仲). 처음에는 공자(公子) 규(糾)를 섬겼는데, 전쟁에 패배하여 노(魯)나라의 포로로 갇히었다. 후에 제나라 환공(桓公)을 보필하여 패업을 이루었다.

9) 祚(조): 왕업(王業).

10) 不肖(불초): 불현(不賢). 자신의 겸칭.

11) 擧措(거조): 행동거지.

12) 夷齊(이제): 상(商)나라 말의 고죽군(孤竹君)의 두 아들인 백이(伯夷)와 숙제(叔齊). 상나라가 망한 후 주나라의 곡식을 먹지 않고 수양산(首陽山)에서 굶어죽었음. 이 구절의 '이제(夷齊)'는 '이오(夷吾)'의 오류인 듯싶음. 전체의 내용상 백이 숙제 대신 앞에 언급한 관중이 되어야 할 듯함.

2.

遠送新行客	새 길 떠나는 객을 멀리 전송하였는데
歲暮乃來歸	세모에 곧 돌아왔네
入門望愛子	문에 들어서서 사랑하는 아들을 찾는데
妻妾向人悲	처첩들이 나를 향해 슬퍼하네
聞子不可見	아들을 볼 수 없다는 말을 들을 땐
日已潛光輝	날은 이미 밝은 빛 잠기었네
"孤墳在西北	「외로운 묘지가 서북에 있는데
常念君來遲"	항상 당신이 더디 온다고 걱정했지요」
褰裳上墟丘[1]	아래옷을 걷고 산언덕에 오르니
但見蒿與薇	다만 쑥과 야생 콩만 보일 뿐이네
白骨歸黃泉	백골은 황천으로 돌아가고
肌體乘塵飛	육신은 먼지로 날아갔네
生時不識父	생시에도 아비를 알지 못했는데
死後知我誰	사후에 내가 누구인지 알겠는가
孤魂遊窮暮	외로운 혼 밤새 노닐다
飄遙安所依	휘날려 어디에 의지하는가
人生圖嗣息	인생에서 후손의 번창을 도모하는데
爾死我念追	너의 죽음을 내가 추모하는구나
俯仰內傷心	위아래를 둘러보며 마음이 아파서
不覺淚沾衣	나도 모르게 옷자락에 눈물 적신다
人生自有命	인생에 스스로 운명이 있다지만
但恨生日希[2]	다만 살았던 날이 짧았음이 한스럽구나

주석 ᴄᴧ

1) 褰(건): 걷어올리다. 墟丘(허구): 산언덕.

2) 希(희): 희(稀). 희소(稀少)함.

평설 ᴄᴧ

● 『고시원』권4 : "소릉(少陵)의 〈봉선영회(奉先詠懷)〉에 「입문문호도, 유자
아이졸(入門聞號咷, 幼子餓已卒)」구가 있는데, 이 시는 그 슬픔이 더
욱 깊음을 깨닫는다.(少陵奉先詠懷, 有入門聞號咷, 幼子餓已卒,句, 覺
此更深可哀.)"

위시 魏詩

조조 曹操

조조(155-220), 소명(小名)은 아만(阿瞞), 자는 맹덕(孟德)이고, 패국 초 (沛國 譙: 지금의 安徽省 亳縣) 사람. 환관(宦官) 집안의 출신으로서 조 부 등(騰)은 중상시(中常侍)를 지내고, 부친 숭(崇)은 태위(太尉)를 지 냄. 조조는 20세에 효렴(孝廉)으로 추천되어 랑(郎)이 된 후 낙양북부위 (洛陽北部尉)·돈구령(頓丘令)·제남상(齊南相) 등을 지냄. 영제(靈帝) 말엽 황건적의 진압에 참여하였다. 그는 헌제(獻帝) 초에 동탁(董卓)이 정권을 천단하자 이를 토벌하려는 원소(袁紹) 등의 연합군에 가담하였 고, 황건적이 다시 일어나자 동도(東都)에 주둔하여 청주(淸州)의 황건 적 30만을 진압하여 세력을 확장하였다. 이어서 황하유역의 원소 등 여 러 군벌들을 제압하고, 건안(建安) 13년(208)에 이르러 북방지역을 통일 하여 장악하였다. 이에 승상(丞相)에 임명되고, 건안 18년(213) 위공(魏 公)에 봉해지고, 건안 21년(216)에는 위왕(魏王)이 되어 천자를 끼고 제 후들을 호령하였다. 건안 25년(220)년 그가 죽은 후 태자 조비(曹丕)가 헌제를 폐위하고 스스로 위제(魏帝)가 되어 조조를 태조(太祖) 무황제 (武皇帝)로 추존하였다.

조조는 시재(詩才)가 뛰어나고 시장(詩章)을 몹시 좋아하였는데 현재 24
수의 시가 전하고 있다. 그의 시는 모두 구악부(舊樂府)의 음조와 제목
을 이용하여 현실적 새로운 내용과 개인적 정회를 편 것들이다. 자신의
정치적 이상과 현실의 질곡 등을 심각하게 반영한 그의 시편들은 후세
에 '한말실록(漢末實錄)' 혹은 '시사(詩史)'라는 평을 받았고, 그 풍격이
'고직(古直)'하고 '비량(悲涼)'하다는 평을 받았다. 시사에서는 건안문학
을 연 위시(魏詩)의 조(祖)로 평가된다.

종영의 『시품』에서는 조조를 하품에 넣고 "조공(曹公)은 고직(古直)한
데, 몹시 비량(悲涼)한 구(句)가 있다"라고 하였는데, 명나라 왕세정(王
世貞)은 『예원치언(藝苑巵言)』 권3에서 "조공을 하품에 넣은 것은 몹시
공평하지 못하다"고 하였으며, 청나라 왕사정(王士禎)은 『어양시화(漁洋
詩話)』 권하에서 "『시품』의 하품에 있는 위무(魏武)는 마땅히 상품에 놓
아야 한다"고 하였다.

심덕잠의 『고시원』 권5에서는 "맹덕(孟德)의 시는 오히려 한음(漢音)이
다. 자환(子桓) 이하는 순수하게 위향(魏響)이다. 침웅준상(沈雄俊爽)한
데 때때로 패기(覇氣)를 드러냈다"고 하였다.

해로행 薤露行[1]

惟漢二十世[2]	한나라 이십 세대에
所任誠不良[3]	임용한 바가 참으로 현명하지 못하여
沐猴而冠帶[4]	목후가 관대를 걸치고
知小而謀彊[5]	지혜는 적은데 큰 계략을 꾸미었네
猶豫不敢斷	망설이며 결단하지 못하여
因狩執君王[6]	군왕을 포획하여 잡아가게 하였네
白虹爲貫日[7]	흰 무지개가 해를 관통하여
巳亦先受殃[8]	이미 먼저 재앙을 받았네
賊臣執國柄[9]	적신이 국병을 쥐고
殺主滅宇京	임금을 살해하고 수도를 불태우니
蕩覆帝基業	제왕의 기업이 전복되고
宗廟以燔喪	종묘가 불타 없어졌네
播越西遷移	수도를 떠나 서쪽으로 천도하니
號泣而且行	백성들 울부짖으며 따라갔네
瞻彼洛城郭	저 낙양의 성곽을 보면
微子爲哀傷[10]	미자가 슬퍼하리라

주석 ⮠

1) 해로가(薤露歌): 악부곡조의 이름. 〈상화가(相和歌)·상화곡(相和曲)〉에 속함. 고대 영구(靈柩)를 끌어갈 때 부르는 만가(挽歌). 한나라에 항복하지 않고 자결한 전횡(田橫)을 애도하기 위해 그의 문인(門人)이 지었다고 함. 해로는 해초(薤草: 염교)의 잎에 맺힌 이슬로서 인간의 수명이 짧음을 비유함.

2) 惟(유): 발어사. 二十(이십): 일작 이십이(二十二). 한고조 유방부터 영제(靈帝)까지 22대임.

3) 所任(소임): 임용한 것. 하진(何進)을 말함. 영제가 외척인 하진을 대장군으로 중용하였는데, 영제가 죽은 후 하진이 정권을 쥐고 환관세력을 제압하기 위하여 동탁을 경사로 불러들여 우환을 남겼다.

4) 沐猴(목후): 미후(獼猴). 원숭이가 사람처럼 의관을 걸치고 있지만 인성(人性)이나 지혜가 없다는 것. 하진을 비유하고 있음.

5) 知(지): 지(智). 『주역·계사(繫辭)』하: "知小而謀大." 하진이 환관들을 살육하려고 계획한 것을 말함.

6) 환관 장양(張讓)·은규(殷珪) 등이 소제(少帝)와 진류왕(陳留王)을 핍박하여 이끌고 낙양 북쪽 소평진(小平津)으로 달아난 일.

7) 白虹(백홍): 병란(兵亂)을 상징함. 해는 임금을 상징.

8) 하진이 장양 등에게 살해된 것을 말함.

9) 賊臣(적신): 동탁(董卓)을 지칭함. 國柄(국병): 국가의 권병(權柄). 동탁은 소제와 하태후(何太后)를 살해하고 어린 헌제(獻帝)를 세워 정권을 장악한 후 낙양을 불태우고 장안(長安)으로 천도하였음.

10) 微子(미자): 상(商)나라 주왕(紂王)의 서형(庶兄). 상나라가 망한 후 수도 은허를 지나다가 궁실이 파괴된 폐허에 회서(禾黍)가 가득 자라고 있는 것을 보고 〈맥수가(麥秀歌)〉를 지어 슬퍼하였음.

평설 ⌒

• 『고시원』 권5 : "이는 하진이 동탁을 불러들인 일을 지적한 것이다. 한말의 실록(實錄)이다.(此指何進召董卓事. 漢末實錄也.)"

호리행 蒿里行[1]

關東有義士[2]	관동에 의사가 있어서
興兵討群凶	병사 일으켜 여러 흉악한 무리를 토벌하였네
初期會盟津[3]	처음의 기약 맹진에서 모여 맹세하였는데
乃心在咸陽[4]	의사들의 마음 함양에 있었네
軍合力不齊	군사력 합치는 것 순탄치 않아
躊躇而雁行[5]	주저하며 나란히 관망만 하였네
勢利使人爭	형세가 유리하면 사람들을 다투게 하니
嗣還自相戕	이윽고 스스로 서로 싸워 죽였네
淮南弟稱號[6]	회남의 아우는 황제를 칭하고
刻璽於北方[7]	북방에선 옥쇄를 새기었네
鎧甲生蟣蝨	갑옷엔 서캐와 이가 생겨나고
萬姓以死亡	만 백성 사망에 이르니
白骨露於野	백골은 들에 깔려 있고
千里無鷄鳴	천 리에 닭 우는소리 없네
生民百遺一	백성들 거의 다 죽으니
念之斷人腸	이를 생각하면 애간장 끊기네

주석 ⌒

1) 〈호리행(蒿里行)〉: 고악부의 곡조 이름. 〈상화가·상화곡〉에 속함. 본래 상
가(喪歌). 사람이 죽으면 그 혼백이 호리(蒿里)로 돌아간다고 함.

2) 關東(관동): 함곡관(函谷關) 동쪽 지역. 義士(의사): 충의지사. 발해태수(渤海
太守) 원소(袁紹)가 관동의 맹주가 되어 동탁의 대군을 정벌하였던 일을 말함.

3) 盟津(맹진): 맹진(孟津). 황하의 옛 나루의 이름. 과거 무왕(武王)이 주(紂)를 정벌할 때 이곳에서 회맹(會盟)하고 황하를 건너갔다고 함.

4) 咸陽(함양): 진(秦)나라의 고도(古都). 과거 항우와 유방의 군대의 첫 목적이 함양으로 진격하는 것이었음을 들어서 의사들의 뜻이 처음엔 정의로웠음을 비유하였음.

5) 雁行(안항): 본래의 뜻은 가는데 순서가 있다는 것인데, 여기서는 각 군대가 서로 관망만 하고 진격하지 않음을 말함.

6) 嗣還(사선): 이후 오래지 않아서. 동탁의 여러 장군들이 서로 살해한 사건을 말함.

7) 淮南弟(회남제): 원소의 아우 원술(袁述)을 말함. 원술은 강회(江淮) 지역을 점거하고 건안 2년(197) 수춘(壽春)에서 황제를 칭하였다.

8) 원소는 기주(冀州)·청주(靑州)·유주(幽州)·병주(幷州) 등 북방지역을 차지하고 초평(初平) 2년(191)에 유주목 유우(劉虞)를 황제로 세웠음.

평설 ᴄꜟ

● 『고시원』 권5 : "이는 본초(本初)·공로(公路) 무리가 동탁을 토벌하였으나 성공하지 못한 것을 지적한 것이다. 고악부를 빌려 당시의 사건을 서술한 것은 조공(曹公)에게서 비롯되었다.(此指本初公路輩, 討董卓而不能成功也. 借古樂府寫時事, 始於曹公.)"

고한행 苦寒行[1]

北上太行山[2]	북쪽으로 태행산에 오르니
艱哉何巍巍[3]	험난하구나 어찌 그리 드높은가

羊腸坂詰屈[4]	양장판 구불구불하여
車輪爲之摧	수레바퀴가 이로 인해 부서지네
樹木何蕭瑟	수목은 어찌 그리 소슬한가
北風聲正悲	북풍 소리 진정 슬프네
熊羆對我蹲[5]	큰 곰이 나를 마주보고 도사리고 있고
虎豹夾路啼	호랑이 표범이 좁은 길에서 우네
谿谷少人民	계곡엔 인민들 드문데
雪落何霏霏[6]	눈발은 어찌 그리 쏟아지는가
延頸長嘆息	고개 늘여 길게 탄식을 하네
遠行多所懷	먼 행군에 소회가 많은데
我心何怫鬱	네 마음 어찌 그리 우울한가
思欲一東歸	한 번 동쪽으로 돌아가고 싶으나
水深橋梁絶	물 깊어 교량이 끊기었네
中路正徘徊	중로에서 배회하며
迷惑失故路[7]	헤매면서 옛 길을 잊어버렸네
薄暮無宿棲	어스름 속에 머물 곳도 없는데
行行日已遠	가고 가고 날은 이미 멀어지고
人馬同時饑	사람과 말이 동시에 굶주리네
擔囊行取薪	행낭 지고 가서 땔감을 구해오고
斧冰持作糜	얼음에 도끼질하여 죽을 끓이네
悲彼東山詩[8]	슬프구나 저 동산시여
悠悠使我哀	오래도록 나를 애달게 하네

169

주석 ⌒⌒

1) 〈고한행(苦寒行)〉: 악부곡조 〈상화가·청조곡(淸調曲)〉에 속함. 〈북상편(北上篇)〉 혹은 〈북상행(北上行)〉이라고도 불림. 건안 11년(206) 조조가 원소(袁紹)의 외조카 고간(高幹)의 반란을 진압할 때 지은 작품임. 당시 계절이 정월이어서 추위와 눈발로 인하여 행군이 험난하고 고통스러웠는데 이를 기록한 것임.

2) 太行山(태행산): 지금의 하남성(河南省) 심양현(沁陽縣) 북쪽에 있는 산 이름.

3) 巍巍(외외): 산이 높은 모양.

4) 羊腸坂(양장판): 지금의 산서성(山西省) 진성현(晉城縣) 남쪽에 있는 태행산의 한 고개 이름. 詰屈(힐굴): 완정기구(蜿蜒崎嶇)함.

5) 羆(비): 황백색 털이 있는 큰 곰.

6) 霏霏(비비): 눈발이 몹시 쏟아지는 모습.

7) 故路(고로): 가야 할 원래의 길.

8) 東山詩(동산시): 『시경·빈풍(豳風)·동산(東山)』을 말함. 원정한 병사의 고향으로 돌아가고 싶은 정을 읊은 시임.

단가행 短歌行[1]

對酒當歌	술 앞에서 노래하니
人生幾何	인생이 얼마 동안이던가
譬如朝露	아침이슬에 비유할 수 있으니
去日苦多	지나간 세월만 많음이 괴롭네
慨當以慷	마땅히 강개하니
幽思難忘[2]	깊은 시름 잊을 수가 없네
何以解憂	무엇으로 근심을 풀 건가

唯有杜康[3]	오직 두강만이 있을 뿐이네
青青子衿[4]	푸르고 푸른 그대의 옷깃
悠悠我心	오랫동안 내 마음에 있네
但爲君故	다만 그대 때문에
沈吟至今	나직한 읊조림 지금에 이르렀네
呦呦鹿鳴[5]	유유히 사슴이 울며
食野之苹[6]	들의 쑥을 뜯어먹네
我有嘉賓	나에게 좋은 손님이 있어
鼓瑟吹笙	슬을 타고 생을 부네
明明如月	밝고 밝은 달빛
何時可掇	어느 때나 거두어들일 수 있으려나
憂從中來	근심이 마음속에 일어나나
不可斷絶	끊어버릴 수가 없네
越陌度阡[7]	먼 길을 달려와
枉用相存[8]	왕림하여 살펴주시니
契闊談讌[9]	뜻이 맞아 담소하며 잔치 열어
心念舊恩	옛 은정을 생각하네
月明星稀	달 밝아 별 드문데
烏鵲南飛	까막까치 남쪽으로 날아가
繞樹三匝	나무를 세 바퀴 맴돌고
何枝可依	어느 가지에 머물 건가
山不厭高	산은 높음을 꺼리지 않고
海不厭深[10]	바다는 깊음을 꺼리지 않는다네
周公吐哺[11]	주공의 토포의 겸양에

天下歸心   천하의 인심이 귀의하였네

주석 ⟨⟩

1) 〈단가행(短歌行)〉: 악부 〈상화곡·평조곡(平調曲)〉에 속함. 악부에서 장가(長歌)와 단가(短歌)는 가성(歌聲)의 길고 짧음을 말함.

2) 幽思(유사): 일작 우사(憂思).

3) 杜康(두강): 전설 속의 술을 처음으로 빚었다는 인물. 술의 대칭으로 사용됨.

4) 靑靑子衿(청청자금): 『시경·정풍(鄭風)·자금(子衿)』: "靑靑子衿, 悠悠我心, 縱我不往, 子寧不嗣音." 청금(靑衿)은 주나라 때 학자의 복장.

5) 呦呦(유유): 사슴이 우는 소리. 이 구절은 『시경·소아·녹명(鹿鳴)』에서 가져왔음. 〈녹명은〉은 연빈(宴賓)의 노래인데, 이를 통해 현사(賢士)를 불러들이는 자신의 성의를 나타내고 있음.

6) 苹(평): 쑥의 일종. 애호(艾蒿).

7) 越陌度阡(월맥도천): 맥(陌)은 동서로 뻗은 밭 사이의 소로. 천(阡)은 남북으로 뻗은 밭 사이의 소로.

8) 枉用相存(왕용상존): 왕(枉)은 왕가(枉駕), 용(用)은 이(以), 존(存)은 존문(存問).

9) 契闊談讌(계활담연): 계(契)는 투합(投合), 활(闊)은 소원(疏遠), 여기서 계활은 투합의 의미로 쓰임. 연(讌)은 연(宴).

10) 『管子(관자)·形勢解(형세해)』: "海不辭水, 故能成其大. 山不辭土石, 故能成其高. 明主不厭人, 故能成其衆."

11) 周公吐哺(주공토포): 주공(周公)은 서주(西周) 무왕(武王)의 아우, 무왕과 성왕(成王)을 보필하여 왕업을 이루었음. 그의 채읍(采邑)이 주(周)에 있어서 주공이라 불림. 토포(吐哺)는 입 속의 음식물을 뱉는 것. 『한씨외전(韓氏外傳)』에서 주공에 대하여 "一沐三握髮, 一飯三吐哺, 猶恐失天下之士."라고 하였음.

평설 ⌒⌐

- 이수광(李睟光)『지봉유설(芝峰類說)』: "조조(曹操)의 〈단가행〉에 「월명성희, 오작남비, 요수삼잡, 무지가의」라고 하였는데, 옛 사람들은 이 구절을 적벽(赤壁)에서 패배를 당할 징조였다고 여겼다. 그러나 아래 구에 「산불염교, 수불염심, 주공토포, 천하귀심」이라고 한 것은 자못 여운이 있다. 그의 손자 위명제(魏明帝)의 〈보출하문행(步出夏門行)〉은 〈단가행〉을 본받아 「蹙迫日暮, 烏鵲南飛, 繞樹三匝, 何枝可倚」라고 하여 다만 몇 글자만 바꾸었을 뿐이지만 곧 소슬함을 깨닫는다. 또 아래 구에 「卒逢風雨, 樹折枝摧, 月盈則沖, 花不再繁」이라 하였는데, 그 쇠망하여 일어서지 못할 것이 여기에 조짐이 있었다."

- 사진(謝榛)『사명시화(四溟詩話)』: "위무제의 〈단가행〉은 〈녹명(鹿鳴)〉 4구를 전용하였으나, 소무(蘇武)의 「鹿鳴思野草, 可以喩佳賓」이 점화하여 묘함을 이룬 것만 못하다. 「沈吟至今」은 「明明如月」과 접할 수 있으니 하필 〈소아(小雅)〉이겠는가! 대개 현사를 양성할 것을 자임하고 천하를 차지하려고 했던 것이다. 참으로 서산(西山)이 이 편을 취하지 않은 것은 당연하다. 『예문유취(藝文類取)』에 실려 있는 위무제의 〈단가행〉을 보니 「大酒當歌……周公吐哺, 天下歸心」이라 하였다. 구양순(歐陽詢)이 그 절반을 제거하고 더욱 간명하고 합당하게 만드니, 뜻이 관통하고 말이 충족하게 되었다."

- 『고시원』권5 : "마땅히 때에 맞추어 즐겨야 함을 말한 것이다(言當及時爲樂也)."

조비 曹丕

조비(187-226), 자는 자환(子桓), 조조의 차자. 그의 형 조앙(曹昻)이 일찍 죽어서 조조의 작위와 사업을 계승하였음. 건안 16년(211)에 오관중랑장(五官中郞將)이 되고, 22년(217)에는 위태자(魏太子)가 됨. 25년(220) 정월에 조조가 죽자 위왕(魏王)을 계승하고 건안을 연강(延康)으로 고쳤다. 이 해 11월 한나라를 대신하여 황제를 칭하고 국호를 위(魏)라 하고 황초(黃初)로 개원하였다. 226년에 죽자 시호를 '문(文)'이라 하였다. 곧 위문제(魏文帝)이다.

조비는 문학을 애호하여 실질적으로 '건안칠자'를 배양하였고, 문학론과 시문으로 후대에 많은 영향을 미쳤다. 그의 시는 필치가 섬세하며, 격조는 청신(淸新)하고, 언어는 유창하여 민가풍이 있다는 평을 받는다. 종영은 『시품』에서 조비를 중품에 넣고 "근원은 이릉(李陵)에서 나왔고, 몹시 중선(仲宣)의 체칙(體則)이 있다"고 하고, "대략 비직(鄙直)하여 우어(偶語)와 같다"고 하였다.

연가행 燕歌行[1]

秋風蕭瑟天氣涼	가을바람 소슬한데 날은 서늘하고
草木搖落露爲霜	초목들 낙엽 지고 이슬은 서리가 되네
群燕思歸南雁翔	뭇 제비는 돌아가길 생각하고 남쪽 기러기 나니
念君客遊思斷腸	그대의 떠돎을 생각하고 그리움에 애끊네
慊慊思歸戀故鄕[2]	애타게 돌아오길 생각하며 고향을 그리면서
何爲淹留寄他方[3]	어찌하여 지체하며 타향에 머무는가
賤妾煢煢守空房[4]	천첩은 근심으로 빈방을 지키네
憂來思君不敢忘	근심스레 그대 그리며 잊지 못하는데
不覺漏下沾衣裳	나도 모르게 눈물 떨어져 옷을 적시네
援琴鳴絃發淸商[5]	거문고 안고 현을 울려 청상곡 펴서
短歌微吟不能長	단가를 나직이 불러보나 이을 수가 없구나
明月皎皎照我牀	밝은 달빛 하얗게 나의 침상 비추고
星漢西流夜未央	은하수 서쪽으로 흐르며 밤은 깊지 않았네
牽牛織女遙相望[6]	견우와 직녀는 멀리서 서로 바라보는데
爾獨何辜限河梁	그대들 무슨 죄로 은하수 다리가 막히었는가

주석 ∽

1) 〈연가행(燕歌行)〉: 악부 〈상여가사·평조곡〉에 속함. 내용은 연(燕)땅으로 행역을 간 남편을 원망하며 그리는 부인의 노래이다. 위 시는 〈연가행〉 2수 중 1수. 문인의 작품 가운데 가장 최초의 완정(完整)한 칠언시로 알려져 있음.

2) 慊慊(겸겸): 원한(怨恨), 혹은 불만스런 모양.

3) 淹留(엄류): 지체함. 寄(기): 기거(寄居).

4) 嫈嫈(경경): 고단(孤單)한 모양.

5) 淸商(청상): 청상악(淸商樂).

6) 牽牛織女(견우직녀): 견우성과 직녀성.

7) 辜(고): 죄과(罪過).

평설 ᑲᕫ

• 『고시평선』: "정(情)·도(度)·색(色)·성(聲) 등을 남김없이 묘사함이 고
금에 둘이 없다. '명월교교(明月皎皎)'로부터 칠해(七解, 성한서류(星
漢西流)-마지막 구절)로 들어감이 외길로 취해 감은 거의 하늘이 준
것이지 인력이 아니다.(傾情傾度, 傾色傾聲, 古今無兩. 從'明月皎皎'入
第七解, 一徑酣適, 殆天授, 非人力.)"

잡시 雜詩 2수

1.

漫漫秋夜長[1]	만만히 가을밤 길고
烈烈北風涼[2]	열렬히 북풍 서늘하네
展轉不能寐	전전반측 잠 못 이루고
披衣起彷徨	옷 걸치고 일어나 방황하네
彷徨忽已久	방황하다 밤이 오래됨을 깨달으니
白露霑我裳	흰 이슬 내 옷을 적시었네
俯視淸水波	맑은 물결을 굽어보고
仰看明月光	밝은 달빛을 우러러보네

天漢回西流[3]	은하수 서쪽으로 돌아 흐르고
三五正從橫[4]	삼성과 묘성은 종횡으로 걸리었네
草蟲鳴何悲	풀벌레 울음은 어찌 그리 슬픈가
孤雁獨南翔	외로운 기러기 홀로 남쪽으로 나네
鬱鬱多悲思[5]	울울히 슬픈 생각 많은데
綿綿思故鄕[6]	면면히 고향을 그리네
願飛安得翼	날아가고 싶어도 어떻게 날개를 얻겠는가
欲濟河無梁	건너가고 싶어도 하수엔 다리가 없네
向風長歎息	바람 향해 길게 탄식하니
斷絶我中腸	내 애간장 끊기려 하네

주석 ∽

1) **漫漫**(만만): 밤이 긴 모양.

2) **烈烈**(열렬): 바람이 강한 모양.

3) **天漢**(천한): 은하(銀河).

4) **三五**(삼오): 삼성(參星)과 묘성(昴星).

5) **鬱鬱**(울울): 마음이 우울함.

6) **綿綿**(면면): 길게 끊이지 않는 모양.

2.

西北有浮雲	서북쪽에 뜬구름이 있어
亭亭如車蓋[1]	수레 덮개처럼 솟아 있네
惜哉時不遇	애석하게 좋은 때를 만나지 못하다가
適與飄風會[2]	흡족히 나는 바람을 만나니
吹我東南行[3]	나를 불어 동남쪽으로 가게 하여
南行至吳會[4]	남쪽으로 오회에 이르렀네
吳會非我鄕	오회는 나의 고향이 아니니
安能久留滯	어찌 오래 체류할 수 있으리오
棄置勿復陳	버림받음을 다시 말하지 마오
客子常畏人	나그네는 항상 남을 두려워한다오

주석 ∽

1) 亭亭(정정): 높이 솟은 모양. 車蓋(거개): 수레 위의 산개(傘蓋).

2) 適(적): 흡(恰). 飄風(표풍): 폭풍(暴風).

3) 我(아): 부운(浮雲)을 말함.

4) 吳會(오회): 오군(吳郡)과 회계군(會稽郡).

평설 ∽

• 종영『시품』: "다만 〈서북유부운〉 등 10여 수는 특히 미섬(美贍)하여 완
상할 만하다."

조식 曹植

조식(192-232), 자는 자건(子建), 문제(文帝, 조조(曹操)의 차자 조비(曹丕))의 친동생. 10세 무렵에 시·부·사(辭)·논(論)을 통독한 것이 10만 언(言)이었고, 문장을 잘 지었다. 조조의 사랑을 받았으나 조비와 조비의 장자 조예(曹叡)에게 시기와 억압을 당하여 평생 불우하게 살다가 40세의 이른 나이에 죽었다. 처음에 평원후(平原侯)에 봉해졌다가 곧 임치(臨淄)로 옮겨졌다. 문제가 즉위하자 안향후(安鄕侯)로 강등되었다가 견성(甄城)으로 옮겨져서 견성왕(甄城王)이 되었다. 곧 옹구(雍邱)로 옮겨졌다. 명제(明帝)가 준의(浚儀)로 봉하여, 옹구로 다시 돌아왔다. 나중에 동아(東阿)로 옮겨져서 진왕(陳王)으로 봉해졌다. 시호는 사(思)이다. 그래서 진사왕(陳思王)이라 불린다.

조식의 시는 대략 80여 수가 남아 있는데, 오언시를 위주로 하였음. 오언시의 발달에 지대한 공헌을 끼쳤고, 건안시단에서 가장 대표적인 시인으로 꼽힌다. 종영은 『시품』에서 조식을 상품에 넣고 "그 기원은 〈국풍〉에서 나왔고, 골기(骨氣)가 기고(奇高)하고 사채(詞采)가 화무(華茂)하고, 정(情)은 아(雅)의 원(怨)을 겸했고, 체(體)는 문질(文質)이 입혀졌고, 찬란함이 고금에 넘쳐 탁연히 짝이 없다"라고 극찬하였다.

칠애시 七哀詩¹⁾

明月照高樓　　　밝은 달 높은 누대를 비추니

流光正徘徊　　　흐르는 달빛 배회하네

上有愁思婦　　　위에 근심하는 부인이 있어

悲歎有餘哀　　　비탄함에 넘치는 슬픔이 있네

借問歎者誰　　　물어보자 탄식하는 사람은 누구인가

言是蕩子妻²⁾　　　대답하길 탕자의 처라네

君行踰十年³⁾　　　임이 떠난 지 십 년이 넘어

孤妾常獨棲　　　외로운 첩은 항상 홀로 산다네

君若淸路塵　　　임이 맑은 길의 먼지라면

妾若濁水泥　　　첩은 흐린 물의 진흙이라네

浮沈各異勢　　　부침이 각각 다른 형세이니

會合何時諧　　　만남을 어느 때나 이룰까

願爲西南風　　　원컨대 서남풍이 되어

長逝入君懷　　　멀리 가서 임의 품에 들고 싶네

君懷良不開　　　임의 품 진정 열리지 않으니

賤妾當何依　　　천첩은 마땅히 어디에 의지하리

주석 ⌒~

1) 칠애(七哀): 통이애(痛而哀), 의이애(義而哀), 감이애(感而哀), 원이애(怨而哀), 이목문견이애(耳目聞見而哀), 구탄이애(口歎而哀), 비산이애(鼻酸而哀)를 말함.

2) 言是蕩子妻(언시탕자처): 『악부시집』 권41에는 언시(言是)가 자운(自云)으로 되어 있음. 『옥대신영』 권2에는 탕자(蕩子)가 객자(客子)로 되어 있음. 탕

자는 지금의 방탕아의 개념이 아니고 집을 떠난 나그네(遊子)의 의미이다.

3) 君行(군행):『악부시집』에는 부행(夫行)로 되어 있음.

평설 ᝚

* 『고시평선』: "정이 언뜻 천근한 것 같은데 끝내 심원하다. 말은 괴로운데 있는데도 달콤한 듯하다. '입실(入室)'했다는 칭찬이 이 시로 보아 거의 부끄럽지 않다----'명월조고루, 유광정배회(明月照高樓, 流光正徘徊)'는 물상 밖에서 마음을 전하고, 공중에다 색을 칠했다고 말할 수 있다. 결어(結語)는 거연히 사람의 의중에 있는데 하늘로부터 떨어진 듯하여, 지식으로 찾을 수 있는 것이 아니고 마땅히 지혜로부터 얻은 것이다(情乍近而終遠, 詞在苦而如甘, '入室'之譽, 以此當之庶幾無愧----'明月照高樓, 流光正徘徊', 可謂物外傳心, 空中造色. 結語居然在人意中而如從天隕, 匪可識尋, 當由智得)."

* 『고시원』: "이런 종류는 대저 사군지사(思君之辭)이다. 화려한 수식이 전혀 없는데 성정(性情)이 결찬(結撰)되었다(此種大抵思君之辭. 絕無華飾, 性情結撰)."

* 호응린(胡應麟)『詩藪(시수)』: "「명월조고루, 유광정배회(明月照高樓, 流光正徘徊)」는 사령운의 「청휘능오인, 유자담망귀(清輝能娛人, 游子淡忘歸)」가 이를 조술하였다---그러나 「명월고루(明月高樓)」는 한(漢)과의 거리가 오히려 멀지 않다(「明月照高樓, 流光正徘徊」, 謝靈運「清輝能娛人, 游子淡忘歸」祖之--然「明月高樓」去漢尙不遠)."

미녀편 美女篇

美女妖且閑	미녀는 요염하고도 아리따운데
採桑岐路間	갈림길 어름에서 뽕잎을 따네
柔條紛冉冉[2]	부드러운 가지 어지럽게 하늘거리고
落葉何翩翩[3]	낙엽은 어찌 그리 날리는가
攘袖見素手	소매 드니 흰 손이 보이고
皓腕約金環	흰 팔목엔 금팔찌를 들렀네
頭上金爵釵[4]	머리엔 금작의 비녀가 있고
腰佩翠琅玕[5]	허리엔 푸른 낭간을 찼네
明珠交玉體	명주가 옥 같은 몸에 매달렸고
珊瑚間木難[6]	산호 사이에 목난이 있네
羅衣何飄飆[7]	비단옷은 어찌 그리 날리는가
輕裾隨風還	가벼운 옷자락 바람 따라 돌아오네
顧眄遺光彩	돌아보는 눈동자 광채를 남기고
長嘯氣若蘭	긴 휘파람 숨결은 난향과 같네
行徒用息駕	행인은 수레를 멈추게 하고
休者以忘餐	쉬는 사람은 식사를 잊었네
借問女安居[8]	물어보자 그대는 어디 사는가
乃在城南端	성남의 끝에 있다네
靑樓臨大路[9]	푸른 누대 큰 길에 임했고
高門結重關	솟을대문은 겹겹이 잠기었네
容華耀朝日	화려한 용색 아침 햇살에 빛나는데
誰不希令顔	누가 고운 얼굴을 바라지 않겠는가?

媒氏何所營	매씨는 무엇을 중매하는가
玉帛不時安	예물이 때맞추어 정해지지 않네
佳人慕高義	가인은 고상한 뜻을 사모하는데
求賢良獨難	현인을 구하기가 진실로 어렵네
衆人徒嗷嗷¹⁰⁾	사람들은 한낱 떠들기만 할 뿐
安知彼所觀	어찌 그가 보는 바를 알겠는가
盛年處房室	성년으로 규방에 홀로 처하여
中夜起長歎	한밤중에 일어나서 길게 탄식하네

주석 ⏾

1) 〈미녀편〉: 〈잡곡가사(雜曲歌詞)·제슬행(齊瑟行)〉에 속함. 『옥대신영』권2 주: "곽무천(郭茂倩)이 말하기를 '미녀는 군자를 비유한 것이다. 군자에게 아름다운 행실이 있어 밝은 임금을 얻어 섬기려고 하는 것을 말한다. 만약 불우한 때라면 비록 부름을 받더라도 끝내 굴하지 않는다'고 했다."

2) 冉冉(염염): 부드럽게 늘어진 모양.

3) 翩翩(편편): 바람에 날리는 모양.

4) 金爵(금작): 금작(金雀). 비녀머리를 장식하는 새 모양의 수식.

5) 琅玕(낭간): 옥의 일종. 『書經·禹貢』: "厥貢惟球琳琅玕.", 「傳」: "琅玕, 石而似珠." 『爾雅』: "西北之美者, 有崑崙之璆琳琅玕." 『山海經』: "崑崙山有琅玕樹."

6) 木難(목난): 목난주(木難珠). 구슬의 일종. 『南越志』: "木難, 金翅鳥沫所成, 碧色珠也. 大秦國珍之." 『本草·寶玉』: "集解, 時珍曰 紅者名刺子, 碧者名靑定子, 翠者名馬價珠, 黃者名木難珠, 紫者名蠟子."

7) 飄颻(표요): 『옥대신영』에는 표표(飄飄)로 되어 있음.

8) 安居(안거): 하거(何居)와 같음.

9) 靑樓(청루): 지붕을 푸르게 칠한 누대. 술집이란 개념은 후대에 생긴 것임.
　　『南史』: "齊武帝興光樓上施靑漆, 世人謂之靑樓."

10) 嗷嗷(오오): 여러 사람이 근심스럽게 떠드는 소리. 『詩經·小雅·鴻雁』: "鴻
　　雁于飛, 哀鳴嗷嗷."

평설 ∽

• 『고시원』: "미녀를 묘사함을 마치 군자의 품절(品節)을 보는 듯이 하였
　　다. 이 시는 화려한 꾸밈으로써 남보다 낫게 보이려고 전념하지 않았
　　다(寫美女如見君子品節. 此不專以華縟勝人)."

야전황작행 野田黃雀行[1)]

高樹多悲風	높은 나무엔 슬픈 바람이 많고
海水揚其波	바닷물은 그 물결을 일으키네
利劍不在掌	예리한 검이 손에 없는데
結友何須多	벗을 맺은 이들은 어찌 그리 많은가
不見籬間雀	울타리 사이 참새가
見鷂自投羅	매를 보고 스스로 그물에 걸림을 보지 못하였는가?
羅家得雀喜	그물 친 사람은 참새를 잡아 기쁘지만
少年見雀悲	소년은 참새를 보고 슬퍼하네
拔劍捎羅網[2)]	검을 뽑아 그물을 찢으니
黃雀得飛飛	참새는 휠휠 날아가네
飛飛摩蒼天[3)]	휠휠 푸른 하늘까지 날아갔다가

來下謝少年　　아래로 내려와 소년에게 감사드리네

주석 ⌇

1) 〈야전황작행〉: 악부 〈상화가·슬조곡(瑟調曲)〉에 속함. 이 시는 친구를 애도한 작품임. 조비가 즉위한 후 조식과 친근한 사람들에게 박해를 가하여 정의(丁儀)·정익(丁翼) 등을 살해하였음. 이를 구하지 못한 자신의 비분을 읊은 것임.

2) 捎(소): 할(割).

3) 摩(마): 촉급(觸及). 닿다.

평설 ⌇

* 유협(劉勰)『문심조롱(文心雕龍)·은수(隱秀)』: "진사(陳思)의 〈황작(黃雀)〉과 공간(公幹)의 〈청송(靑松)〉은 격이 높고 재능이 굳세어서 모두 풍유(諷諭)에 뛰어나다.(陳思之黃雀, 公幹之靑松, 格高才勁, 而並長於諷諭.)"

명도편 名都篇[1)]

名都多妖女[2)]	유명한 도시엔 아리따운 여인들 많고
京洛出少年[3)]	수도 낙양엔 연소배들이 나오네
寶劍直千金[4)]	보검은 천금이나 되고
被服光且鮮	입은 옷은 빛나고 선명하네
鬪鷄東郊道	동쪽 교외 길에선 투계를 하고

走馬長楸間[5]	긴 개오동나무 가로수 사이엔 말을 달리네
馳騁未能半	길을 반도 내달리기 전에
雙免過我前	두 마리 토끼가 내 앞을 지나가네
攬弓捷鳴鏑[6]	활을 들어 재빨리 명적을 걸고
長驅上南山[7]	멀리 쫓으며 남산으로 오르네
左挽因右發	왼손에 활 들고 오른손으로 발사하니
一縱兩禽連[8]	한번 발사에 두 토끼가 꿰었네
餘巧未及展	남은 활 솜씨 다 펴지 못하여
仰手接飛鳶	손을 들어 나는 매에 발사하니
觀者咸稱善	구경꾼들 모두가 훌륭하다고 칭찬하고
衆工歸我妍[9]	여러 활꾼들도 나의 솜씨를 인정하네
歸來宴平樂[10]	돌아와 평락관에서 잔치하니
美酒斗十千	좋은 술 한 말에 수십 천 금이고
膾鯉臇胎鰕[11]	잉어를 회치고 새우 살을 전 붙이고
寒鼈炙熊蹯[12]	자라안주와 웅번을 구워내네
鳴儔嘯匹侶	동료들을 죄다 불러들여
列坐竟長筵	줄지어 앉아 긴 대자리에 가득하네
連翩擊鞠壤[13]	연이어 축국과 격양 놀이를 구경하니
巧捷惟萬端	교묘하고 민첩함에 변화가 무궁하네
白日西南馳	밝은 해 서남쪽으로 내달리니
光景不可攀[14]	날을 머물게 할 수 없어
雲散還城邑[15]	구름 흩어지듯 성읍으로 돌아갔다가
清晨復來還	맑은 새벽에 다시 모여든다네

주석 ⌒

1) 〈명도편(明都篇)〉: 악부 〈잡곡가·제슬행(齊瑟行)〉에 속함. 이는 조식이 새 로운 제목으로 창작한 악부시로서 도시의 귀족자제들이 국사에는 관심이 없 고 유락에만 몰두함을 풍자한 내용임.

2) 名都(명도): 유명한 도시. 곽무천(郭茂倩)의 『악부시집』에서 한단(邯鄲), 임 치(臨淄)와 같은 도시라고 하였음. 妖女(요녀): 아름다운 가녀(歌女)나 무녀 (舞女).

3) 京洛(경락): 경도(京都)인 낙양(洛陽). 少年(소년): 벼슬아치의 자제들.

4) 直(치): 치(値). 가격.

5) 長楸(장추): 고추(高楸). 높은 개오동나무 가로수.

6) 鳴鏑(명적): 명전(鳴箭). 소리나는 화살.

7) 南山(남산): 낙양의 남산.

8) 縱(종): 발사(發射). 禽(금): 조수(鳥獸)의 총칭. 여기서는 토끼를 가리킴.

9) 衆工(중공): 여러 사수(射手). 歸(귀): 허여(許與). 妍(연): 호(好). 기교가 높 음을 말함.

10) 平樂(평락): 동한 명제(明帝) 때 건축한 낙양 서문 밖의 누대의 이름.

11) 膰(전): 지짐이를 부치다. 胎鰕(태하): 하인(鰕仁). 머리와 껍질을 제거한 새 우의 살.

12) 寒鼈(한별): 일종의 자라안주. 장에 저린 자라고기. 熊蹯(웅번): 웅장(熊掌). 곰의 발.

13) 擊鞠壤(격국양): 축국(蹴鞠)과 격양(擊壤). 모두 고대의 놀이. 『풍토기(風土 記)』: "以木爲之, 前廣後銳, 長尺三寸, 其形如履, 先側一壤於地, 遙於三四十 步以手中壤擊之, 中者爲上."

14) 光景(광경): 세월.

15) 城邑(성읍): 낙양을 지칭함.

백마편 白馬篇¹⁾

白馬飾金羈	백마가 황금 장식의 굴레를 쓰고
連翩西北馳	끊임없이 서북쪽으로 내달리네
借問誰家子	물어보자 누구 집 자제들인지?
幽幷遊俠兒²⁾	유주 병주의 유협아들이라네
少小去鄉邑	젊어서 고향을 떠나
揚聲沙漠垂³⁾	사막의 변경에서 명성을 떨치네
宿昔秉良弓	지난 날 좋은 활을 쥐고
楛矢何參差⁴⁾	호시는 어찌 들쭉날쭉이었나
控弦破左的⁵⁾	시위를 당겨 좌측 과녁을 꿰뚫고
右發摧月支⁶⁾	우측으로 발사하여 월지를 부수었네
仰手接飛猱	손을 들어 나는 원숭이를 명중하고
俯身散馬蹄⁷⁾	몸을 굽혀 마제를 쏘아 날려버리네
狡捷過猴猿⁸⁾	민첩함은 원숭이보다 낫고
勇剽若豹螭⁹⁾	용맹함은 표범이나 교룡과 같네
邊城多警急	변방 성엔 위급한 일이 많아
胡虜數遷移¹⁰⁾	호로들이 자주 침범하여
羽檄從北來¹¹⁾	우격이 북쪽에서 오니
厲馬登高隄¹²⁾	말을 채찍질하여 높은 둑에 올라
長驅蹈匈奴	멀리 달려가 흉노를 짓밟고
左顧凌鮮卑¹³⁾	좌측을 돌아보며 선비를 제압하네
棄身鋒刃端	몸을 창날 끝에 두었는데
性命安可懷	목숨을 어찌 생각하랴

父母且不顧	부모조차 돌아보지 않는데
何言子與妻	어찌 자식과 처자를 말하랴
名編壯士籍[14]	이름을 장사의 명부에 올렸으니
不得中顧私	개인의 일은 마음속에 생각할 수 없네
捐軀赴國難	몸을 바쳐 국난에 달려가서
視死忽如歸	죽음을 돌아가는 것처럼 경시하네

주석

1) 〈백마편(白馬篇)〉: 조비가 스스로 새로운 제목으로 창작한 악부시로서 〈잡곡가·제슬행(齊瑟行)〉에 속함. 유협의 무리를 빌려 자신의 우국정신을 담은 작품임.

2) 幽幷(유병): 유주(幽州)와 병주(幷州). 지금의 하북(河北)·산서(山西)·섬서(陝西) 등의 일부지역. 이 지역은 당시 흉노족과 선비족과 대치하고 있었음. 遊俠(유협): 죽음을 경시하고 의리를 중시하는 사람.

3) 垂(수): 수(陲). 변강(邊疆).

4) 楛矢(호시): 호(楛)나무로 만든 화살. 參差(참치): 가지런하지 않은 모양.

5) 的(적): 과녁.

6) 月支(월지): 일종의 과녁의 이름. 소지(素支)라고도 함.

7) 馬蹄(마제): 일종의 과녁의 이름.

8) 狡捷(교첩): 영교(靈巧)하고 민첩함.

9) 勇剽(용표): 용맹하고 경쾌함. 螭(리): 교룡. 뿔 달린 용.

10) 胡虜(호로): 호(胡)는 북방 이민족의 총칭. 호로(胡虜)는 북방 이민족을 경멸하는 용어.

11) 羽檄(우격): 군사적 위급함을 알리는 보고서. 1척 3촌의 목간(木簡)에다 내용을 적고 깃을 꽂아 긴급함을 표시하였음.

12) 厲馬(여마): 책마(策馬). 高隄(고제): 적을 방어하는 높은 둑.

13) 鮮卑(선비): 당시 이민족의 이름.

14) 籍(적): 부적(簿籍). 명책(名册). 『한서(漢書)·원제기(元帝紀)』주(注): "籍者, 爲尺二竹牒, 記其年期·名字·物色."

평설 ⌒

● 『고시원』 권5 : "〈백마〉는 사람은 마땅히 공을 세워 나라를 위해야 하고 개인의 일은 생각하지 않아야 함을 말한 것이다.(白馬者, 言人立功爲 國, 不可念私也.)"

칠보시 七步詩[1]

煮豆持作羹[2]	콩을 삶아 국을 끓이고
漉豉以爲汁[3]	된장을 걸러 즙액을 만드네
萁在釜下然[4]	콩대는 솥 아래에서 타고 있고
豆向釜中泣	콩은 솥 안에서 울고 있네
本是同根生	본래 같은 뿌리에서 나왔는데
相煎何太急	서로 달이는 것이 어찌 이리 급박한가?

주석 ⌒

1) 〈칠보시(七步詩)〉: 이 시는 콩대로 콩을 삶는 것을 빌어 골육상잔을 비유한 것이다. 풍유눌(馮惟訥)의 『시기(詩記)』에서 고본(古本) 『조자건집(曹子建

集)』에는 이 시가 실려 있지 않다고 하였기 때문에 후세의 위작으로 의심받는다. 『세설신어(世說新語)·문학』에서 "문제(文帝: 조비)가 일찍이 동아왕(東阿王: 조식)에게 명하여 일곱 걸음 안에 시를 짓지 못하면 사형에 처하겠다고 하였다. 즉석에서 곧 시를 완성하자……황제는 몹시 난색을 지었다"고 하였다.

2) 持作羹(지작갱): 일작 '연두기(燃豆萁)'. 羹(갱) : 탕(湯).

3) 漉(녹): 여과(濾過). 豉(시): 삶아서 발효시킨 콩. 汁(즙): 일종의 양념 즙액.

4) 萁(기): 콩대. 然(연) : 연(燃).

진림 陳琳

진림(?-217), 자는 공장(孔璋), 광릉(廣陵: 지금의 江蘇省 揚州市) 사람. 건안칠자(建安七子)의 한 사람. 처음에는 대장군 하진(何進)의 주부(主簿)로 있다가 하진이 피살된 후 기주(冀州)로 피난 가서 원소(袁紹)에게 의탁하였다. 원소가 패한 후 조조에게 가서 사공군모좨주(司空軍謀祭酒)가 되어 기실(記室)을 맡았다가 문하독(門下督)이 되었다.

진림은 장표(章表) 서기(書記)로서 완우(阮瑀)와 제명하였다. 그의 시는 겨우 4편과 몇몇 산구(散句)만 남아 있는데, 그 가운데 〈음마장성굴행(飲馬長城窟行)〉이 가장 회자되었다.

음마장성굴행 飲馬長城窟行[1]

飲馬長城窟[2]	장성의 샘에서 말에 물을 먹이는데
水寒傷馬骨	물 차가워 말의 뼈를 상하게 하네
往謂長城吏	장성의 관리에게 가서 말했네
"愼莫稽留太原卒"[3]	「부디 태원의 역부를 머물러 두지 마시오
"官作自有程[4]	「노역엔 본래 기한이 있으니
舉筑諧汝聲"[5]	나무공이를 들어 네 소리에 맞춰야 하리」
"男兒寧當格鬪死	「남아가 차라리 격투하다 죽을지언정
何能怫鬱築長城"	어찌 우울하게 장성이나 축조할 건가!」
長城何連連	장성은 어찌 그리 길게 이어졌는가
連連三千里	삼천리나 길게 이어졌네
邊城多健少[6]	변성엔 건강한 젊은이들 많은데
內舍多寡婦	내실엔 과부들만 많네
作書與內舍[7]	편지 써서 내실에 보냈네
"便嫁莫留住	「곧 시집가서 남아 있지 말고
善事新姑嫜[8]	새 시부모를 잘 섬기시오
時時念我故夫子"[9]	때때로 옛 남편인 나를 생각해주구려」
報書往邊地	답장이 변방으로 왔네
"君今出語一何鄙	「당신이 지금 한 말은 어찌 그리 비루한가요?
身在禍難中	몸이 화난 중에 있는데
何爲稽留他家子	어떻게 남의 부인으로 남을 수 있는지요?
生男愼莫舉[10]	남자아이를 낳으면 신중히 호구에 올리질 말고
生女哺用脯	계집아이를 낳으면 포로써 먹인다네

193

君獨不見長城下　　당신은 홀로 장성 아래

死人骸骨相撑拄”　　죽은 사람들 해골이 쌓여있음을 보지 못했나요?」

“結髮行事君　　　　「머리 올려 당신을 섬겼는데

慊慊心意關　　　　불안하게 마음이 떨어져 있네

明知邊地苦　　　　변방의 고통을 분명히 알겠으니

賤妾何能久自全”　　천첩이 어찌 오래 살 수 있으리오?」

주석 ⌒

1) 〈음마장성굴행(飮馬長城窟行)〉: 악부 〈상화가·슬조곡(瑟調曲)〉에 속함.

2) 長城窟(장성굴): 장성(長城)은 진(秦)·한(漢) 때 축조한 만리장성. 굴(窟)은
   천혈(泉穴).

3) 稽留(계류): 체류(滯留). 太原卒(태원졸): 태원에서 온 역부.

4) 官作(관작): 관부(官府)의 역사(役事). 程(정): 기한(期限).

5) 筑(축): 성벽을 다지는 나무공이.

6) 健少(건소): 건장한 청장년.

7) 內舍(내사): 집의 내실(內室). 처자를 지칭함.

8) 姑嫜(고장): 시부모.

9) 故夫子(고부자): 전부(前夫).

10) 擧(거): 호구(戶口)에 올리다. 이 구는 사내아이를 낳으면 양육하지 말라는
    의미.

왕찬 王粲

왕찬(177-217), 자는 중선(仲宣), 산양(山陽) 고평(高平: 지금의 山東省 鄒縣) 사람. 건안칠자의 한 사람. 그의 조부 왕창(王暢)은 한나라 영제(靈帝) 때 사공(司空)을 지냈는데, '팔준(八俊)'의 한 사람으로 명성이 있었다. 그래서 왕찬은 어렸을 때 채옹(蔡邕)에게 이재(異才)를 지녔다고 칭찬을 받았다. 17살에 형주(荊州)로 피난 가서 유표(劉表)에게 15년 동안이나 있었으나 중용되지 못하였다. 나중에 조조에게 가서 승상연(丞相掾)을 지내고 관내후(關內侯)에 봉해졌다. 이후 군모좨주(軍謀祭酒)를 거쳐 위나라 시중(侍中)을 지냈다. 유협의 『문심조룡·재략(才略)』에서는 왕찬을 "칠자 가운데 관면(冠冕)"이라고 칭찬하였다. 종영의 『시품』에서는 왕찬을 상품에 넣고 "그 근원은 이릉(李陵)에게서 나왔으며 문(文)은 수려하고 질(質)은 파리하다. 조식과 유정(劉楨) 사이에서 따로 한 체(體)를 구성하였다. 진사(조식)와 비교하면 부족하나 위문(조비)와 비교하면 남음이 있다"라고 하였다. 그는 장시와 부에 뛰어났는데, 〈등루부(登樓賦)〉는 건안의 서정소부(抒情小賦)로서 명편으로 평가되고, 〈칠애시(七哀詩)〉 또한 한위풍골(漢魏風骨)을 대표하는 작품으로 평가된다.

칠애시 七哀詩[1] 3수

1.

西京亂無象[2]	서경의 난리 비할 바가 없어
豺虎方遘患[3]	승냥이 호랑이가 바야흐로 환난을 일으켰네
復棄中國去[4]	다시 중원의 나라를 버리고 떠나
委身適荊蠻[5]	몸을 의탁하러 형만으로 가네
親戚對我悲	친척들 나를 대하고 슬퍼하고
朋友相追攀	붕우들 서로 뒤따라와 수레를 부여잡네
出門無所見	성문을 나서니 보이는 것 없고
白骨蔽平原	백골들만 평원을 뒤덮고 있네
路有饑婦人	길가에 굶주린 부인이 있어
抱子棄草間	안고 있던 아이를 풀밭에 버리네
顧聞號泣聲	울부짖는 소리를 고개 돌려 들으며
揮涕獨不還	눈물 뿌리며 차마 돌아서지 못하네
"未知身死處	「나도 어디에서 죽을지 모르는데
何能兩相完"	어떻게 둘 다 살 수가 있으리오?」
驅馬棄之去	말을 몰아 그들을 버려 두고 떠나가며
不忍聽此言	차마 그 말을 들을 수 없네
南登霸陵岸[6]	남쪽으로 패릉의 언덕에 올라
回首望長安	고개 돌려 장안을 바라보며
悟彼下泉人[7]	저 <하천>을 지은 사람을 생각하니
喟然傷心肝[8]	위연히 마음이 애달프네

주석 ⤳

1) 〈칠애시(七哀詩)〉: 악부 〈상화가·초조곡(楚調曲)〉에 속함.

2) 西京(서경): 장안(長安).

3) 豺虎(시호): 동탁의 부장 이최(李催)·곽사(郭汜) 등을 말함. 이들은 동탁이 죽은 후 장안에서 멋대로 살육하고 약탈을 자행하였음.

4) 中國(중국): 중원(中原) 지역.

5) 荊蠻(형만): 형초(荊楚) 만이(蠻夷) 지역. 여기서는 형주(荊州)를 가리킴.

6) 覇陵(패릉): 한나라 문제(文帝)의 능묘. 지금의 서안(西安) 동남쪽에 있음.

7) 下泉(하천): 『시경·조풍(曹風)』의 편명. 시인이 난리 속에서 감개하여 동주(東周)의 성세(盛世)를 회념하는 작품.

8) 喟然(위연): 탄식하는 모양.

평설 ⤳

● 『고시원』권6 : "이 시는 두소릉(杜少陵)의 〈무가별(無家別)〉·〈수로별(垂老別)〉 여러 편의 조(祖)이다."

2.

荊蠻非我鄕	형만은 나의 고향 아니니
何爲久滯淫[1]	어찌 오래 머물 수 있으리오
方舟遡大江[2]	방주로 큰 강을 거슬러 가는데
日暮愁我心	석양은 내 마음을 수심 짓게 하네
山岡有餘映	산언덕엔 남은 햇빛 있는데

巖阿增重陰	바위 구비는 더욱 어둡네
狐狸馳赴穴	여우 삵이 굴로 뛰어가고
飛鳥翔故林	나는 새 옛 숲으로 날아가네
流波激淸響	흐르는 물결 맑은 소리 울리고
猴猿臨岸吟	원숭이는 언덕에서 우네
迅風拂裳袂	빠른 바람 옷소매 날리고
白露沾衣襟	흰 이슬 옷깃을 적시네
獨夜不能寐	외로운 밤 잠들 수 없어
攝衣起撫琴[3]	옷 걸치고 일어나 금을 어루만지네
絲桐感人情[4]	금의 소리 인정을 감동하니
爲我發悲音	나를 위해 슬픈 소리를 내네
羈旅無終極	여행길 끝이 없는데
憂思壯難任[5]	근심만 왕성하여 참을 수 없네

주석 ②

1) 滯淫(체음): 엄류(淹留).

2) 方舟(방주): 두 척의 배가 나란히 가는 것. 여기서는 배의 범칭. 大江(대강):
   한수(漢水)를 말함. 당시 왕찬은 양양(襄陽)에 있었는데, 한수의 지류를 거슬
   러 북쪽으로 가면 중원에 닿을 수 있었음.

3) 攝衣(섭의): 피의(披衣). 옷을 입음.

4) 絲桐(사동): 명주실과 오동나무. 금(琴)을 말함.

5) 壯(장): 극성(極盛). 任(임): 받아들임.

3.

邊城使心悲[1]	변방의 성은 마음을 슬프게 하는데
昔吾親更之	지난날 내 몸소 그곳을 지나왔네
冰雪截肌膚	얼음과 눈은 피부를 찢고
風飄無止期	바람 몰아치는 것은 그칠 날이 없네
百里不見人	백 리 안에 사람을 볼 수 없는데
草木誰當遲[2]	초목을 누가 거둘 것인가?
登城望亭燧[3]	성에 올라 정장과 봉수대를 바라보니
翩翩飛戍旗	펄럭펄럭 수루의 깃발이 날리네
行者不顧反[4]	행역자는 귀환을 돌아볼 수 없는데
出門與家辭	문을 나서서 집과 이별하네
子弟多俘虜	자제들 포로가 많으니
哭泣無已時	곡읍이 그칠 날이 없네
天下盡樂土	천하의 낙토가 다했는데
何爲久留茲	어찌 이곳에서 오래 머물겠는가?
蓼蟲不知辛[5]	요충처럼 매운맛을 모르니
去來勿與諮	오고감을 더불어 물을 수 없네

주석 ◑◡

1) **邊城**(변성): 변방의 군사요충지. 왕찬은 조조를 따라 서북쪽의 변방을 정벌
   하는 데 종군하였음.

2) **遲**(지): 치(治). 삼제(芟除). 마른 초목을 땔감으로 거둔다는 것.

3) **亭燧**(정수): 정장(亭鄣)과 봉수대(烽燧臺). 정장은 초소(哨所).

4) **行者**(행자): 종군하는 병졸. 反(반): 반(返).

5) **蓼蟲**(요충): 여뀌의 쓴 잎을 먹는 벌레. 여뀌는 신고(辛苦)를 비유함. 여기서
   요충은 변방의 병졸을 비유함.

서간 徐幹

서간(170-217), 자는 위장(偉長), 북해(北海) 극(劇: 지금의 山東省 昌樂縣 서쪽) 사람. 건안칠자의 한 사람. 박학다식하고 시문에 뛰어났으나 세상의 영리를 싫어하여 건안중에 조조가 여러 번 불렀으나 나가지 않았다. 나중에 조조의 사공군모좨주연속(司空軍謀祭酒掾屬)을 지내고, 또 조비의 오관중랑장문학(五官中郞將文學)을 지냈다.

종영은 『시품』에서 서간을 하품에 넣고 그의 시를 "한아(閑雅)"하다고 평하였다. 그의 시는 겨우 9수가 남아 있다.

실사시 室思詩[1]

沈陰結愁憂[2]	음산하게 근심이 맺히니
愁憂爲誰興	근심은 누구 때문에 일어납니까?
念與君相別	당신과의 이별을 생각하니
各在天一方	각자 하늘 끝에 있습니다
良會未有期	좋은 만남 기약할 수 없어
中心摧且傷[3]	마음이 꺾이고 상합니다
不聊憂飱食[4]	무료하여 식사도 우울하니
慊慊常饑空[5]	불만스럽게 항상 허기를 느낍니다
端坐而無爲	단정히 앉아 할 일 없이
彷佛君容光	당신 얼굴만 상상한답니다
峨峨高山首[6]	우뚝 솟은 높은 산머리
悠悠萬里道[7]	멀고 먼 만 리의 길
君去日已遠[8]	당신이 떠나가서 날이 이미 오래이니
鬱結令人老	가슴이 미여져 사람을 늙게 만듭니다
人生一世間	인생이 한 세대에서
忽若暮春草	빠르기가 저무는 봄의 풀과 같습니다
時不可再得	시절을 다시 얻을 수 없는데
何爲自愁惱	어찌하여 스스로 괴로운 것입니까
每誦昔鴻恩	매번 지난날의 큰 은혜를 읊조리며
賤軀焉足保	천한 몸 어찌 보전할 것입니까

浮雲何洋洋[9]	뜬구름은 어찌 그리 드넓게 떠가는가?
願因通我詞	내 말을 전하고 싶으나
飄颻不可寄[10]	정처 없이 흘러가서 부칠 수 없어
徒倚徒相思[11]	배회하며 다만 그리워할 뿐입니다
人離皆復會	사람의 헤어짐 모두 다시 만나거늘
君獨無返期	당신은 홀로 돌아올 기약 없습니다
自君之出矣	당신이 떠나간 후부터
明鏡暗不治	밝은 거울 어두워도 닦지 않았습니다
思君如流水	당신 생각 흐르는 물처럼
何有窮已時	어찌 다할 날이 있으리오?

慘慘時節盡[12]	어둑어둑 시절이 다하니
蘭華凋復零	난꽃은 시들어 떨어지네
喟然長歎息	위연히 길게 탄식하는데
君期慰我情	당신의 기약 나의 정을 위로합니다
展轉不能寐	전전반측 잠 못 이루는데
長夜何綿綿	긴 밤만 어찌 이어지는가?
躡履起出戶	신발 신고 일어나 문을 나서서
仰觀三星連[13]	삼성이 이어짐을 우러러보네
自恨志不遂	뜻을 이루지 못함이 스스로 한스러워
泣涕如涌泉	솟는 샘물처럼 눈물 흘리네

思君見巾櫛[14]	당신 생각에 수건과 빗을 보니
以益我勞勤[15]	나의 상심을 더하네

安得鴻鸞羽[16]	어떻게 큰 기러기와 난새의 날개를 얻어
覯此心中人	이 마음속의 사람을 볼 수 있을까
誠心亮不遂	정성을 다해도 참으로 이룰 수 없어
搔首立悁悁[17]	머리 긁적이며 서서 근심하네
何言一不見	어찌 한번도 보지 못함을 말할 수 있으리
復會無因緣	다시 만남은 인연이 없네
故然比目魚[18]	예전엔 비목어였는데
今隔如參辰[19]	지금은 삼성과 진성처럼 떨어져 있네
人靡不有初	사람들 모두 처음의 애정이 없지 않으나
想君能終之	그대만은 끝까지 지키리라 생각하였네
別來歷年歲	이별 후 해를 지나니
舊恩何可期	옛 은정을 어찌 기대할 수 있으리오
重新而忘故	새 사람을 중시하고 옛 사람을 잊음은
君子所猶譏	군자가 비난하는 바입니다
寄身雖在遠	몸을 기탁한 곳 비록 멀리 있지만
豈忘君須臾	어찌 잠시라도 당신을 잊겠습니까
旣厚不爲薄	이미 후하고 박하지 않았으니
想君時見思	당신이 때때로 그리워할 거라 상상합니다

주석 ⌒

1) 〈실사시(室思詩)〉: 사부총간본 『옥대신영』에는 〈雜詩五首〉와 〈室思一首〉
로 나뉘어 있음. 그러나 같은 시로 인정받고 있다. 모두 6단락이다. 실사(室
思)는 곧 규사(閨思)와 같음. 한 여자가 먼 길을 떠나 돌아오지 않는 남편을 그리워하고 있는 내용이다.

2) 沈陰(침음): 날이 음산함. 여인의 심리를 비유함.

3) 摧(최): 최(催).

4) 不聊(불료): 무료(無聊). 즐겁지 않음.

5) 慊慊(겸겸): 겸겸(歉歉). 불만족한 모양.

6) 峨峨(아아): 산이 높이 솟은 모양.

7) 悠悠(유유): 먼 모양.

8) 遠(원): 구(久).

9) 洋洋(양양): 광대하게 떠가는 모양.

10) 飄飆(표요): 이리저리 흘러가며 정처가 없음. 떠난 사람의 일정한 거처가 없기 때문에 소식을 전할 수가 없다는 것을 말함.

11) 徙倚(사의): 배회(徘徊). 방황(彷徨).

12) 慘慘(참참): 혼암(昏暗). 어두운 모양.

13) 三星(삼성): 삼수(參宿)의 일곱 개 별 중 중간에 횡으로 벌려 있는 세 개의 별.

14) 巾櫛(건즐): 수건과 빗. 남편이 집에서 사용하던 물건을 말함.

15) 勞勤(노근): 근심. 상심.

16) 鴻鸞(홍란): 큰 기러기와 난새. 난새는 봉황의 일종.

17) 悁悁(연연): 근심하는 모양.

18) 比目魚(비목어): 전설상의 눈이 하나뿐인 물고기로서 반드시 두 마리가 나란히 있어야만 행동할 수 있다고 함. 부부의 애정을 상징함.

19) 參辰(삼진): 삼성(參星)과 상성(商星). 서로 멀리 떨어져 있어서 이별을 상징함.

평설 ᒫ

• 『사명시화』 권1 : 서간의 〈실사〉에 「浮雲何洋洋……自君之出矣……何有

窮已時」라고 하였다. 송(宋) 효무제가 이를 본받아 「自君之出矣, 金翠暗無精, 思君如明月, 迴環畫夜生」이라고 하였다. 이미 제현들이 이것을 본받자 마침내 〈자군지출의〉를 제목으로 삼게 되었다. 양중굉(楊仲宏)이 말하기를 「오언절구는 곧 고시의 끝 4구이다. 의미가 유장(悠長)하기 때문인데 대개 이 시에 근본한 것이다」라고 하였다."

번흠 繁欽

번흠(?-218), 자는 휴백(休伯), 영천(潁川: 지금의 하남(河南) 우현(禹縣)) 사람. 젊어서 문장으로 명성이 있었고, 처음에는 예주종사(豫州從事)를 지냈고, 후에 조조의 승상부주부(丞相府主簿) 및 장서기(掌書記)를 지냄. 문집이 원래 여러 권이었으나 모두 없어지고, 지금은 시와 산문 몇 편만이 전함. 시 가운데 〈정정시(定情詩)〉가 가장 알려졌음.

정정시 定情詩[1]

我出東門遊	내가 동문을 나서 놀 때
邂逅承淸塵[2]	뜻밖에 서로 만나 맑은 먼지 받들었지요
思君卽幽房[3]	당신을 사랑하여 깊은 방으로 나아가
侍寢執衣巾	침석을 모시고 옷과 수건을 챙겼지요
時無桑中契[4]	당시 뽕밭 속의 약속은 없었으나
迫此路側人	이 길을 가는 사람을 만났지요
我旣媚君姿[5]	나는 이미 당신의 자태에 반하였고
君亦悅我顔	당신 역시 나의 용모를 좋아했지요
何以致拳拳[6]	얼마나 연모했던가요
綰臂雙金環	팔에는 쌍 금팔찌를 달고 있었지요
何以致慇懃	얼마나 은근하였던가요
約指一雙銀	손가락엔 한 쌍의 은가락지를 끼고 있었지요
何以致區區[7]	얼마나 한결같았던가요
耳中雙明珠	귀엔 쌍 명월주를 달고 있었지요
何以致叩叩[8]	얼마나 간절했던가요
香囊繫肘後	향낭을 팔꿈치에 달고 있었지요
何以致契闊	얼마나 마음이 맞았던가요
繞腕雙跳脫[9]	팔엔 쌍 도탈을 찼지요
何以結恩情	얼마나 은정을 맺었던가요
美玉綴羅纓	아름다운 옥을 비단 갓끈에 맸었지요
何以結中心	얼마나 마음을 맺었던가요
素縷連雙針	흰 실로 두 바늘을 꿰었지요

何以結相于[10]	얼마나 서로 친근함을 맺었던가요
金薄畫搔頭[11]	금박을 아로새긴 소두였지요
何以慰別離	얼마나 이별을 위로했던가요
耳後玳瑁釵	귀 뒤엔 대모비녀가 있었지요
何以答歡欣	얼마나 기쁨으로 답했던가요
紈素三條裙	환소 세 자락의 치마를 입었지요
何以結愁悲	얼마나 슬픔을 맺었던가요
白絹雙中衣[12]	백견 두 겹 속옷을 입었지요
與我期何所	나와 어디서 만나기로 약속했던가요
乃期東山隅	동산 기슭에서 만나자고 했지요
日旰兮不至	해가 떠도 오지 않으니
谷風吹我襦	골짜기 바람이 나의 저고리를 날리고
遠望無所見	멀리 보아도 보이는 것이 없었지요
涕泣起踟躕	눈물 흘리며 일어나 서성였지요
與我期何所	나와 어디서 만나기로 약속했던가요
乃期山南陽[13]	산 남쪽 언덕에서 만나기로 했지요
日中兮不來	해가 중천에 있어도 오지 않으니
飄風吹我裳	돌개바람이 나의 치마 날렸지요
逍遙莫誰覩	소요해도 아무도 보는 사람이 없고
望君愁我腸	당신을 그리며 내 애간장이 탔지요
與我期何所	나와 어디서 만나기로 약속했던가요
乃期西山側	서산 기슭에서 만나기로 했지요
日夕兮不來	해가 저물어도 오지 않으니
躑躅長歎息	머뭇거리며 길게 탄식을 했지요

遠望凉風至	멀리 바라보니 찬바람 불어와서
俯仰正衣服	위아래를 살피며 의복을 바로 잡았지요.
與我期何所	나와 어디서 만나기로 했던가요
乃期山北岑[14]	산의 북쪽 봉우리에서 만나기로 했지요
日暮兮不來	날이 저물어도 오지 않으니
凄風吹我衿	처량한 바람이 내 옷깃을 날렸지요
望君不能坐	당신을 그리며 앉아 있을 수도 없어
悲苦愁我心	슬픔과 고통이 내 마음을 괴롭혔지요
愛身以何爲	나를 사랑했던 것이 무엇 이유이었던가요
惜我華色時	나의 어여뻤던 시절이 애석하군요
中情旣款款[15]	마음이 정이 이미 진실하여
然後克密期[16]	그런 다음 깊은 약속을 맺었지요
褰衣躡花草	치맛자락 걷어올리고 꽃밭을 가며
謂君不我欺	당신에게 나를 속이지 말라고 했지요
厠此醜陋質[17]	이 못나고 비루한 몸을 버리니
徒倚無所之[18]	배회하며 갈 곳이 없습니다
自傷失所欲	마음 잃음을 스스로 아파하며
淚下如連絲	눈물만 연이어 흘립니다

주석 ∽

1) 〈정정시(定情詩)〉: 정정(定情)은 남녀의 결합을 말함. 이 시는 미혼인 여자
   가 한 남자를 사랑하였다가 버림받음을 노래한 것임. 동한 장형(張衡)의 「정
   정부(定情賦)」를 오언시로 모방한 것임.

2) 承淸塵(승청진): 상대가 일으키는 먼지를 받고도 탁하다고 여기지 않음을 말

함. 사랑함이 절실함을 형용한 것임.

3) 卽(즉): 나아가다. 幽房(유방): 깊고 조용한 방.

4) 桑中(상중): 『시경·용풍(鄘風)·상중(桑中)』의 "期我乎桑中"에서 취함. 후에 남녀의 은밀한 만남의 장소를 말하게 됨. 契(계): 약속.

5) 媚(미): 애(愛).

6) 拳拳(권권): 연연(戀戀)함을 그만두지 못하는 모양.

7) 區區(구구): 한결같은 모양.

8) 叩叩(고고): 간절한 모양.

9) 跳脫(도탈): 금이나 옥으로 만든 팔찌.

10) 相于(상우): 상호간의 친근함.

11) 搔頭(소두): 머리카락을 묶어 고정시키는 비녀.

12) 中衣(중의): 속옷.

13) 陽(양): 남쪽을 향한 산언덕.

14) 岑(잠): 작은 산봉우리.

15) 款款(관관): 성실한 모양.

16) 厠(측): 치(置). 버려두다.

17) 徒倚(도의): 배회, 방황.

견후甄后

견후(182-221), 이름은 알려지지 않음. 중산(中山) 무극(無極: 지금의 하북(河北) 무극현(無極縣) 서쪽) 사람. 3살 때 부친을 여의고, 7살부터 독서를 좋아하였음. 건안 연간에 원소(袁紹)의 둘째 아들 원희(袁熙)에게 시집을 갔음. 조조가 원소를 멸망시킨 후, 조비가 태자로 있을 때 그녀를 부인으로 삼았다. 명제(明帝) 조예(曹睿)를 낳았다. 황초(黃初) 2년에 참소를 받아 사사(賜死)되었는데, 명제 때 문소황후(文昭皇后)로 추시(追諡)하였음.

당상행 塘上行[1]

蒲生我池中[2]	부들이 내 연못에서 자라나
其葉何離離[3]	그 잎이 얼마나 무성한가
傍能行仁義	옆 사람이 능히 인의를 베푸는데
莫若妾自知	첩이 스스로 깨닫는 것만 못하네
衆口爍黃金	여러 사람의 말은 황금도 녹여서
使君生別離	그대를 생이별을 시키네
念君去我時	그대가 나를 떠나갈 때를 생각하니
獨愁常苦悲	홀로 수심 속에 항상 괴롭고 슬프네
想見君顏色	그대의 안색을 상상해 보면
感結傷心脾	감회가 맺혀 마음이 애통하네
念君常苦悲	그대가 항상 괴롭고 슬퍼할 것을 생각하면
夜夜不能寐	밤마다 잠을 이루지 못하네
莫以豪賢故[4]	호현하기 때문에
棄捐素所愛	평소에 소중히 했던 사람을 버려서는 안 되고
莫以魚肉賤	어육이 천하지 않다고 하여
棄捐蔥與薤[5]	파와 염교를 버려서는 안 되네
莫以麻枲賤[6]	삼과 모시풀이 천하지 않다고 하여
棄捐菅與蒯[7]	골풀과 황모를 버려서는 안 되네
出亦復苦愁	나가도 다시 걱정이고
入亦復苦愁	들어와도 또한 걱정이네
邊地多悲風	변방엔 슬픈 바람이 많은데
樹木何脩脩	수목은 어찌 그리 소소한가

從軍致獨樂   종군하며 혼자 즐기니

延年壽千秋   수명을 늘려서 천추를 누리시오

주석 ᘐ

1) 〈당상행(塘上行)〉: 악부〈상화곡(相和曲)·청조곡(淸調曲)〉에 속함. 같은
제목 가운데 가장 최초의 작품임. 본 작품의 작자를 『문선』에서는 견후, 위문
제, 무제 가운데 누구의 작품인지 의심스럽다고 하였음. 그러나 『옥대신영』
에서는 견후의 작품으로 실었음.

2) 蒲(포): 포초(蒲草). 부들. 갈대와 같은 수생식물의 일종.

3) 離離(이리): 번무(繁茂)함. 잎이 무성함.

4) 豪賢(호현): 호방하고 현량(賢良)함.

5) 蔥(총): 파. 薤(해): 염교. 파와 비슷한 채소의 일종.

6) 麻枲(마시): 삼과 모시풀. 모두 섬유를 만드는 식물.

7) 菅與蒯(관여괴): 골풀과 황모. 모두 자리를 짜는 식물.

8) 從軍(종군): 일작 종군(從君).

9) 翛翛(소소): 소소(蕭蕭). 나뭇잎이 바람에 나부끼는 소리.

응거 應璩

응거(190-252), 자는 휴련(休璉), 여남(汝南) 남돈(南頓: 지금의 남항성현(南項城縣) 西南) 사람. 건안칠자 가운데 응창(應瑒)의 아우. 명제(明帝) 때 산기상시(散騎常侍)를 지내고, 제왕(齊王) 방(芳)이 즉위하자 시중(侍中)이 되었고, 대장군 조상(曹爽)의 장사(長史)를 지냈다. 이후 다시 시중이 되었다.

여러 문헌에서 그의 오언시가 백수십 편이라고 하였는데, 지금 전하는 것은 『문선』에 〈백일시(百一詩)〉 8수가 있을 뿐이다. 『시품』에서 응거를 중품에 넣고 "위문제를 조습(祖襲)하여 고어(古語)를 잘 지었고, 지적하는 사리가 은근하고 고아한 뜻이 심독(沈篤)하여 시인의 격자(激刺)의 뜻을 얻었다"고 평하였다.

백일시 百一詩[1]

下流不可處[2]	하류에 머물 수는 없는 것이니
君子愼厥初[3]	군자는 그 처음을 신중히 해야 하네
名高不宿著	명성이 실제보다 높으면 오래 현저할 수 없고
易用受侵誣	쉽게 그 때문에 공격과 참소를 받는다네
前者隳官去	오래되기 전에 관직을 버리고 떠났는데
有人適我閭	어떤 사람이 나의 마을로 왔네
田家無所有	전가엔 가진 것이 없어서
酌醴焚枯魚	단술을 따르고 말린 물고기를 구웠네
問我何功德	나에게 무슨 공덕으로써
三入承明廬[4]	세 번이나 승명려에 들어갔는지를 물었네
所以占此土[5]	이 땅에 은거한 까닭은
是謂仁智居[6]	이곳을 인자와 지자의 거처라고 부르기 때문이네
文章不經國	문장은 나라를 경륜할 수 없고
筐篋無尺書	작은 상자엔 짧은 편지도 없네
用等稱才學	저런 것으로써 재학을 드러내어
往往見歎譽	종종 감탄과 칭송을 받았는가 하니
避席跪自陳[7]	자리에서 일어나 꿇어앉아 스스로 말했네
賤子實空虛[8]	천한 사람이 참으로 공허한데
宋人遇周客[9]	송인이 주객을 만난 격인데
慚愧靡所如	부끄러워 갈 곳이 없소이다 하였네

1) 〈백일시(百一詩)〉: 시사(時事)에 대한 풍간시임. 백일(百一)이란 제목은 시편이 모두 1백 1편이기 때문이라는 설도 있고, 그 당시 대장군 조상(曹爽)의 천권(擅權)으로 인하여 당시 사람이 응거에게 "공은 주공의 드높은 칭송을 들었는가, 어찌 백 번의 생각에도 한 번의 실수가 있음을 알겠는가?(公今聞 周公巍巍之稱, 安知百慮有一失乎?)"라고 하자, 이에 시를 지어 풍간하였다고 하였다. 즉 '백려일실(百慮一失)'에서 온 제목이란 설이 있다.

2) 下流(하류): 『논어·子長』: "是以君子惡居下流, 天下之惡皆歸焉."에서 가져옴.

3) 愼厥初(신궐초): 『尙書·仲虺』: "愼厥終, 惟其始."에서 가져옴.

4) 承明廬(승명려): 명제(明帝) 때 조회하였던 승명문(承明門) 옆의 직려(直廬). 응거는 처음에 시랑(侍郞), 다음에는 상시(常侍), 마지막에는 시중(侍中)을 지냈기 때문에 세 번이라고 함.

5) 占(점): 은거(隱居). 『爾雅·釋言』: "隱, 占也."

6) 仁智居(인지거): 『논어·雍也』: "仁者樂山, 知者樂水."에서 가져옴.

7) 避席(피석): 자리에서 일어남.

8) 空虛(공허): 뱃속에 재학(才學)이 없음.

9) 춘추시대 송나라의 어리석은 사람이 연석(燕石)을 대보(大寶)로 알고 귀하게 여겼는데, 주나라 객이 기왓조각 같은 것에 불과하다고 지적하자 도리어 꾸짖었다는 고사.

완적 阮籍

완적(210-263), 자는 사종(嗣宗), 진류(陳留) 위씨(尉氏: 지금의 河南 尉氏縣) 사람. 건안칠자 가운데 완우(阮瑀)의 아들로서 죽림칠현 중의 한 사람. 당시 정권을 천단하고 있던 사마씨(司馬氏)의 정권에 불만을 품었으나 종군중랑(從軍中郎)·관내후(關內侯)·보병교위(步兵校尉) 등을 지냄. 그래서 완보병(阮步兵)이라 불림. 그는 본래 제세(濟世)의 뜻이 있었으나 위말(魏末)의 정치적 암흑시대에 처하여 술을 탐닉하고 노장사상에 정을 붙이고 현담을 일삼으로써 현실과 거리를 두었다.

그의 오언시 〈영회(詠懷)〉 82수는 자신의 포부와 고민을 토로하고 더불어 암담한 사회현실을 완곡하게 표현하였다. 그의 〈영회〉시는 건안풍골(建安風骨)을 계승한 정시지음(正始之音)의 대표 작품으로 평가되는데, 성당(盛唐)의 진자앙(陳子昂) 및 이백 등에게 끼친 영향이 많다. 『시품』에서 완적을 상품에 넣고 "그 근원은 〈소아(小雅)〉에서 나왔고 조충(雕蟲)에 힘쓰지 않았다. 〈영회〉는 성령(性靈)을 도야하여 깊은 생각을 표현하였다. 말은 이목 안에 있지만 정을 붙임은 팔황(八荒) 밖에 있다. 양양(洋洋)하게 〈풍(風)〉·〈아(雅)〉에 회합하여 사람들에게 그 비근함을 잊게 하고 스스로 원대함에 이르게 한다. 몹시 감개한 말이 많고, 그 뜻은 연방(淵放)하여 귀취(歸趣)를 구하기가 어렵다"고 평하였음.

영회 詠懷

1.[1]

夜中不能寐	한밤에 잠들 수 없어
起坐彈鳴琴	일어나 앉아서 명금를 타네
薄帷鑒明月	얇은 장막에 밝은 달이 비치고
淸風吹我襟	맑은 바람 나의 옷깃에 불어오네
孤鴻號外野	외로운 기러기는 바깥들에서 울고
翔鳥鳴北林[2]	나는 새는 북쪽 숲에서 우네
徘徊將何見	배회하며 무엇을 보려하는가
憂思獨傷心	근심으로 홀로 상심하네

주석 ⌒

1) 『문선』권23의 완적의 〈영회시〉 17수 중 제1수. 『고시상석』권10, 장옥곡주:
   "이 시는 임금이 현신을 멀리하고 간신을 가까이하는 것을 근심한 것이다(此
   首, 傷上之遠賢親佞也)."

2) 翔鳥(상조): 일작 삭조(朔鳥)로 되어 있는 판본도 있음.

평설 ⌒

● 『고시평선』: "맑은 달·서늘한 바람·높은 구름·푸른 하늘을 끌어다 보
  이면서 시를 읊은 것은 진실로 공으로부터 비롯되었다. 다만 이 시처
  럼, 천박하게 그 뜻을 구하려 한다면 어떤 소회도 없는 것처럼 보인다.
  그러나 글자의 뒤와 말의 앞, 눈썹 끝의 바깥을 깨문다면 무진장한 회
  포가 있어서, 사람들에게 소리를 따르고 그림자를 짐작케 하여 그것을

언게 한다(晴月凉風高雲碧宇之致見之吟詠者, 實自公始. 但如此詩, 以
淺求之, 若一無所懷, 而字後言前, 眉端吻外, 有無盡藏之懷, 令人循聲
測影而得之)."

2.

嘉樹下成蹊[1]	좋은 나무 아래엔 작은 길이 생겨나니
東園桃與李	동원에 복숭아와 오얏나무가 있네
秋風吹飛藿	가을바람이 콩잎을 날리니
零落從此始	시들어 떨어짐이 이로부터 시작되네
繁華有憔悴	번화함에는 초췌함이 있으니
堂上生荊杞	당 위에 가시나무 구기자가 자라나네
驅馬舍之去[2]	말을 몰아 이를 버리고 떠나와
去上西山趾	서산 자락으로 가서 오르네
一身不自保	일신을 스스로 보존할 수 없는데
何況戀妻子	어찌 하물며 처자를 연모하랴
凝霜被野草	엉긴 서리 들풀에 뒤덮여 있고
歲暮亦云巳	세모가 또한 저물어가려 하네

주석 ∽

1) 蹊(혜): 소로(小路). 『史記·李廣傳』贊: "桃李不言, 下自成蹊."

2) 舍之(사지): 인간세상의 부화(浮華)를 버림.

3) 西山(서산): 상나라 말에 백이(伯夷) 숙제(叔齊)가 은거한 수양산(首陽山).

3.

平生少年時	평생 젊은 시절
輕薄好絃歌[1]	경박하여 현가를 좋아하였네
西遊咸陽中[2]	서쪽으로 함양에 놀러가서
趙李相經過[3]	미녀들과 서로 세월을 보냈네
娛樂未終極	즐거움이 다 하지 않았는데
白日忽蹉跎	해는 빠르게 지나가 버렸네
驅馬復來歸	말을 달려 다시 돌아오며
反顧望三河[4]	고개 돌려 삼하를 바라보았네
黃金百鎰盡[5]	황금 백 일을 다 써버리고
資用常苦多	생활비에 항상 괴로움이 많았네
北臨太行道	북쪽으로 태행로에 임하여
失路將如何	길을 잃으니 장차 어디로 가야 하는가

주석 ❧

1) 絃歌(현가): 악기를 연주하고 노래함.

2) 咸陽(함양): 진(秦)나라의 수도.

3) 趙李(조리): 한(漢)나라 성제(成帝) 때의 황후 조비연(趙飛燕)과 무제 때의
   총희 이부인(李夫人). 전하여 가무(歌舞)하는 미녀들.

4) 三河(삼하): 하동(河東), 하내(河內), 하남(河南) 3군(郡)을 말함. 또는 위수
   (渭水)와 낙수(洛水)가 황하로 흘러 들어가는 입구를 삼하구(三河口)라고 함.

5) 鎰(일): 중량의 단위. 옛날 20 혹은 24량(兩)에 해당함.

6) 太行道(태행도): 목적지와 상반된 길을 향하고 있음을 비유함. 『戰國策·魏
   策四』의 고사에서 비롯됨. 남쪽 초(楚)나라로 가려는 어떤 사람이 태행도에
   서 남쪽 대신 북쪽으로 향했다는 이야기.

4.

昔聞東陵瓜[1]	이전에 동릉과에 대해 들었는데
近在靑門外[2]	청문 밖 가까이 있다네
連畛距阡陌	이어진 밭두둑은 대로변에 닿아 있고
子母相鉤帶[3]	크고 작은 외들이 함께 덩굴에 달려 있네
五色曜朝日	오색으로 아침 햇살 속에 빛나며
嘉賓四面會	가빈들을 사방에서 모이게 하네
膏火自煎熬[4]	기름불은 스스로 타오르고
多財爲患害	많은 재산은 우환이 된다네
布衣可終身	포의로 생애를 마칠 수 있는데
寵祿豈足賴	총애와 녹봉에 어찌 기댈 것인가

주석 ♋

1) 東陵瓜(동릉과): 동릉의 외. 진(秦)나라 동릉후(東陵侯) 소평(昭平)이 진나라가 망한 후 포의(布衣)가 되어 가난하자 장안 동쪽에서 외를 심어 생계를 꾸렸는데, 이 외가 맛이 좋아 당시에 동릉과라고 불렸다고 함. 『사기·肖相國世家』: "昭平者, 故秦東陵後, 秦破, 爲布衣, 貧, 種瓜于長安城東. 瓜美, 故時俗謂之東陵瓜."

2) 靑門(청문): 장안성(長安城) 동쪽 제일의 성문으로 이름은 패성문(覇城門)임. 청전(靑磚)으로 계단을 만들어서 청문이라 불림.

3) 子母(자모): 크고 작은 외들을 말함.

4) 膏火(고화): 송진과 같은 나무의 기름불. 『莊子·人間世』: "山木自寇也, 膏火自煎也."

5.[1]

灼灼西隤日[2]	빛나며 서쪽으로 지는 해
餘光照我衣	남은 빛 나의 옷을 비추네
廻風吹西壁	도는 바람 서쪽 벽에 부니
寒鳥相因依	추운 새는 서로 의지했네
周周尚啣羽[3]	주주는 오히려 깃을 머금고
蛩蛩亦念饑[4]	공공 또한 굶주림을 염려하네
如何當路子	어찌할까 당로자여
磬折忘所歸	몸 굽힌 채 돌아갈 곳 잊었네
豈爲夸譽名	어찌 명예를 자랑할 것인가
憔悴使心悲	초췌함이 마음을 슬프게 하네
寧與燕雀翔	차라리 연작과 더불어 날며
不隨黃鵠飛	황곡을 따르지 말아라
黃鵠遊四海[5]	황곡은 사해를 노니니
中路將安歸	도중에 어디로 돌아갈 것인가

주석 ↩

1) 위시, 『문선』권23의 완적의 '영회시' 17수 중 제14수. 『고시상석』권10, 장옥
   곡주: "이 시는 용퇴를 모르는 사람을 경계한 것이다(此首, 爲不知勇退者,
   警也)."

2) 灼灼(작작): 밝은 모양. 『廣雅·釋訓』: "灼灼, 明也."

3) 周周(주주): 주주(翢翢). 새의 이름. 『문선』권23, 이선주: "한비자(韓非子)가
   말하길 '새 가운데 주주가 있는데, 머리가 무겁고 꼬리는 굽었다. 강물을 마
   시려 하면 반드시 넘어진다. 곧 깃에다 물을 머금어 마신다'고 했다(韓子曰,

鳥有周周者, 首重而屈尾. 將欲飮於河則必轉. 乃銜羽而飮)."

4) 蛩蛩(공공): 공공거허(蛩蛩鉅虛). 짐승 이름. '공공거허(蛩蛩巨虛)'·'공공거
허(蛩蛩距虛)'·'공공거허(蛩蛩駏驉)'라고도 표기함. 『산해경·해외북경(山海
經·海外北經)』: "몸빛이 흰 짐승이 있는데 모양이 말과 같으며, 이름은 공공
이라 한다(有素獸焉, 狀如馬, 名曰蛩蛩)." 『회남자·도응훈(淮南子·道應訓)』:
"북방에 어떤 짐승이 있는데, 그 이름은 궐이라 한다. 앞은 쥐이고 뒤는 토끼
여서 걸으면 엎어지고 달리면 넘어진다. 항상 공공거허를 위하여 감초를 얻
어다가 주므로 궐에게 위험이 있으면 공공거허가 반드시 업고서 달아난다(北
方有獸, 名曰蹷. 鼠前而兎後, 趨則頓, 走則顚. 常爲蛩蛩駏驉, 取甘草以與之,
蹷有患害, 蛩蛩駏驉, 必負而走)."

5) 黃鵠(황곡): 한 번에 천 리를 난다는 큰 새의 이름. 『전국·초책(戰國·楚策)』:
"황곡은 이로써 강해를 노닐며 큰 소택을 덮고, 고개 숙여 물고기를 삼키고
고개 들어 음형을 깨문다(黃鵠因是, 以游江海, 淹乎大沼, 俯喙鱔鯉, 仰齧
蔆衡)."

평설 ◎

● 『고시평설』: "순욱(荀彧)이 조조에게 죽임을 당함을 이미 일찍이 헤아렸
    으니, 안광이 먼 곳을 쏘았고, 손과 어깨가 절로 춤을 추었다(荀彧空器
    之死早已料盡, 目光射遠, 手腕自爲之飛舞)."

6.

湛湛長江水[1]	깊은 장강의 물
上有楓樹林	위엔 단풍나무 숲이 있네
皐蘭被徑路[2]	못 언덕의 택란밭이 작은 길이 되어

靑驪逝駸駸[3]	푸르고 검은 말이 빠르게 달려가네
遠望令人悲	멀리 바라보니 사람을 슬프게 하는데
春氣感我心	봄기운이 나의 마음을 상심하게 하네
三楚多秀士[4]	삼초 땅엔 인재들이 많은데
朝雲進荒淫[5]	아침 구름 같은 황음을 올렸네
朱華振芬芳[6]	붉은 꽃이 향기를 떨치니
高蔡相追尋[7]	고채에서 서로 찾아서네
一爲黃雀哀	한결같이 참새의 슬픔이 되니
淚下誰能禁	눈물 흘림을 누가 막을 수 있는가

주석

1) 湛湛(담담): 물이 깊은 모양.

2) 皐蘭(고란): 소택지의 택란(澤蘭). 택란은 물가에 자라는 향초의 일종.

3) 靑驪(청려): 푸르고 검은 털의 말.

4) 三楚(삼초): 한(漢)나라 때 강릉(江陵)을 남초(南楚), 오(吳)를 동초(東楚), 팽
성(彭城)을 서초(西楚)라고 하였음. 秀士(수사): 재사(才士).

5) 朝雲(조운): 송옥(宋玉)의 〈고당부(高唐賦)〉: "旦爲朝雲, 暮爲行雨." 즉 무산
신녀(巫山神女)의 고사. 삼초 지역엔 인재가 많은데 하필 무산신녀의 고사와
같은 음란한 이야기를 올려 임금의 총애를 받으려 했느냐는 의미임.

6) 朱華(주화). 붉은 꽃. 미녀를 상징함.

7) 高蔡(고채): 초 지역의 지명.

8) 黃雀哀(황작애): 참새는 항상 탄환의 위험이 널려있는데도 이를 모른다는
것. 『전국책·楚策』에서 장신(庄辛)이 초왕(楚王)에게 간한 말에 "王獨不見
黃雀, 俯啄白粒, 仰栖茂林, 鼓翅奮翼, 自以爲無患, 與人無爭也. 不知夫公子
王孫左挾彈, 右攝丸, 將加己乎十仞之上"이라고 하였음.

7.

昔年十四五	지난날 열네다섯 살에
志尙好書詩	뜻이 시서를 숭상하여 좋아하였고
被褐懷珠玉	갈옷 걸치고 주옥을 품고서
顔閔相與期¹⁾	안회와 민손처럼 서로 기약하였었네
開軒臨四野	창을 열고 사방 들에 임하고
登高望所思	높은 곳에 올라 그리운 곳을 바라보았네
丘墓蔽山岡	묘지들이 산언덕을 뒤덮여 있음은
萬代同一時	만대가 한 때와 동일하네
千秋萬歲後	천추 만세 후
榮名安所之	영화로운 명성이 어디로 갈 것인가
乃悟羨門子²⁾	이에 선문자의 일을 깨달으니
嗷嗷令自嗤	통곡소리가 스스로를 웃게 하네

주석

1) 顔閔(안민): 안회(顔回)와 민손(閔損). 공자의 걸출한 제자들임.

2) 羨門子(선문자): 전설 속의 신선.

8.

獨坐空堂上	빈 당 위에 홀로 앉아 있으니
誰可與歡者	누가 함께 즐길 사람인가
出門臨永路	문을 나서 긴 길에 임했으나

不見行車馬	지나가는 수레와 말도 볼 수 없네
登高望九州	높이 올라 구주를 바라보니
悠悠分曠野	아득하게 빈 들이 나눠 있네
孤鳥西北飛	외로운 새는 서북쪽으로 날아가고
禽獸東南下	금수들은 동남쪽으로 내려가네
日暮思親友	날 저물어 친구들 생각나니
晤言用自寫[1]	마주하고 대화하며 스스로 회포를 풀고 싶네

주석 ～

1) 晤言(오언): 마주 대하고 이야기함.

9.

西方有佳人[1]	서방에 가인이 있어
皓若白日光	빛나기가 밝은 햇살과 같네
被服纖羅衣	가볍고 얇은 비단 옷을 걸치고
左右佩雙璜[2]	좌우엔 쌍황을 찼네
修容耀姿美	단장한 얼굴 빛나고 자태 아름다운데
順風振微芳	순풍에 옅은 향기 끼쳐오네
登高眺所思	높이 올라 그리운 곳을 살펴보며
擧袂當朝陽	소매 올리니 아침 햇살에 닿네
寄顔雲霄間	자태를 구름 낀 하늘 사이에 붙이고
揮袖凌虛翔	소매 휘둘러 공중으로 날리네

飄搖恍惚中	나부끼며 황홀한데
流盼顧我傍	둘러보는 시선이 내 곁을 돌아보네
悅懌未交接	마음이 기쁜데도 서로 접할 수 없고
晤言用感傷	마주 보고 대화하고 싶어 마음 상하네

주석 ∽

1) 西方有佳人(서방유가인):『시경·邶風·簡兮』: "云誰之思, 西方美人, 彼美人兮, 西方之人兮."에서 가져온 것임. 가인은 성스럽고 어진 군주를 상징함.

2) 璜(황): 반달 형태의 패옥.

3) 流盼(유반): 눈빛이 유동(流動)함.

10.

駕言發魏都[1]	수레 매어 위도로 출발하여
南向望吹臺[2]	남쪽으로 취대를 바라보네
簫管有遺音	소관 소리 남은 음향이 있는데
梁王安在哉[3]	양왕은 어디에 있는가?
戰士食糟糠	전사들은 술지게미와 쌀겨를 먹고
賢者處蒿萊[4]	현달한 사람은 초야에 처해 있었네
歌舞曲未終	가무곡이 끝나지 않았는데
秦兵已復來	진나라 군대가 다시 몰려왔네
夾林非吾有[5]	협림은 나의 소유가 아니고
朱宮生塵埃[6]	주궁에서 먼지가 오르네

軍敗華陽下⁷⁾　　화양 아래서 군사가 패하니

身竟爲土灰　　몸은 마침내 흙먼지가 되었네

주석 ∽

1) **魏都**(위도): 전국시대 위나라 도성인 대량(大梁). 지금 하남(河南) 개봉시(開封市)에 있었음.

2) **吹臺**(취대): 춘추시대 사광(師曠)이 취악(吹樂)하는 대(臺). 양혜왕(梁惠王) 때에는 범대(范臺) 혹은 번대(繁臺)라고 하였음.

3) **梁王**(양왕): 위왕(魏王). 기원전 361년 위혜왕(魏惠王)이 대량(大梁)으로 천도하여 양혜왕으로 불림.

4) **蒿萊**(호래): 쑥과 명아주. 초야(草野)를 말함.

5) **夾林**(협림): 위나라 도성 부근의 원림(園林)의 이름.

6) **朱宮**(주궁): 궁궐. 담에 붉은 색을 칠하였기 때문에 주궁이라 함.

7) **華陽**(화양): 옛 지명. 『사기·白起傳』에 "昭王三十四年, 白起攻魏, 拔華陽"이라고 하였음.

11.

朝陽不再盛　　아침햇살 다시 왕성하지 못하고

白日忽西幽¹⁾　　해는 빠르게 서쪽으로 저버리네

去此若俯仰²⁾　　과거와 지금이 잠깐 동안만 같은데

如何似九秋³⁾　　어찌하여 구추와 같겠는가

人生若塵露　　인생은 먼지와 이슬 같은데

天道邈悠悠　　천도는 멀리 아득하네

齊景升丘山[4]　　　　제나라 경공은 산에 올라

涕泗紛交流　　　　　눈물을 어지럽게 흘렸고

孔聖臨長川[5]　　　　성인 공자는 긴 강에 임하여

惜逝忽若浮[6]　　　　흘러감이 빠름을 애석해 하였네

去者余不及　　　　　지난 세월은 내가 쫓아갈 수 없고

來者吾不留　　　　　오는 날들은 내가 머물게 할 수 없네

願登太華山[7]　　　　바라건대 태화산에 올라

上與松子游[8]　　　　위에서 적송자와 노닐고 싶네

漁父知世患　　　　　어부는 세상의 우환을 알았으니

乘流泛輕舟　　　　　물결 따라 가벼운 배를 띄웠다네

주석 ∽

1) 西幽(서유): 서락(西落).

2) 去此(거차): 거금(去今). 俯仰(부앙): 굽어보고 올려다보는 잠깐의 시간.

3) 九秋(구추): 가을 90일. 당시의 구추는 지금의 여름에 해당함. 햇볕이 왕성한 시기를 말함.

4) 齊景(제경): 제나라 경공(景公). 경공이 우산(牛山)에 올라 인생의 짧음을 탄식하며 눈물을 흘렸다는 고사. 『晏子春秋』: "景公遊於牛山, 北臨其國而流涕曰: 「若何滂滂去此而死乎」"

5) 孔聖(공성): 성인(聖人) 공자(孔子).

6) 『논어 · 子罕』: "子在川上曰, 逝者如斯夫, 不舍晝夜."

7) 太華山(태화산): 서악(西岳) 화산(華山)의 주봉(主峰).

8) 松子(송자): 전설 속의 신선 적송자(赤松子).

9) 漁夫(어부): 은자(隱者)를 말함. 굴원(屈原)의 〈어부사(漁父辭)〉 속의 어부를 차용함.

12.

炎光延萬里[1]	햇살은 만 리에 뻗어있고
洪川蕩湍瀨	큰 강엔 급류가 요동치네
彎弓掛扶桑[2]	만궁은 부상에 걸어놓고
長劍倚天外[3]	장검은 하늘 밖에 걸쳐놓았네
泰山成砥礪[4]	태산을 숫돌로 삼고
黃河爲裳帶[5]	황하를 허리띠로 삼았네
視彼莊周子[6]	저 장주자를 보니
榮枯何足賴	영고성쇠에 어찌 의뢰할 수 있으랴
捐身棄中野	죽은 몸을 들판에 버리면
烏鳶作患害	까마귀와 솔개에게 해를 당하리라
豈若雄傑士	아마 웅걸사와 같다면
功名從此大	공명이 이로부터 원대해지리라

주석

1) 炎光(염광): 일광(日光).

2) 扶桑(부상): 전설 속의 신수(神樹). 태양이 그곳에서 떠오른다고 함.

3) 宋玉(송옥)의 〈大言賦〉: "長劍耿介倚天外"를 차용함.

4) 砥礪(지려): 칼을 가는 숫돌.

5) 裳帶(상대): 의대(衣帶).

6) 莊周子(장주자): 장자(莊子). 이름은 주(周)이고, 전국시대 송(宋)나라 몽(蒙) 사람. 도가학파의 중요인물.

13.

洪生資制度[1]	홍생은 제도에 의뢰하여
被服正有常[2]	복식은 진정 법도가 있고
尊卑設次序	존비에는 순서를 정하고
事物齊紀綱	사물에는 기강에 합당케 하네
容飾整顔色	용모 꾸며 안색을 단정히 하고
磬折執圭璋[3]	허리 굽혀 규장을 쥐네
堂上置玄酒[4]	당 위엔 현주를 놓아두고
室中盛稻梁	실 중엔 곡식이 가득하네
外厲貞素談[5]	외면은 근엄하고 고결하게 말하고
戶內滅芬芳	방안엔 향기가 전혀 없네
放口從衷出	말을 하면 충심에서 나오고
復說道義方	다시 도의의 방도를 말하네
委曲周旋儀	주선의 예의를 위곡하게 하는데
姿態愁我腸	그 자태가 나의 애간장을 수심 짓게 하네

주석 ↩

1) 洪生(홍생): 홍유(洪儒). 학식이 깊고 넓은 유자(儒者).

2) 常(상): 상규(常規).

3) 圭璋(규장): 고대에 제후가 제사나 조회 때 손에 드는 옥으로 만든 예기(禮器).

4) 玄酒(현주): 제사에 사용하는 물. 고대엔 술이 없어서 검은빛이 나는 물을 술처럼 사용하여 현주라고 부름.

5) 外厲(외려): 외면이 엄중(嚴重)함. 貞素(정소): 정결(貞潔)하고 청고(淸高)함.

14.

林中有奇鳥	숲 속에 기이한 새가 있어
自言是鳳凰	스스로 봉황이라고 말하네
清朝飲醴泉[1]	맑은 아침엔 예천에서 물 마시고
日夕棲山岡	해가 지면 산언덕에 깃드네
高鳴徹九州	높은 울음소리 구주에 퍼지고
延頸望八荒[2]	목을 늘여 팔황을 바라보네
適逢商風起[3]	마침 가을바람이 일어남을 만나서
羽翼自摧藏[4]	깃털이 절로 꺾여지니
一去崑崙西[5]	곤륜산 서쪽으로 한 번 떠나가니
何時復廻翔	어느 때나 다시 날아올 건가
但恨處非位	다만 제 장소에 처하지 못함이 한스러우니
愴恨使心傷	슬픈 한이 마음을 상하게 하네

주석 ᏻᔓ

1) 醴泉(예천): 감천(甘泉).

2) 八荒(팔황): 팔방의 황량하고 먼 땅.

3) 商風(상풍): 가을바람.

4) 摧臟(최장): 최좌(摧挫).

5) 崑崙(곤륜): 중국 서쪽 끝에 있다는 전설 속의 산.

진시 晉詩

부현 傅玄

부현(217-278), 자는 휴혁(休奕), 북지(北地) 이양(泥陽: 지금의 섬서성 요현(耀縣) 동남) 사람. 위나라 말에 수재(秀才)로 천거되어 낭중(郎中)에 임명되고, 안동참군(安東參軍)·홍농태수(弘農太守)·산기상시(散騎常侍) 등을 지냄. 진(晉)나라로 들어서서 부마도위(駙馬都尉)·시중(侍中)·사예교위(司隸校尉)를 지냄.

부현은 박학하고 재능이 많았는데 위진시대의 중요한 사상가로서『부자(傅子)』110권을 저술하였음. 그러나 대부분 일실되었고, 그 일부가 전함. 시는 대략 백 수가 전하는데 대부분 악부체로서 음률에 정통하였음.『시품』에서 부현을 그의 아들 부함(傅咸)과 함께 하품에 넣었음.

예장행 豫章行 - 고상편 苦相篇¹⁾

苦相身爲女	괴로운 운명으로 몸이 여자로 태어나
卑陋難再陳	비루함을 다시 진술하기 어렵네
兒男當門戶²⁾	남아는 문호를 담당하니
墮地自生神³⁾	태어나자마자 절로 영기가 나네
雄心志四海	웅대한 마음은 사해에 뜻을 두고
萬里望風塵	만리의 풍진을 바라보네
女育無欣愛	여자의 양육엔 흔연한 사랑이 없어
不爲家所珍	집안에서 귀하게 여겨지지 못하네
長大逃深室	성장하면 깊은 방으로 도망가서
藏頭羞見人	머리 감추고 남을 보는 것을 부끄러워하네
無淚適他鄕	눈물 없이 타향으로 시집가서
忽如雨絶雲	문득 비와 구름이 서로 끊어진 듯하네
低頭和顔色	고개 숙이고 안색을 온화하게 하고
素齒結朱脣	흰 이는 붉은 입술로 가리네
詭拜無復數	꿇어앉아 절함은 숫자를 셀 수 없고
婢妾如嚴賓	비첩들에게도 손님을 엄히 대하듯 하네
情合同雲漢	정이 합하는 건 은하수의 직녀와 같고
葵藿仰陽春⁴⁾	규곽이 봄날의 태양을 우러르듯 하네
心乖甚水火	마음 어긋남은 물과 불의 관계처럼 심하고
百惡集其身	모든 잘못이 그 몸에 모아지네
玉顔隨年變	옥안은 세월 따라 변하니
丈夫多好新	장부는 새 사람을 몹시 좋아하네

昔爲形與影	예전엔 몸과 그림자와 같았는데
今爲胡與秦	지금은 호와 진나라 사이가 되었네
胡秦時相見	호와 진나라는 때때로 서로 보나
一絶踰參辰	한 번 이별하니 삼성과 진성보다 더 떨어져 있네

주석 ⟋⟍

1) 〈예장행(豫章行)〉: 악부 〈상화가·청상곡〉에 속함. 고상(苦相)은 박명(薄命) 과 같음.

2) 當門戶(당문호): 가업을 담당함.

3) 墮地(타지): 태어나다. 神(신): 영기(靈氣).

4) 葵藿(규곽): 아욱과 콩잎.

5) 胡秦(호진): 호와 진나라는 서로 인접하여 많은 전쟁을 치른 관계임.

평설 ⟋⟍

• 『고시원』권7 : "휴혁의 시는 총영(聰穎)한 곳에 때때로 누구(累句)를 띠고 있다. 대략 악부에 뛰어나고 고시에는 뛰어나지 못하다."

오초가 吳楚歌[1]

燕人美兮趙女佳[2]	연나라 여자는 아름답고 조나라 여인은 어여쁜데
其室則邇兮限層崖	그 방은 가까우나 높은 언덕으로 막혀 있어
雲爲車兮風爲馬	구름으로 수레 삼고 바람으로 말을 삼으려고 하네

239

玉在山兮蘭在野　　옥은 산에 있고 난은 들에 있는데

雲無期兮風有止　　구름은 기약 없고 바람은 그침이 있으니

思心多端誰能理　　그리운 마음 많은데 누가 처리해 줄 수 있는가?

주석 ᏸ

1) 〈오초가(吳楚歌)〉: 이 제목은 부현이 처음으로 지은 것으로서 『악부시집』의
   〈잡곡가사〉로 편입되었음. 일명 〈연인미혜가(燕人美兮歌)〉라고 함.

2) 이 구절은 〈고시십구수·東城高且長〉: "燕趙多佳人" 구절을 차용함.

3) 이 구절의 옥과 난은 여자를 비유함.

거요요편 車遙遙篇[1]

車遙遙兮馬洋洋[2]　　수레는 멀고멀고 말은 느린데

追思君兮不可忘　　그대를 그리며 잊을 수 없네

君安游兮西入秦　　그대는 어찌 길을 나서 서쪽 진 땅으로 들어가나

願爲影兮隨君身　　바라건대 그림자가 되어 그대 몸을 따르려고 하는데

君在陰兮君不見　　그대가 그늘 속에 있어서 그대는 보지 못하네

君依光兮妾所願　　그대가 햇빛 속에 있기를 첩은 바란다네

주석 ᏸ

1) 〈거요요편(車遙遙篇)〉: 『악부시집』〈잡곡가사〉에 편입되었음.

2) 遙遙(요요): 먼 모양. 洋洋(양양): 완만(緩慢)한 모양.

잡시 雜詩

志士惜日短	지사는 날이 짧음을 애석해 하고
愁人知夜長	수심 짓는 사람은 밤이 김을 아네
攝衣步前庭	아래옷자락 들쳐 잡고 앞뜰로 나가서
仰觀南雁翔	남쪽의 기러기가 날아감을 우러러보니
玄景隨形運[1]	검은 그림자가 몸을 좇아 움직이네
流響歸空房[2]	흘러가는 음향은 빈방에 들려오는데
淸風何飄翔	맑은 바람은 어찌 그리 휘날리는가
微月出西方	작은 달은 서쪽에서 떠오르고
繁星依靑天	많은 별들은 푸른 하늘에 있네
列宿自成行	여러 별은 절로 행렬을 이루고
蟬鳴高樹間	매미소리는 높은 나무 사이에 있네
野鳥號東廂	들의 새는 동쪽 행랑에서 재잘대고
纖雲時仿佛	엷은 구름은 때때로 스쳐가네
渥露沾我裳	축축한 이슬은 나의 아래옷을 적시고
良時無停景	좋은 시간은 머무름이 없고
北斗忽低昂	북두성은 문득 오르내리네
常恐寒節至	항상 추운 계절이 오는 것이 두려운데
凝氣結爲霜	엉긴 기운은 서리로 맺히네
落葉隨風摧	낙엽은 바람을 좇아 꺾여져서
一絶如流光	한 번 끊어짐이 흐르는 세월과 같네

1) 玄景(현영): 검은 그림자. 영(景)은 영(影)과 같음. 달빛 속에 기러기의 그림
   자가 지나감을 말함.

2) 流響(류향): 기러기의 날갯짓소리와 울음소리를 말함.

평설 ○~

• 『고시원』권7 : "청준(淸俊)함이 곧 선체(選體)이다. 그래서 소명(昭明)이
  유독 이 편만을 거둔 것이다."

장화 張華

장화(232-300), 자는 무선(茂先), 범양(范陽) 방성(方城: 지금의 하북성 고안현(固安縣) 남쪽) 사람. 어려서 부모를 여의고 가난하였는데 준재가 있었다. 처음 이름 없는 시절에 〈초료부(鷦鷯賦)〉를 지어 자신의 처지를 표현하였는데, 완적(阮籍)이 보고서 '왕좌지재(王佐之才)'라고 칭송하였다. 이로부터 점차 세상에서 중시되었다. 위(魏)에 출사하여 태상박사(太常博士)·저작좌랑(著作佐郎)·중서랑(中書郎) 등을 지내고, 진(晉)에서 황문시랑(黃門侍郎)을 지내고 관내후(關內侯)에 봉해졌다. 혜제(惠帝) 때 태자소부(太子少傅)·중서감(中書監)·사공(司空)을 역임하였다. 후에 조왕(趙王) 윤(倫)의 모찬(謀纂)에 참여를 거절하였다가 피살되었음.

장화는 박식다문(博識多聞)하고 시부(詩賦)에 뛰어났는데, 다만 사채(詞采)가 화려하다는 비평을 받았다. 『시품』에서 장화를 중품에 넣고 "그 근원은 왕찬(王餐)에게서 나왔다. 그 체(體)는 화염(華艶)하나 홍탁(興托)은 뛰어나지 못하다. 문자를 교묘히 운용하여 힘써 연야(妍冶)를 이루었다. 비록 전 시대에 이름이 높지만 소량(疏亮)한 인사는 오히려 그

아녀자의 정이 많음을 한스러워 할 것이다. 사강락(謝康樂)이 말하기를 「장공은 비록 천 편을 이루었지만 오히려 한 체일 뿐이다」라고 하였다. 지금 중품에 넣지만 약하지 않나 싶은데, 하품에 넣으면 낮게 평가함이 한스러울 것이다"라고 평하였음.

경박편 輕薄篇

末世多輕薄	말세에는 경박함이 많고
驕代好浮華[1]	성대에는 부화함을 좋아하네
志意旣放逸[2]	지향하는 뜻이 이미 방일하고
貲財亦豊奢	재산 또한 풍부하고 사치스러워
被服極纖麗	입은 옷은 지극히 섬려하고
肴膳盡柔嘉	안주와 반찬은 모두 부드럽고 맛이 있고
童僕餘粱肉	동복들은 밥과 고기가 풍족하고
婢妾蹈綾羅	비첩들은 능라 비단을 걸치네
文軒樹羽蓋[3]	화려한 수레엔 우개를 세우고
乘馬鳴玉珂[4]	타는 말은 굴레의 옥장식이 울리네
橫簪刻玳瑁	비껴 꽂은 비녀는 대모를 깎은 것이고
長鞭錯象牙	긴 채찍은 상아로 장식하였네
足下金薄履	발에는 금박 장식의 신발을 신고
手中雙莫邪[5]	손에는 쌍 막야검을 들었네
賓從煥絡繹	빈객과 수행원들은 화려하게 이어지고
侍御何芬葩	따르는 마부는 얼마나 향기롭고 화려한가
朝與金張期[6]	아침엔 김일제 장안세와 약속하고
暮宿許史家[7]	저녁엔 허백과 사고의 집에 머무네
甲第面長街	저택들은 긴 도로에 접해 있고
朱門赫嵯峨	붉은 문들이 혁연하게 높이 솟아 있네
蒼梧竹葉淸[8]	창오의 죽엽 술은 맑고
宜城九醞醝[9]	의성의 구온 술은 희네

浮醪隨觴轉¹⁰⁾	부료는 잔을 따라 돌고
素蟻自跳波¹¹⁾	소아는 절로 물결치네
美女興齊趙¹²⁾	미녀들은 제와 조 땅의 출신이고
妍唱出西巴¹³⁾	아름다운 가기는 서파 출신이네
一顧傾城國¹⁴⁾	한 번 돌아봄에 성과 나라를 기울이니
千金不足多	천금도 많은 것이 아니네
北里獻奇舞¹⁵⁾	북리의 기묘한 춤을 올리고
大陵奏名歌¹⁶⁾	대릉의 유명한 노래를 연주하네
新聲踰激楚¹⁷⁾	새 노래는 격초보다 낫고
妙妓絶陽阿¹⁸⁾	빼어난 기녀는 양하보다 낫네
玄鶴降浮雲¹⁹⁾	검은 학이 뜬구름에서 내려오고
鱏魚躍中河²⁰⁾	철갑상어가 강속에서 뛰어오르네
墨翟且停車²¹⁾	묵적도 수레를 멈추고
展季猶咨嗟²²⁾	전계도 찬탄을 하네
淳于前行酒²³⁾	순우곤도 앞에서 술을 마시고
雍門坐相和²⁴⁾	옹문주도 앉아서 서로 화답하네
孟公結重關²⁵⁾	맹공도 중관을 달아걸어서
賓客不得蹉	빈객들이 통과할 수가 없네
三雅來何遲²⁶⁾	삼아를 내오는 것이 어찌 그리 더딘가
耳熱眼中花²⁷⁾	귀에 열이 나고 눈이 충혈되었네
盤案互交錯	반상이 서로 뒤섞이고
坐席咸喧譁	좌석 모두가 떠들썩하네
簪珥或墮落	비녀와 귀걸이 간혹 떨어지고

冠冕皆傾邪	관면이 모두 기울어졌네
酣飲終日夜	음주를 즐기며 밤낮을 다 보내고
明燈繼朝霞	밝은 등불은 아침놀에 이어지네
絶纓尚不尤²⁸⁾	갓끈을 끊겨도 오히려 책망하지 않으니
安能復顧他	어찌 능히 다시 그를 찾을 수 있겠는가
留連彌信宿	머물러서 두 밤으로 이어지니
此歡難可過	이 즐거움에 더할 바가 없네
人生若浮寄	인생은 잠시 머무는 것과 같은데
年時忽蹉跎	세월은 홀연히 지나가 버리네
促促朝露期	짧고 짧기가 아침 이슬이 맺힌 동안 같은데
榮樂遽幾何	영락의 급함은 얼마 동안이던가
念此腸中悲	이를 생각하면 마음이 슬퍼서
涕下自滂沱	눈물이 절로 쏟아지네
但畏執法吏²⁹⁾	다만 집법리를 두려워하여
禮防且切磋	예방에 절차탁마를 바라네

주석

1) **驕代**(교대): 성대(盛代).

2) **放逸**(방일): 방종(放縱).

3) **文軒**(문헌): 장식이 화려한 수레. **羽蓋**(우개): 새의 깃털로 장식한 거개(車蓋).

4) **玉珂**(옥가): 말머리에 씌우는 굴레의 옥 장식.

5) **莫邪**(막야): 보검의 이름. 원래 춘추시대 오(吳)나라 검 주조의 명장(明匠) 간장(干將)의 처의 이름이었음.

6) **金張**(김장): 한(漢)나라 선제(宣帝) 때 이름난 귀족인 김일제(金日磾)와 장안

세(張安世).

7) 許史(허사): 한나라 선제 때 명문 귀족이었던 허백(許伯)과 사고(史高).

8) 蒼梧(창오): 지명. 지금의 광서성(廣西省) 오주시(梧州市). 竹葉(죽엽): 죽엽
청(竹葉靑). 술의 이름.

9) 宜城(의성): 지금의 호북성(湖北省) 의성(宜城). 九醞(구온): 여러 차례 발효
시켜 양조한 술. 醛(차): 백주(白酒).

10) 浮醪(부료): 술지게미를 띠고 있는 술을 요(醪)라고 하는데, 부료는 맨 위에
떠 있는 맑은 순주(純酒).

11) 素蟻(소의): 술 표면에 떠 있는 흰 포말(泡沫).

12) 齊趙(제조): 전국시대 제나라와 조나라의 여인은 미모와 가무로 유명하였음.

13) 姸唱(연창): 연창(姸倡). 아름다운 가무기(歌舞伎). 西巴(서파): 파군(巴郡).
지금의 중경시(重慶市) 북쪽.

14) 傾國(경국): 경국지색(傾國之色). 빼어난 미색.

15) 北里(북리): 옛 무곡(舞曲)의 이름.

16) 大陵(대릉): 지명. 지금의 산서성 문수현(文水縣) 동북. 『사기・趙世家』: "王
游大陵, 他日, 王夢見處女鼓琴而歌."

17) 激楚(격초): 악곡의 이름. 『楚辭・招魂』: "宮庭振鳴, 發激楚些."

18) 陽阿(양아): 악곡의 이름. 송옥(宋玉) 〈對楚王問〉: "其爲陽阿・薤露, 國中屬
而和者數百人."

19) 玄鶴(현학): 검은 깃의 학. 『韓非子・十過』: "師曠爲晉平公鼓淸徵之曲, 一奏
便有玄鶴二八, 道南方來. 再奏而成列. 三奏而鳴舞."

20) 鱏魚(심어): 철갑상어. 심어(鱘魚). 『淮南子・說山訓』: "瓠巴鼓瑟, 而淫魚出
聽."『說文』引〈傳〉曰"伯牙鼓琴, 鱏魚出聽."

21) 黙翟(묵적): 전국시대 사상가. 『黙子・非樂』: "爲樂非也."음악을 반대하였던
묵적마저도 수레를 멈추고 귀를 기울인다는 의미.

22) 展季(전계): 춘추시대 노(魯)나라 대부(大夫) 전금(展禽). 자는 계(季)이고 세

칭 유하혜(柳下惠). 전계는 여색을 멀리하고 술자리에서도 문란하지 않았다고 함. 咨嗟(자차): 찬탄.

23) 淳于(순우): 전국시대 제(齊)나라 대부 순우곤(淳于髡). 골계(滑稽), 선변(善辨)으로 유명함.

24) 雍門(옹문): 전국시대 제나라 옹문주(雍門周). 유명한 금(琴) 연주자였음.

25) 孟公(맹공): 서한 진준(陳遵)의 자. 빈객을 좋아한 것으로 유명하였는데, 빈객들의 수레 굴대[車轄]를 우물 속에 던져버리고 떠날 수 없게 만들었음. 結重關(결중관): 여러 관문의 빗장을 채움.

26) 三雅(삼아): 크고 작은 세 종류의 술잔. 용량이 가장 큰 것을 백아(伯雅), 중간 것을 중아(仲雅), 작은 것을 계아(季雅)라고 하였음.

27) 眼中花(안중화): 눈동자가 충혈된 것.

28) 絶纓(절영): '장공절영(莊公絶纓)'의 고사. 초(楚)나라 장공(莊公)이 군신들과 잔치할 때, 날이 저물어 어둠 속에서 술을 마셨는데 어떤 사람이 몰래 장공의 미인에게 무례함을 저질렀다. 미인이 그 사람의 갓끈을 끊어놓고 식별할 수 있게 하였다. 그러나 장공은 관용을 베풀어 좌석에 있는 모든 사람들에게 갓끈을 끊게 하여 그 사람을 찾지 않았다고 함.

29) 執法吏(집법리): 예의(禮儀)를 검사하는 관리.

30) 禮防(예방): 예법의 제한(制限).

정시 情詩[1]

1.

清風動帷簾	맑은 바람이 장막의 발을 날리고
晨月燭幽房	새벽 달빛은 깊은 방을 비추네
佳人處遐遠	가인이 먼 곳에 있으니

蘭室無容光²⁾　　난실엔 얼굴빛이 없네

襟懷擁虛景　　가슴엔 빈 그림자만 껴안고 있고

輕衾覆空牀　　가벼운 이불은 빈 침상에 덮여 있네

居歡惜夜促　　즐거울 때는 밤이 짧음이 애석하고

在戚怨宵長　　근심할 때는 밤이 김을 원망하는데

拊枕獨嘯歎³⁾　　베개를 어루만지며 홀로 탄식을 내뿜으며

感慨心內傷　　감개가 있어 마음속이 상하네

주석 ᥫᴗ

1) 〈정시(情詩)〉: 장화의 〈정시〉는 모두 5수임.

2) 蘭室(난실): 규방의 미칭.

3) 拊(부): 무(撫). 어루만짐.

2.

游目四野外¹⁾　　사방 들 밖으로 시선을 돌리며

逍遙獨延佇²⁾　　소요하다 홀로 우두커니 서 있네

蘭蕙緣清渠³⁾　　난초와 혜초는 맑은 도랑에서 푸르고

繁華蔭綠渚　　많은 꽃들 초록 물가에서 우거졌는데

佳人不在茲　　가인이 여기에 없으니

取此欲誰與　　이를 가져다가 누구에게 주려는가

巢居覺風飄　　새둥지에서도 바람 부는 것을 깨닫고

穴處識陰雨　　짐승의 굴에서도 장맛비를 아는데

未曾遠別離　　　　일찍이 먼 이별을 한 적이 없으니

安知慕儔侶[4]　　　어찌 반려자를 사모함을 알겠는가?

주석 ⌒

1) 游目(유목): 시선을 돌림.

2) 延佇(연저): 우두커니 서 있음.

3) 蘭蕙(난혜): 난초와 혜초. 모두 향초(香草)임.

4) 儔侶(주려): 반려(伴侶).

평설 ⌒

* 황자운(黃子雲)『야홍시적(野鴻詩的)』: "무선은 기운의 쇠약함에 빠져 굳
  건하지 못하다. 그러나 그 옹화(雍和)하고 온아(溫雅)함은 규구(規矩)
  에 맞아 몹시 유자(儒者)의 기상이 있다. 〈정시〉·〈잡시〉 등 편은 강
  락(康樂)의 천 편이 일체(一體)라는 기롱을 면할 수 없으나 나머지
  〈여지(厲志)〉 여러 편은 일개(一槩)로써 덮어버릴 수 없다."

반악 潘岳

반악(247-300), 자는 안인(安仁), 형양(滎陽) 중모(中牟)(지금의 河南省
中牟縣) 사람. 무제(武帝: 司馬炎) 때 수재로 천거되어 낭(郞)이 되어 10
년 후 하양(河陽)·회(懷) 현령을 지냄. 혜제(惠帝) 초에 태부(太傅) 양
준(楊駿)이 그를 주부(主簿)로 삼았다. 양준이 주살된 후 제명(除名)되
었다가 나중에 다시 저작랑(著作郞)·산기상시(散騎常侍)·황문시랑(黃
門侍郞) 등을 지냄. 그는 석숭(石崇) 등과 함께 권귀(權貴) 가밀(賈謐)을
아부하여 섬겼는데, 나중에 조왕(趙王) 윤(倫)과 손수(孫秀) 등에게 피살
되었다.

반악은 시부(詩賦)에 뛰어났는데, 육기(陸機)와 함께 제명(齊名)되어 세
칭 '반육(潘陸)'이라 불렸다. 종영(鍾嶸)은 『시품』에서 "육기의 재능은 바
다와 같고, 반악의 재능은 강과 같다"고 평하고 둘 다 상품에다 넣었다.
반악의 시 가운데 죽은 아내를 애도한 〈도망시(悼亡詩)〉 3편이 가장 회
자된다.

도망시 悼亡詩

1.

荏苒冬春謝[1]	세월이 끊임없는 흘러 겨울과 봄이 교체되어
寒暑忽流易[2]	추위와 더위가 문득 바뀌었네
之子歸窮泉[3]	그대는 궁천으로 돌아가고
重壤永幽隔[4]	깊은 땅속은 영원히 가로막히었네
私懷誰克從	나의 회포를 누구에게 말할 수 있겠는가
淹留亦何益	집에 머무른들 또한 무슨 이익이리오
僶俛恭朝命	부지런히 조정의 명령을 공경하여
廻心反初役	마음 돌려 처음의 임무로 돌아왔네
望廬思其人	집을 바라보면 그 사람이 생각나서
入室想所歷	방에 들어가서 함께 지내온 일을 상상하네
幃屏無仿佛[5]	장막 속엔 방불함도 없는데
翰墨有餘跡	한묵에 남은 자취가 있네
流芳未及歇	끼쳐오는 향기 아직 없어지지 않았고
遺挂猶在壁	걸어놓은 유물은 여전히 벽에 있네
悵怳如或存	멍하니 혹시 살아있나 싶어
迴遑忡驚惕	방황하며 근심 속에 놀라네
如彼翰林鳥	저 숲에서 나는 새처럼
雙栖一朝隻	쌍으로 살다가 하루아침에 홀로 되었고
如彼游川魚	저 내에서 헤엄치는 물고기처럼
比目中路析[6]	비목어가 중로에 갈라졌네
春風緣隙來	봄바람은 틈새로 들어오고

晨霤承檐滴	새벽 낙수는 처마에서 방울지네
寢息何時忘	잠을 잔들 어찌 한시라도 잊겠는가
沈憂日盈積	깊은 수심만 날로 쌓여가네
庶幾有時衰	다만 때가 되면 덜어지기를 바랄 뿐이니
莊缶猶可擊⁷⁾	장자의 항아리를 오히려 칠 수 있으리라

주석 ᘓ

1) 荏苒(임염): 세월이 끊임없이 흘러감.

2) 流易(유역): 교체(交替).

3) 之子(지자): 죽은 아내를 말함. 窮泉(궁천): 구천(九泉).

4) 重壤(중양): 층층이 쌓인 깊은 땅속.

5) 仿佛(방불): 어렴풋한 모양. 이 구절은 다음의 한무제(漢武帝)의 고사를 암용 하였음. 『漢書·外戚傳』: "李夫人早卒, 方士齊少翁能致其神, 乃夜張燈燭, 設 幃帳, 令帝居他帳中, 遙望見少女如李夫人之狀, 得不就視."

6) 比目(비목): 비목어(比目魚).

7) 莊缶(장부): 장자(莊子)가 부인이 죽자 항아리를 치며 노래하였다고 함. 죽음 에 대한 달관한 태도를 말함.

2.

皎皎窗中月	교교하게 창에 비추는 달빛은
照我室南端	나의 방 남쪽 끝을 비추는데
淸商應秋至¹⁾	맑은 상음 속에 마땅히 가을이 오니
溽暑隨節闌	남은 더위는 절기를 따라 사라졌네

凜凜凉風升	서늘하게 찬바람이 부니
始覺夏衾單	비로소 여름 이불이 엷음을 깨닫네
豈曰無重纊	어찌 두터운 솜이불이 없다고 하랴만
誰與同歲寒	누구와 함께 겨울을 보내야 하나
歲寒無與同	겨울에도 함께 할 사람이 없는데
朗月何朧朧	맑은 달빛은 어찌 그리 흐릿한가
展轉眄枕席	몸 뒤척이며 침석을 살펴보니
長簟竟牀空	긴 대자리 침상이 비어 있네
牀空委淸塵	침상이 비니 맑은 먼지만 쌓이고
室虛來悲風	방이 비니 슬픈 바람이 불어오네
獨無李氏靈²⁾	유독 이씨의 혼령이 없겠는가
仿佛覩爾容	어렴풋이 그대의 얼굴을 보네
撫衿長歎息	이불을 어루만지며 길게 탄식하며
不覺涕霑胸	나도 모르게 눈물로 가슴을 적시네
霑胸安能已	가슴을 적시는 것을 어찌 그칠 수 있으랴
悲懷從中起	슬픈 회포가 마음에서 일어나네
寢興目存形	잠자리에서 일어나니 눈앞에 그 모습이 있고
遺音猶在耳	남은 소리 오히려 귓속에 있네
上慙東門吳³⁾	위로는 동문오에게 부끄럽고
下愧蒙莊子⁴⁾	아래로는 몽 땅의 장자에게 부끄럽네
賦詩欲言志	시를 지어 심경을 말하고자 하나
此志難具紀	이 심경 모두를 기록하기 어렵네
命也可奈何	운명이니 어찌하랴
長戚自令鄙	긴 슬픔이 스스로를 비루하게 만드네

주석 ᓂ

1) 淸商(청상): 맑은 상음(商音). 오행(五行) 상에서 오음(五音) 가운데 상음은 가을을 주관함.

2) 李氏靈(이씨령): 한무제의 이부인(李夫人) 고사.

3) 東門吳(동문오): 인명(人名). 『列子 · 力命』에서 위(魏)나라 사람 동문오가 아들이 죽었는데도 슬퍼하지 않았는데, 자식이 죽은 것은 자식이 태어나지 않았던 때와 같으므로 슬퍼할 필요가 없다고 하였다고 함.

4) 蒙莊子(몽장자): 장자는 송(宋)나라 몽(蒙: 지금의 하남성 商丘縣 동북) 사람임.

좌사 左思

좌사(약250-약305), 자는 태충(太冲), 제(齊)나라 임치(臨淄: 지금의 산동성 임치현) 사람. 출신이 한미하고 교유를 좋아하지 않았다. 무제(武帝: 사마담) 때 누이 분(芬)이 무제의 귀빈(貴賓)이 되어서 경사로 옮겨가서 비서랑(秘書郞)이 되었다. 권귀 가밀(賈謐)의 '이십사우(二十四友)' 중의 한 사람이었음.

좌사는 일찍이 10년의 구상 끝에 『삼도부(三都賦)』를 지어서 '낙양지가귀(洛陽紙價貴)'라는 고사를 남겼다. 그의 시는 겨우 14편이 남아 있는데 모두 명편(名篇)으로 평가된다.

종영은 『시품』에서 "그 근원은 공간(公幹)에게서 나왔다. 문은 전아하면서 원망스럽고, 몹시 정절(精切)하여 풍유(諷諭)의 정치(情致)를 얻었다. 비록 육기보다 야(野)하나 반악보다는 깊다"라고 하고, 또 사령운(謝靈運)의 말을 인용하여 "좌태충(左太冲)의 시와 반안인(潘安仁)의 시는 고금에서 비할 바가 없다"고 평하고 상품에다 넣었다.

심덕잠은 『고시원』에서 "종영이 좌사의 시를 평하여 「육기보다 야하고, 반악보다 깊다」라고 하였는데, 이는 태충을 알지 못한 것이다. 태충의

흉차(胸次)는 고광(高曠)하고 필력은 또한 웅매(雄邁)하여 한위(漢魏)를 도야하여 스스로 위대한 말을 지었다. 그러므로 그는 한 시대의 작가의 솜씨이다. 어찌 반악과 육기의 무리에게 비길 수 있겠는가?"라고 하였다.

영사 詠史

1.

弱冠弄柔翰[1]	약관에 부드러운 붓을 놀리고
卓犖觀羣書[2]	출중한 재능으로 여러 책을 보았네
著論準過秦[3]	논문을 지음은 과진편을 표준으로 삼고
作賦擬子虛[4]	부를 짓는 것을 자허부를 본뜨네
邊城苦鳴鏑[5]	변성의 명적소리 괴로운데
羽檄飛京都[6]	우격이 경도로 날아가네
雖非甲冑士	비록 갑옷 입고 투구 쓴 무사가 아니지만
疇昔覽穰苴[7]	지난날 양저의 병서를 보았었네
長嘯激淸風	긴 휘파람 맑은 바람 속에 격렬하고
志若無東吳[8]	뜻이 동오를 무시하는 듯하네
鉛刀貴一割[9]	연도는 한 차례 벰이 귀하니
夢想騁良圖[10]	꿈속에서 좋은 계책을 펼치네
左眄澄江湘[11]	좌측을 흘겨보며 강상을 맑게 하고
右盼定羌胡[12]	우측을 돌아보며 강호를 평정하여
功成不受爵	공을 이루면 작위를 받지 않고
長揖歸田廬	길게 읍하고서 시골집으로 돌아가리라

주석 ⚬

1) 弱冠(약관): 남자의 20살 전후의 젊은 나이. 柔翰(유한): 毛筆(모필).

2) 卓犖(탁락): 재간이 출중함.

3) 過秦(과진): 한(漢)나라 가의(賈誼)의 『신서(新書)·과진(過秦)』.

4) 子虛(자허): 한(漢)나라 사마상여(司馬相如)의 〈자허부(子虛賦)〉.

5) 鳴鏑(명적): 꼬리부분에 울림통이 달린 화살.

6) 羽檄(우격): 긴급한 전보(戰報). 문서에 새의 깃을 달아 긴급함을 나타냈음.

7) 穰苴(양저): 춘추시대 제(齊)나라의 대부(大夫). 성은 전씨(田氏), 관직은 사마(司馬)에 이르렀음. 여기서는 〈사마양저병서(司馬穰苴兵書)〉를 말함.

8) 東吳(동오): 삼국시대 강동(江東)의 오(吳)나라.

9) 鉛刀(연도): 무딘 칼. 『문선』 이선(李選)의 주(注)에서 『동관한기(東觀漢紀)』를 인용하여 "班超上書曰: '臣承聖漢神威, 豈效鉛刀一割之用'"이라 했음. 재능은 낮지만 나라를 위해 힘을 다하겠다는 겸사.

10) 騁(빙): 펼치다.

11) 江湘(강상): 상강(湘江)이 장강(長江)으로 들어가는 강남(江南) 일대의 지역. 동오(東吳)를 말함.

12) 羌胡(강호): 당시 서북방의 이민족인 강족(羌族)과 호족(胡族).

2.

鬱鬱澗底松	울창한 계곡 아래의 소나무
離離山上苗	가늘고 작은 산 위의 묘목
以彼徑寸莖	저 직경 일 촌의 줄기로써
蔭此百尺條	이 백 척의 가지를 가리네
世冑躡高位[1]	명문의 후예는 고위직에 있는데
英俊沈下僚[2]	영준한 사람은 하료에 잠겨 있네
地勢使之然	지세가 그들을 그렇게 한 것인가?
由來非一朝	그 유래가 하루아침이 아니네
金張藉舊業[3]	김장의 무리는 구업을 빙자하여

七葉珥漢貂⁴⁾　　　칠엽 동안 한초를 귀에 달았네

馮公豈不偉⁵⁾　　　풍공이 어찌 위대하지 않겠는가만

白首不見招　　　백발이 되도록 부름을 받지 못했네

주석 ⟲⟳

1) 世冑(세주): 왕후(王侯), 귀족세가(貴族世家)의 후예.

2) 英俊(영준): 재능과 지혜가 출중한 사람. 下僚(하료): 소리(小吏).

3) 金張(김장): 한나라 선제(宣帝) 때의 권귀(權貴)인 김일제(金日磾)·장안세(張安世).

4) 七葉(칠엽): 칠세(七世). 漢貂(한초): 한나라 때 시중(侍中)·중상시(中常侍) 등의 관직은 관(冠)의 옆에 초미(貂尾)로 수식하였음.

5) 馮公(풍공): 한나라 문제(文帝) 때의 풍당(馮唐). 그는 늙도록 낭중서장(郞中署長)이라는 낮은 관직에 있었음.

3.

吾希段干木¹⁾　　　나는 단간목을 앙모하니

偃息藩魏君²⁾　　　은거하며 위나라 임금을 보호하였네

吾慕魯仲連³⁾　　　나는 노중련을 사모하니

談笑却秦軍⁴⁾　　　담소로 진나라 군대를 물리쳤네

當世貴不羈　　　당세에는 매이지 않는 것을 귀히 여겼으나

遭難能解紛　　　위난을 당하면 능히 해결하였네

功成恥受賞　　　공을 이루고 상을 받음을 수치로 여겼으니

高節卓不群　　　높은 절개가 우뚝하여 짝이 없네

臨組不肯紲[5]	인끈에 임하여 기꺼이 매려하지 않았고
對珪寧肯分[6]	규를 대하고도 기꺼이 나누려하지 않았네
連璽曜前庭[7]	연이은 관인은 앞뜰에서 빛나는데
比之猶浮雲	이것을 오히려 뜬구름으로 비하였네

주석 ⌒

1) 段干木(단간목): 전국시대 위(魏)나라의 현사(賢士), 은자(隱者). 위나라 문후(文侯)가 그를 예우하였음.

2) 偃息(언식): 안와(安臥). 은거를 말함. 진(秦)나라가 위나라를 정벌하려 하였을 때 사마당차(司馬唐且)가 진나라 임금에게 간하기를, 단간목은 현자인데, 위나라 임금이 그를 예우하고 있음을 천하가 다 알고 있으므로 정벌해서는 안 된다고 하여 정벌을 그만두었다고 함.

3) 魯仲連(노중련): 전국시대 제(齊)나라의 책사(策士).

4) 노중련은 진나라 군대가 조나라의 한단(邯鄲)을 포위하였을 때, 조나라와 위나라의 대신들을 설득하여 진나라를 제(帝)로 존중하는 것을 막고 진나라의 군대가 스스로 물러가게 하였음.

5) 組(조): 관인(官印)을 매는 끈. 紲(설): 끈을 맴.

6) 珪(규): 제왕이 작위를 내리고 분봉(分封)할 때 나누어주는 옥으로 만든 예기(禮器).

7) 連璽(연새): 동시에 두 개의 관인(官印)을 패용함. 『문선』 이선주에 "仲連逃海上, 再封, 故言連璽."라고 하였음.

4.

濟濟京城內[1]	아름답고 성대한 경성의 안에

赫赫王侯居[2]	화려하게 빛나는 왕후들의 저택이 있네
冠蓋蔭四術[3]	수레 덮개가 사방의 길을 뒤덮고
朱輪竟長衢[4]	붉은 바퀴가 큰 도로를 메우네
朝集金張館[5]	아침에는 김장의 집에 모이고
暮宿許史廬[6]	저녁에는 허사의 집에서 묵네
南鄰擊鐘磬	남쪽 이웃에선 종과 경쇠를 치고
北里吹笙竽	북쪽 마을에선 생과 우를 부네
寂寂揚子宅[7]	적막한 양자의 댁은
門無卿相輿[8]	문에 경상의 수레가 없네
寥寥空宇中	쓸쓸한 빈 집 안엔
所講在玄虛[9]	강론하는 것은 현허에 있고
言論準宣尼[10]	언론은 선니를 표준으로 삼고
辭賦擬相如[11]	사부는 상여를 본뜨네
悠悠百世後	아득한 백세 후에
英名擅八區[12]	아름다운 명성이 팔구에 퍼지리라

주석 ❧

1) 濟濟(제제): 아름답고 성대한 모양.

2) 赫赫(혁혁): 빛나고 장려한 모양.

3) 術(술): 성읍 안의 도로.

4) 長衢(장구): 큰 도로.

5) 金張(김장): 한(漢)나라 선제(宣帝) 때 이름난 귀족인 김일제(金日磾)와 장안세(張安世).

6) 許史(허사): 한나라 선제 때 명문 귀족이었던 허백(許伯)과 사고(史高).

7) 楊子(양자): 한나라 때 사부가(辭賦家)이며 학자인 양웅(揚雄).

8) 卿相(경상): 고관(高官).

9) 玄虛(현허): 양웅의 저술에 『태현(太玄)』 10권이 있음. 그 내용이 현도(玄道)를 중심으로 하여 현오허무(玄奧虛無)하여 현허라고 하였음.

10) 宣尼(선니): 공자(孔子)를 말함. 서한 평제(平帝) 때 공자에게 시호를 내려 '포성선니공(襃城宣尼公)'으로 삼았음. 양웅은 『논어』를 모방하여 『법언(法言)』 13권을 저술하였음.

11) 相如(상여): 한나라 사부가 사마상여(司馬相如). 양웅은 사마상여의 〈자허(子虛)〉·〈상림(上林)〉부를 모방하여 〈감천(甘泉)〉·〈우저(羽猪)〉·〈장양(長楊)〉·〈하동(河東)〉부를 지었음.

12) 八區(팔구): 팔방(八方).

5.

皓天舒白日	밝은 하늘에 해가 떠니
靈景耀神州[1]	신령한 빛 신주를 비추네
列宅紫宮裏[2]	늘어진 저택들 자궁 안에 있고
飛宇若雲浮[3]	나는 처마는 구름이 뜬 듯하네
峨峨高門內[4]	우뚝 솟은 높은 문안에는
藹藹皆王侯[5]	많은 사람들 모두 왕후들이네
自非攀龍客[6]	스스로 반룡객이 아닌데
何爲欻來游	무엇 때문에 홀연히 와서 노니는가
被褐出閶闔[7]	갈옷 입고 궁궐 문을 나서서
高步追許由[8]	높이 허유를 좇아서

振衣千仞岡   천 길 언덕에서 옷을 털고
濯足萬里流   만리의 물결에 발을 씻으리라

주석 ↝

1) 靈景(영경): 일광(日光). 神州(신주): 중국. 전국시대 추연(鄒衍)이 중국을 '적현신주(赤縣神州)'라고 하였음.

2) 紫宮(자궁): 자미원(紫微垣). 경도(京都)의 황성(皇城)을 말함.

3) 飛宇(비우): 비첨(飛檐). 높이 치솟은 처마.

4) 峨峨(아아): 높이 솟은 모양.

5) 藹藹(애애): 많은 모양.

6) 攀龍客(반룡객): 반룡부봉인(攀龍附鳳人). 제왕이나 공후들에게 벼슬을 구하는 사람을 말함.

7) 閶闔(창합): 궁궐의 문.

8) 許由(허유): 전설 속의 당요(唐堯) 때의 은사(隱士). 요가 왕위를 양도하려 하였으나 기산(箕山)으로 도망가서 은거하였다고 함.

6.

荊軻飮燕市[1]   형가는 연나라 시장에서 술을 마셨는데
酒酣氣益震   술이 취하면 기개가 더욱 진동하였네
哀歌和漸離[2]   슬픈 노래 고점리와 창화하니
謂若傍無人[3]   방약무인이라고 하였네
雖無壯士節   비록 장사의 절개를 세우지 못했으나
與世亦殊倫   온 세상에서 또한 짝할 이가 없네

高眄邈四海　　　높은 시선은 사해를 작게 보니
豪右何足陳⁴⁾　호우라도 어찌 늘어놓을 수 있겠는가
貴者雖自貴　　　귀한 자가 비록 스스로 귀할지라도
視之若埃塵　　　그를 보기를 먼지처럼 대하고
賤者雖自賤　　　천한 자가 비록 스스로 천할지라도
重之若千鈞⁵⁾　그를 중시하기를 천 균처럼 하네

주석 ᘐ

1) 荊軻(형가): 전국시대 말의 제(齊)나라 사람. 연(燕)나라 태자 단(丹)을 위하여 진왕(秦王)을 찔러 죽이려 했으나 실패하여 피살되었음.

2) 漸離(점리): 연나라 사람. 고점리(高漸離). 축(筑)을 잘 연주하였음.

3) 『사기·자객열전』: "荊軻嗜酒, 日與狗屠及高漸離飲于燕市. 酒酣以往, 高漸離擊筑, 荊軻哀歌相和, 已而二人對泣, 傍若無人."

4) 豪右(호우): 호문세족(豪門世族). 우는 우족(右族) 즉 세족(世族). 고대에는 우(右)를 상(上)으로 삼았음.

5) 鈞(균): 무게의 단위. 30근(斤)이 1균임.

7.

主父宦不達¹⁾　주보언은 벼슬을 얻지 못하니
骨肉還相薄²⁾　골육들도 도리어 서로 박대하였네
買臣困樵採³⁾　주매신은 곤궁하여 땔나무를 팔았으나
伉儷不安宅⁴⁾　처자가 집에서 불안하였네
陳平無産業⁵⁾　진평은 산업이 없어서

歸來翳負郭[6]	돌아와서 숨어서 성곽을 저버렸네
長卿還成都[7]	장경은 성도로 돌아오니
壁立何寥廓	벽만 서 있고 어찌 텅 비어 있었던가
四賢豈不偉[8]	사현이 어찌 위대하지 않겠는가
遺烈光篇籍[9]	남긴 위업이 역사책에서 빛나네
當其未遇時	그 불우한 때를 당하면
憂在塡溝壑	구덩이와 골짜기에 파묻힐까 근심하네
英雄有迍邅[10]	영웅이라도 곤경이 있으니
由來自古昔	그 유래가 예로부터라네
何世無奇才	어느 시대인들 기재가 없겠는가만
遺之在草澤	초택에다가 버리고 마네

주석 ⌒

1) 主父(주보): 주보언(主父偃). 서한 무제 때의 사람. 40년 동안 유학하였으나 벼슬에 오르지 못하였음.

2) 骨肉(골육): 부모와 형제. 주보언이 벼슬에 오르지 못하자 부친은 아들로 여기지 않았고 형제들은 거두어주지 않았다고 함. 주보언은 나중에 평진후(平津侯)가 되었음. 『사기』에 열전에 들어 있음.

3) 買臣(매신): 주매신(朱買臣). 서한 무제 때 회계태수(會稽太守)를 지냄.

4) 伉儷(항려): 배필. 처자. 주매신이 가난한 시절 땔나무를 팔아서 생계를 이었는데, 그의 처가 그것을 수치스럽게 여기고 그에게서 떠났다고 함.

5) 陳平(진평): 한나라 고조의 개국공신. 혜제(惠帝) 때 좌승상, 문제(文帝) 때 승상을 지냄.

6) 진평은 처음에 몹시 가난하여 성곽 안에서 살지 못하고 궁항 벽지에서 살았음.

7) 長卿(장경): 사마상여(司馬相如)의 자. 成都(성도): 촉군(蜀郡)의 사마상여
의 고향. 사마상여가 임공(臨邛)의 거부 탁왕(卓王) 손(孫)의 딸 탁문군(卓
文君)과 고향으로 도망쳐오니 집안에는 아무것도 없고 사방 벽만 서 있었다
고 함.

8) 四賢(사현): 앞에 언급한 네 사람.

9) 遺烈(유열): 남긴 위업(偉業). 編籍(편적): 사서(史書)를 말함.

10) 迍邅(둔전): 곤경에 처함.

8.

習習籠中鳥[1]	날개 퍼덕이는 새장 속의 새
擧翮觸四隅	세운 깃털 네 모퉁이에 부딪히네
落落窮巷士[2]	낙락한 궁항의 선비
抱影守空廬	그림자 껴안고 빈방을 지키고 있네
出門無通路	문을 나서도 통하는 길이 없고
枳棘塞中塗	가시나무만 길을 막고 있네
計策棄不收	계책을 버리고서 거두지 못하니
塊若枯池魚[3]	쓸쓸함이 마른 못의 물고기 같네
外望無寸祿	밖을 바라보아도 조그만 봉록도 없고
內顧無斗儲	안을 돌아보아도 한 말의 양식도 없네
親戚還相蔑	친척들은 도리어 서로 멸시하고
朋友日夜疎	붕우들은 밤낮으로 소원해지네
蘇秦北游說[4]	소진은 북쪽에서 유세하였고
李斯西上書[5]	이사는 서쪽에서 글을 올렸네

俯仰生榮華[6]　　　잠깐 동안에 영화가 생겨나서

咄嗟復彫枯[7]　　　졸지에 다시 시들고 말라버리네

飮河期滿腹[8]　　　하수를 마시는 것 배만 부르기를 바랄 뿐

貴足不願餘　　　만족을 귀하게 여기고 남는 것은 원하지 않네

巢林棲一枝[9]　　　숲에 둥지 틀어 한 가지에 서식하니

可爲達士模　　　달사의 본보기가 될 수 있네

주석 ᎔

 1) 習習(습습): 새가 날려고 날개를 퍼덕이는 모양.

 2) 落落(낙락): 고독하게 벗이 없는 모양.

 3) 塊(괴): 쓸쓸하게 홀로 있는 모양.

 4) 蘇秦(소진): 전국시대의 책사. 낙양(洛陽) 사람으로서 처음에는 진(秦)나라에
    가서 유세하였으나 받아들여지지 못하고, 북쪽의 연나라 조나라 등 6국의 왕
    들을 설득하여 합종(合從)을 이루어 진나라에 대항하였음. 소진은 동시에 6
    국의 재상이 되었으나 후에 제나라에서 자객에게 살해당했음.

 5) 李斯(이사): 전국시대 말 초(楚)나라 상채(上蔡) 사람. 서쪽 진(秦)나라로 가
    서 진왕에게 글을 올려 객경(客卿)에 임명되었음. 진시황이 천하를 통일 한
    후 승상이 되었으나 이세(二世)에게 피살되었음.

 6) 俯仰(부앙): 올려다보고 내려다보는 잠깐의 사이.

 7) 咄嗟(돌차): 부르고 대답하는 잠깐의 사이.

 8) 『장자·逍遙游』: "偃鼠飮河, 不過滿腹"에서 가져옴.

 9) 『장자·소요유』: "鷦鷯巢于深林, 不過一枝"에서 가져옴.

평설

- 심덕잠 『설시수어(說詩晬語)』 권하 : "태충의 〈영사〉는 반드시 한 사람만을 전적으로 읊지 않고, 한 사건만을 전적으로 읊지 않았다. 자신에게 회포가 있어서 옛 사람의 일을 빌려 서술하여 써낸 것이다. 이는 천고의 절창이다. 후인이 한 사건만을 집착하여 보고 명백하게 단안(斷案)하는 것은 사론(史論)이지 시격(詩格)이 아니다. 호증(胡曾)의 절구 백편에 이르러서는 더욱 악도(惡道)로 떨어졌다."

- 『야홍시적』 : "태충은 한위를 조술하였는데, 말을 다듬고 구를 지어 한 글자도 전혀 연습(沿襲)하지 않고 낙락(落落)하게 써내려 가서 스스로 대가를 이루었다. 반악과 육기 등 여러 사람과 어찌 비교할 수 있겠는가?"

육기 陸機

육기(261-303), 자는 사형(士衡), 오군(吳郡) 오현(吳縣) 화정(華亭: 지금의 上海市 松江縣) 사람. 조부 육손(陸孫), 부친 육항(陸抗)은 모두 손오(孫吳)의 명장(名將)이었음. 젊어서 영보병(領父兵)을 세습받고, 오아문장구(吳牙門將軍)이 되었음. 오나라가 망하자 집에서 독서하며 10년 동안 벼슬에 나가지 않았다. 태강(太康) 10년(289)에 아우 운(雲)과 함께 낙양에 가서 일시에 명성을 떨쳐 '이육(二陸)'으로 불리었다. 성도왕(成都王) 영(穎)이 평원내사(平原內史)로 삼아서 세칭 육평원(陸平原)으로 불림. 혜제(惠帝: 司馬衷) 태안(太安) 2년(303) 성도왕이 기병하여 장사왕(長沙王) 의(義)를 토벌할 때 육기를 후장군과 하북대도독으로 삼았다. 패전하고 참소를 당하여 성도왕에게 살해되었다. 육기는 문장에 능하였는데, 『시품』에서는 그의 시를 "재능이 높고 말이 풍부하고 모든 체가 화려하고 아름답다"고 평하고 상품에다 넣었다. 심덕잠은 『설시수어』에서 육기를 평하여 "배우일가(排偶一家)를 열어 제(齊)·양(梁) 때부터 대장(隊仗)을 전공(專工)하여 변폭(邊幅)을 협소하게 만들었다"고 하였다. 한편 육기의 「문부(文賦)」는 고대 문학이론의 저술로 중시된다.

맹호행 猛虎行[1]

渴不飮盜泉水[2]	갈증이 나도 도천의 물은 마시지 않고
熱不息惡木陰[3]	무더워도 악목의 그늘에서는 쉬지 않네
惡木豈無枝	악목에 어찌 가지가 없겠는가만
志士多苦心	지사는 고심함이 많네
整駕肅時命[4]	수레 정돈하여 임금의 명령을 엄숙하게 기다리고
杖策將遠尋	지팡이 집고 장차 멀리 찾아가려네
饑食猛虎窟	굶주리면 맹호의 굴에서 먹고
寒栖野雀林	추우면 들 참새의 숲에서 머무네
日歸功未建	날 저물어도 공을 세우지 못하고
時往歲載陰[5]	때가 가서 세월이 음에 이르네
崇雲臨岸駭[6]	높은 구름은 언덕에 임하여 일어나고
鳴條隨風吟	우는 나뭇가지는 바람을 따라 신음하네
靜言幽谷底[7]	깊은 골짜기 아래서 조용히 생각하고
長嘯高山岑	높은 산봉우리에서 길게 휘파람 부네
急絃無懦響	급한 현의 소리엔 유약한 음향이 없는데
亮節難爲音[8]	높은 소리는 음률을 이루기 어렵네
人生誠未易	인생이 참으로 쉽지 않는데
曷云開此襟	어찌 이 가슴을 열겠는가
眷我耿介懷	나의 경개의 회포를 돌아보니
俯仰愧古今[9]	부앙함이 고금에 부끄럽네

주석 ⟋⟍

1) 〈맹호행(猛虎行)〉: 악부 〈상화가·평조곡〉에 속함. 고사(古辭)가 남아 있음. 고사(古辭): "饑不從猛虎食, 暮不從野雀棲. 野雀安無巢, 遊子爲難驕." 육기 의 시 전반 4구는 고사의 잡언(雜言) 형식을 모방하였음.

2) 盜泉(도천): 지금의 산동성 사수현(泗水縣) 동북에 있었던 고대 샘의 이름. 『水經注·洙水』: "洙水西南流, 盜泉水注之." 전국시대 시교(尸佼)의 『시자(尸 子)』: "孔子至于勝母, 暮矣而不宿. 過于盜泉, 渴矣而不飮. 惡其名也."

3) 惡木(악목): 『문선』 이선주에서 『관자(管子)』를 인용하여 "夫士懷耿介之心, 不蔭惡木之枝."라고 하였음.

4) 整駕(정가): 수레를 정리함. 肅(숙): 공손히 기다림. 時命(시명): 지금 임금의 명령.

5) 歲載陰(세재음): 음(陰)은 가을과 겨울을 말함. 재(載)는 의미 없는 어조사.

6) 駭(해): 기(起).

7) 靜言(정언): 조용히 생각하다. 언(言)은 어조사로서 언(焉)의 용법으로 사용 됨. 『시경·邶風·柏舟』: "靜言思之."

8) 亮節(양절): 고항(高亢)한 소리. 심덕잠(沈德潛) 『說詩晬語』 권상: "鮑明遠樂 府, 抗音吐懷, 每成亮節."

9) 俯仰(부앙): 세속에 따라서 변함.

낙양으로 가는 도중에 짓다. 2수 赴洛道中作 二首

1.

總轡登長路	고삐 잡고 긴 노정에 오르며
嗚咽辭密親[1]	오열하며 친근한 사람들과 하직하네
借問子何之	물어보자 그대는 어디로 가는가?

世網嬰我身　　세상의 그물이 내 몸을 묶었으니

永歎遵北渚　　길게 탄식하며 북쪽 물가를 거슬러가네

遺思結南津　　남쪽 나루에 남은 시름 맺혔는데

行行遂已遠　　가고 가서 끝내 이미 멀어지고

野途曠無人　　들길은 비어서 사람이 없네

山澤紛紆餘　　산택은 어지럽게 구불구불 이어지고

林薄杳阡眠[2]　　숲은 무성하여 아득히 초목이 우거졌네

虎嘯深谷底　　깊은 계곡 아래서 호랑이가 울부짖고

鷄鳴高樹巓　　높은 나무 꼭대기에서 닭이 우네

哀風中夜流　　슬픈 바람은 한밤중에 흘러가고

孤獸更我前　　외로운 짐승이 내 앞을 지나가네

悲情觸物感　　슬픈 정이 사물을 대할 때마다 감발하고

沈思鬱纏綿[3]　　깊은 수심은 울울히 맺히네

佇立望故鄕　　우두커니 서서 고향을 바라보는데

顧影悽自憐　　외로운 그림자 처량하여 스스로 동정하네

주석 ∽

1) 密親(밀친): 친근한 사람.

2) 阡眠(천면): 초목이 무성하게 우거진 모양.

3) 纏綿(전면): 근심 따위가 마음에 맺힘.

2.

遠遊越山川	먼 유람에 산천을 넘으니
山川脩且廣	산천은 길고도 넓네
振策陟崇丘	채찍질하며 높은 언덕에 오르고
安轡遵平莽[1]	고삐 느슨히 하고 초원을 지나가네
夕息抱影寐	석양의 휴식은 그림자 껴안고 자고
朝徂銜思往	아침의 행차는 수심 머금고 가네
頓轡倚高巖[2]	고삐 당겨 높은 바위에 기대어
側聽悲風響	슬픈 바람 소리를 엿듣네
清露墜素輝	맑은 이슬 흰 달빛 속에 떨어지고
明月一何朗	밝은 달은 어찌 그리 밝은가
撫枕不能寐	베개 어루만지며 잠 못 이루고
振衣獨長想	옷을 털어 걸치고 홀로 오래 생각하네

주석 ☙

1) 安轡(안비): 고삐를 느슨하게 함. 平莽(평무): 풀이 무성한 들판.

2) 頓轡(돈비): 고삐를 바짝 당김.

장재(생졸년 미상), 자는 맹양(孟陽), 안평(安平: 지금의 하북성 안평현) 사람. 아우 협(協)·항(亢)과 함께 제명하여 세칭 '삼장(三張)'이라 불림. 처음에 저작좌랑(著作佐郎)에 임명되어 악안상(樂安相)·홍농태수(弘農太守)를 지내고 중서시랑(中書侍郎)·영저작(領著作)에 이르렀다. 세상이 어지러워 병을 칭탁하고 고향으로 돌아갔음.

그의 시는 겨우 20수가 전함. 『시품』에서 "맹양(장재)의 시는 그 아우 (장협)에게 몹시 부끄럽다. 그러나 양부(兩傅: 傳玄과 傳咸)보다는 약간 낫다"고 평하고 하품에다 넣었다.

칠애시 七哀詩[1]

北芒何壘壘[2]	북망산엔 어찌 무덤이 그리 쌓였는가
高陵有四五	높은 능이 사오 개가 있네
借問誰家墳	물어보자 누구의 분묘인가?
皆云漢世主	모두가 한나라 때의 임금들이라네
恭文遙相望[3]	공릉과 문릉이 멀리 서로 바라보고
原陵鬱膴膴[4]	원릉은 초목이 울창하게 우거졌네
季世喪亂起	말세에 상란이 일어나
賊盜如豺虎	적도들 시호와 같았네
毀壞過一抔	흙을 파서 한 줌을 넘기면
便房啓幽戶[5]	편방을 지나 유호를 열게 되네
珠柙離玉體[6]	주갑이 옥체에서 벗겨지고
珍寶見剽虜	진보가 약탈을 당하네
園寢化爲墟[7]	원침이 폐허로 변하니
周墉無遺堵[8]	두른 담장은 남은 담장이 없네
蒙蘢荊棘生[9]	무성하게 가시나무가 자라고
蹊逕登童豎[10]	작은 길엔 초동과 목동이 오르네
狐兔窟其中	여우와 토끼가 그 안에 굴을 파고
蕪穢不復掃	황폐하게 더러워도 다시 청소를 하지 않네
頹隴並墾發	무너진 언덕은 논밭으로 개간되고
萌隸營農圃[11]	백성들이 농포를 경작하네
昔爲萬乘君[12]	예전엔 만승의 임금이었는데
今爲邱中土	지금은 언덕의 진토가 되었네

感彼雍門言¹³⁾　　　저 옹문주의 말에 감개하니

悽愴哀今古　　　처창하게 고금을 슬퍼하네

주석 ⌒

1) 〈칠애시(七哀詩)〉: 2수 중 제1수임.

2) 北芒(북망): 북망산. 壘壘(누루): 겹겹이 쌓인 모양.

3) 恭文(공문): 공릉(恭陵)과 문릉(文陵). 공릉은 동한 안제(安帝)의 묘, 문릉은
   동한 영제(靈帝)의 묘.

4) 原陵(원릉): 동한 광무제(光武帝)의 묘. 膴膴(무무): 들판이 비옥하고 아름
   다움.

5) 便房(편방): 능묘 안의 외부와 통하는 방. 제물을 들이는 곳. 幽戶(유호): 능
   묘 안의 깊은 묘실의 문.

6) 珠柙(주합): 보주의(寶珠衣). 왕의 시신에 입히는 주유옥갑(珠襦玉匣).

7) 園寢(원침): 능묘 앞의 제사를 드리는 능침(陵寢).

8) 周墉(주용): 능묘를 두른 담장.

9) 蒙蘢(몽롱): 무성하게 덮은 모양.

10) 蹊徑(혜경): 능묘 꼭대기에 이르는 작은 길. 童豎(동수): 초동(樵童)과 목수(牧豎).

11) 萌隸(맹예): 백성. 맹(萌)은 맹(氓)과 통함.

12) 萬乘君(만승군): 전차 만 승을 소유한 군주. 천자(天子)를 만승지군(萬乘之
    君)이라 함.

13) 雍門(옹문): 전국시대 제(齊)나라 사람 옹문주(雍門周). 『문선』 이선주에서
    동한 환담(桓譚)의 『신론(新論)』을 인용하여 "雍門周以琴見孟嘗君曰: '臣竊
    悲千秋萬歲後, 墳墓生荊刺, 狐兔穴其中, 樵兒豎牧躑躅而歌其上, 行人見之
    凄愴, 孟嘗君之尊貴, 如何成此乎'孟嘗君喟然嘆息, 淚下承睫"이라 했음.

장협 張協

장협(?-307), 자는 경양(景陽), 장재의 아우. 중서시랑(中書侍郎)과 하간 내사(河間內史)를 지냄. 난리 때문에 초택에서 은거함. 후에 황문시랑 (黃門侍郎)으로 불렀으나 나가지 않았음.

장협은 오언시에 능하였고, 사부도 잘 지었음. 『시품』에서 "반악(潘岳) 보다 웅걸하고 태충(太沖: 左思)보다 기미(綺靡)하다. 풍류가 조달(調達) 하여 참으로 광대(曠代)의 고수이다. 사채(詞采)가 총천(葱蒨)하고 음운 이 갱장(鏗鏘)하여 사람들에게 음미하게 하면 부지런히 읽으며 지루해 하지 않는다"라고 평하고 상품에다 넣었다. 그의 시는 겨우 10여 수가 남아 있는데, 〈잡시〉 10수가 대표작이다.

잡시

1.

秋夜凉風起	가을밤에 서늘한 바람이 부니
清氣蕩暄濁[1]	맑은 기운이 열기의 탁함을 쓸어내 버리네
蜻蛚吟階下[2]	귀뚜라미는 섬돌 아래서 울고
飛蛾拂明燭	나는 나방은 밝은 촛불에 뛰어드네
君子從遠役	군자가 먼 곳의 일을 좇아가서
佳人守煢獨	가인은 외로운 방을 지키고 있네
離居幾何時	떨어져 산 지가 얼마 동안이던가
鑽燧忽改木[3]	불을 피우는 나무를 어느새 바꾸었네
房櫳無行迹	방안엔 행적이 없고
庭草萋已綠	마당의 풀은 우거져 이미 초록이네
青苔依空牆	푸른 이끼는 빈 담장에 붙어 있고
蜘蛛網四屋	거미는 사방 지붕에 거미줄을 쳤네
感物多所懷	사물을 보고 회포가 많은데
沈憂結心曲	깊은 근심 마음 깊이 맺혔네

주석

1) 蕩暄濁(탕훤탁): 탕(蕩)은 소탕(掃蕩). 훤탁(暄濁)은 짜증나는 열기의 혼탁함.

2) 蜻蛚(청열): 실솔(蟋蟀). 귀뚜라미.

3) 鑽燧(찬수): 수(燧)는 고대에 불을 피우는 도구. 주로 나무에 구멍을 뚫어 불을 피웠음. 改木(개목): 고대에는 계절마다 불을 피우는 나무의 종류가 달랐음.

4) 房櫳(방롱): 옥실(屋室).

2.

朝霞迎白日	아침놀은 밝은 해를 맞이하고
丹氣臨暘谷[1]	붉은 기운 양곡에 임하였는데
翳翳結繁雲[2]	어둡게 짙은 구름 맺히어
森森散雨足[3]	음침하게 빗발이 흩어지네
輕風摧勁草	가벼운 바람 속에 강한 풀이 꺾이고
凝霜竦高木	엉긴 서리 속에 높은 나무가 솟아 있네
密葉日夜疎	무성한 이파리 밤낮으로 드물어지고
叢林森如束	밀집된 숲은 엄정하게 묶어놓은 듯하네
疇昔歎時遲	지난날엔 세월 더딤을 탄식하였는데
晚節悲年促	말년엔 해가 촉박함을 슬퍼하네
歲暮懷百憂	세모에 온갖 근심을 품으니
將從季主卜[4]	장차 계주를 좇아 점을 쳐보리라

주석 ⌇

1) 暘谷(양곡): 신화 속의 태양이 뜨는 장소.

2) 翳翳(예예): 어둡게 가린 모습.

3) 森森(삼삼): 음침한 모양.

4) 季主(계주): 사마계주(司馬季主). 초(楚)나라 사람으로 장안(長安)에서 점을 치던 점쟁이.

3.

昔我資章甫[1]	지난날 나는 장보관을 팔려고
聊以適諸越[2]	잠시 제월로 갔었네
行行入幽荒	가고 가서 깊고 황량한 땅으로 들어가니
甌駱從祝髮[3]	구락 사람들은 축발을 하고 있었네
窮年非所用	해가 다 하도록 소용이 없으니
此貨將安設	이 물건을 장차 어디다 둘 것인가
瓴甋夸瑛璠[4]	벽돌기와가 옥돌에게 자랑하고
魚目笑明月	어목이 명월주를 비웃네
不見郢中歌[5]	영 중의 노래부름을 볼 수 없는데
能否居然別	잘함과 잘못함이 분명히 구별되네
陽春無和者[6]	양춘곡엔 화답하는 자가 없는데
巴人皆下節[7]	파인곡엔 모두가 무릎 치며 칭찬하네
流俗多昏迷	유속이 몹시 혼미한데
此理誰能察	이 이치를 누가 살펴볼 수가 있는가?

주석 ∽

1) 章甫(장보): 장보관(章甫冠). 공자가 송(宋)에서 오래 거처하면서 썼던 관.

2) 聊(요): 잠시. 諸越(제월): 백월(百越). 진한(秦漢) 이전에 장강(長江) 중하류에 분포해 있었던 남방의 여러 부족들. 『장자·逍遙游』: "宋人資章甫而適諸越, 越人斷髮文身, 無所用之."

3) 甌駱(구락): 고대 월인(越人)의 부락 이름. 구(甌)는 지금의 절강성 남부 구강(甌江)유역. 낙(駱)은 교지(交趾: 지금의 越南 북부)지역. 祝髮(축발): 단발.

4) 瓴甋(영적): 벽돌기와. 瑛璠(여번): 미옥(美玉)의 일종.

5) 郢中歌(영중가): 영(郢)은 초(楚)나라의 도성. 송옥(宋玉) 「對楚王問」: "客有
歌于郢中者, 其始曰〈下里〉·〈巴人〉, 國中屬而和者數千人, 其爲〈陽春〉·
〈白雪〉, 國中屬而和者不過數十人, 是其曲彌高者其和彌寡."

6) 陽春(양춘): 고대 초나라 가곡의 이름.

7) 巴人(파인): 고대 초나라 가곡의 이름.

4.

述職投邊城[1]	직책에 충성하여 변성에 머물며
羈束戎旅間[2]	융려 사이에 매어 있네
下車如昨日[3]	하거가 어제 같은데
望舒四五圓[4]	달은 사오 번 둥글었네
借問此何時	물어보자 지금이 어느 때인가?
胡蝶飛南園	호랑나비가 남쪽 원림에서 날고 있네
流波戀舊浦	흐르는 물결은 옛 나루를 연모하고
行雲思故山	흘러가는 구름은 고향 산을 생각하네
閩越衣文蛇[5]	민월 사람은 무늬 있는 뱀가죽을 입고
胡馬願度燕[6]	호마는 연 지역을 지나가길 원하네
風土安所習	풍토가 습관에 편안한 것은
由來有固然	유래에 당연한 바가 있네

주석 ✑

1) 述職(술직): 제후가 천자에게 직수(職守)를 진술하는 것. 전하여 외임(外任)
관원이 조정에 직수를 진술하는 것을 말함.

2) 戎旅(융려): 군려(軍旅).

3) 下車(하거): 관리가 임소(任所)로 가는 것.

4) 望舒(망서): 달[月].

5) 閩越(민월): 민(閩: 지금의 福建省)에 거주하는 월족(越族)의 한 갈래. 文蛇
   (문사): 무늬 있는 뱀가죽.

6) 胡馬(호마): 북방 호(胡) 지역에서 생산된 말.

조터 曹攄

조터(?-308), 자는 안원(顔遠), 초국(譙國) 초(譙: 지금의 安徽省 亳縣)
사람. 임치령(臨淄令)·중서시랑(中書侍郎)을 지내고, 혜제(惠帝) 말에
양성태수(襄城太守)가 되고, 영가(永嘉) 2년(308) 정남사마(征南司馬)가
되어 유인왕(流人王) 유(逌)를 정벌하던 중에 패배하여 죽었음.
조터는 호학하고 시부에 능하였는데, 남아 있는 시는 겨우 10여 편에 불
과함.

감구시 感舊詩

富貴他人合	부귀하면 다른 사람과도 화합하고
貧賤親戚離	빈천하면 친척과도 멀어지네
廉藺門易軌[1]	염파와 인상여는 문전에서 수레의 길을 바꾸고
田竇相奪移[2]	전분과 두영은 서로 지위를 빼앗아 옮겨갔네
晨風集茂林[3]	송골매는 무성한 숲에 모여들고
棲鳥去枯枝	깃든 새들은 마른 가지를 떠나가네
今我唯困蒙	지금 나는 다만 곤궁한 처지인데
群士所背馳	여러 사람들은 등돌리고 떠나가네
鄕人敦懿義[4]	고향사람들 덕의에 돈독하여
濟濟蔭光儀[5]	많은 사람들의 광의에 의탁하네
對賓頌有客[6]	손님을 대하고 유객의 노래로 송도하고
擧觴詠露斯[7]	술잔 들고 노사의 노래를 부르네
臨樂何所歎	즐거움에 임하여 어찌 탄식을 하는가
素絲與路岐[8]	흰 실과 갈래길 때문이라네

주석 ⟋⟍

1) 廉藺(염린): 전국시대 염파(廉頗)와 인상여(藺相如). 易軌(역궤): 수레의 길을 바꿈. 『사기·廉頗藺相如列傳』: "以相如功大, 位在廉頗之右, 廉頗曰: '……相如素賤人, 吾羞, 不忍爲之下.' 宣言曰: '我見相如, 必辱之.' 相如聞, 不肯與會……引車避匿."

2) 田竇(전두): 서한 무제 때의 전분(田蚡)과 두영(竇嬰). 두 사람은 관직이 서로 오르내렸음.

3) 晨風(신풍): 송골매.

4) **懿義**(의의): 德義.

5) **濟濟**(제제): 사람들이 많은 모양. **光儀**(광의): 영광(榮光)과 의표(儀表).

6) **有客**(유객): 『시경·周頌』의 〈유객(有客)〉편.

7) **露斯**(노사): 『시경·소아·湛露』: "湛湛露斯, 匪陽不晞, 厭厭夜飮, 不醉無歸."

8) **素絲與路岐**(소사여로기): 『회남자』: "楊朱見逵路而哭之, 謂其可以南, 可以北. 墨子見練絲而泣之, 謂其可以黃, 可以黑."

왕찬 王贊

왕찬(생졸년 미상), 자는 정장(正長), 의양(義陽: 지금의 河南省 桐柏縣 동쪽) 사람. 처음에 사공연(司空掾)이 되어, 태자사인(太子舍人)·시중을 지냄. 영가(永嘉) 연간에 진류내사(陳留內史)와 산기시랑(散騎侍郎)을 지냄.

왕찬의 문집은 4권이 있었으나 이미 일실되고, 시 4수가 전함. 그 가운데 〈잡시〉가 가장 유명하고 나머지는 4언시임. 『시품』에서는 왕찬의 시를 "그 근원은 이릉에게서 나왔고, 추창(愀愴)한 말을 표현하였는데 문채는 수려하나 바탕은 메말라서 조식과 유정의 어름에서 한 체를 따로 구성하였다. 진사(陳思)에게 비교하면 부족하나 위문제에게 비하면 남음이 있다"고 평하고, 또한 왕찬의 〈삭풍(朔風): 잡시〉시를 거론하고 중품에 넣었음.

잡시 雜詩

朔風動秋草	삭풍이 가을 풀을 흔드니
邊馬有歸心	변방의 말은 돌아갈 마음을 품고 있네
胡寧久分析[1]	어찌하여 오래도록 떨어져 있는가
靡靡忽至今[2]	지체하며 문득 지금에 이르렀네
王事離我志	나랏일이 나의 뜻을 어긋나게 하여
殊隔過商參	멀리 떨어짐이 상성과 삼성보다 더하네
昔往鶬鶊鳴	지난날 갈 때는 꾀꼬리 울었는데
今來蟋蟀吟	지금 올 때는 귀뚜라미가 우네
人情懷舊鄉	사람의 정은 고향을 그리고
客鳥思故林	철새는 옛 숲을 생각하네
師涓久不奏[3]	사연은 오랜 동안 연주하지 못하니
誰能宣我心	누가 내 마음을 펼쳐줄 수 있는가

주석 ⌒

1) 分析(분석): 분리(分離).

2) 靡靡(미미): 지지(遲遲).

3) 師涓(사연): 춘추시대 위(衛)나라 악사의 이름.

평설 ⌒

● 심약(沈約) 『송서(宋書)·사령운전(謝靈運傳)』 : "정장(正長 : 왕찬)의 〈삭풍〉구는 흉억(胸臆)을 직접 들어낸 것으로서 시사(詩史)가 아니다."

유곤 劉琨

유곤(271-318), 자는 월석(越石), 중산(中山) 위창(魏昌: 지금의 하북성 無極縣 동북) 사람. 젊어서 큰 뜻을 품고 호걸(豪傑)로써 자부하였음. 처음에 사주주부(司州主簿)가 되어 저작랑(著作郎)·상서시랑(尚書侍郎)·사도좌장사(司徒左長史) 등을 지냄. 광희(光熙: 306) 초에 광무후(廣武侯)에 봉해지고, 영가 초(307)에 병주자사(幷州刺史)가 됨. 민제(愍帝) 건흥(建興) 2년(314)에 대장군이 되고, 사공(司空)에 이르렀다. 건흥 4년(316) 석륵(石勒)에게 패배하여 유주자사(幽州刺史) 선비인(鮮卑人) 단필제(段匹磾)에게 투항하였으나 나중에 단필제에게 피살되었다.

부풍가 扶風歌[1]

朝發廣漢門[2]	아침에 광막문을 출발하여
暮宿丹水山[3]	저녁에 단수산에서 묵네
左手彎繁弱[4]	왼손으론 번약활을 당기고
右手揮龍淵[5]	오른손으론 용연검을 휘두르네
顧瞻望宮闕	고개 돌려 궁궐을 바라보고
俯仰御飛軒	위아래를 살피며 나는 수레를 모네
據鞍長歎息	안장에 걸터앉아 길게 탄식하니
淚下如流泉	눈물이 흐르는 샘물처럼 흘러내리네
繫馬長松下	큰 소나무 아래 말을 매놓고
發鞍高岳頭[6]	높은 산꼭대기에서 안장을 풀어놓네
烈烈悲風起[7]	열렬히 슬픈 바람이 불고
泠泠澗水流[8]	영령히 계곡 물이 흘러가네
揮手長相謝	손 흔들며 오래 서로 하직하니
哽咽不能言	목이 메여 말을 할 수가 없네
浮雲爲我結	뜬구름은 나를 위하여 맺히고
歸鳥爲我旋	돌아가는 새는 나를 위해 선회하네
去家日已遠	집을 떠나 날이 갈수록 멀어지니
安知存與亡	어찌 삶과 죽음을 알겠는가?
慷慨窮林中	우거진 숲 속에서 강개하며
抱膝獨摧藏[9]	무릎 껴안고 홀로 슬퍼하네
麋鹿遊我前	사슴들은 내 앞에서 노닐고
猿猴戲我側	원숭이들은 내 옆에서 장난치네

資糧旣乏盡	물자와 식량이 이미 바닥나니
薇蕨安可食¹⁰⁾	산 콩과 고사리인들 어디서 먹을 수 있는가?
攬轡命徒侶¹¹⁾	말을 멈추라고 수행원에게 명하고
吟嘯絶巖中	절벽 가운데서 읊조리네
君子道微矣	군자의 도가 쇠미하였으니
夫子故有窮¹²⁾	공부자가 그 때문에 곤궁했었네
惟昔李騫期¹³⁾	지난날 이릉은 돌아갈 기약이 잘못되어
寄在匈奴庭	흉노의 조정에 기탁하였는데
忠信反獲罪	충신이 도리어 죄를 얻으니
漢武不見明	한무제는 밝게 살피지 못했네
我欲竟此曲	나는 이 노래를 끝내려하니
此曲悲且長	이 노래 슬프고도 기네
棄置勿重陳	버려 두고 다시 말하지 않겠으니
重陳令心傷	다시 말하면 마음이 상한다네

주석 ⌒ﾝ

1) 〈부풍가(扶風歌)〉:『악부시집』권84 〈잡가요사(雜歌謠辭)〉에는 이 시를 4구
   씩 나누어 모두 9수라고 하였음. 부풍(扶風)은 군명(郡名). 지금의 섬서성 경
   양현(涇陽縣). 이 시는 작가가 병주자사로 임명되어 낙양에서 병주로 가는
   도중에 심회를 읊은 것임.

2) 廣漠門(광막문): 진(晉)나라 때 낙양성(洛陽城) 북문의 이름.

3) 丹水山(단수산): 단주령(丹朱嶺). 지금의 산서성 고평현(高平縣) 북쪽에 있
   는 산 이름. 단수(丹水)의 발원지.

4) 繁弱(번약): 고대의 활 이름.

5) 龍淵(용현): 고대의 검 이름.

6) 發鞍(발안): 말안장을 풀어둠.

7) 烈烈(열렬): 바람이 센 모양.

8) 泠泠(영령): 물이 흘러가는 소리.

9) 摧藏(최장): 비애(悲哀).

10) 薇蕨(미궐): 야생 완두(豌豆)와 고사리.

11) 攬轡(남비): 고삐를 당겨 말을 멈춤. 徒侶(도려): 수행원.

12) 夫子(부자): 공자를 말함. 『논어·衛靈公』: "在陳絶糧, 從者病. 子路慍見曰:
   '君子亦有窮乎.' 子曰: '君子固窮, 小人窮斯濫矣.'"

13) 李(이): 이릉(李陵). 한나라 무제 때 기도위(騎都尉)로서 흉노와 전투하다 중
   과부족으로 흉노에 투항하였음. 무제는 그 재산을 몰수하고 그 집안사람들을
   몰살하였음.

다시 노심에게 주다 重贈盧諶[1]

握中有懸璧[2]	수중에 현벽이 있는데
本自荊山璆[3]	본래 형산의 옥이라네
惟彼太公望[4]	저 태공망은
昔在渭濱叟	지난날엔 위수 가의 노인이었고
鄧生何感激[5]	등수는 어찌 감격하여
千里來相求	천리 길을 와서 벼슬을 구하였던가
白登幸曲逆[6]	백등산에서 곡역에 이르고
鴻門賴留侯[7]	홍문은 유후에게 의뢰하였네
重耳任五賢[8]	중이는 오현에게 맡기었고

小白相射鉤⁹⁾	소백은 걸쇠를 쏜 사람을 상으로 삼았네

小白相射鉤[9]　소백은 걸쇠를 쏜 사람을 상으로 삼았네
苟能隆二伯　참으로 두 임금을 살려온다면
安問黨與讐　어찌 친구와 원수를 묻겠는가?
中夜撫枕歎　한밤중 베개를 어루만지며 탄식하니
相與數子游　그 여러 사람들과 노닐고 싶네
吾衰久矣夫　내 쇠약해진 지 오래인데
何其不夢周[10]　어찌 주공을 꿈 꿀 수 있겠는가?
誰云聖達節　누가 성인은 절도에 맞는다고 했던가
知命故不憂[11]　운명을 알기 때문에 근심하지 않네
宣尼悲獲麟[12]　선니는 획린을 슬퍼하였고
西狩涕孔丘　서수는 공구를 눈물짓게 하였네
功業未及建　공업을 세우지 못하였는데
夕陽忽西流　석양이 문득 서쪽으로 흘러가네
時哉不我與　세월이 나와 함께 하지 못하고
去乎若雲浮　지나감이 뜬구름과 같네
朱實隕勁風　붉은 과일은 센바람에 떨어지고
繁英落素秋　많은 꽃은 가을에 떨어지네
狹路傾華蓋　좁은 길에서 수레 덮개 기울어지고
駭駟摧雙輈[13]　놀란 사마는 쌍주가 끊어지네
何意百鍊剛　무슨 뜻으로 강철을 백 번 단련하여
化爲繞指柔　부드럽게 손가락에 끼웠는가?

주석 ∽

1) **盧諶**(노심): 자는 자량(子諒), 범양(范陽) 사람. 일찍이 유곤의 주부(主簿)로 있다가 종군중랑(從軍中郞)을 지냄. 유곤과 여러 차례 시를 주고받았음.

2) **握中**(악중): 수중(手中). **懸璧**(현벽): 현려(懸璨)로 가공한 벽(璧). 현려는 미옥(美玉)의 일종. 벽(璧)은 둥근 옥.

3) **荊山璆**(형산구): 형산의 미옥(美玉). 형산은 호북성 남쪽에 있는 산으로 남조 형산(南條荊山)이라 하였음. 춘추시대 변화(卞和)가 벽옥(璧玉)을 얻었던 곳으로 전함.

4) **太公望**(태공망): 주(周)나라의 개국원훈(開國元勳) 강태공(姜太公). 위수(渭水)에서 문왕(文王)를 만나 기용되었음.

5) **鄧生**(등생): 동한 때의 등우(鄧禹: 2-58). 자는 중화(仲華). 남양(南陽) 신야(新野) 사람. 광무제(光武帝) 유수(劉秀)가 기병하였을 때 북쪽으로 업(鄴)으로 가서 장군으로 기용되었음.

6) **白登**(백등): 산 이름. 지금의 산서성 대동시(大同市) 동쪽에 있음. 일찍이 유방(劉邦)이 평성(平城) 백등산에서 7일 동안 흉노에게 포위되었을 때 진평(陳平)의 계책으로 탈출하였음. 후에 남쪽 곡역(曲逆: 지금의 하북성 定縣)에 이르러 진평을 곡역후(曲逆侯)로 봉하였음.

7) **鴻門**(홍문): 지금의 섬서성 임동(臨潼) 동북 지역. 일찍이 항우(項羽)가 유방을 살해하려 했던 곳. 이때 장량(張良)의 계책으로 탈출하였음. 후에 장량을 유후(留侯)로 봉하였음.

8) **重耳**(중이): 춘추시대 오패(五霸) 중의 한 사람이었던 진문공(晉文公)의 이름. **五賢**(오현): 진문공을 보좌하여 패업을 이루었던 호언(狐偃)·조쇠(趙衰)·전힐(顚頡)·위무자(魏武子)·사공계자(司空季子).

9) **小白**(소백): 춘추시대 오패 중의 한 사람이었던 제환공(齊桓公)의 이름. **射鉤**(사구): 대구(帶鉤)를 화살로 쏘아 맞춤. 관중(管仲)은 처음 공자(公子) 규(糾)를 섬겼는데, 규과 왕위를 다투던 소백의 대구(帶鉤)를 활로 쏘아 명중시켰음. 나중에 소백은 그 일을 논하지 않고 관중을 상(相)으로 중용하여 패업을 이루었음.

10) 夢周(몽주): 『논어·述而』: "子曰: 甚矣吾衰也. 久矣吾不復夢見周公." 주공은 주나라 문왕의 아들이며 무왕의 아우인 희단(姬旦). 조카 성왕(成王)을 보좌하여 주나라를 부흥시켰음.

11) 知命(지명): 『주역·繫辭上』: "樂天知命故不憂."

12) 宣尼(선니): 공자(孔子). 『春秋·哀公十四年』: "西狩獲麟."

13) 輈(주): 수레의 끌채.

곽박 郭璞

곽박(276-324), 자는 경순(景純), 하동(河東) 문희(聞喜: 지금의 산서성 문희현) 사람. 박학다식하고, 훈고(訓詁)에 정통하고, 시부에 능하였음. 또한 천문·역산(曆算)·복서(卜筮)의 술(術)을 좋아하였음. 곽박은 진(晉) 나라의 남도(南渡)를 따라와서 은우(殷祐)와 왕도(王導)의 막하에서 참군(參軍)이 되었다. 후에 저작좌랑(著作佐郞)·상서랑(尙書郞)을 지내고, 왕돈(王敦)의 기실참군(記室參軍)을 지내던 중, 왕돈이 모반할 때 점을 쳐서 반드시 패배할 것이라고 간하다가 살해되었다. 후에 완돈의 난이 평정된 후 조정에서 홍농태수(弘農太守)를 추증하였음.

곽박은 훈고방면에 저술이 매우 많은데, 시에 있어서는 겨우 20여 수가 전할 뿐이다. 그 가운데 〈유선시〉 14수가 대표작이다. 『시품』에서는 곽박의 시를 "처음으로 영가(永嘉)의 평담한 체를 변화시켜서 중흥(中興: 元帝가 건립한 東晉을 말함)의 제일이라고 한다"고 평하고 중품에다 넣었다. 원(元)나라 진역증(陳繹曾)은 『시보(詩譜)』에서 "곽박은 구사(構思)가 험괴하고 조어(造語)가 정원(精圓)한데, 삼사(三謝)는 모두 여기에서 나왔다. 두보와 이백의 정기(精奇)한 곳은 모두 여기에서 취하였다.
근본은 회남소산(淮南小山)에게서 나왔다"고 평하였다.

유선시 遊仙詩

1.

京華游俠窟¹⁾	경화엔 유협굴이 있고

京華游俠窟¹⁾　　경화엔 유협굴이 있고

山林隱遯棲²⁾　　산림엔 은둔서가 있네

朱門何足榮³⁾　　부호의 집이 어찌 영광될 것인가

未若託蓬萊⁴⁾　　봉래산에 의탁하는 것만 못하네

臨源挹淸波　　물가에서 맑은 물결을 한줌 떠 마시고

陵岡掇丹荑⁵⁾　　산에 올라 붉은 영지를 따네

靈溪可潛盤⁶⁾　　영계수도 은거하여 살 수 있는데

安事登雲梯⁷⁾　　무슨 일로 운제에 오르겠는가

漆園有傲吏⁸⁾　　칠원엔 오만한 관리가 있었고

萊氏有逸妻⁹⁾　　내씨에겐 은일을 권한 처가 있었네

進則保龍見¹⁰⁾　　벼슬에 나아가면 용견을 보전하여 지니고

退爲觸藩羝¹¹⁾　　벼슬에서 물러나면 울타리를 받은 숫양이 되네

高蹈風塵外　　풍진 밖으로 멀리 떠나가고자

長揖謝夷齊　　백이 숙제에게 길게 읍하고 하직하려네

주석 ᙢ

1) 京華(경화): 경도(京都). 游俠窟(유협굴): 의협인들이 출입하는 곳.

2) 隱遁棲(은둔서): 은거지(隱居地).

3) 朱門(주문): 부호의 집. 대문을 붉은 색으로 칠하였음.

4) 蓬萊(봉래): 전설 속의 삼신산(三神山) 중의 하나.

5) 丹荑(단이): 막 돋아난 단지(丹芝).

6) 靈溪(영계): 『형주기(荊州記)』: "大城西九里有靈溪水." 여기서는 은거에 적합
   한 산수의 승경지를 말함.

7) 雲梯(운제): 선경(仙境)으로 통하는 사다리를 말함.

8) 漆園有傲吏(칠원유오리): 장자(莊子)를 말함. 장자는 일찍이 몽(蒙)의 칠원
   리(漆園吏)를 지냈는데, 초나라 위왕(威王)이 상(相)으로 삼으려고 하였지만
   종신 동안 출사하지 않았음.

9) 萊氏(내씨): 춘추 말의 은사(隱士) 노래자(老萊子). 逸妻(일처): 노래자가 초나
   라 왕의 요청으로 출사하려 했을 때 그의 처가 봉록을 받으면 남에게 구속을
   당한다고 은거를 권유하여 처와 함께 은거하며 종신 출사하지 않았다고 함.

10) 龍見(용견): 『주역·乾卦』: "九二, 見龍在田, 利見大人." 위(魏)나라 왕필(王
    弼) 주: "出潛離隱故曰見龍." 왕필의 '초구(初九)'조의 주: "龍之爲物能飛能
    潛, 故借龍比君子之德也."

11) 觸藩羝(촉번저): 『주역·大狀』: "上六, 羝羊觸藩, 不能退, 不能遂." 곤경에 처
    함을 말함.

2.

靑溪千餘仞[1]	청계산은 천여 길 높이인데
中有一道士	그 가운데 한 도사가 있네
雲生梁棟間	구름이 대들보 사이에서 피고
風出窗戶裏	바람은 창문 속에서 나오네
借問此何誰	물어보자 이 사람은 누구인가
云是鬼谷子[2]	대답하길 귀곡자라네
翹迹企潁陽[3]	나는 행적 영수 북쪽을 바라고
臨河思洗耳[4]	물가에서 귀 씻기를 생각하네

閶闔西南來⁵⁾	가을바람 서남쪽에서 불어오니
潛波渙鱗起	잠긴 물결 물고기를 일으키네
靈妃顧我笑⁶⁾	영비는 나를 보고 미소지으며
粲然啓玉齒	옥같은 이 찬연히 드러내네
蹇脩時不在⁷⁾	건수가 때마침 부재하니
要之將誰使	바라건대 누구를 보내야 하나

주석

1) 青溪(청계): 산의 이름. 『문선』권21, 이선주: "유중옹의 「형주기」에서 말하기를 '임저현에 청계산이 있는데, 산의 동쪽에 샘이 있고, 샘 옆에 도사의 정사가 있다. 곽경순이 임저현을 맡은 적이 있기 때문에 유선시에서 청계산의 아름다움을 찬탄한 것이다'라고 했다(庾仲雍荊州記曰, 臨沮縣有青溪山. 山東有泉, 泉側有道士精舍. 郭景純嘗作臨沮縣, 故遊仙詩嗟青溪之美)."

2) 鬼谷子(귀곡자): 귀곡(鬼谷)에 은거하는 은자의 통호(通號). 귀곡이란 지명은 한두 군데가 아니다. 따라서 귀곡자는 어떤 특정한 사람만을 지칭하지 않는다. 가장 잘 알려진 귀곡자는 하남성 등봉현(登封縣) 동남의 귀곡에 은거했던 전국(戰國)시대 왕후(王詡)이다. 소진(蘇秦)과 장의(張儀) 등이 그에게서 종횡술을 배운 바 있다. 그러나 이 시에 등장하는 청계산의 귀곡에 은거한 귀곡자는 누구인지 알 수 없다.

3) 潁陽(영양): 영수(潁水)의 북쪽. 양(陽)은 산의 남쪽, 하천의 북쪽을 말함. 영수는 요(堯) 시대의 은자 허유(許由)가 은거했던 장소.

4) 洗耳(세이): 귀를 씻다. 영수가에 은거했던 허유의 고사. 『高士傳』: "허유는 영수의 북쪽에서 농사를 지었다. 요가 불러서 구주의 장으로 삼으려 했다. 허유는 그 말을 듣지 않으려고 영수가에서 귀를 씻었다(許由耕于潁水之陽, 堯召爲九州長, 由不欲聞之, 洗耳潁水之濱)."

5) 閶闔(창합): 창합풍(閶闔風). 서쪽바람. 가을바람. 『사기·율서(律書)』: "閶闔

風居西方, 閶者倡也, 闔者臧也. 言陽氣道萬物閶黃泉也."

6) 靈妃(영비): 복희씨(伏羲氏)의 딸인 복비(宓妃). 낙수(洛水)에 빠져죽어서 수신(水神)이 됨. 「曹植·洛神賦」: "余朝京師, 還濟洛川, 古人有言, 斯水之神, 名曰宓妃."

7) 蹇脩(건수): 고대 여인의 이름. 복희씨의 신하. 중매에 능하여 중매인으로 통함.

평설 ⟳

● 『고시평선』: "근원을 열고 닫음에 둔 것은 한결같이 『초사』로부터 왔다. 필봉이 날카롭고, 맞이하는 칼날은 스스로 화려하여 더욱 고금의 한 준걸이다. 보병(步兵, 완적)은 일체를 '영회(咏懷)'시에 담았고, 홍농(弘農)은 일체를 '유선(遊仙)'시에 담았다. 홍농이 스스로를 보존한 것은 더욱 착하지 않았던가? 그러나 끝내 면하지 못하였다. 역류에 처하여 횡정(橫政)을 만나서 정당하게 일월(日月)을 내걸고 갔지만, 한낱 심인(深人)의 색(色)이 되어 양쪽의 보전을 바람에는 무익했다. 비록 그러하나 홍농은 여기에서 또한 슬퍼했을 뿐이다(端委啓閉, 一自『楚辭』來. 筆鋒銛利, 迎刃自靡, 尤古今一杰也. 步兵一切皆委之'咏懷', 弘農一切皆委之'遊仙', 弘農之自全者, 不逾善乎? 而終以不免, 處逆流, 逢橫政, 正當揭日月而行, 徒爲深人之色以幸兩全, 亡益也. 雖然, 弘農之于此, 亦可哀已)."

3.

| 翡翠戲蘭苕[1] | 비취새는 난과 능초를 희롱하며 |
| 容色更相鮮 | 모습이 더욱 곱네 |

綠蘿結高林²⁾	푸른 여라는 높은 숲에 얽혀

綠蘿結高林²⁾　　푸른 여라는 높은 숲에 얽혀
蒙籠蓋一山³⁾　　무성하게 한 산을 덮었네
中有冥寂士⁴⁾　　그 가운데 고요히 명상하는 은자가 있어
靜嘯撫淸絃　　조용히 읊조리며 맑은 현소리를 탄주하네
放情凌宵外　　하늘 너머에 정을 붙이고
嚼藥把飛泉　　꽃술을 먹고 솟는 샘물을 마시네
赤松臨上遊⁵⁾　　적송자가 상유에 임하여
駕鴻乘紫煙　　기러기 수레로 자색 연기 위로 오르네
左把浮丘袖⁶⁾　　왼쪽으로 부구공의 소매를 잡고
右拍洪崖肩⁷⁾　　오른쪽으로는 홍애선생의 어깨를 치네
借問蜉蝣輩　　물어보자 하루살이의 무리여
寧知龜鶴年　　어찌 거북과 학의 나이를 알겠는가

주석

1) 翡翠(비취): 새의 이름.『埤雅』: "翠鳥, 或謂之翡翠. 雄赤曰翡, 雌靑曰翠." 苕(초): 능초(陵苕). 지금의 능소화(凌宵花). 자위(紫葳)라고도 함. 덩굴식물로서 한 여름에 주황색의 통꽃이 핀다.『字彙』: "苕, 今凌宵花, 是也."

2) 蘿(라): 여라(女蘿). 덩굴식물. 토사(菟絲)·송라(松蘿)라고도 함.『釋文』: "女蘿在草曰菟絲. 在木曰松蘿."

3) 蒙籠(몽롱): 초목이 어지럽게 무성함.

4) 冥寂士(명적사): 고요히 명상하는 은사(隱士).

5) 赤松(적송): 적송자(赤松子). 고대 신선의 이름. 신농씨(神農氏) 때의 우사(雨師).『列仙傳』: "赤松子者, 神農時雨師也. 服水玉以敎神農. 能入火自燒. 往往至崑崙山上, 常止西王母石室中, 隨風雨上下."

6) 浮丘(부구): 부구공(浮丘公). 고대 주나라 영왕(靈王) 때의 신선의 이름. 『열 선전』: "王子喬者, 周靈王太子晉也. 好吹笙, 作鳳凰鳴. 遊伊洛之間, 道士浮 丘公, 接以上崇高山."

7) 洪崖(홍애): 고대 황제(黃帝) 때의 신선의 이름. 서산(西山) 홍애에서 살았 으므로 홍애선생이라 함. 『문선』이선주: "西京賦曰, 洪崖立而指麾. 神仙傳 曰, 衛叔卿與數人博, 其子度曰, 向與博者爲誰, 叔卿曰, 是洪崖先生." 『江西 通志』: "仙人名, 稱曰洪崖先生. 或曰, 卽黃帝之臣伶倫, 或曰, 帝堯時已三千 歲, 居西山洪崖, 有煉丹井."

평설 ৻৴

● 『고시평선』: "또한 다만 이러할 뿐인데 곧 생동하는 빛이 사람을 감동시 킨다. 비록 천박한 사람이라도 감히 이 시를 부화(浮華)하다고 지목하 지 못한다. 그러므로 '이의위주(以意爲主)'의 설은 진실로 썩은 유자 (儒者)들의 말임을 알겠다! '시언지(詩言志)', 어찌 뜻이 곧 시이겠는 가?(亦但此耳, 乃生色動人, 雖淺者不敢目之以浮華, 故知'以意爲主'之 說眞腐儒也! '詩言志', 豈志卽詩乎?)"

4.

六龍安可頓[1]	육룡이 어찌 정지할 수 있으랴
運流有代謝[2]	시간의 흐름엔 계절의 바뀜이 있네
時變感人思	세월의 변화는 사람의 마음을 감개하게 하니
已秋復願夏	이미 가을인데 다시 여름을 바라네
淮海變微禽[3]	회해엔 미물의 변화가 있는데

吾生獨不化	나의 생은 홀로 변화하지 못하네
雖欲騰丹谿[4]	비록 단제에 오르고자 하나
雲螭非我駕	구름 속의 용은 나의 수레가 아니네
愧無魯陽德[5]	노양의 덕이 없는 것이 부끄러우니
日向三舍臨[6]	태양이 삼사를 향하여 임했네
臨川哀年邁	내에 임하여 세월 흐름을 슬퍼하며
撫心獨悲吒	가슴을 매만지며 홀로 비통해하네

주석 ⌒

1) 六龍(육룡): 육리(六螭). 전설 속의 태양의 수레를 끄는 6마리의 용. 頓(돈):
정지.

2) 運流(운류): 시간이 흘러가는 것. 代謝(대사): 계절이 교체됨.

3) 微禽(미금): 참새나 꿩과 같은 작은 동물. 『國語·晉語九』: "趙簡子嘆曰: '雀
入于海爲蛤, 雉入于淮爲蜃. 黿鼉魚鱉莫不能化, 唯人不能, 哀夫.'"

4) 丹谿(단계): 신선이 사는 불사지국(不死之國). 조비(曹丕)「典論·論卻儉等
事」: "適不死之國, 國卽丹谿. 其人浮游列缺, 翶翔倒景."

5) 魯陽(노양): 전설 속의 신인(神人) 노양공(魯陽公). 『회남자·覽冥訓』: "魯陽
公與韓搆難, 戰酣, 日暮, 援戈而撝之, 日爲之反三舍."

6) 三舍(삼사): 28수(宿)에서 1수가 1사(舍)임. 3자리의 별의 위치.

5.

| 逸翮思拂霄[1] | 잘 나는 날개는 하늘까지 솟으려고 하고 |
| 迅足羨遠游 | 빠른 발은 먼 유람을 하려 하네 |

305

清源無增瀾[2]	맑은 수원엔 큰 물결이 없으니
安得運吞舟[3]	어찌 배를 삼킬 만한 물고기가 다니겠는가
珪璋雖特達	규장이 비록 특별한 현달이라고 하지만
明月難闇投[4]	명월주는 몰래 던져주기 어렵네
潛穎怨靑陽	잠긴 벼는 봄날을 원망하고
陵苕哀素秋	능초는 가을을 슬퍼하네
悲來惻丹心	슬픔에 잠겨 단심을 애통해 하니
零淚緣纓流	떨어지는 눈물은 갓끈을 타고 흐르네

주석 ᘓ

1) **逸翮**(일핵): 빠르게 잘 나는 날개.

2) **淸源**(청원): 맑은 수원(水源). **增瀾**(증란): 큰 물결.

3) **吞舟**(탄주): 배를 삼킬 만한 큰 물고기를 말함.

4) **明月**(명월): 明月珠(명월주). 『漢書·鄒陽傳』: "臣聞明月之珠, 夜光之璧, 以暗投人于道, 衆莫不按劍相眄者, 何則, 無因而至前也."

도잠 陶潛

도잠(365-427), 자는 연명(淵明), 일설에는 이름이 연명이고 자가 원량(元亮)이라 함. 세칭 정절선생(靖節先生). 심양(潯陽) 시상(柴桑: 지금의 강서성 구강(九江)) 사람. 동진의 태위 도간(陶侃)의 증손이나 도잠 당대에는 집안이 몰락하여 빈천했다. 일찍이 제세(濟世)의 뜻을 품고 출사하여 강주좨주(江州祭酒)·진군참군(鎭軍參軍)·건위참군(建威參軍)·팽택령(彭澤令) 등을 지냈으나 암담한 정치현실을 추악하게 여기고 고향에 은거하여 몸소 농사를 지으며 시문에만 전념했다.

조선말 매천(梅泉) 황현(黃玹)은 『매천전집(梅泉全集)』·「悠然亭記」에서 도잠의 시를 "지금 그 시를 읽어보면 충화담박(沖和淡泊)하고 온후소광(溫厚昭曠)하다. 시대를 아파함이 절절하지만 궤격(詭激)으로 흐르지 않았고, 외물과 다툼이 없지만 탄방(誕放)으로 떨어지지 않았다. 우유자재(優游自在)하고 호가독왕(浩歌獨往)하여 천지간에 무엇이 귀천이고, 무엇이 영욕인지 알지 못하였다. 심융신해(心融神解)하여 일창삼탄(一唱三歎)의 음(音)이 있다. 이는 모두 타고난 자질로써 다가갈 뿐 인공으로써 도달할 수 없는 것이다. 후세의 시인들은 구구하게 자구(字句) 사이만 쫓아가니, 비록 위응물(韋應物)이라도 오히려 그 울타리를 넘볼 수 없는데 하물며 그 이하의 사람들이랴!"라고 평하였다.

『시품』에서는 "그 근원은 응거(應璩)에게서 나왔는데 또한 좌사(左思)의 풍력(風力)을 좇았다. 문체는 성정(省靜)하고 거의 장어(長語)가 없다. 독의(篤意)가 진고(眞古)하고 사흥(辭興)이 완협(婉愜)하다. 매번 그 문(文)을 보면 그 사람의 덕을 생각하게 된다. 세상에선 그 질직(質直)함을 탄식하지만, 「환언작춘주(歡言酌春酒)」·「일모천무운(日暮天無雲)」 등은 풍화(風華)가 청미(淸靡)하니 어찌 다만 전가어(田家語)이겠는가? 고금의 은일(隱逸) 시인의 종(宗)이다."라고 평하고 중품에 넣었다.

전원에 돌아가 살다 歸田園居[1]

1.

少無適俗韻[2]	젊어서부터 세속의 기질에 맞지 않아
性本愛丘山	성품이 본래 구산을 사랑했는데
誤落塵網中[3]	먼지의 그물 속에 잘못 떨어져
一去三十年[4]	한꺼번에 삼십 년이 흘러버렸네
羈鳥戀舊林[5]	새장의 새는 옛 수풀을 그리워하고
池魚思故淵	연못의 물고기는 옛 호수를 생각하네
開荒南野際	남쪽 들녘을 개간하여
守拙歸園田[6]	본성을 지켜 전원으로 돌아가네
方宅十餘畝[7]	네모난 택지는 십여 무이고
草屋八九間	초가집 팔구 간이네
楡柳蔭後簷	느릅과 버드나무 뒤처마에 우거지고
桃李羅堂前	복숭아 자두나무 당 앞에 늘어졌네
曖曖遠人村[8]	어둑어둑한 먼 마을엔
依依墟里烟[9]	가물가물 마을 연기 오르고
犬吠深巷中	깊은 골목에서 개가 짖고
鷄鳴桑樹顚	뽕나무 꼭대기에서 닭이 우네
戶庭無塵雜	뜨락에 잡스런 먼지가 없으니
虛室有餘閒[10]	심신이 항상 한가하네
久在樊籠裏	오래 동안 새장 속에 있다가
復得返自然	다시 자연스럽으로 돌아왔네

주석 ⌒

1) 모두 5수임.

2) 俗韻(속운): 속세의 기질이나 성격. 『晉書·王坦之傳』: "人之體韻, 猶器之 方圓."

3) 塵網(진망): 먼지의 그물. 여기서는 벼슬살이를 비유함.

4) 三十年(삼십년): 이십년(已十年)의 오기(誤記). 『龔斌·『陶淵明集校箋』: "三 十年: 當作「已十年」. 「三」爲「已」之誤. '雜詩'其十: 「荏苒經十載, 暫爲人所 羈.」 可知淵明在宦途前後十年."

5) 羈鳥(기조): 묶여 있는 새. 기(羈)는 속박되다.

6) 守拙(수졸): 자신의 졸렬함을 편안히 여기다. 즉 속세의 기질에 어울리지 못 하는 자신의 본성을 지킨다는 겸사.

7) 畝(무): 면적의 단위. 시대마다 '무'의 실제 면적은 달랐다.

8) 曖曖(애애): 어두운 모양. 『초사·이소』: "時曖曖其將罷兮." 王逸注: "曖曖, 昏昧貌."

9) 依依(의의): 희미한 모양.

10) 虛室(허실): 마음과 몸. 『회남자·숙진훈(俶眞訓)』: "是故虛室生白." 高誘注: "虛, 心也; 室, 身也; 白, 道也."

평설 ⌒

● 혜홍(惠洪)『냉재야화(冷齋夜話)』: "동파(東坡)가 일찍이 말하기를 '연명의 시는 처음 보면 산만한 것 같지만, 자세히 보면 빼어난 아취가 있다. 예를 들어, 「애애원인촌, 의의허리연(曖曖遠人村, 依依墟里煙)」·「구 폐심항중, 계명상수전(狗吠深巷中, 鷄鳴桑樹巓)」 같은 구절은 몹시 진 솔하고 재간이 높고 의미가 원대하여, 붙인 뜻에 그 묘함을 얻었다. 마치 훌륭한 장인이 도끼를 쓰는데 도끼자국이 없는 것과 같다'고 했

다(東坡云, 淵明詩初視若散緩, 熟視有奇趣. 如曰,「曖曖遠人村, 依依
墟里煙」·「狗吠深巷中, 鷄鳴桑樹巓」大率才高意遠, 則所寓得其妙, 如
大匠運斤, 無斧鑿痕)."

- 장계(張戒)『세한당시화(歲寒堂詩話)』: "운치에 있어서 미칠 수 없는 사람
  은 조자건(曹子建)이다. 맛에 있어서 미칠 수 없는 사람은 도연명이
  다. 연명의 「구폐심항중, 계명상수전」·「채국동리하, 유연견남산」은
  경물이 비록 눈 앞에 있지만, 지극한 한정(閒靜) 가운데 있지 않으면
  도달할 수 없다. 이러한 맛은 따라갈 수가 없다(韻有不可及者, 曹子建
  是也. 味有不可及者, 淵明是也. 淵明「狗吠深港中, 鷄鳴桑樹顚」·「采
  菊東籬下, 悠然見南山」, 此景物雖在目前, 而非至閒至靜之中, 則不能
  到, 此味不可及也)."

2.

野外罕人事[1]	들 밖에는 교유가 드물고
窮巷寡輪鞅[2]	궁벽한 골목엔 수레와 말이 드무네
白日掩荊扉	대낮에도 사립문 닫아놓고
虛室絶塵想[3]	심신에 잡념을 끊었네
時復墟曲中[4]	때때로 마을 가운데서
披草共來往	풀 헤치며 서로 왕래하네
相見無雜言	서로 만나도 잡스런 말은 없고
但道桑麻長	다만 뽕나무와 삼 자라는 것만 말하네
桑麻日已長	뽕나무와 삼은 날로 더욱 자라고
我土日已廣	나의 밭은 날로 더욱 넓어지네

常恐霜霰至　　　항상 두려운 건 서리와 우박 내려
零落同草莽　　　잡초처럼 시드는 것이네

주석 ☙

1) 人事(인사): 교제, 교유. 『후한서·賈逵傳(가규전)』: "此子無人事於外." 李賢
注: "無人事, 謂不廣交通也."

2) 輪軮(윤앙): 거마(車馬). 앙(軮)은 수레를 맬 때 말의 목 위에 놓은 가죽 끈.

3) 塵想(진상): 잡된 상념.

4) 虛曲中(허곡중): 허곡은 허리(虛里), 향촌(鄕村). '墟里人'으로 된 판본도 있음.

평설 ☙ >

● 『고시평선』: "종영(鍾嶸)은 도연명의 시를 응거(應據)에게서 나왔다고
지적하고 고금의 은일시인의 종(宗)이라고 했다. 논자들은 그렇지 않
다고 하고, 스스로도 육의(六義)에 깊이 빠지지 않았다고 했으니, 마땅
히 그 말의 확론은 알 수 없다. 평담(平淡)은 시에 있어서 스스로 한
체가 된다. 평(平)이란 것은 형세를 취함이 잡스럽지 않다는 것이고,
담(淡)이란 것은 남긴 뜻이 번거롭지 않다는 것이다. 도연명의 시는
여기에서 진실로 얻은 것이 많다. 그러나 어찌 유독 도연명의 시만이
그러겠는가? 만약에 근리(近俚)함을 평(平)이라 하고, 무미(無味)함을
담(淡)이라 한다면, 당의 원진(元稹)·백거이(白居易), 송의 구양수(歐
陽修)·매요신(梅堯臣)이 이에 근거하여 으뜸일 것이다(鍾嶸目陶詩出
於應據, 爲古今隱逸詩人之宗, 論者不以爲然, 自非沈酣六義, 宜不知此
語之確也. 平淡之於詩自爲一體. 平者, 取勢不雜, 談者, 遺意不煩之謂
也. 陶詩於此固多得之, 然豈獨陶詩爲爾哉? 若以近俚爲平, 無味爲淡,

唐之元・白, 宋之歐・梅, 據此以爲勝場)."

3.

種豆南山下	남산 아래 콩을 심으니
草盛豆苗稀	잡초만 무성하고 콩싹은 드무네
晨興理荒穢[1]	새벽에 일어나 묵정밭의 김을 매고
帶月荷鋤歸	달빛 띠고 호미 지고 돌아오네
道狹草木長	길 좁은데 초목이 자라고
夕露霑我衣	저녁 이슬 나의 옷을 적시네
衣霑不足惜	옷 젖는 건 아깝지 않으나
但使願無違	다만 소원이 어긋나지 않기를 바라네

주석 ᏘᎣ

1) 晨興(신흥): 새벽에 일어나다. 신기(晨起). 荒穢(황예): 잡초가 무성하여 황
폐해진 밭. 황무(荒蕪).

평설 ᏘᎣ

● 『고시평선』: "이 작품의 아름다움은 바로 공중의 조도(鳥道)에 있으니,
그 화려(和麗)함으로써 즐길 수 없다. 능히 즐길 수 있는 용모를 이루
지 않아서 〈십구수〉와 어깨를 나란히 한다(此作之佳, 正在空中鳥道,
非以其和麗可喜也. 能不爲可喜之容, 卽頡頏'十九首'矣)."

313

걸식 乞食[1]

飢來驅我去	굶주림이 나를 구걸하러 나가게 몰아대니
不知竟何之	끝내 어디로 가야할지 모르겠네
行行至斯里	걷고 걸어서 이 마을까지 이르러
叩門拙言辭[2]	문 두들겨 더듬거리며 말하였네
主人解余意	주인이 나의 뜻을 알아채고
遺贈豈虛來	식량을 내어주니 어찌 헛걸음이겠는가
談諧終日夕[3]	담소가 무르익어 밤에서야 그쳤는데
觴至輒傾盃	술을 권하여 곧 잔을 기울이네
情欣新知歡	새 친구를 사귐에 마음 유쾌하여
言詠遂賦詩	읊조리다 마침내 시를 지었네
感子漂母惠[4]	그대의 표모의 은혜에 감격하나
愧我非韓才[5]	나는 한신의 재능이 아니어서 부끄럽네
銜戰知何謝[6]	마음에 새긴 은혜 어떻게 사례할까 모르겠는데
冥報以相貽[7]	저승에서의 보답을 보내드리리라

주석 ᧢

1) 이 시는 원가(元嘉) 3년(423)년 도연명의 나이 62세 때의 작품이라고 함. 당
   년에 기근을 당하여 남에게 식량을 구걸했던 심경을 읊은 시.

2) 拙言辭(졸언사): 더듬거리며 말을 함.

3) 談諧(담해): 대화가 서로 화합함.

4) 漂母惠(표모혜): 한고조를 도와 한나라를 창건하였던 한신(韓信)이 곤궁했던
   시절 여러 날 동안 밥을 나누어주었던 빨래하던 여인의 은혜. 『史記·淮陰侯

列傳』: "信釣於城下, 諸母漂, 有一母見信饑, 飯信, 竟漂十數日. 信喜, 謂漂母曰:「吾必有以重報母」"

5) **韓才**(한재): 한신(韓信)의 재능.

6) **銜戢**(함집): 은혜를 마음에 새김.

7) **冥報**(명보): 사후(死後)의 보답.

평설 ᝈ

• 『지봉유설』: "도잠의 〈걸식〉시에 「기화구아거……구문졸언사」라고 하고, 끝에서 「함집지하사, 명보이상이」라고 하였는데, 소동파(蘇東坡)는 「도연명이 한 끼를 얻어먹고 죽어서까지 주인에게 보답하겠다고 한 것은 슬프구나! 대략 거지의 구협(口頰)이다」라고 하였다. 나는 도공(陶公)이 쌀독이 자주 비어도 개의치 않았다고 여겼는데, 이 시어를 살펴보니 돌아다니며 걸식한 가련한 행색이 있어 특히 의아하다."

곽주부에게 화답하다 和郭主簿[1]

藹藹堂前林[2]	울창한 당 앞의 숲
中夏貯淸陰[3]	한여름에 맑은 그늘 드리우네
凱風因時來[4]	남풍이 시절따라 불어오고
回飇開我襟	돌개바람 나의 옷깃을 여네
息交遊閒業[5]	교제를 끊고 한가한 일에 마음두고
臥起弄書琴	항상 책과 거문고를 즐기네
園蔬有餘滋[6]	동원의 채소는 맛이 넘치고

舊穀猶儲今	작년의 곡식은 지금까지 남아 있네
營己良有極	생활에 진실로 극진함이 있으니
過足非所欽	지나치게 넘침은 바랄 바가 아니네
春秫作美酒	차조를 찧어 좋은 술을 담아
酒熟吾自斟	술이 익으면 내 손수 따르네
弱子戲我側	어린아이는 나의 옆에서 놀며
學語未成音	말 배우느라 옹얼거리네
此事眞復樂	이런 일 진실로 다시 즐기니
聊用忘華簪[7]	잠시 부귀현달을 잊었네
遙遙望白雲	아득히 흰 구름 바라보며
懷古一何深	옛사람 생각함이 어찌 그리 간절한가

주석 ∽

1) 모두 2수임: 곽주부는 누구인지 알 수 없다.

2) 藹藹(애애): 무성하다.

3) 中夏(중하): 중하(仲夏).

4) 凱風(개풍): 남풍. 『爾雅·釋天』: "南風謂之凱風."

5) 息交遊閒業(식교유한업): 식교(息交)는 교제를 끊다. 유(遊)는 유심(遊心). 한업(閒業)은 기(棋)·금(琴)·서화 등의 예기(藝技).

6) 餘滋(여자): 다미(多味). 많은 맛.

7) 聊用(요용): 요이(聊以). 잠시. 華簪(화잠), 잠(簪)은 벼슬아치의 관을 고정시키는 비녀. 벼슬살이 혹은 부귀현달을 의미함.

평설 ꧁ >

- 『고시평선』: "경치를 묘사함이 맑고 정을 말함이 깊어서, 곧 유인(幽人)의 작품이 됨을 저버리지 않았다(寫景淨言情深, 乃不負爲幽人之作)."

처음 진군참군이 되어 곡아를 지나면서 짓다

始作鎭軍參軍, 經曲阿作[1]

弱齡寄事外[2]	젊은 시절 세속의 일 밖에서
委懷在琴書[3]	마음을 거문고와 책에 두었네
被褐欣自得[4]	무명옷 입는 것 기쁘게 만족하고
屢空常晏如[5]	자주 밥 거르는 것도 항상 편안했네
時來苟冥會[6]	때맞춰 오는 것은 진실로 절로 이르니
宛轡憩通衢[7]	수레고삐 굽히고 번화한 거리에서 쉬네
投策命晨裝	지팡이 버리고 새벽 행장을 명하여
暫與園田疏	잠시 전원을 떠나네
眇眇孤舟逝	아득히 외로운 배로 가니
綿綿歸思紆[8]	끊임없이 돌아갈 마음 풀리지 않네
我行豈不遙	나의 행차 어찌 멀지 않으리오
登降千里餘	오르내리는 길 천 리가 넘네
目倦川塗異	눈 피곤하게 내와 길이 다른데
心念山澤居	산택에서 살기를 마음으로 생각하네
望雲慚高鳥	구름 바라보면 높이 나는 새가 부끄럽고
臨水愧游魚	물에 임하면 노는 물고기가 부끄럽네

眞想初在襟　　　참된 생각 처음부터 가슴에 있었는데
誰謂形迹拘　　　누가 형적에 구애된다고 하였는가
聊且憑化遷[9)]　애오라지 만물의 변화를 타고
終返班生廬[10)]　마침내 반고(班固)의 여막으로 돌아가네

주석 ⟨⟩

1) **鎭軍參軍**(진군참군): 진군은 진군장군(鎭軍將軍)의 약칭. 여기서는 유유(劉裕)를 지칭함. 참군은 군부(軍府)의 막료. 曲阿(곡아): 서진 때의 비릉군(毗陵郡)에 속하는 지명. 경구(京口)에서 동남쪽으로 수십 리의 거리. 지금의 강소성 단양(丹陽).

2) **弱齡**(약령): 여기서는 이십 세를 고정하여 지칭한 약관(弱冠)이 아니라 널리 청소년 시기를 말함.

3) **委懷**(위회): 유회(遺懷), 기회(寄懷). 뜻을 두다.

4) **被褐**(피갈): 피갈(披褐). 거친 옷을 입다. 『說文』: "褐, 一曰粗衣."

5) **屢空**(누공): 끼니를 자주 거르다. 『논어·선진편』: "回也其庶乎, 屢空."

6) **時來**(시래): 부귀영화가 때맞추어 곧 이르는 것. 『文選·盧諶·答魏子悌詩』: "遇夢時來會, 聊齊朝彦迹." 이선주: "言富貴榮寵時之暫來." 冥會(명회): 자연스럽게 옴. 구하지 않아도 이름. 「王胡之·贈庾翼詩」: "余與夫子, 自然冥會."

7) **宛轡**(완비): 수레의 말고삐를 굽히다. 『문선』 이선주: "宛, 屈也. 言屈長往之駕 於通衢之中." 通衢(통구): 사방으로 통하는 번화한 거리. 벼슬길을 비유함.

8) **紆**(우): 맺히어 풀리지 않음. 『문선』 이선주: "楚辭曰, 志紆鬱其難釋."

9) **化遷**(화천): 만물의 변화.

10) **班生廬**(반생려): 반고(班固)가 말한 바 있는 인자(仁者)가 사는 곳. 「班固·幽通賦」: "終保己而貽則, 里上仁之所廬."

음주 飮酒[1]

1.

結廬在人境[2]	마을에 초막을 지었으나
而無車馬喧	오가는 수레와 말의 소란함이 없네
問君何能爾[3]	어찌 그대는 그럴 수 있는가?
心遠地自偏[4]	마음이 고원하니 터가 절로 변두리가 되네
採菊東籬下[5]	동쪽 울타리 아래서 국화를 따는데
悠然見南山[6]	멀리 남산이 바라보이네
山氣日夕佳	산 기운은 황혼에 더욱 고운데
飛鳥相與還	나는 새는 서로 함께 돌아오네
此中有眞意	이 가운데 참된 뜻이 있는데
欲辨已忘言[7]	말하고자 하나 이미 잊었네

주석 ☙

1) 〈음주〉시는 모두 20수로서 이에 대한 짧은 자서(自序)가 있다. 음주 후에 우연히 지은 시편들로 일시에 지은 것은 아니다. 그 자서에서 "나의 한가로운 거처에는 즐거움이 적고, 또한 요즘의 밤이 이미 길어졌는데 우연히 좋은 술이 있으면 마시지 않은 밤이 없었다. 그림자를 바라보며 홀로 마시면서 문득 취하곤 했다. 취한 후에는 곧 몇 구의 시를 지어 스스로 즐겼다. 시편들이 마침내 많아졌는데 내용은 순서가 없다. 벗에게 쓰기를 부탁하여 즐거운 웃음거리로 삼고자 한다"고 했다.

2) 結廬(결려): 집을 짓다. 『漢書・揚雄傳』: "結以倚廬."

3) 爾(이): 여차(如此). 이와 같이.

4) 心遠(심원): 마음이 고원(高遠)하여 속세를 떠나 있다.

5) 採菊(채국): 국화를 따다. 국화를 따서 먹으면 나이를 연장할 수 있다고 함.

6) '견(見)'이 '망(望)'으로 된 판본도 있음.

7) 眞意(진의): 참된 이치와 도.

8) 欲辨已忘言(욕변이망언): '辨(변)'이 '辯(변)'으로 된 판본도 있음. 『장자·제물론』: "夫大道不稱, 大辨不言." 『장자·외물』: "言者所以在意, 得意而忘言."

평설 ᏻ

● 남용익(南龍翼) 『호곡시평(壺谷詩評)』: "『선시(選詩)·십구수』 외에 전편이 절승(絶勝)한 것은 앞에는 조자환(曹子桓)의 「서북유부운(西北有浮雲)」이 있고, 중간에는 도연명의 「채국동리하(採菊東籬下)」가 있고. 뒤에는 심휴문(沈休文)의 「生平少年日」이 있다."

● 황현(黃玹) 「유연정기(悠然亭記)」: "아! 「유연견남산(悠然見南山)」은 도연명의 시가 아닌가? 이 시는 도연명의 시집 중에서 더욱 아름다운 것이 아니던가? 옛사람의 시문 가운데 그 흥상(興象)을 붙이고, 갑자기 천성(天成)으로 지은 것은 또한 그 소이연(所以然)을 형용할 수 없다. 그래서 도연명은 계속하여 「욕변이망언(欲辨已忘言)」이라고 했다. '망언(忘言)'이란 것은 말로 하기 어렵다는 것이다(嗟夫, 悠然而見南山者, 非淵明之詩乎? 是詩, 非集中之尤佳者乎? 古人詩文, 其興象所寓, 率爾天成作之者, 亦不能形其所以然. 故淵明繼之曰, 欲辨已忘言, 忘言者, 難言也)."

● 소식(蘇軾) 『동파제발(東坡題跋)』·「제도연명음주시후(題淵明飮酒詩後)」: "「채국동리하, 유연견남산」은 국화를 따다가 남산이 바라보인 것으로 경(境)과 의(意)가 일치되었다. 이것이 이 구절의 최고의 묘처이다. 근세의 속본(俗本)에서는 모두 「망남산(望南山)」으로 적고 있는데, 그렇게 하면

한 편의 신기(神氣)가 모두 삭막해진다(「採菊東籬下, 悠然見南山.」因採菊而見南山, 境與意會, 此句最有妙處. 近世俗本皆作「望南山」, 則此一篇神氣都索然矣)."

- 엄우(嚴羽)『창랑시화(滄浪詩話)』: "한(漢)·위(魏)의 고시는 기상(氣象)이 혼돈(混沌)하여 구(句)를 뽑아내기가 어렵다. 진(晉) 이후에야 바야흐로 가구(佳句)가 있는데, 도연명의 「채국동리하, 유연견남산」과 사령운의 「지당생춘초(池塘生春草)」와 같은 것이다. 사령운이 도연명을 따라갈 수 없는 이유는, 강락(康樂)의 시는 정밀하고 공교로운데, 연명의 시는 질박하면서 자연스럽기 때문이다(漢魏古詩, 氣象混沌, 難以句摘. 晉以還方有佳句, 如淵明「采菊東籬下, 悠然見南山」, 謝靈運「池塘生春草」之類. 謝所以不及陶者, 康樂之詩精工, 淵明之詩質而自然耳)."

- 왕세정(王世貞)『예원치언(藝苑卮言)』: "「문군하능이, 심원지자편(問君何能爾, 心遠地自偏)」·「차환유진의, 욕변이망언(此還有眞意, 欲辨已忘言)」는 청유담영(淸悠澹永)하여 자연스러운 맛이 있다. 그러나 여기에 머물고 한위(漢魏)의 열매 속으로 들어가지 못한 것은, 장식이 엄하지 않은 부처의 계급어(階級語)이기 때문이다(「問君何能爾, 心遠地自偏」·「此還有眞意, 欲辨已忘言」, 淸悠澹永, 有自然之味. 然坐此不得入漢魏果中, 是未粧嚴佛階級語)."

- 『사명시화(四溟詩話)』: "『문슬신화(捫虱新話)』에서 '시에는 격(格)이 있고, 운(韻)이 있다. 연명의 「유연견남산」 구는 격이 높은 것이고, 강락의 「지당생춘초」 구는 운이 승(勝)한 것'이라고 했다. 격이 높은 것은 매화와 같고, 운이 승한 것은 해당화와 같다. 운을 승하게 하는 것은 쉽고, 격을 높게 하는 것은 어렵다. 이 두 가지를 겸한 사람은 오직 이백과 두보이다(「捫虱新話」曰, '詩有格有韻. 淵明「悠然見南山」之句, 格高也, 康樂「池塘生春草」之句, 韻勝也.' 格高似梅花, 韻勝似海棠. 欲

韻勝者易, 欲格高者難. 兼此二者, 惟李·杜得之矣)."

- 『설시수어(說詩晬語)』: "연명의 「채국동리하, 유연견남산」·「평주교원풍,
  양묘역회신(平疇交遠風, 良苗亦懷新」 같은 것은 가운데에 원화(元化)
  가 있어 자유자재로 유출되니, 어찌 길의 이정(里程)으로써 계산할 수
  있겠는가?(若淵明「采菊東籬下, 悠然見南山」·「平疇交遠風, 良苗亦懷
  新」, 中有元化, 自在流出, 烏可以道里計?)"

- 왕국유(王國維) 『인간사화(人間詞話)』: "유아지경(有我之境)이 있고, 무아
  지경(無我之境)이 있는데---「채국동리화, 유연견남산」은---무아지경이
  다(有有我之境, 有無我之境---「采菊東籬下, 悠然見南山」---無我之境也)."

2.

秋菊有佳色	가을 국화 고운 색을 띠어
裛露掇其英[1]	이슬 맺힌 그 꽃을 따네
汎此忘憂物[2]	이것을 망우물에다 띄워서
遠我遺世情	내 속세의 정을 버리고 싶네
一觴雖獨進	한 잔 술 홀로 마시는데
杯盡壺自傾	잔이 다하자 술병이 절로 쓰러지네
日入群動息[3]	해 지자 만물의 움직임이 그치고
歸鳥趨林鳴	돌아가는 새 숲에서 우네
嘯傲東軒下[4]	동헌 아래서 오연히 휘파람 불며
聊復得此生	애오라지 이 같은 생을 다시 얻었네

1) 裛(읍): 읍(浥)과 통용. 젖다.

2) 忘憂物(망우물): 근심을 잊게 하는 물건, 즉 술을 말함. 「曹操·短歌行」: "何以解憂, 唯有杜康." 두강(杜康)은 술. 술에 국화를 띄워서 마시는 것은 당시 중양절의 풍습이었다. 『孫思邈·千金月令』: "重陽之日, 必以肴酒, 登高眺遠, 爲時讌之遊賞, 以暢秋志. 酒必採茱萸甘菊以泛之, 旣醉而還."

3) 羣動(군동): 운동하는 만물. 『문선』이선주: "杜育詩日, 臨下覽羣動."

4) 嘯傲(소오): 길게 소리를 지르며 오연히 자득한 모양. 초탈한 모양.

3.

青松在東園	푸른 솔 동원에 있는데
羣草沒其姿	모든 초목은 그 자태 시들었네
凝霜殄異類[1]	엉긴 서리가 다른 초목을 다 죽였는데
卓然見高枝	우뚝이 높은 가지를 보이네
連林人不覺	이어진 숲을 남들은 모르는데
獨樹衆乃奇	외로운 나무 많고도 기이하네
提壺撫寒柯	술병 들고 찬 가지를 어루만지니
遠望復何爲	멀리 바라봄을 또다시 어찌 하겠는가
吾生幻夢間	나의 생애 환몽 사이에 있는데
何事紲塵羈[2]	어찌하여 속세의 굴레를 매겠는가

주석 ஒ

1) 異類(이류), 푸른 솔 이외의 다른 초목들.

4.

清晨聞叩門	맑은 새벽에 문 두드리는 소리 듣고
倒裳往自開[1]	서둘러 옷 걸치고 나가서 문을 열었네
問子爲誰與	그대는 누구시오?
田父有好懷	농부에게 호의가 있었네
壺漿遠見候[2]	술병 들고 멀리서 보러 와서
疑我與時乖[3]	나를 세상을 등진 사람으로 의심하네
襤縷茅簷下	초가의 처마 아래에서 남루하니
未足爲高栖[4]	고고한 은거가 될 수 없다네
一世皆尚同[5]	한 세상이 모두 뇌동을 숭상하니
願君汩其泥[6]	그대여 그 진흙을 함께 휘저으오
深感父老語	부로의 말을 깊이 느끼나
稟氣寡所諧[7]	타고난 기질이 세속과 맞지 않네
紆轡誠可學[8]	수레 돌림을 진실로 배울 수 있으나
違己詎非迷[9]	본심을 어기면 어찌 헤매지 않겠는가
且共歡此飮	또한 이 술을 함께 즐기니
吾駕不可回	나의 수레 되돌릴 수 없다네

주석 ㄷ

1) 倒裳(도상): 서둘러 옷을 걸치다. 『시경·齊風·東方未明』: "東方未明, 顚倒

衣裳."

2) 壺漿(호장): 술을 담은 병.

3) 與時乖(여시괴): 시대와 맞지 않음. 여세괴(與世乖)와 같음.

4) 高栖(고서): 고은(高隱). 은거.

5) 尙同(상동): 뇌동을 숭상하다. 「曹羲·至公論」: "朋友忽義, 以雷同爲美."

6) 汩(골): 굴(淈)과 같음. 휘젓다. 『楚辭·漁夫』: "聖人不凝滯于物, 而能與世推移, 何不淈其泥而揚其波."

7) 稟氣(품기): 타고난 기질. 품성.

8) 紆轡(우비): 수레를 되돌리다. 자신의 본심을 어기고 출사하는 것을 말함.

9) 違己(위기): 자기의 본심을 어기다.

5.

故人賞我趣	벗들이 나의 아취를 알아주어
挈壺相與至	술병 들고 함께 찾아왔네
班荊坐松下[1]	소나무 아래 나뭇가지를 깔고 앉아
數斟已復醉	여러 번 술 따르니 이미 취했네
父老雜亂言	부로들의 말소리 어지럽고
觴酌失行次	술 따르는 순서조차 잊었네
不覺知有我	스스로 내가 있는 것도 모르는데
安知物爲貴	어떻게 외물이 귀함을 알리오
悠悠迷所留	유유히 술 놓아둔 곳을 찾아 헤매니
酒中有深味	술에는 깊은 맛이 있다네

주석 ✐

1) 班荊(반형): 나뭇가지를 깔아놓고 앉다. 형(荊)은 나뭇가지나 잡초 따위. 『좌전·襄公·二十六』: "班荊相與食." 杜預注: "班, 布也, 布荊坐地."

6.

義農去我久[1]	복희씨 신농씨의 시절 나와는 아득하고
擧世少復眞[2]	온 세상 참됨이 적네
汲汲魯中叟	마음 조급했던 노나라 공자는
彌縫使其淳[3]	미봉으로 그 순박함을 부리었네
鳳鳥雖復至[4]	봉황은 나타나지 않았으나
禮樂暫得新[5]	예악은 잠시 새로움을 얻었네
洙泗輟微響[6]	수수와 사수간에 미묘한 말 끊어지고
漂流逮狂秦	세월은 광포한 진나라에 이르렀네
詩書復何罪	시서가 무슨 죄가 있어서
一朝成灰塵	하루 아침에 재로 변했는가
區區諸老翁[7]	구구한 여러 늙은이들
爲事誠殷勤[8]	일 이룸에 진실로 은근했네
如何絶世下	한나라 망한 후이니 어찌하랴
六籍無一親	육적을 한 번도 살피지 못했네
終日馳車走	종일 수레를 달려도
不見所問津[9]	문진함을 보지 못하네
若復不快飮	다시 술을 즐기지 못한다면
空負頭上巾[10]	공연히 머리의 갈건을 저버리는 것이네

| 但恨多誤謬 | 다만 오류가 많음이 한스러우니 |
| 君當恕醉人 | 그대여 취한 사람을 용서하오 |

주석 ☞

1) **羲農**(희농): 고대의 전설상의 제왕인 복희씨(伏羲氏)와 신농씨(神農氏).

2) **眞**(진): 자연(自然). 저절로 그러함.『장자·어부』: "眞者, 所以受于天也, 自然
   不可易也."

3) **彌縫**(미봉): 터진 곳을 꿰매다.

4) **鳳鳥**(봉조): 봉황. 성인이 나면 봉황이 나타난다고 함.『논어·子罕』: "子曰,
   鳳鳥不至, 河不出圖, 吾已矣夫."

5) 『**사기·공자세가**』: "공자의 시대에 주나라가 미약해져 예악이 폐해지고 시서
   가 없어졌다. 공자가 노나라 태사에게 말했다. '내가 위나라에서 노나라로 돌아
   온 연후에 악이 바르게 되고 아와 송이 그 마땅함을 얻었습니다'(孔子之時,
   周室微而禮樂廢, 詩書缺. 孔子對魯太師說, 吾自衛反魯, 然後樂正, 雅頌各得
   其所)."

6) **洙泗**(수사): 지금의 산동성 곡부현(曲阜縣)에 있는 수수(洙水)와 사수(泗水).
   공자가 설교하였던 장소.『禮記·檀弓』: "曾子謂子夏曰, 吾與汝事夫子於洙
   泗之間. **微響**(미향): 미언(微言). 미묘한 말.『한서·예문지』: "昔仲尼沒而微
   言絶, 七十子喪而大義乖." 顔師古注: "精微要妙之言耳."

7) **區區**(구구): 뜻을 얻은 모양. 서로 즐거워 하는 모양.『呂氏春秋·務大』: "區
   區焉相樂也." 高誘注: "區區, 得志貌也." **諸老翁**(제노옹): 한나라 초의 복생
   (伏生)과 같은 유자(儒者)들.

8) **爲事**(위사): 육경(六經)의 전수를 말함.

9) **問津**(문진): 나루터를 묻다. 전하여 진리의 길을 묻는 것. 여기에서 문진함을
   보지 못했다는 것은 곧 유학자들이 없다는 의미.

10) **頭上巾**(두상건): 머리에 쓴 갈건(葛巾). 도연명은 머리에 쓴 갈건으로 술을

걸러 마시고 다시 썼다고 함.

책자 責子[1]

白髮被兩鬢	흰 머리털 양 귀밑머리에 드리우고
肌膚不復實	피부는 다시 실하지 못하네
雖有五男兒	비록 다섯 아들이 있으나
總不好紙筆	모두가 지필을 좋아하지 않네
阿舒已二八	아서는 이미 열여섯 살인데
懶惰故無匹	게으름이 짝이 없고
阿宣行志學[2]	아선은 곧 열다섯 살이 되는데
而不愛文術	문장과 학술을 좋아하지 않네
雍端年十三	옹과 단은 나이가 열세 살인데
不識六與七	육자와 칠자조차 알지 못하네
通子垂九齡	통이란 놈은 아홉 살인데
但覓梨與栗	다만 배와 밤만 찾아다니네
天運苟如此	천운이 참으로 이와 같으니
且進杯中物	다시 술이나 들이켜야 하겠네

주석 ல

1) 도연명에게는 다섯 아들이 있었는데 한 어머니의 소생이 아니다. 이에 대한
   고금의 학자들의 의견은 일치하지 않다. 그 중 한 설에 의하면, 장자 엄(儼)
   은 전처 소생이고, 나머지는 적씨(翟氏)의 소생이라고 하는데, 셋째와 넷째는

같은 나이라고 한다. 다른 설에 의하면 엄(儼)·후(俟)·빈(份)·일(佚)은 전처 소생이고 동(佟)은 적씨 소생이라고 하였다. 또 다른 설도 다양하다.

2) 志學(지학): 15살을 말함.『論語·爲政』: "吾十有五而志于學"

3) 天運(천운): 천명(天命).

평설 ୧ଛ

● 이익(李瀷)『성호사설(星湖僿說)』: "도연명의 〈책자〉시에 대하여 사람들은 그 절박함을 몹시 참음을 괴이하게 여긴다. 우연히 그 말구「천운구여차」를 암송하다가 그 뜻이 사실(私室)에 있지 않다는 것을 알았다. 의희(義熙) 이후 세도(世道)가 이미 어지러워 자폐(自廢)한 지 이미 오래여서 자식을 가르치는 데 무심하였는데 문자를 어찌 논할 것인가? 다섯 아들이 지필에 관심이 없었던 것은 당연하였다. 당시 사마씨(司馬氏)의 남은 후손들은 겨우 편호(編戶)와 같아서 부흥의 기대가 영원히 끊어졌다. 이 시는 분탄(忿歎) 격발(激發)한 것이다. 소동파가 치인(癡人)이 이전의 잠꼬대를 말하는 것 같다고 비유한 것은 어찌 도연명을 이해했다고 하겠는가?"

의고 擬古[1]

1.

東方有一士	동방에 한 선비가 있으니
被服常不完	옷차림 항상 변변치 못하네
三旬九遇食	한 달에 겨우 아홉 번 식사를 하고

十年著一冠	십 년 동안 줄곧 한 모자만 썼네
辛勤無此比	고생이 이보다 더할 수 없지만
常有好容顔	항상 좋은 얼굴을 지녔네
我欲觀其人	내 그 사람을 만나보려고
晨去越河關	새벽에 떠나 하관을 넘었네
青松夾路生	푸른 솔이 좁은 길에 자라고
白雲宿簷端	흰 구름은 처마 끝에 머물었네
知我故來意	나의 지금 찾아온 뜻을 알고
取琴爲我彈	거문고 들고 나를 위해 연주하네
上絃驚別鶴[2]	상현에서 별학곡이 놀라고
下絃操孤鸞[3]	하현에선 고란곡이 울리네
願留就君住	원컨대 그대의 거처에서
從今至歲寒[4]	지금부터 세한까지 보내고 싶네

주석 ↷

1) 〈의고〉 시는 모두 9수임.

2) 別鶴(별학): 금곡(琴曲)의 이름. 『악부시집』 권58: "최표(崔豹)의 고금주(古今注)에서 말하기를 '별학조(別鶴操)는 상릉목자(商陵牧子)가 지은 것이다. 처를 얻은 지 5년이 지나서도 자식이 없었다. 부형이 그를 위해 새 처를 들이려고 하였다. 처가 이 말을 듣고서 한밤중에 일어나 문에 기대어 슬피 울었다. 목자가 처의 울음소리를 듣고 쓰라리게 슬퍼하며 금(琴)을 안고 노래하였다. 후세 사람들이 이 곡을 악장으로 삼았다'고 했다(別鶴操, 商陵牧子所作也. 娶妻五年而無子, 父兄將爲之改妻. 妻聞之, 中夜起, 倚戶而悲嘯. 牧子聞之, 愴然而悲, 乃援琴而歌. 後人因爲樂章焉)."

3) 孤鸞(고란): 이란(離鸞)과 같음. 금곡의 이름. 서한(西漢)의 경안세(慶安世)

가 지음. 『서경잡기』: "경안세는 15살에 성제(成帝)의 시랑이 되었는데, 고슬(鼓瑟)에 뛰어나서 쌍봉(雙鳳)·이란(離鸞)곡을 연주하였다(慶安世年十五, 爲成帝侍郎, 善鼓瑟, 能爲雙鳳·離鸞之曲)."

4) 歲寒(세한): 겨울. 여기서는 만년의 절개를 지키겠다는 의미. 『논어·자한』: "歲寒, 然後知松柏之後凋也."

평설 ⟨⟨

● 『고시평선』: "결구(結構)는 바르고 크다. 진실로 대작가의 손이다. 지금 사람이 이 시를 읽으면, 이것이 도연명의 시인지를 판별하지 못할 것이다(結構規恢, 眞大作手, 今人讀之不辨其爲陶詩矣)."

2.

日暮天無雲	석양 하늘에는 구름도 없는데
春風扇微和[1]	봄바람 화락하게 부네
佳人美清夜	가인은 맑은 밤을 찬미하고
達曙酣且歌[2]	새벽까지 취하여 노래하네
歌竟長太息	노래 마치자 길게 한숨을 쉬니
持此感人多	이 노래 사람들을 몹시 감동시키네
皎皎雲間月[3]	밝고 밝은 구름 사이의 달
灼灼葉中華[4]	밝고 밝은 잎새 속의 꽃
豈無一時好	어찌 한 때의 즐거움이 없겠는가만은
不久當如何	오래가지 못하니 어찌 할 건가

주석 ✑

1) 扇(선): 움직이다. 바람이 불다.

2) 達曙(달서): 새벽까지.

3) 皎皎(교교): 『문선』과 『옥대신영』에는 명명(明明)으로 되어 있음.

4) 華(화): 『문선』와 『옥대신영』에는 화(花)로 되어 있음.

평설 ✑

• 『고시평선』: "근원을 우이(紆夷)에 두었다. 오십 글자일 뿐인데도 만언
(萬言)의 형세가 있다. 「일모천무운, 춘풍선미화(日暮天無雲, 春風扇
微和)」 구절을 뽑아내어 경어(景語)를 지었는데, 절로 아름다운 경치
이다. 그러나 이 구절은 또한 경어가 아니고 고아한 사람의 흉중의 좋
은 경치로서 천지·산천이 나로부터 그 성대한 모습을 이루지 않음이
없다. 그래서 시를 아는 사람은 행묵(行墨)이 남의 분별을 매몰해 버
리지 않는다(端委紆夷, 五十字耳而有萬言之勢. 「日暮天無雲, 春風扇
微和」, 摘出作景語, 自是佳勝, 然此又非景語, 雅人胸中勝槪, 天地山川
無不自我而成其榮觀, 故知詩非行墨埋頭人所辨也)."

잡시 雜詩[1]

白日淪西阿[2]	밝은 해 서산으로 지고
素月出東嶺	흰 달이 동쪽 고개에서 떴네
遙遙萬里暉	아득히 만 리를 비추니
蕩蕩空中景[3]	드넓은 하늘이 밝네

風來入房戶	바람이 방문으로 불어오니
夜中枕席冷	한밤중에 잠자리가 차갑네
氣變悟時易	기후 변하여 계절 바뀜을 깨닫고
不眠知夕永	불면으로 밤이 김을 알았네
欲言無予和	말하고자 하나 대답할 이 없어
揮杯勸孤影	잔 들어 외로운 그림자에게 권하네
日月擲人去	세월은 사람을 버려두고 가고
有志不獲騁⁴⁾	뜻이 있으나 펼 수가 없네
念此懷悲悽	이를 생각하며 슬픔에 잠겨
終曉不能靜	새벽까지 진정하지 못하네

주석 ᎒ᴗ

1) 〈잡시〉는 모두 12수임. 도연명의 나이 50세 무렵의 시편들이다.

2) 西阿(서아): 서산(西山). '서하(西河)'로 된 판본도 있음.

3) 蕩蕩(탕탕): 넓고 큰 모양, 혹은 넓고 먼 모양. 『논어·태백』: "巍巍乎, 唯天爲大, 唯堯則之. 蕩蕩乎, 民無能名焉."

4) 騁(빙): 치빙(馳騁). 뜻을 펴다. 『晉書·王恭傳』: "仕宦不爲宰相, 才志何足以騁."

평설 ᎒ᴗ

● 『고시평선』: "전혀 음방(淫放)함이 없다. 「휘배권고영(揮杯勸孤影)」은 이 노인의 패기어(霸氣語)이다. 패기가 있어 곧장 유속(流俗)으로 들어갔으나, 세상의 여러 칭찬에 괴이할 게 없다(絶不淫放. 「揮杯勸孤影」是 此老霸氣語, 纔有霸氣, 卽入流俗, 無怪乎流俗之亟賞)."

가난한 선비를 노래하다 詠貧士[1]

萬族各有託[2]	만물은 각각 의탁할 곳이 있는데
孤雲獨無依[3]	외로운 구름은 홀로 의지할 데 없네
曖曖空中滅[4]	어득어득 허공에서 없어지니
何時見餘暉	어느 때나 남은 빛을 보게 될까
朝霞開宿霧[5]	아침놀이 밤안개를 여니
衆鳥相與飛[6]	뭇새가 서로 함께 나네
遲遲出林翮[7]	느릿느릿 숲 밖에서 날다가
未夕復來歸	저물기도 전에 다시 돌아왔네
量力守故轍[8]	힘을 헤아려 옛 자취를 지키니
豈不寒與飢	어찌 춥고 주릴 것인가
知音苟不存	지음이 진실로 없으니
已矣何所悲	끝났구나 어디에서 슬퍼하나

주석 ⌒⌒

1) 〈영빈사〉는 모두 7수임.

2) 萬族(만족): 만물(萬物). '만물'로 된 판본도 있음.

3) 孤雲(고운): 빈사(貧士)를 비유. 『문선』 이선주: "孤雲, 喩貧士也."

4) 曖曖(애애): 어두운 모양. 空中(공중): 『문선』권30에는 '허중(虛中)'으로 되어 있음.

5) 朝霞開宿霧(조하개숙무): 조정이 새롭게 변한 것을 비유.

6) 衆鳥相與飛(중조상여비): 여러 신하들이 추부(趨附)함을 비유.

7) 遲遲(지지): 본 구와 아래 '未夕(미석)' 구는 도연명 자신이 진군참군·건위참

군·팽택령 등으로 출사하였다가 곧 돌아온 것을 말함.

8) 故轍(고철): 은거하여 지절을 지키고자 하는 평소의 자신의 뜻을 상징.

산해경을 읽다 讀山海經[1]

孟夏草木長	첫여름에 초목이 자라서
繞屋樹扶疏[2]	집을 두른 나무들 무성하네
衆鳥欣有託	뭇새들 즐겨 깃들고
吾亦愛吾廬	나 또한 내 초가를 사랑하네
旣耕亦已種	이미 밭갈아 파종도 마치고
時還讀我書	때때로 나의 책을 읽네
窮巷隔深轍[3]	궁벽한 골목엔 오가는 수레 드물지만
頗迴故人車	자못 벗들의 수레가 방문하네
歡然酌春酒	즐겁게 봄술을 따르고
摘我園中蔬	내 동원의 채소를 뜯네
微雨從東來	보슬비 동쪽에서 뿌려오고
好風與之俱	온화한 바람도 계절과 함께 하네
泛覽周王傳[4]	주왕전을 두루 뒤적여보고
流觀山海圖[5]	산해도를 고루 살펴보네
俯仰終宇宙	잠깐 사이에 우주 끝까지 들러보니
不樂復如何	즐겁지 않다면 다시 무엇을 하겠는가

주석 ♋

1) 〈독산해경〉은 모두 13수임. 『산해경』은 모두 18권으로 해내외 절역의 산천·인물 등의 기이한 내용을 싣고 있어 고대신화가 풍부하게 보존되어 있다. 동진(東晉)의 곽박(郭璞)은 『산해경』에 주를 달고 도찬(圖讚)을 지은 바 있다.

2) 扶疏(부소): 나뭇잎이 무성히 사방으로 퍼져있는 모양. 『說文』: "扶疏, 四布也."

3) 深轍(심철): 큰 수레의 바퀴자국. 귀인이 방문함이 많음을 비유. 『韓詩外傳』: "楚狂接輿妻曰, 門外車轍何其深."

4) 周王傳(주왕전): 『목천자전(穆天子傳)』을 말함. 서진(西晉) 태강(太康) 2년(281)에 급군(汲郡)사람 부준(不準)이 위양왕(魏襄王)의 묘에서 도굴하였다고 함. 혹은 안리왕(安釐王)의 묘에서 죽서(竹書) 수십 수레를 얻었는데, 그 가운데 『목천자전』 5편이 있었다고 함. 주나라 목왕이 팔준마가 끄는 수레를 타고 사해를 유람한 내용을 담고 있다.

5) 山海圖(산해도): 『산해경도(山海經圖)』를 말함.

평설 ♋

• 『고시평선』: "이 시의 아름다움은 길이와 폭이 평탄하고 넓음에 있다. 그래서 시에 붙인 뜻이 크다. 시에 붙인 뜻이 작은 것은 비록 아름다움이 있다하더라도 또한 산인(山人)의 시일 뿐이다. 「소무적속운(少無適俗韻)」·「결려재인경(結廬在人境)」·「만족각유탁(萬族各有託)」 등은 불만스러운 나의 뜻을 이와 같이 표현했다. 「미우종동래(微雨從東來)」두 구절은 흥회(興會)가 몹시 아름다울 뿐만 아니라 안돈(安頓)함이 더욱 좋다. 만약 「오역애오려(吾亦愛吾廬)」 구절 아래에 묶여졌다면, 바로 둘로 나뉘거나 양쪽에 걸쳐져서 국량이 협소해져, 아름다움 또한 있지 않을 것이다(此篇之佳在尺幅平遠. 故託體大. 如託體小者, 雖有佳致, 亦山人詩耳. 「少無適俗韻」·「結廬在人境」·「萬族各有託」, 不滿余意者以此. 「微雨從東來」二句, 不但興會佳絶, 安頓尤好, 若繫之 「吾亦

愛吾廬」之下, 正作兩分兩搭, 局量狹小, 雖佳亦不足存)."

만가시 挽歌詩[1]

荒草何茫茫	거친 풀 어찌 그리 드넓은가
白楊亦蕭蕭[2]	백양나무 또한 나부끼네
嚴霜九月中	무서리 내린 구월에
送我出遠郊[3]	먼 교외로 나를 떠나보내네
四面無人居	사방에 인가 하나 없고
高墳正崔嶢[4]	높은 무덤만 우뚝하네
馬爲仰天鳴	말은 하늘을 우러러 울고
風爲自蕭條[5]	바람은 절로 쏴아 부네
幽室一已閉[6]	묘혈은 한 번 닫혀서
千年不復朝	천년 동안 다시 열리지 못하네
千年不復朝	천년 동안 다시 열리지 못하니
賢達無奈何	현달도 어찌할 수 없네
向來相送人	옛날 떠나보내던 사람들은
各自還其家	각자 자기의 집으로 돌아갔네
親戚或餘悲	친척들에겐 간혹 남은 슬픔이 있지만
他人亦已歌	다른 사람들은 이미 노래하네
死去何所道	죽으면 어디에 말할 것인가
託體同山阿[7]	몸을 의탁함을 산언덕과 함께 하네

1) 〈만가시〉는 모두 3수임. 『악부시집』에는 〈만가〉로 되어 있고 다른 여러 본에
   는 〈의만가사(擬挽歌辭)〉로 되어 있다. 이 〈만가시〉는 도연명 자신에 대한
   만가(挽歌)로서 위진시대에 자만시(自挽詩)가 유행한 바 있다.

2) 白楊(백양): 양류(楊柳)과에 속하는 나무. 독요(獨搖) · 고비(高飛) · 사시나
   무 · 팔랑나무 · 미루나무 · 포플러 등으로 불림. 蕭蕭(소소): 나무가 바람에 흔
   들리는 모양. 『楚辭 · 九歌 · 山鬼』: "風颯颯兮木蕭蕭." [주]: "風木搖動."

3) 出(출): '내(來)'로 된 판본도 있음.

4) 崔嵬(최외): 산이 높은 모양. 초요(焦嶢)라고도 함. 『설문』: "焦嶢, 山高貌."

5) 蕭條(소조): 바람소리. 『문선 · 李少卿答蘇武書』: "但聞悲風蕭條之聲."

6) 幽室(유실): 묘혈.

7) 山阿(산아): 산언덕. 산릉(山陵).

도화원기, 병시 桃花源記, 幷詩

진(晉)나라 태원(太元) 연간에 무릉(武陵) 사람 가운데 고기잡이를 생업
으로 하는 사람이 있었다. 개울을 따라서 가다가 길을 잃고 말았다. 문
득 복사꽃의 숲을 만났는데 좁은 골짜기로 수백 보쯤 들어가니, 중간에
는 다른 나무들은 없고 향기로운 화초들만 선명하고 아름다웠는데 떨어
진 꽃들이 분분하였다. 어부는 몹시 이상하게 여기고 다시 앞으로 나아
가 그 숲의 끝까지 가보려고 하였다. 숲이 끝나자 물이 흘러나오는 곳에
이르렀는데 산 하나가 앞에 있었다. 산에는 작은 입구가 있었고 빛이 새
어나오고 있는 듯하였다. 곧 배를 버려두고 입구를 따라 들어갔다. 처음
엔 너무 좁아서 겨우 사람이 통과할 수 있었는데 수십 보를 더 가자 환
하게 넓게 열리었다. 토지는 평평하고 드넓었고 집들이 가지런하였다.

좋은 밭과 아름다운 못과 뽕나무 대나무들이 있었다. 밭두렁 길이 서로 통하고 있었고 닭과 개 짖는 소리가 들렸다. 그 가운데서 오가며 씨를 뿌리고 있는 남녀들의 의복은 모두 이방인 같았다. 노인과 어린이들은 모두 편안히 즐거워하였다. 어부를 발견하고 깜짝 놀라며 어디서 왔는지를 물어서 상세하게 대답해주었다. 곧 집으로 함께 가자고 요청하고, 술을 내놓고 닭을 잡고 밥을 지어주었다. 마을에서 이 사람에 대한 소문을 듣고 모두가 와서 질문을 하였다. 그들이 말하기를 선세에 진(秦)나라 때의 난리를 피하여 처자와 마을 사람들을 거느리고 이 외딴 곳에 와서는 다시 나가지 않아서 마침내 외부 사람들과 단절되게 되었다고 하였다. 지금이 어떤 시대인지를 물었는데, 한(漢)나라가 있었던 것도 모르고 위(魏)나라 진(晉)나라에 대해서도 물론이었다. 이 사람이 하나 하나 상세하게 들었던 것을 말해주니, 모두들 탄식하였다. 다른 사람들도 각자 자기 집으로 데려가서 모두 술과 음식을 내놓았다. 며칠을 머물고 떠나왔는데 그곳 사람들이 "바깥 사람들에게 말하지 마시오"라고 당부하였다. 이미 그곳을 나온 후 배를 찾아서 왔던 길을 거슬러오면서 곳곳을 기록하였다. 군에 닿자 태수를 찾아가서 그 일을 말하였다. 태수는 즉시 사람들을 파견하여 그를 따라가게 하였다. 곧 기록해둔 곳으로 향하였는데 끝내 헤매고서 다시 길을 찾을 수가 없었다. 남양(南陽)의 유자기(劉子驥)는 고상한 인사인데 그 소문을 듣고 기뻐하며 찾아갈 것을 계획하였으나 성공하지 못하고 얼마 후 병이 들어 세상을 떠났다. 그후 마침내 그곳의 길을 묻는 사람이 없어졌다.

(晉太元中.[1] 武陵人捕魚爲業.[2] 緣溪行, 忘路之遠近. 忽逢桃花林, 夾岸數百步, 中無雜樹, 芳草鮮美, 落英繽紛. 漁人甚異之. 復前行, 欲窮其林. 林盡水源, 便得一山, 山有小口, 髣髴若有光, 便捨船, 從口入. 初極狹, 纔通人. 復行數十步, 豁然開朗. 土地平曠, 屋舍儼然, 有良田·美池·桑竹之屬. 阡陌交通, 鷄犬相聞. 其中往來種作, 男女衣著, 悉如外人. 黃髮垂髫, 并怡然自樂. 見漁人, 乃大驚, 問所從來, 具答之. 便要還家, 設酒殺鷄作食. 村中聞有此人, 咸來問訊. 自云: 先世避秦時亂, 率妻子邑人來此絶境, 不復出焉. 遂與外人間隔, 問今是何世, 乃不知有漢, 無論魏晉. 此人一一爲具言所聞, 皆歎惋. 餘人各復延至其家, 皆出酒食. 停數日, 辭去. 此中人語云: "不足爲外人道也." 旣出, 得其船, 便扶向路, 處處誌之. 及郡下, 詣太守說如此. 太守卽遣人隨其往, 尋向所誌, 遂迷, 不復得路. 南陽劉子驥,[3] 高尙士也, 聞之, 欣然規往. 未果, 尋病終. 後遂無問津者.)

嬴氏亂天紀[4]	진시황이 천기를 어지럽혀
賢者避其世	현자들이 그 세상을 피했는데
黃綺之商山[5]	하황공과 녹리계는 상산으로 가고
伊人亦云逝[6]	저 사람들도 또한 멀리 떠나갔었네
往迹浸復湮	지난 자취는 점차 없어지고
來逕遂蕪廢	오는 길이 마침내 황폐하게 막히었네
相命肆農耕	서로 독려하며 힘써 농사짓고
日入從所憩	해 지면 쉴 거처로 돌아오네
桑竹垂餘蔭	뽕나무 대나무 짙은 그늘을 드리우고
菽稷隨時藝	콩과 기장을 때맞추어 심네
春蠶收長絲	봄 누에치기에선 긴 실을 거두고
秋熟靡王稅	가을 수확엔 나라의 세금이 없네
荒路曖交通	황폐한 길은 교통이 끊어지고
鷄犬互鳴吠	닭과 개들만 서로 울고 짖네

俎豆猶古法[7]	제사 의식은 여전히 옛 법식이고
衣裳無新製	의상도 새로운 양식이 없네
童孺縱行歌	어린애들은 길가며 노래하고
斑白歡游詣	노인들은 즐겁게 놀러 다니네
草榮識節和	풀이 무성하면 계절이 온화함을 알고
木衰知風厲	나무가 시들면 바람이 모짐을 아네
雖無紀曆誌	비록 시서의 기록서가 없더라도
四時自成歲	사시가 절로 해를 이루네
怡然有餘樂	기쁘게 넘치는 즐거움이 있으니
于何勞智慧	어디에다 지혜를 쓸 것인가
奇蹤隱五百	기이한 종적 오백 년이나 숨겼는데
一朝敞神界	하루아침에 신체가 드러났네
淳薄旣異源	순박함과 천박함은 근원이 다르니
旋復還幽蔽	곧 다시 깊이 은폐되었네
借問游方士[8]	물어보자 속세인이여
焉測塵囂外[9]	어찌 속세의 밖을 헤아릴 수 있는가
願言躡輕風	원컨대 가벼운 바람을 타고
高擧尋吾契	높이 날아 내 뜻에 맞는 사람을 찾고 싶네

주석

1) 太元(태원): 동진 효무제(孝武帝) 사마요(司馬曜)의 연호(376-396).

2) 武陵(무릉): 한(漢)나라 때의 군명(郡名). 지금의 호남성 상덕시(常德市).

3) 南陽(남양): 지금의 하남성 남양시. 劉子驥(유자기): 동진의 은사(隱士). 이름은 인지(麟之).

341

4) 嬴氏(영씨): 진시황(秦始皇) 영정(嬴政). 天紀(천기): 천도기강(天道紀綱).

5) 黃綺(황기): 하황공(夏黃公)과 기리계(綺里季). 동원공(東園公)과 녹리선생 (甪里先生)과 함께 상산사호(商山四皓)라고 불림.

6) 伊人(이인): 도화원(桃花源)의 사람들을 말함.

7) 俎豆(조두): 제사(祭祀) 때 사용하는 제기.

8) 遊方士(유방사): 방내(方内)를 노니는 사람. 속세인.

9) 塵囂(진효): 속세.

영형가 詠荆軻[1]

燕丹善養士[2]	연나라 태자 단이 용사를 잘 공양한 것은
志在報強嬴[3]	강포한 진나라에 보복하고자 함이었네
招集百夫良[4]	가장 훌륭한 용사를 불러모아
歲暮得荆卿	세모에 형경을 얻었네
君子死知己	군자는 자신을 알아주는 이를 위해 죽는 법이니
提劍出燕京[5]	검을 들고 연나라 서울을 떠나네
素驥鳴廣陌	흰말이 대로에서 울며
慷慨送我行	강개하게 나의 행차 전송하네
雄髮指危冠[6]	성난 머리털 곤두서서 높은 모자를 찌르고
猛氣衝長纓	맹렬한 기개 긴 모자끈을 치네
飲餞易水上[7]	역수 가의 전송 술자리
四座列羣英	사방 자리에 여러 영웅들 줄지어 앉았는데
漸離擊悲筑[8]	고점리는 슬픈 축의 소리를 치고

宋意唱高聲[9]	송의는 소리 높여 노래하니
蕭蕭哀風逝	소소히 슬픈 바람 불어가고
淡淡寒波生	담담히 찬 물결 일어나네
商音更流涕	상음 울리니 다시 눈물 흘리고
羽奏壯士驚	우음 연주하니 장사들 경악하네
公知去不歸	공은 떠나가서 돌아오지 못하고
且有後世名	장차 후세에 명성이 있을 것을 알았으니
登車何時顧	수레에 올라 어느 겨를에 되돌아볼 것인가
飛蓋入秦庭	나는 수레 진나라로 들어가니
凌厲越萬里	맹렬히 곧장 만 리 길을 달려서
逶迤過千城	구비 구비 천 성을 지났네
圖窮事自至[10]	지도가 다 펼쳐지자 일이 절로 드러나니
豪主正怔營[11]	폭군 진왕은 진정 당황하였네
惜哉劍術疏	애석하다 검술이 소홀하여
奇功遂不成	높은 공을 끝내 이루지 못하였네
其人雖已沒	그 사람은 비록 이미 죽었지만
千載有餘情	천 년이 지나도 남은 정이 있네

주석 ᦂ

1) 荊軻(형가): 전국시대 말의 자객(刺客). 원래 제(齊)나라 사람인데, 연(燕)나
라에 가서 형경(荊卿)이라 불림. 연나라 태자 단(丹)을 위하여 진왕(秦王) 영
정(嬴政)을 척살하려 했으나 실패하고 피살되었음.

2) 燕丹(연단): 전국시대 연왕 희(喜)의 태자 단(丹). 일찍이 진(秦)나라에 인질
로 있었는데 진왕 영정(嬴政)의 대우에 원한을 품고 연나라로 도망쳐와 복수

하려고 형가를 자객으로 파견하였음.

3) 強嬴(강영): 강포(强暴)한 진왕 영정.

4) 百夫良(백부량): 백 명 중에서 가장 걸출한 사람.

5) 燕京(연경): 전국시대 연나라 도성. 지금의 북경시 서남쪽.

6) 雄髮(웅발): 怒髮(노발). 指(지): 직립(直立). 危冠(위관): 고관(高冠).

7) 易水(역수): 지금의 하북성 역현(易縣) 경내에 있는 물 이름.

8) 漸離(점리): 고점리(高漸離). 연나라 사람으로 형가와 절친하였음. 축(筑)의
   명인이었음.

9) 宋意(송의): 연나라 사람. 태자 단의 문객.

10) 圖(도): 형가가 진왕에게 바쳤던 연나라 독항(督亢) 지도. 지도 안에 비수를
    감추었음.

11) 豪主(호주): 진왕을 말함. 怔營(정영): 당황하는 모양.

평설 ᘒ

- 주희(朱熹) 『주자어류(朱子語類)』권140 : "도연명의 시에 대하여 사람들은
  모두 평담하다고 말한다. 내가 본 바에 의하면 그는 절로 호방하다.
  다만 호방함을 깨닫지 못할 뿐이다. 그 본상(本相)을 드러낸 것은 〈영
  형가〉 1편이다. 평담하다고 하는 사람들에게 저런 언어가 나왔음을
  어떻게 설득해야 할 것인가?(陶然明詩, 人皆說是平淡, 據某看他自豪
  放, 但豪放得來不覺耳. 其露出本相者, 是詠荊軻一篇, 平淡低人, 如何
  說得這樣言語出來.)"

오은지 吳隱之

오은지(?-413), 자는 처묵(處黙), 복양(濮陽) 견성(鄄城: 지금의 산동성 견성현) 사람. 진릉태수(晉陵太守)를 지내면서 청렴으로 이름이 났으며, 안제(安帝) 융안(隆安: 397-401) 중에 광주자사(廣州刺史)가 됨. 광주로 부임하던 중에 석문(石門)이란 곳에 탐천(貪泉)이란 샘이 있었는데, 이를 마시면 누구라도 탐욕에 빠진다는 말을 듣고 몰래 가서 일부러 마셨다. 그리고 〈작탐천시(酌貪泉詩)〉를 지었음. 광주에서도 청렴하여 『진서(晉書)·양리전(良吏傳)』에 편입되었음.

작탐천시 酌貪泉詩

古人云此水	옛 사람들이 이 샘에 대해 말하기를
一歃懷千金	한 모금만 마시면 천금을 생각한다네
若使夷齊飲	만약 백이 숙제에게 마시게 한다면
終當不易心	끝내 그 마음을 바꾸지 않으리라

농상가 隴上歌[1]

隴上壯士有陳安[2]	농상의 장사에 진안이 있어
軀幹雖小腹中寬	신장은 작으나 마음은 관대하였네
愛養將士同心肝	장사들을 사랑하여 마음을 같이 하고
驪騘父馬鐵鍛鞍[3]	날랜 말의 견고한 철 안장에 앉아 있네
七尺大刀奮如湍[4]	칠 척 대도를 재빠르게 휘두르고
丈八蛇矛左右盤[5]	장팔사모를 좌우로 돌리네
十蕩十決無當前	열 번을 살육하고 돌파하니 앞에 나설 자가 없는데
戰始三交失蛇矛	세 차례 교전에 사모를 빼앗겼네
棄我驪騘竄巖幽	나를 버린 날랜 말은 바위굴로 달아나고
爲我外援而懸頭[6]	나를 위한 외부의 구원병은 목이 달아났네
西流之水東流河	서쪽으로 흐르는 물과 동쪽으로 흐르는 하수
一去不還奈子何	한 번 흘러가서 돌아오지 못하니 그대를 어찌할까

주석 ⟨◎⟩

1) 〈농상가(隴上歌)〉: 악부 〈잡곡요가(雜曲謠歌)〉에 속함. 서진 말엽에 유요 (劉曜)가 장안을 공격하여 황제를 칭한 후, 진안(陳安)이 10여 만 명을 모아 서 전조(前趙)에 대항하며 상규(上邽)에서 양왕(凉王)이라 자칭하였다. 이에 유요가 정벌에 나서서 농성(隴城)을 포위하고 진안을 패배시켰다. 진안은 농 성에서 달아났으나 끝내 사로잡혀 죽게 되자, 남은 무리들이 그를 추모하여 농상가를 지어 불렀다고 함. 유요가 그것을 가련하게 여겨서 악부로 부르게 하였다고 함.

2) 隴上(농상): 농현(隴縣). 지금의 감숙성 장가천(張家川) 자치구.

3) 騄驄父馬(섭총부마): 일작 녹총준마(騄驄駿馬). 섭총은 빠른 청총마(靑驄 馬). 부마는 웅마(雄馬).

4) 湍(단): 급류(急流). 대도를 휘두를 때 차가운 빛이 급류와 같다는 의미.

5) 蛇矛(사모): 장모(長矛). 盤(반): 선전(旋轉).

6) 西流之水東流河(서류지수동류하): 서쪽으로 흐르는 농수(隴水)와 동쪽으로 흐르는 황하(黃河).

독록편 獨漉篇[1]

獨漉獨漉	독록 독록
水深泥濁	물 깊고 진흙 탁한데
泥濁尚可	진흙 탁한 것은 좋으나
水深殺我	물이 깊으면 나를 죽인다네
雍雍雙雁[2]	서로 우는 쌍 기러기
游戲田畔	밭가에서 노는데
我欲射雁	내가 기러기를 쏘려 하니

念子孤散	너의 고단함이 염려되네
翩翩浮萍	출렁이는 물의 부평초
得風搖輕	바람 얻어 떠다니네
我心何合	내 마음 누구와 합하여
與之同幷	더불어 함께 지낼거나
空牀低帷	빈 침상 드리운 장막에
誰知無人	누가 사람 없음을 알겠는가
夜衣錦繡	밤에 비단옷을 입으면
誰別僞眞	누가 진위를 구별하겠는가
刀鳴箭中³⁾	칼은 칼집에서 울고
倚牀無施	기댈 걸상은 이용할 수 없네
父寃不報	부친의 원한을 갚지 못하고
欲活何爲	살려고 함은 무엇 때문인가
猛虎班班	사나운 호랑이 얼룩무늬 있는데
游戲山間	산 속에서 노니네
虎欲齧人	호랑이가 사람을 물려하며
不避豪賢	호걸과 현량한 사람도 가리지 않네

주석 Ꮚ

1) 〈독록편(獨漉篇)〉: 악부 〈무곡가사(舞曲歌辭)〉에 속함. 진(晉)나라 〈불무가 (拂舞歌)〉 중의 하나. 독록(獨漉)은 일작 독록(獨祿)인데 그 의미를 잘 알 수 없음. 풍자지사(諷刺之詞)라는 설이 있음.

2) 雍雍(옹옹): 새가 서로 우짖는 소리.

3) 翩翩(편편): 물결이 위아래로 출렁이는 모양.

4) 箾(소): 초(鞘). 칼집.

● 『고시원』권9 : "영상(英爽)함이 한인(漢人)을 곧장 추구하였다(英爽直追
漢人)."

자야가 子夜歌[1]

1.

落日出前門	석양에 앞문을 나가서
瞻矚見子度	이리저리 살피며 그대가 지나감을 보네
冶容多姿鬢	고운 얼굴 머리칼도 풍성하고
芳香已盈路	방향이 이미 길에 가득하네

주석 ᢙᜣ

1) 〈자야가(子夜歌)〉: 악부 〈청상곡(淸相曲)·오성가곡(吳聲歌曲)〉에 속함. 진
(晉)나라 곡. 자야(子夜)는 이 곡을 지은 여자의 이름. 후에 악곡의 이름으로
쓰임. 『악부시집』에 〈자야가〉 42수가 있음.

2.

宿昔不梳頭	어제 밤 머리를 빗지 않아
絲髮被兩肩	실같은 머리카락 양어깨를 덮었네
婉伸郎膝上	어여쁘게 낭군의 무릎에 드리우니
何處不可憐	어딘들 어여쁘지 않겠는가?

3.

憐歡好情懷[1]	서로를 사랑하는 정회가 좋아서
移居作鄕里	이사하여 향리에서 사니
桐樹生門前	오동나무 문전에 자라나서
出入見梧子[2]	출입할 때마다 오동열매를 보네

주석 ∽

1) 憐歡(연환): 연(憐)은 좋아함. 환(歡)은 사랑하는 사람.
2) 梧子(오자): 군자(君子)와 해음(諧音)으로서 쌍관어(雙關語)임. 은근히 사랑하는 상대를 지적함.

자야사시사 子夜四時詞[1]

1.

| 春林花多媚 | 봄 숲의 꽃은 몹시 아름답고 |

春鳥意多哀　　　봄 새의 뜻은 몹시 애절한데
春風復多情　　　봄바람 다시 다정하여
吹我羅裳開　　　나의 비단치마를 불어 들추네

주석 ◌◞

1) 〈자야사시사(子夜四時詞)〉: 악부 〈청상곡·오성가곡〉에 속함. 모두 75수가
   있음.

2.

朝登凉臺上　　　아침엔 서늘한 누대 위에 오르고
夕宿蘭池裏[1)]　　　저녁엔 난지 안에서 묵네
乘月採芙蓉[2)]　　　달빛 밟으며 부용을 따는데
夜夜得蓮子[3)]　　　밤마다 연밥을 얻네

주석 ◌◞

1) 蘭池(난지): 서한 때 장안(長安)에 난지궁(蘭池宮)이 있었음.

2) 芙蓉(부용): 연꽃.

3) 蓮子(연자): 연(蓮)은 연(憐)과 발음이 같고, 자(子)는 이(你).

3.

初寒八九月	첫 추위의 팔구 월에
獨纏自絡絲	홀로 이어진 실을 감고 있네
寒衣尚未了	겨울옷을 아직 짓지 못하였는데
郎喚儂底爲	낭군이 날 부르니 무슨 일일까

4.

淵氷厚三尺	연못의 얼음 두께가 삼 척이고
素雪覆千里	흰 눈은 천리를 뒤덮었네
我心如松柏	나의 마음은 소나무 측백나무 같은데
君情復何似	그대의 정은 무엇과 같은지?

오농가 懊儂歌[1]

1.

絲布澁難縫[2]	실과 마포는 거칠어 바느질 어려워
令儂十指穿	나의 열 손가락을 찌르네
黃牛細犢車	누런 소가 끄는 수레를 타고
遊戲出孟津	맹진으로 놀러 나갔다네

주석 ◯◜

1) 〈오농가(懊儂歌)〉: 악부 〈청상곡 · 吳聲歌曲〉에 속함. 『악부시집』에 14수가 수록되어 있음. 그 「해제」에서 "『고금악록(古今樂錄)』에 '〈오농가〉는 진(晉) 나라 석숭(石崇)과 녹주(綠朱)가 지은 것인데 다만 「사포삽난봉」 1편뿐이다. 나머지는 모두 융안(融安) 초의 민간의 와요지곡(訛謠之曲)이다'라고 하였다" 라고 하였다. 그러나 『송서(宋書)』와 『진서(晉書)』의 「악지(樂志)」에서는 석 숭과 녹주를 언급하지 않고 다만 진나라 융안 초의 민간의 와요지곡이라고만 하였음.

2) 絲布(사포): 마사(麻絲)와 마포(麻布).

3) 細犢車(세독거): 작은 소를 맨 수레.

4) 孟津(맹진): 황하에 있는 옛 나루의 이름. 지금의 하남성 맹진현.

2.

江陵去揚州	강릉에서 양주까지 거리는
三千三百里	삼천삼백 리
己行一千三	이미 일천삼백 리를 왔으니
所有二千在	남은 여정 이천 리이네

주석 ◯◜

1) 江陵(강릉): 지금의 호북성 중부(中部) 장강(長江) 주변. 揚州(양주): 지금의 강소성 남경시(南京市).

서주곡 西洲曲[1]

憶梅下西洲	매화를 그리며 서주로 내려가
折梅寄江北[2]	매화 꺾어 강북에 부치었네
單衫杏子紅	단삼은 살구의 붉은 색이고
雙鬢鴉雛色[3]	양쪽 귀밑머리는 아추의 깃털 색이네
西洲在何處	서주는 어디에 있는가
兩槳橋頭渡[4]	다리 앞 나루에서 배를 타네
日暮伯勞飛[5]	해 저물어 백로가 날고
風吹烏白樹[6]	바람은 오구나무에 부네
樹下卽門前	나무 아래는 곧 문 앞인데
門中露翠鈿	문안엔 비취 비녀가 보이네
開門郞不至	문을 열어도 낭군은 오지 않아
出門採紅蓮	문을 나서 붉은 연꽃을 따네
採蓮南塘秋	남쪽 못의 가을에 연을 따는데
蓮花過人頭	연꽃은 사람 머리를 넘네
低頭弄蓮子	머리 숙여 연밥을 발라내니
蓮子靑如水	연씨는 물빛처럼 푸르네
置蓮懷袖中	연씨를 소매 속에 품으니
蓮心徹底紅	연씨는 완전히 붉네
憶郞郞不至	낭군을 그리나 낭군은 오지 않고
仰首望飛鴻	머리 들어 나는 기러기 바라보네
鴻飛滿西洲	기러기는 서주에 가득 나는데
望郞上靑樓[7]	낭군을 그리며 청루에 오르네

樓高望不見　　　　누대가 높지만 바라보아도 보이질 않고

盡日欄干頭　　　　종일 난간 옆에 있네

欄干十二曲　　　　난간 열두 구비

垂手明如玉　　　　드리운 손은 옥처럼 희네

卷簾天自高　　　　주렴 걷으니 하늘은 절로 높고

海水搖空綠　　　　바닷물은 출렁이며 푸르네

海水夢悠悠　　　　바닷물 꿈속에서 아득한데

君愁我亦愁　　　　그대 근심하고 나 역시 근심하네

南風知我意　　　　남풍은 나의 뜻을 알아서

吹夢到西洲　　　　나의 꿈을 서주까지 불어가네

주석 ☞

1) 〈서주곡(西洲曲)〉: 악부 〈잡곡가사〉에 속함. 심덕잠의 『고시원』 권12에는
   양무제(梁武帝)의 작품으로 넣어놓았으나 어떤 근거도 없음. 서주(西洲)는
   대략 장강(長江)이 흐르는 악중(鄂中) 일대.

2) 江北(강북): 장강(長江) 이북.

3) 鴉雛色(아추색): 어린 까마귀의 깃털 색. 여인의 검은 머리를 비유함.

4) 兩槳(양장): 주선(舟船)을 말함.

5) 伯勞(백로): 새 이름. 격(鵙)이라고도 함. 때까치.

6) 烏臼樹(오구수): 오구(烏桕)나무. 낙엽관목의 일종.

7) 靑樓(청루): 위진시대 푸른색으로 칠한 부호가의 누대.

평설 ꙅ

● 『고시원』권12 : "마치 절구 여러 수를 이어서 이룬 것 같은데, 악부 가운데 또한 한 체를 내었다. 초당의 장약허(張若虛)와 유희이(劉希夷)의 칠언고시는 여기에서 발원되었다(似絶句數首, 攢簇而成, 樂府中又生一體. 初唐張若虛劉希夷, 七言古, 發源於此.)"

송시 宋詩

안연지 顔延之

안연지(384-456), 자는 연년(延年), 낭야(琅瑘) 임기(臨沂: 지금의 산동성 임기현) 사람. 어려서 빈곤하였으나 독서를 좋아하였음. 진(晉)나라 때 예장공(豫章公) 유유(劉裕)의 세자참군(世子參軍)을 지내고, (宋)나라로 들어와서 태자사인(太子舍人)이 됨. 이후 시안태수(始安太守)·태자중서자(太子中庶子)·영보병교위(領步兵校尉) 등을 지내고 영가태수(永嘉太守)로 좌천되었다가 7년 후 입조하여 관직이 금자광록대부(金紫光祿大夫)에 이름.

안연지는 도연명과 친구로서 일찍이 연명의 뇌문(誄文)을 지었는데 그의 품덕의 고상함을 극찬하였다. 시는 사령운(謝靈運)과 제명하여 '안사(顔謝)'라고 불림. 그러나 그의 시는 수식이 심하고 너무 화려하다는 평을 받음. 『시품』에서는 안연지의 시에 대해 "교사(巧似)를 숭상하고, 체재(體裁)가 기려하고 정밀하다"고 하고, 또 "고사를 즐겨 사용하여 더욱 구속을 받는다"고 하였다. 또 탕혜휴(湯惠休)의 말을 인용하여 "사령운의 시는 부용이 물에서 피어난 것 같고, 안연지는 채색을 섞고 금박을 새겼다"고 평하고 중품에 넣었다.

북사락시 北使洛詩[1]

改服飭徒旅	의복을 갈아입고 수행원들을 정돈하니
首路局險艱	처음 길부터 험난하네
振楫發吳洲[2]	노를 저어 오주를 출발하여
秣馬陵楚山[3]	말을 먹이고 초산에 오르네
塗出梁宋郊[4]	길은 양송의 교외에서 나오고
道由周鄭間[5]	도로는 주정 사이에서 나오네
前登陽城路[6]	먼저 양성의 길에 올라
日夕望三川[7]	밤낮으로 삼천을 바라보네
在昔輟期運[8]	지난 날 기운이 정지되어
經始闊聖賢[9]	창업함에 성현들은 아득하네
伊瀍絶津濟[10]	이수와 곡수는 건너갈 나루도 없고
臺館無尺椽	건물들엔 한 척의 서까래도 없네
宮陛多巢穴	궁궐 계단엔 짐승의 굴만 많고
城闕生雲煙	성궐엔 구름 연기 피어나네
王猷升八表[11]	왕유는 팔표에 올랐었는데
嗟行方暮年	나의 지남이 모년임을 탄식하네
陰風振凉野	음산한 바람이 찬 들을 흔들고
飛雲瞥窮天	나는 구름은 겨울하늘을 가리네
臨塗未及引	길에 임하여 떠나가지 못하는데
置酒慘無言	술을 두고 참담하게 말이 없네
隱憫徒御悲	깊은 수심 속 다만 슬픔을 막아보는데
威遲良馬煩[12]	구비진 길에 양마도 피로하네

游役去芳時　　　여행의 사역이 갈 때는 향기로운 시절이었는데
歸來屢阻儜　　　돌아옴은 자주 막히고 날을 어기네
蓬心旣已矣[13]　봉심이 이미 끝장났으니
飛薄殊亦然[14]　비박함이 다만 마땅하네

주석 ᔕ

1) 〈북사락시(北使洛詩)〉: 동진 안제(安帝) 의희(義熙) 12년(416) 유유(劉裕)
   가 북벌하여 송공(宋公)에 봉해지자, 안연지가 유유의 명을 받고 북쪽 낙양
   으로 사신을 갈 때 지은 시임.

2) 吳洲(오주): 오주(吳州). 강남 일대의 지역.

3) 楚山(초산): 초(楚) 지역의 산들.

4) 梁宋(양송): 옛날 양나라 송나라 지역으로서 황하 중하류의 지역.

5) 周鄭(주정): 주나라 왕성 낙양과 정나라 도성 신정(新鄭) 일대.

6) 陽城(양성): 춘추시대 정나라의 읍(邑) 이름. 지금의 하남성 등봉현(登封縣)
   동남.

7) 三川(삼천): 전국시대 영양(榮陽)에 있었던 군(郡) 이름.

8) 輟期運(기운): 철(輟)은 정지함. 기운(機運)이 정지함. 동진의 국운이 일찍
   쇠퇴한 것을 말함.

9) 經始(경시): 경영을 시작함. 나라를 창업함을 말함.

10) 伊瀔(이곡): 이수(伊水)와 곡수(瀔水).

11) 王猷(왕유): 왕도(王道). 八表(팔표): 팔황(八荒). 팔방의 먼 황무지.

12) 威遲(위지): 길이 굽고 꺾어지며 이어지는 모양.

13) 蓬心(봉심): 지식이 천박하여 물리에 통달하지 못함. 자신에 대한 겸사.

14) 飛薄(비박): 표박(飄泊).

오군영 五君詠[1]

완보병 阮步兵[2]

阮公雖淪跡	완공은 비록 종적을 감추었지만
識密鑒亦洞	감식이 정밀하여 비춰봄이 또한 밝았네
沈醉似埋照[3]	몹시 취하여 빛을 감춘 듯하였으나
寓辭類託諷	글에 붙인 뜻은 풍자를 담은 것 같았네
長嘯若懷人[4]	긴 휘파람은 벗을 생각하는 듯 했는데
越禮自驚衆[5]	예절을 어김은 절로 많은 사람을 놀라게 하였네
物故不可論[6]	세상사를 논할 수 없으니
途窮能無慟[7]	길 막힌 곳에서 통곡함이 없을 것인가

주석 ∽

1) 〈오군영(五君詠)〉: 안연지가 처음 영보병교위로 있을 때 상우(賞遇)가 매우
   두터웠는데, 다만 술을 좋아하고 소탄(疏誕)하여 매번 권요(權要)를 범하여
   영가태수로 쫓겨났다. 원분(怨憤) 속에서 이 시를 지었다고 함. 위진(魏晉)
   무렵의 죽림칠현 중 5사람을 빌려 자신의 회포를 편 것임.

2) 〈완보병(阮步兵)〉: 완적(阮籍). 일찍이 보병교위(步兵校尉)를 지냈기 때문
   에 완보병이라 불림.

3) 埋照(매조): 재능을 감춤을 말함.

4) 長嘯(장소): 길게 휘파람을 붊. 『晉書·阮籍傳』: "籍嘗于蘇門山遇孫登, 與商
   略終古及栖神道氣之術, 登皆不應, 籍因長嘯而退. 至半嶺, 聞有聲若鸞鳳之

音, 嚮乎巖谷, 乃登之嘯也. 遂歸著「大人先生傳」."

5) **越禮**(월례): 예속(禮俗)를 위배함.

6) **物故**(물고): 세상의 일.

7) **途窮**(도궁): 길이 막힘. 『진서·완적전』: "時率意獨駕, 不由徑路, 車迹所窮, 輒慟哭而反."

혜중산 嵇中散[1]

中散不偶世	중산은 세상과 투합하지 못했는데
本自餐霞人[2]	본래 스스로 아침놀을 먹는 사람이었네
形解驗黙仙[3]	형해는 묵선을 징험하고
吐論知凝神[4]	토한 논의는 응신을 알았네
立俗迕流議[5]	세속에 서니 세속의 논의를 거스르고
尋山洽隱淪[6]	산을 찾으니 은륜에 흡족하네
鸞翮有時鎩	난새의 날개 때때로 꺾임이 있지만
龍性誰能馴	용의 성질을 누가 순하게 하겠는가

주석 〰

1) 〈혜중산(嵇中散)〉: 혜강(嵇康). 자는 숙야(叔夜), 초국(譙國) 질(銍: 지금의 안휘성 宿州市) 사람. 중산대부(中散大夫)를 지냄. 노장사상에 심취하고 유가를 경멸하였음. 사마소(司馬昭)에게 피살됨.

2) **餐霞**(찬하): 도가(道家)의 수련에서 아침놀을 복식(服食)하는 공법(功法).

3) **形解**(형해): 영혼과 형체가 분리함. 黙仙(묵선): 묵묵히 신선이 됨. 『문선』 이선주: "嵇康被殺之前, 其靜室夜有琴聲, 乃已尸解成仙而去."

4) 凝神(응신): 도가에서 수련이 성공하여 형체와 정신이 고도로 통일됨을 말함.

5) 流議(유의): 세속의 논의.

6) 隱淪(은륜): 은몰(隱沒).

7) 鎩(쇄): 새의 깃이 꺾임.

유참군 劉參軍[1]

劉伶善閉關[2]	유령은 문 닫기를 잘하여
懷情滅聞見	품은 정에 듣고 본 것이 적네
鼓鍾不足歡	종고소리도 즐겁게 할 수 없는데
榮色豈能眩	영화와 미색이 어찌 현혹시킬 수 있겠는가
韜精日沈飮[3]	재능을 감추고 매일 술에 심취하나
誰知非荒宴[4]	누가 음주에 빠짐이 아님을 알겠는가
頌酒雖短章	주덕송은 비록 짧은 글이지만
深衷自此見	깊은 마음이 절로 이것에 드러났네

주석 ◎◞

1) 〈유참군(劉參軍)〉: 유령(劉伶). 자는 백륜(伯倫), 패국(沛國) 사람. 위나라
   말에 건위참군(建威參軍)을 지냄. 도가사상에 심취하고 술을 좋아하여 〈주덕
   송(酒德頌)〉을 지음.

2) 閉關(폐관): 문을 닫고 교유를 끊음.

3) 韜精(도정): 재능을 감추는 것.

4) 荒宴(황연): 연음(宴飮)에 침닉(沈溺)함.

완시평 阮始平[1]

仲容青雲器[2]	중용은 청운의 기량인데
實稟生民秀	참으로 품성이 생민 중에 빼어났네
達音何用深	음에 통달함은 어찌 심오한가
識微在金奏[3]	은미함을 알아봄이 금속악기 주악에 있었네
郭奕已心醉[4]	곽혁은 이미 심취하였고
山公非虛覬[5]	산공은 헛되게 본 것이 아니네
屢薦不入官	여러 번 추천하였으나 조정에 들어 못하고
一麾乃出守[6]	한 차례 배척받아 외직으로 나갔네

주석 ᑌᑎ

1) 〈완시평(阮始平)〉: 완함(阮咸). 자는 중용(仲容). 서진 진류(陳留) 위씨(尉氏) 사람. 완적의 조카. 시평상(始平相)을 지냄. 음률에 정통하였음. 중서감(中書監) 순욱(荀勗)이 종률(鍾律)을 새로 지었는데, 모두 정밀하다고 하였으나 완함은 그것을 편고(偏高)하다고 비판하였음.

2) 靑雲器(청운기): 고원(高遠)한 기량.

3) 識微(식미): 『易·繫辭下』: "君子知微知彰, 知柔知剛, 萬物之望." 사물의 기미를 앎. 金奏(금주): 종을 쳐서 음악을 연주함.

4) 郭奕(곽혁): 서진 태원(太原) 양곡(陽曲) 사람. 자는 대업(大業). 옹주자사(雍州刺史), 상서(尙書) 등을 지냄. 『名士傳』: "阮咸哀樂至過於人, 太原郭奕見之心醉, 不覺歎服."

5) 山公(산공): 산도(山濤: 205-283). 서진 하내(河內) 회(懷) 사람. 자는 거원(巨源). 죽림칠현의 한 사람. 사도(司徒)를 지냄. 산도의 「계사(啓事)」: "咸若在官之職, 必妙絶於時."

6) 一麾(일휘): 한 차례 배척을 당함. 완함은 순욱(荀勖)의 배척을 받아 나가서 시평태수(始平太守)가 되었음.

향상시 向常侍[1]

向秀甘淡薄[2]	향수는 담박함을 달게 여겨
深心託毫素[3]	깊은 마음을 붓과 비단종이에 붙였네
探道好淵玄[4]	도의 탐구는 깊은 이치를 좋아하고
觀書鄙章句[5]	글을 보는 것은 장구를 경시하였네
交呂旣鴻軒[6]	여안을 사귀어 기러기처럼 높이 날았고
攀嵇亦鳳擧[7]	혜강을 동반하여 또한 봉황처럼 날았네
流連河裏遊[8]	끊임없이 하내부에서 교유하였는데
惻愴山陽賦[9]	슬프게 산양부를 읊었네

주석 ᥫᨑ

1) 〈향상시(向常侍)〉: 상수(尙秀). 자는 자기(子期). 하내(河內) 회현(懷縣) 사람. 산기상시(散騎常侍)를 지냄.

2) 淡薄(담박): 세정(世情)에 욕심이 없음.

3) 毫素(호소): 모필(毛筆)과 백견(白絹). 지필(紙筆)을 말함.

4) 淵玄(연현): 깊고 현묘한 이치.

5) 章句(장구): 문자의 뜻풀이를 말함.

6) 交呂(교려): 여안(呂安)과 결교(結交)함. 여안은 자가 중제(仲悌), 동평(東平) 사람. 혜강과 함께 살해되었음.

7) **攀嵇**(반혜): 혜강(嵇康)에게 반부(攀附)함.

8) **河裏**(하리): 하내군(河內郡)을 말함.

9) **山陽賦**(산양부): 여안과 혜강이 피살된 후 하내 산양현에서 두 사람을 애도
하는 〈思舊賦〉를 지었음.

사령운 謝靈運

사령운(384-433), 진군(陳郡) 양하(陽夏) 사람. 동진(東晋) 거기(車騎)
장군 사현(謝玄)의 손자. 조부의 작위인 강락공(康樂公)을 이어받아 '사
강락(謝康樂)'이라 불림. 또 친족들이 그의 아명을 객아(客兒)라고 불렀
기 때문에 세칭 사객(謝客)이라고도 함. 남조(南朝) 송(宋) 때 영가태수
(永嘉太守)·비서감·임천내사(臨川內史) 등의 관직을 지냈으나 모반을
꾀하다 패하여 피살됨.

그의 시는 동진의 현언(玄言)시풍을 타파하고, 송(宋)·제(齊)의 산수시
파를 개창함과 동시에 제(齊)·양(梁)의 조탁시풍의 선구로 평가된다.
『시품』에서 사령운을 "명장(名章) 형구(逈句)가 곳곳에서 일어나고 병
려의 전고가 끊임없이 분주히 만난다"고 평하고 상품에 넣었음.

종제 혜련에게 주다 酬從弟惠連[1]

分離別西川	서쪽 내에서 이별하는데
迴景歸東山[2]	도는 해는 동산으로 돌아가네
別時悲已甚	이별할 때 슬픔이 심했는데
別後情更延	이별 후 정이 더욱 기네
傾想遲嘉音[3]	좋은 소식을 골똘히 생각하며
果枉濟江篇	마침내 제강편을 지었네
辛勤風波事	고생스러웠던 풍파의 일
款曲洲渚言[4]	다정했던 강의 섬에서의 말

주석 ☙

1) 『문선』권25의 〈수종제혜련일수(酬從弟惠連一首)〉시 5장 중 제3장.

2) 迴景(회경): 도는 해.

3) 遲(지): 생각하다. 『문선』이선주: "遲, 猶思也."

4) 洲渚(주저): 강의 섬. '주(洲)'는 강 가운데의 사람이 거주할 수 있는 섬. 저(渚)는 주보다 작은 강섬.

석벽정사에서 호중으로 돌아오며 짓다 石壁精舍, 還湖中作[1]

昏旦變氣候	밤낮의 기후가 변하고
山水含淸暉	산수는 맑은 빛을 머금었네
淸暉能娛人	맑은 빛은 사람을 즐겁게 하니

遊子憺忘歸[2]　　나그네는 마음 편안하여 돌아가길 잊었네

出谷日尚蚤　　　골짜기 나설 땐 해 아직 일렀는데

入舟陽已微　　　배에 오르니 햇살 이미 희미하네

林壑斂暝色　　　숲과 골짜기는 어두운 색을 거두고

雲霞收夕霏[3]　　구름과 놀은 저녁의 날림을 멈추었네

芰荷迭映蔚　　　마름과 연은 빛을 띠고 울창하고

蒲稗相因依　　　부들과 피는 서로 의지했네

披拂趨南徑　　　풀 헤치며 남쪽 길로 가서

愉悅偃東扉　　　즐겁게 동쪽 사립문에 누웠네

慮澹物自輕　　　생각이 담박하니 외물이 절로 가볍고

意愜理無違　　　뜻의 흡족함 이치에 어긋나지 않네

寄言攝生客[4]　　섭생객이여

試用此道推　　　시험삼아 이 도를 따라보오

주석 ♋

1) 石壁精舍(석벽정사): 정사(精舍)는 독서재(讀書齋). 『문선』권22, 이선주 :
　"사령운의 '유명산지'에서 말하기를 '무호(巫湖)의 삼면이 모두 높은 산이 물
　가를 끼고 있는데, 산의 개울이 다섯 곳이며, 남쪽의 제일곡(第一谷)에 지금
　석벽정사라고 불리는 곳이 있다'고 했다(謝靈運遊名山志曰, (巫)湖三面悉高
　山枕水渚, 山溪澗凡有五處, 南第一谷, 今在所謂石壁精舍)."

2) 憺(담): 마음이 편안함. 『설문』: "憺, 安也." 담(淡)으로 된 판본도 있음.

3) 霏(비): 구름이 나는 모양. 『문선』 이선주: "霏, 雲飛貌."

4) 攝生(섭생): 양생(養生)과 같음. 섭생객은 양생·장수의 도를 추구하는 사람.
　『老子·五十』: "蓋聞善攝生者, 陸行不遇豺虎, 入軍不避甲兵."

평설 ◡◠

● 『고시평선』: "대개 경치의 원대함을 취하면 경개(梗槪)함이 많은 듯하고, 경치의 세밀함을 취하면 국면의 곡절함으로 들어감이 많다. 원대함으로 나아가 세밀함으로 들어감은 천고에 한 사람일 뿐이다. 끝맺음 역시 있는 그대로를 따랐을 뿐인데, 끌어당김에 금빛 전갈의 꼬리힘이 있다. 거두고 풀어줌, 양쪽을 취함은 오직 〈삼백편〉이 그러할 뿐이다(凡取景遠者, 類多梗槪, 取景細者, 多入局曲. 卽遠入細, 千古一人而已. 結局亦因仍委順耳, 而鉤有金蠆尾之力, 收放雙取, 唯〈三百篇〉爲然)."

● 『예원치언』: "사령운은 천질(天質)이 기려(奇麗)하고 원대한 생각이 정착(精鑿)한데, 비록 격체(格體)를 변화시켰다 하더라도, 이는 반악(潘岳)과 육기(陸機)가 남긴 법이다. 그의 아욕(雅縟)함은 그들을 넘어선다. 「청휘능오인, 유자담망귀(淸暉能娛人, 游子淡忘歸)」가 어찌 「지당생춘초(池塘生春草)」의 아래에 있겠는가?(謝靈運天質奇麗, 遠思精鑿, 雖格體創變, 是潘·陸之餘法也. 其雅縟乃過之. 「淸暉能娛人, 游子淡忘歸」, 寧在「池塘生春草」下耶?)."

남루에서 손님을 기다리다 南樓中望所遲客[1]

杳杳日西頹[2]	아득히 해는 서쪽으로 지고
漫漫長路迫[3]	까마득한 먼 길 조급하네
登樓爲誰思	누대에 올라 누구를 그리워하는가
臨江遲來客	강 앞에서 올 손님을 생각하네
與我別所期	나와 이별할 때 기약하였으니

期在三五夕	날짜가 십오일 저녁이었네
圓景早已滿4)	달은 이미 가득찼는데
佳人猶未適5)	가인은 아직 돌아오지 않네
卽事怨睽攜6)	이 이별의 뜻 어긋났음을 원망하니
感物方凄戚7)	사물에 대한 느낌은 항상 슬프네
孟夏非長夜	첫여름은 긴 밤이 아닌데
晦明與歲隔	새벽이 한 해처럼 머네
瑤華未堪折8)	요화는 꺾을 수 없으나
蘭苕已屢摘	난과 능소화를 이미 여러 번 꺾었네
路阻莫贈問9)	길 막혀서 전하지 못하니
云何慰離析10)	어떻게 분열됨을 위로할꼬
搔首訪行人	머리 긁적이며 행인을 찾으며
引領冀良覿11)	고개 들어 어진 사람을 보기를 바라네

주석 ᢗᢀ

1) 南樓(남루): 『문선』 권30, 이선주: "사령운의 「유명산지(遊名山志)」에서 말하기를 '시녕현(始寧縣)에서 또 한 물구비 7리를 북쪽으로 돌면 직지사(直指舍) 아래 동원의 남쪽 문루가 있다. 남루로부터 백여 보를 가면 횡산(橫山)을 마주한다'고 했다(謝靈運遊名山志曰, 始寧又北轉一汀七里, 直持舍下園南門樓, 自南樓百許步對橫山)."

2) 杳杳(묘묘): 먼 모양. 『문선』 이선주: "楚辭云, 日杳杳以西頹, 路長遠而窘迫."

3) 漫漫(만만): 먼 모양. 『초사·이소』: "路漫漫其修遠兮, 吾將上下而求索."

4) 圓景(원영): 원영(圓影)과 같음. 달. 『문선』 이선주: "曹子建, 贈徐幹詩曰, 圓景光未滿, 衆星粲以繁."

5) 適(적): 돌아오다. 『문선』이선주: "杜預左氏傳注曰, 適, 歸也."

6) 卽事(즉사): 이 이별의 뜻. 『문선』이선주: "卽事, 卽此離別之意也." 睽攜(규휴): 규리(睽離)와 같음. 어긋나다. 『문선』이선주: "周易曰, 睽, 乖也, 艮曰, 睽攜, 乖離也."

7) 方(방): 항상. 『문선』이선주: "鄭玄論語注曰, 方, 常也."

8) 瑤華(요화): 옥과 같이 아름다운 꽃, 혹은 마화(麻花). 『楚辭·九歌·大司命』: "折疏麻兮瑤華, 將以遺兮離居." [주]: "瑤華, 玉華也." [보주]: "瑤華, 麻花也. 其色白, 故比於瑤, 此花香, 服食可致長壽."

9) 贈問(증문): 전해주다. '문'은 유(遺)의 뜻. 『문선』이선주: "毛萇詩傳曰, 問, 遺也."

10) 離析(이석): 분열(分裂)과 같음. 『논어·계씨』: "邦分崩離析, 不能守也." [집해]: "孔安國曰, 不可會聚, 曰離析."

11) 冀良覿(기량적): 어진 사람을 보기를 바라다. 『문선』이선주: "良覿, 謂見良人也."

석문에 주거를 새로 지었는데 사면이 높은 산이고, 도는 개울은 바위 여울을 이루고 수죽이 무성하게 숲을 이루었다
石門新營所住, 四面高山, 廻溪石瀨, 脩竹茂林[1]

躋險築幽居[2]	험벽한 곳에 올라 조용한 거처를 짓고
披雲臥石門	구름 헤치고 석문에 누웠네
苔滑誰能步	이끼 미끄러워 누가 걸어올 수 있으며
葛弱豈可捫	칡넝쿨 약하니 어찌 붙잡을 수 있으리오
嫋嫋秋風過[3]	한들한들 가을바람이 지나가니

萋萋春草繁	무성하게 봄 풀이 번성했네
美人遊不還	님은 유람 갔다가 돌아오지 않으니
佳期何由敦	좋은 기약을 어떻게 믿으리오
芳塵凝瑤席	향기로운 먼지가 구슬자리에 맺히고
清醑滿金樽	맑은 술은 금 술잔에 가득하네
洞庭空波瀾	동정호에 파도가 드넓은데
桂枝徒攀翻⁴⁾	계수가지를 헛되이 기어오르네
結念屬宵漢	그리움 은하수에 맡기고
孤影莫與諼	외로운 그림자 잊지 못하네
俯濯石下潭	바위 아래 못을 굽어보며 발을 씻고
仰看條上猿	가지 위의 원숭이를 올려다보네
早聞夕飂急	이르게 저녁바람 세찬 소리를 들었는데
晚見朝日暾	늦게 아침해 돋는 것을 보네
崖傾光難留	언덕 기울어 빛이 머물지 못하고
林深響易奔	숲은 깊어 메아리가 쉽게 달아나네
感往慮有復	지난 일 슬퍼하니 근심이 다시 생기고
理來情無存⁵⁾	묘리가 이르니 정이 없네
庶持乘日車	바라건대 해 수레를 타고
得以慰營魂⁶⁾	영혼을 위로하고 싶네
匪爲衆人說	여러 사람과 말하고 싶지 않고
冀與智者論	지혜로운 사람과 논하고 싶네

주석 ♽

1) 石門(석문):『문선』권22 사령운 〈등석문최고정(登石門最高頂)〉시의 이선주: "영운의 「유명산지」에서 이르기를 '석문의 개울은 여섯 곳이고, 석문의 물을 거슬러 올라가면 두 산의 입구로 들어간다. 양변에 석벽이 있고, 우측변에는 바위가 있어 개울을 아래로 임하고 있다'고 했다(靈運遊名山志曰, 石門澗六 處, 石門溯水上入兩山口, 兩邊石壁, 右邊石巖下臨澗水)."

2) 躋險(제험): 험벽한 곳에 오르다. 幽居(유거): 조용한 거처.

3) 嫋嫋(요뇨): 가을바람이 나무를 흔드는 모양.『楚辭・九歌・湘夫人』: "**嫋嫋**兮 秋風, 洞庭波兮木葉下." [주]: "**嫋嫋**, 秋風搖木貌."

4) 攀翻(반번): 반원(攀援)・반연(攀緣)과 같음. 기어오르다. 계수나무에 기어오 른다는 것은 달 속의 계수가지를 꺾는다는 뜻으로 과거에 급제한다는 의미.

5) 『문선』 이선주: "지난 일을 비감해 하니 요절과 장수가 어지럽게 섞여서 근 심이 다시 생기고, 묘리가 이른 듯하여 물아가 모두 없어지니 정이 있는 곳이 없다는 것을 말하는 것이다(言悲感已往而夭壽紛錯, 故慮有廻復, 妙理若來而 物我俱喪, 故情無所存)."

6) 營魂(영혼), 혼백・영혼(靈魂)・영백(營魄)과 같음.『老子・十』: "載營魄抱一, 能無離乎." [河上公注]: "營魄, 魂魄也."

평설 ♽ >

● 『고시평선』: "흥(興)・부(賦)・비(比)가 이어져서 변화를 헤아릴 수 없다. 바른 틀은 〈소아(小雅)〉에서 얻었고, 기탁함은 〈이소(離騷)〉에서 얻었 다. 이 시는 강락(康樂)의 시집 중 제일편(第一篇)의 대문자(大文字)이 다. 그의 평생 심적(心迹)은 산인(山人)・낭자(浪子)들의 생활의 영역 에서 나오지 않았다. 경릉팔우(竟陵八友, 南齊의 竟陵王・謝朓・任 昉・沈約・陸倕・范雲・蕭琛・王融・蕭衍)들은 진정 알지 못하면서 기 롱으로 상투어를 이루었다. 사령운이 매번 뜻과 이치를 마음껏 편 곳

은 편리함을 따라 즉흥적으로 좋은 승경을 얻었다. 「조문석표급(早聞
夕颷急)」같은 네 구절이 그것이다. 다른 사람은 뜻이 동하면, 그 뜻만
전념하여 좇아가기에 겨를이 없다. 두자미(杜子美)는 이런 법을 사용
하여 또한 아득히 멀어지게 되었다. 재능은 하늘로부터 받는 것이니,
어찌 억지로 할 수 있겠는가!(亦興亦賦亦比因剩, 而變化莫測. 檃括得
之〈小雅〉, 寄託得之〈離騷〉. 此康樂集中第一篇大文字. 彼生平心迹, 不
出乎山人浪子經生之域, 如竟陵者固宜其不知而譏爲套語也. 謝每于意
理方行處, 因利乘便, 更卽事而得佳勝, 如「早聞夕颷急」四語是也. 他人
則意動, 專趨其意不暇及矣. 杜子美用此法, 又成離逖, 才授自天, 豈可
羣哉!)."

남산에서 북산으로 가면서 호중을 지나며 조망하다
于南山, 往北山經湖中, 瞻眺[1]

朝旦發陽崖	아침에 밝은 언덕을 출발하여
景落憩陰峯	석양에 어두운 봉우리에서 쉬네
舍舟眺廻渚	배에서 내려 도는 물가를 바라보며
停策倚茂松	지팡이 멈추고 무성한 소나무에 기대네
側徑旣窈窕	옆길은 이미 조용하고
環洲亦玲瓏	둥근 강섬도 영롱하네
俯視喬木杪	교목의 끝을 굽어보고
仰聆大壑淙	큰 골짜기의 물소리를 우러러 듣네
石橫水分流	바위 가로놓여 물이 갈래져 흐르고

林密蹊絶蹤	숲 무성하여 길에는 종적이 끊기었네
解作竟何感²⁾	천지 풀려 뇌우가 일어나니 무엇이 움직이는가
升長皆丰容³⁾	초목의 발육이 모두 어여쁘게 무성하네
初篁苞綠籜	어린 대나무는 초록 껍질에 싸였고
新蒲含紫茸	새 부들은 붉은 싹을 머금었네
海鷗戲春岸	바다 갈매기는 봄 언덕을 희롱하고
天鷄弄和風⁴⁾	천계는 화락한 바람을 희롱하네
撫化心無厭	조화를 어루만지니 마음 꺼림이 없고
覽物眷彌重	사물을 살피니 사랑이 더욱 중하네
不惜去人遠	떠난 사람 멀어짐은 애석하지 않으나
但恨莫與同	다만 함께 하지 못함이 한스럽네
孤遊非情歡	홀로의 유람은 정의 기쁨이 아니나
賞廢理誰通	완상을 폐하면 누구와 통할 것인가

주석 ∽

1) 『문선』 이선주: "영운의 「산거부(山居賦)」에서 이르길 '남북 두 거처는 물
   길로 통하고 육로는 막혀있네'라고 했고, 또 '돌아갈 길 찾으니 곧 북산의
   경계이네'라고 했다. 그 주에 '두 거처는 남북 두 곳을 말하고, 남산은 곧 복
   거(卜居)를 개창한 곳이다'라고 했다. 또 '크고 작은 무호(巫湖)는 중간이 한
   산으로 막혀있어 북산으로 가려면 무호 가운데를 지나게 된다'라고 했다(靈
   運山居賦曰, 若乃南北兩居, 水通陸阻. 又曰求歸其路, 迺界北山. 注曰兩居
   謂南北兩處. 南山是開創卜居之處也. 又曰大小巫湖中隔一山, 然往北山經巫
   湖中邊)."

2) **解作竟何感**(해작경하감): '해작(解作)'은 천지의 환난이 풀려 천둥치고 비가
   내리다. '감(感)'은 움직이다. 『周易·解』: "天地解, 而雷雨作, 雷雨作, 百果草

木皆甲拆, 解之時大矣哉." 이선주: "爾雅曰, 感, 動也."

3) 升長(승장): 발육(發育). 이선주: "周易曰, 地中有木升." 丰容(봉용): 어여쁘
　게 무성한 모양. 이선주: "丰容, 悦茂貌."

4) 天鷄(천계): 야생 닭의 일종. 한계(鶡鷄)·적우(赤羽)라고도 함. 『爾雅·釋鳥』:
　"鶡, 天鷄." [주]: "鶡鷄, 赤羽. 逸周書曰, 文鶡若彩鷄, 成王時, 蜀人獻之."

평설 ⟨⟩

● 『고시평선』: "한 번 붓을 휘둘러 곧장 여러 행을 써내었다. 이전에도 이
　런 창작을 한 사람은 없고, 이후에도 또한 계승자가 없다. 사람들이
　계승하지 않으려 한 것이 아니라 그 무한한 재간을 따라갈 수 없기
　때문이다(一命筆卽作數往回, 古無創人, 後亦無繼者. 人非不欲繼, 無其
　隨往不窮之才致故也)."

임해군교에 올라 강중을 출발하며 짓다. 종제 혜련과 양·하 두 사람을 보고 화답하다

登臨海郡嶠, 初發彊中作, 與從弟惠連, 見羊·何共和之[1]

1.

杪秋尋遠山[2]	첫가을에 먼 산을 찾으니
山遠行不近	산이 멀어 행차가 가깝지 않네
與子別山阿	그대와 산언덕에서 이별하려
唅酸赴脩畛[3]	슬픔 머금고 긴 밭두덕에 다다랐네
中流袂就判[4]	중류에서 헤어져

欲去情不忍	가려해도 정을 참을 수 없네
顧望脰未悁	되돌아보는 고개 피로하지 않은데
汀曲舟已隱	물구비에 배는 이미 가려졌네

주석 ⌒

1) 『문선』 권25 이선주: "사령운의 「유명산지」에서 이르기를 '계림정(桂林頂)은 멀어서 교(嶠)는 강중(彊中)에서 뾰쪽하다'고 했다. 심약(沈約)의 『송서(宋書)』에서는 '영운이 동쪽으로 돌아간 후 족제 혜련·동해(東海) 하장유(何長瑜)·영천(潁川) 순옹(荀雍)·태산(太山) 양선지(羊璿之) 등과 문장으로 항상 모여 함께 산택 유람을 하였다. 당시 사람들이 이들을 사우(四友)라고 불렀다'고 했다(謝靈運遊名山志曰, 桂林頂遠則嶠尖彊中. 沈約宋書曰, 靈運旣東還, 與族弟惠連·東海何長瑜·潁川荀雍·太山羊璿之文章常會, 共爲山澤之遊. 時人謂之四友)."

2) 杪秋(초추): 첫가을. 초추(初秋).

3) 畛(진): 밭두둑.

4) 判(판) : 갈라지다. 분(分)의 뜻.

2.

隱汀絶望舟	가려진 물구비 배를 바라볼 수 없고
鶩棹逐驚流	바쁜 노는 급류를 쫓네
欲抑一生歡	일생의 기쁨을 얻으려고
幷奔千里遊	함께 천 리의 유람을 떠났네
日落當棲薄[1]	해 지자 배를 멈추고

繫纜臨江樓　　　닻줄 매고 강루에 임했네

豈惟夕情斂　　　어찌 저녁의 정을 거두리오

憶爾共淹留　　　그대와 함께 머뭄을 추억하네

주석 ೋ

1) 棲薄(서박), 서박(棲泊)과 같음. 정박하다.

3.

淹留昔時歡　　　머문 것은 전날의 즐거움이었는데

復增今日歡　　　오늘의 즐거움을 다시 더하네

茲情已分慮　　　이 정은 이미 이별의 근심인데

況迺協悲端[1]　　하물며 슬픈 가을일세

秋泉鳴北澗　　　가을 샘물소리 북쪽 개울에서 울리고

哀猿響南巒　　　슬픈 원숭이소리 남쪽 산언덕에서 들리네

戚戚新別心[2]　애달프게 이별의 마음 새롭고

悽悽久念攢　　　처량하게 옛 생각 오래이네

주석 ೋ

1) 悲端(비단): 가을. 이선주: "悲端, 謂秋也. 楚辭曰, 悲哉秋之爲氣也."

2) 戚戚(척척): 근심하고 두려워하는 모양. 『논어·술이』: "君子坦蕩蕩, 小人長戚戚." [집해]: "鄭玄曰, 長戚戚, 多憂懼貌."

4.

攢念攻別心	옛 생각은 이별의 마음을 돋우는데
旦發淸溪陰	아침에 맑은 개울의 그늘에서 출발했네
暝投剡中宿[1]	저녁에 섬중에서 머물고
明登天姥岑[2]	다음날 천로잠에 올랐네
高高入雲霓	높고 높은 구름 무지개로 들어가니
還期那可尋	돌아올 기약 어떻게 찾으리오
儻遇浮丘公[3]	혹시 부구공을 만난다면
長絶子徽音[5]	그대의 아름다운 평판이 영원히 끊어지리

주석

1) 剡中(섬중): 섬현(剡縣)과 같음. 회계군(會稽郡)에 속함. 지금의 절강성(浙江省) 승현(嵊縣)의 서남쪽에 있음.

2) 天姥岑(천로잠): 섬현에 있는 산봉우리 이름. 이선주: "吳錄地理志曰, 剡縣有天姥岑."

3) 浮丘公(부구공): 고대 신선의 이름.

4) 徽音(휘음): 아름다운 평판.

등지상루 登池上樓[1]

潛虯媚幽姿[2]	잠긴 용은 그윽한 자태를 사랑하고
飛鴻響遠音[3]	나는 기러기는 먼 울음소리를 울리네
薄霄愧雲浮[4]	하늘에 가까이 하려도 구름 뜬 것이 부끄럽고

棲川怍淵沈[5]	내에 살려 해도 못 깊은 것이 부끄럽네
進德智所拙[6]	덕을 증진하려 해도 지혜가 졸렬하고
退耕力不任	물러나 밭을 갈려 해도 힘이 부치네
徇祿反窮海	봉록을 구하여 궁벽한 해변으로 돌아와서
臥痾對空林	병들어 누워 빈 숲만 마주하네
衾枕昧節候	잠자리에서 절후를 알지 못하고
褰開暫窺臨[7]	장막을 걷어 열고 잠시 누대에 올라 살펴보네
傾耳聆波瀾	귀 기울여 물결소리를 듣고
擧目眺嶇嶔	눈을 들어 높은 산을 조망하네
初景革緒風	초봄의 햇살이 남은 겨울바람을 바꾸고
新陽改故陰	새 양기가 옛 음기를 바꾸었네
池塘生春草	못 가엔 봄 풀이 돋고
園柳變鳴禽	동원의 버들엔 우는 새소리 변하였네
祁祁傷豳歌[8]	캔 쑥만 많은 빈가에 상심하고
萋萋感楚吟[9]	봄 풀 무성한 초음에 감개하네
索居易永久	외로운 거처 세월이 오래임을 감개하니
離群難處心	여러 사람과 홀로 떨어져 마음 편하기 어렵네
持操豈獨古	절조를 지킴이 어찌 홀로 옛사람만 능할 건가
無悶徵在今[10]	근심 없음을 지금 징험하네

주석 ⌒

1) 池上樓(지상루): 사령운이 영가태수(永嘉太守)로 있을 때의 거소(居所)의 원
   지(園池)를 말함. 영가는 지금의 절강성 온주시(溫州市) 부근.

2) 潛虯(잠규): 깊은 물 속에 잠겨 있는 용. 은자(隱者)를 상징함. 虯(규): 뿔이
　　달린 용. 媚(미): 흡족해 함. 幽姿(유자): 심연(深淵) 속의 자태.

3) 飛鴻(비홍): 높이 나는 기러기. 사환자(仕宦者)를 상징함.

4) 薄(박): 박근(迫近). 雲浮(운부): 비홍(飛鴻)을 말함.

5) 深淵(심연): 잠규(潛虯)을 말함.

6) 進德(진덕): 도덕을 증진함. 사환(仕宦)에의 진취(進取)을 말함. 『주역·건괘』:
　　"君子進德修業, 欲及時也."

7) 褰開(건개): 휘장을 걷어서 열다. 窺臨(규림): 지상루에 올라 살펴봄을 말함.

8) 祁祁(기기): 많은 모양. 『시경·豳風·七月』: "春日遲遲, 采蘩祁祁, 女心傷悲,
　　殆及公子同歸."

9) 萋萋(처처): 풀이 무성한 모양. 楚吟(초음): 『楚辭·招隱士』: "王孫遊兮不歸,
　　春草生兮萋萋."

10) 無悶(무민): 『주역·건괘』: "龍德而隱者也, 不易乎世, 不成乎名, 遁世無悶."

평설

- 『시품』: "『사씨가록(謝氏家錄)』에 「강락은 매번 혜련을 대하면 곧 좋은
　　말을 얻었다. 후에 영가(永嘉) 서당(西堂)에서 시를 짓다가 날이 다하
　　도록 완성하지 못했다. 그러다 문득 꿈에서 혜련을 보고 곧 「지당생춘
　　초」라는 구절을 지었다. 그래서 항상 말하기를 '이 말은 신조(神助)로
　　얻은 것이지 내 말이 아니다'고 하였다」고 하였다."

- 이규보(李奎報)『백운소설(白雲小說)』: "다만 옛 사람들이 사령운의 「지당생
　　춘초」를 경책(警策)으로 여겼는데, 나는 그 좋은 곳을 알지 못하겠다."

- 최자(崔滋)『보한집(補閑集)』: "문순공(文順公 : 이규보)이 일찍이 말하기
　　를……'「지당생춘초」에 대해 그 좋은 곳을 알지 못하겠다'고 하였다.

공이 말한 바가 오히려 이와 같으니, 알 사람이 누구란 말인가? 지금 어떤 억설(臆說)을 하는 사람이 「이 구는 천연에서 말을 내었는데, 봄 기운이 발생하여 처음으로 무성한 신록의 모습이 의연히 다섯 글자 사이에 있다」고 하였다. 또 어떤 사람은 「봄빛이 넘치게 따뜻하고 물상이 정화(菁華)하여 화유(和裕)한 말이 자연히 유출된 것이니, 이것을 취한 바이다」라고 하였다. 이러한 뜻이 어찌 공이 알지 모르겠다는 곳이겠는가? 반드시 얻지 못할 뜻과 기운을 기원함이 그 사이에 있는 것이다. 그렇지 않다면 말한 사람이 지나친 것이리라.」

- 이제현(李齊賢)『역옹패설(櫟翁稗說)』: "나는 유독 「지당생춘초」를 사랑하는데, 전할 수 없는 묘(妙)가 있다고 여겼다. 지난날 일찍이 여항(餘杭)에서 객살이를 하였는데 어떤 사람이 난을 화분에 심어 선물로 주어서 그것을 궤상 위에 놓아두었다. 한참 사람을 접대하고 사무를 처리하는 동안에는 그 난의 향기를 깨닫지 못하였다. 밤이 깊어 조용히 앉아 있는데 명월이 창에 있고 국향(國香)이 콧속에 끼쳤다. 맑은 향의 사랑스러움을 말로 표현할 수 없었다. 나는 흔연히 혼자 말하였다 「사령운의 '춘초'의 구로구나!」"

- 홍만종(洪萬宗)『소화시평(小華詩評)』: "시 가운데 이른바 신조(神助)라는 것이 있다. 진나라 사령운의 「지당생춘초」는 천고에 회자되는데 대개 천연(天然)에서 말을 내어서 조화의 묘를 스스로 얻은 것으로서 의론(議論)으로써 어찌 감히 도달할 수 있겠는가?"

- 신정하(申靖夏)『서암시평(恕菴詩評)』: "「지당생춘초, 원류변명금」은 사령운의 절창이다. 당시 이 구절 때문에 죄를 얻었다고 한다. 권덕여(權德輿)가 마침내 전회(傳會)하기를 「지당(池塘)이라는 것은 천주저개(泉洲瀦溉)의 땅인데, 금일 봄 풀이 돋아난 것은 곧 삼택(三澤)이 마른 것이다. 〈빈(豳)〉시에 기록된 「일충명(一蟲鳴)」은 곧 한 기후가 변

한 것인데, 금일 우는 새소리가 변한 것은 기후가 장차 변한다는 것이다. 이런 이유로 당시에 미움을 받은 것이다」라고 하였다. 이는 권덕여의 망탄(妄誕)이다. 만약 그렇다면 사령운의 이 시는 공교롭지 않음이 심한데 어떻게 명성을 후세에 전할 수 있었겠는가? 또한 사령운은 「한망자방분(韓亡子房奮)」구에 연루된 것이지 이것에 연루된 것이 아니다.」

- 황현(黃玹)의 〈논시잡절〉: "'지당초'란 구절에서 당풍이 이미 보였으니, 강남에서 고심타가 혜련을 꿈꾸고서 얻었다네(唐風已兆池塘草, 斷腸江南夢惠連)."

- 섭몽득(葉夢得)『석림시화(石林詩話)』권중 : "「지당생춘초, 원류변명금」에 대해 세상에는 이 말이 공교하다는 것을 매우 이해하지 못한다. 그것은 기묘함으로써 이해하려고 하기 때문이다. 이 말의 공교함은 바로 용의(用意)한 바가 없다는 데에 있다. 갑자기 경(景)과 서로 마주쳐서 그것을 빌어서 장(章)을 이루고 승삭(繩削)을 빌리지 않았다. 그러므로 비상한 정(情)에 도달할 수 있었던 것이다. 시가(詩家)의 묘처(妙處)는 마땅히 이런 것을 근본으로 삼아야 한다."

유남정 遊南亭[1]

時竟夕澄霽	봄 시절이 끝나고 저녁이 맑게 개었는데
雲歸日西馳	구름 돌아가고 해는 서쪽으로 내달리네
密林含餘淸	우거진 숲은 남은 맑은 기운을 머금고
遠峰隱半規[2]	먼 산봉우리는 반달을 감추었네

久癥昏墊苦³⁾　　　수해의 고통을 오랜 동안 병으로 여겼는데

旅館眺郊岐　　　여관에서 교외의 길을 바라보네

澤蘭漸被徑　　　택란은 점차 길을 뒤덮고

芙蓉始發池　　　부용은 처음으로 못에서 피어났네

未厭靑春好　　　푸른 봄의 좋음을 미처 다 누리지 못했는데

已觀朱明移⁴⁾　　　이미 주명이 옮겨왔음을 보네

戚戚感物歎　　　근심스레 사물에 감개하여 한탄하니

星星白髮垂　　　성성한 백발만 드리웠네

藥餌情所止⁵⁾　　　약이에 대한 정으로 머물렀는데

衰疾忽在斯　　　쇠한 병이 문득 여기에 있네

逝將候秋水　　　돌아가려고 가을 물을 기다리는데

息景偃舊崖　　　멈춘 그림자 옛 언덕에 기대었네

我志誰與亮　　　나의 뜻을 누가 밀어주리오

賞心惟良知　　　즐거운 마음은 다만 좋은 벗들에 있네

주석 ❧

1) 南亭(남정): 영가군(永嘉郡)의 치소(治所)에 있던 정자.

2) 半規(반규): 반원(半圓). 반달.

3) 昏墊(혼숙): 혼혹함닉(昏惑陷溺). 수해를 당하는 것을 말함. 『尙書·益稷』: "洪水滔天, 浩浩懷山襄陵, 下民昏墊."

4) 朱明(주명): 여름의 별칭.

5) 藥餌(약이): 악이(樂餌)의 오류. 음악과 좋은 음식. 『노자』35장: "樂與餌, 過客止."

세모 歲暮

殷憂不能寐[1]	깊은 근심으로 잠 못 이루고
苦此夜難頹	이 밤이 다하기 어려움을 괴로워하네
明月照積雪	밝은 달은 쌓인 눈을 비추고
朔風勁且哀	삭풍은 강하고도 슬픈 소리 내네
運往無淹物	흐르는 세월에 머무는 사물이 없으니
年逝覺已催	나이 지나감이 급박함을 깨닫네

주석 ◌

1) 殷憂(은우): 깊은 근심.

사첩 謝瞻

사첩(387?-421), 자는 선원(宣遠), 진군(陳郡) 양하(陽夏: 지금의 하남성
太康縣) 사람. 동진 말에 안서장군(安西將軍) 환위(桓偉)의 참군(參軍)
과 유유(劉裕)의 진군참군(鎭軍參軍)을 지내고, 송나라로 들어와서 중서
황문시랑(中書黃門侍郎), 상국종사중랑(相國從事中郎)을 거쳐 예장태수
(豫章太守)를 지낸 후 35세에 죽었음.

그의 문장은 종숙(從叔) 혼(混)과 족제(族弟) 영운(靈運)과 상항(相抗)하
였다는 평을 받음. 『시품』에서는 중품에 넣었다.

답영운 答靈運[1]

夕霽風氣涼	석양에 날 개니 바람 기운 서늘하고
閑房有餘淸	한가한 방엔 남은 맑은 기운이 있네
開軒滅華燭	창을 여니 화촉 불 가물대고
月露皓已盈	달빛 어린 이슬은 하얗게 가득하네
獨夜無物役	외로운 밤 할 일도 없어
寢者亦云寧	잠자리 또한 편안하네
忽獲愁霖唱[2]	문득 <수림>시를 얻어보니
懷勞奏所誠	노고로운 회포의 간절함을 표했네
歎彼行旅艱	저 여행의 고난을 탄식하니
深玆眷言情	여기에 깊게 권념의 정을 말하였네
伊余雖寡慰	내가 비록 위로함이 적지만
殷憂暫爲輕	깊은 근심 잠시 덜어지길 바라네
牽率酬嘉藻	억지로 경솔하게 훌륭한 시에 수창하니
長揖愧吾生	길게 읍하며 내 생이 부끄럽네

주석

1) 이 시의 제목은 일작 〈答康樂秋霽詩〉임.

2) 愁霖(수림): 사령운이 사첨에게 보낸 시의 제목.

3) 牽率(견솔): 견강부회하고 경솔함.

사혜련 謝惠連

사혜련(397-433), 사령운의 종제로서 시에 뛰어나 사령운과 함께 '대소사(大小謝)'로 불림. 부친의 거상중에 시를 지어 남에게 주었다가 폐고되어 오랫동안 벼슬에 나가지 못했다. 나중에 팽성왕(彭城王) 유의(劉義)의 법조참군이 되었으나 3년을 채우지 못하고 죽었다.

『시품』에서 사혜련을 "기려(綺麗)한 가요를 솜씨 있게 지어서 풍인(風人)에 있어 제일이다"고 평하고 중품에 넣었음.

서릉에서 바람을 만나 머물며 강락에게 올리다
西陵遇風, 獻康樂[1]

靡靡即長路[2]	느릿느릿 먼길을 나서니
戚戚抱遙悲	근심스레 아득한 슬픔이 있네
悲遙但自弭	슬픔 아득함은 스스로 잊을 뿐이지만
路長當語誰	길 먼데 누구와 말을 나누나
行行道轉遠	가고 가도 길은 더욱 멀고
去去情彌遲	떠나고 떠나도 정은 더욱 길어지네
昨發浦陽汭[3]	어제 포양의 물굽이를 떠났는데
今宿浙江湄[4]	오늘은 절강의 기슭에서 숙박하네

주석 ༄

1) 위시는 『문선』 권25의 '서릉우풍, 헌강락, 1수' 5장 중 제3장.

2) 靡靡(미미): 더디게 길을 가는 모양. 『시경·王風·黍離』: "行邁靡靡, 中心搖搖."[전]: "靡靡, 猶遲遲也."

3) 浦陽(포양): 내의 이름. 간강(簡江)이라고도 함. 절강성(浙江省) 포강현(浦江縣) 심뇨산(深裊山)에서 시작하여 전당강(錢塘江)으로 흘러감.

4) 浙江(절강): 내의 이름. 옛 이름은 점수(漸水).

평설 ༄ >

• 『고시평선』: "머금고 뱉음이 완전하고 평탄하여 거연히 한 수의 고시이다(含吐完平, 居然一首古詩)."

다듬이질 擣衣

衡紀無淹度[1]	형성과 기성은 멈춤이 없고
晷運倏如催[2]	해 그림자 재촉하듯 빠르네
白露滋園菊	흰 이슬 동원의 국화를 적시고
秋風落庭槐[3]	가을바람 마당의 회나무를 떨구네
肅肅莎鷄羽[4]	푸드득 베짱이의 날갯소리
烈烈寒螿啼[5]	맴맴 가을매미 울고
夕陰結空幕	저녁 어둠 빈 장막에 드리우고
宵月皓中閨	저녁 달은 규방에서 밝네
美人戒裳服	미인이 의복을 짓자고
端飾相招攜	단장하고 서로 부르네
簪玉出北房	옥비녀 꽂고 북쪽 방을 나서서
鳴金步南階[6]	찰랑대는 금장식 남쪽 계단을 오르네
櫩高砧響發[7]	높은 처마에 다듬이질소리 울리니
楹長杵聲哀	긴 난간에 방망이소리 애처롭네
微芳起兩袖	은미한 향내 양 소매에서 피고
輕汗染雙題	작은 땀방울 양 이마를 적시네
紈素旣已成	비단옷 이미 완성되었으나
君子行未歸	군자의 행차 아직 돌아오지 않았네
裁用笥中刀	상자 속의 칼로 재단하여
縫爲萬里衣	만 리 보낼 옷을 재봉했네
盈篋自予手	상자에 넣는 것은 내 손으로 하였으나
幽緘俟君開	봉함은 그대가 열어야 하리

腰帶準疇昔   허리띠는 옛날의 치수에 맞추었는데

不知今是非   지금은 맞는지 모르겠네

주석 ⌒⌒

1) 衡紀(형기): 형성(衡星)과 기성(紀星). 형성은 북두칠성의 가운데 별. 기성은 북두칠성의 견우성.

2) 晷(구): 구영(晷影). 해 그림자.

3) 槐(괴): 회나무. 콩과식물의 낙엽교목. 7-8월에 꽃이 핀다. 꽃과 잎이 아까시와 흡사하나 가시가 없다. 거목으로 자라 당산목으로 된 것이 많다.

4) 蕭蕭(숙숙): 날개치는 소리. 『시경·소아·鴻雁』: "鴻雁于飛, 蕭蕭其羽." [전: "蕭蕭, 羽聲也." 莎鷄(사계): 베짱이. 귀뚜라미라는 설도 있음. 검은 몸체에 붉은 머리이며 날개로 소리를 낸다고 함. 저계(樗鷄)·천계(天鷄)·산계(酸鷄)·홍낭자(紅娘子)·회화아(灰花蛾) 등 다른 이름이 많음.

5) 烈烈(열렬): 매미가 우는 소리.

6) 寒螿(한장): 매미의 일종.

7) 鳴金(명금): 금보요(金步搖). 걸어갈 때 흔들려서 소리가 나게 만든 금장식.

8) 檐(염): 처마.

평설 ⌒⌒

• 『고시원』: "한 맺음이 능히 정어(情語)를 이루었다. 섬미(纖靡)함에 빠지지 않았다(一結能作情語. 不入纖靡)."

강엄 江淹 ⟲

강엄(444-505), 자는 문통(文通), 제양(濟陽) 고성(考城) 사람. 남조(南朝)의 송(宋)·제(齊)·양(梁)나라에 출사하여 송나라에서는 표기참군, 제나라에서는 시중, 양나라에서는 금자광록대부(金紫光祿大夫) 등을 지냄. 시와 부에 뛰어났는데, 「별부(別賦)」·「한부(恨賦)」 등이 유명하다. 그의 시는 옛시의 모의에 주력하여 개성은 부족하나 일정 정도 당시의 화려한 시풍에서 벗어났다. 청나라 양빈(梁賓)이 찬한 『강문통집』이 전한다.

『시품』에서 강엄의 시를 "강엄은 시체(詩體)가 총잡(摠雜)하고 모의(摹擬)에 뛰어났다"고 평하고 중품에 넣었음.

휴상인과의 이별을 원망하다 休上人, 怨別[1]

西北秋風至	서북에서 가을바람이 불어오니
楚客心悠哉	초 땅의 나그네 마음 아득하네
日暮碧雲合	석양은 푸른 구름과 합해졌는데
佳人殊未來	가인은 홀로 오지 않았네
露采方汎艶	이슬 젖은 채소 모두 아름다운데
月華始徘徊	달빛 비로소 어른거리네
寶書爲君掩[2]	보서를 그대 위해서 덮었는데
瑤琴詎能開[3]	요금을 어찌 열 수 있겠는가
相思巫山渚	무산의 물가를 그리워하며
悵望陽雲臺[4]	양운대를 슬프게 바라보네
膏鑪絶沈燎[5]	향로엔 향 연기 끊어지고
綺席生浮埃	비단자리엔 먼지만 이네
桂水日千里[6]	계수는 하루에 천 리를 가니
因之平生懷	이로써 평생의 회한을 풀리

주석 ☜

1) 『문선』 권31, 강엄의 「잡체시」 30수 중 제30수. 휴상인(休上人), 이선주: "심약(沈約)의 『송서(宋書)』에 '사문 혜휴(惠休)는 문장을 잘 지었는데, 서담지(徐湛之)가 그와 몹시 친했다. 세조가 그에게 환속을 명했다. 세속의 성씨는 탕(湯)이며, 지위는 양주종사(楊州從事)에 이르렀다'라고 했다(沈約宋書曰, 沙門惠休, 善屬文, 徐湛之與之甚厚, 世祖命使還俗. 本姓湯, 位至楊州從事)."

2) 寶書(보서): 귀중한 서적.

3) 瑤琴(요금): 옥으로 장식한 금(琴). 혹은 아름다운 소리를 내는 금.

4) 陽雲臺(양운대): 양대(陽臺). 초나라 회왕(懷王)이 고당(高塘)을 유람할 때 꿈속에서 무산(巫山)의 신녀를 만나서 사랑을 나눈 누대의 이름. 『宋玉·高塘賦』: "王曰, 昔者先王嘗遊高塘, 怠而晝寢, 夢見一婦人, 曰妾巫山之女也, 爲高塘之客, 聞君遊高塘, 願薦寢席, 王因幸之, 去而辭曰, 妾在巫山之陽, 高丘之岨, 단위조운, 暮爲行雨, 朝朝暮暮, 陽臺之下."

5) 膏爐(고로): 향로. 沈燎(침료): 향이 연기만 나고 불꽃은 일지 않기 때문에 침료라고 함. 이선주: "煙而無焰, 故爲之沈."

6) 桂水(계수): 내의 이름. 호남성 남산현(藍山縣) 남쪽에서 발원하여 상수(湘水)로 흘러감.

평설 ⌒〰

• 『시수』: "위문제의 「조여가인기, 일구수미래(朝與佳人期, 日久殊未來)」, 강락의 「원경조이만, 가인유미적(園景早已滿, 佳人猶未適)」, 문통의 「일모벽운합, 가인수미래(日暮碧雲合, 佳人殊未來)」는 아래로 내려올수록 더욱 공교해졌다. 그러나 위(魏)·송(宋)·양(梁)의 체(體)는 스스로 다르다(魏文「朝與佳人期, 日久殊未來」, 康樂「園景早已滿, 佳人猶未適」, 文通「日暮碧雲合, 佳人殊未來」, 愈衍愈工, 然魏·宋·梁體自別)."

포조 鮑照

포조(414-466). 자는 명원(明遠), 동해(東海: 강소성 連雲港市 東漣水縣
북쪽) 사람. 가세가 쇠미하였는데, 임천왕(臨川王) 유의경(劉義慶)에게
시를 바쳐서 국시랑(國侍郎)에 임명되고 말릉령(秣陵令)을 지냄. 송나
라 문제(文帝) 때 중서사인(中書舍人)이 되고, 임해왕(臨海王) 유자욱
(劉子頊)의 전군참군(前軍參軍)과 장서기(掌書記)를 지냈는데, 유자욱이
군사를 일으켰을 때 난병(亂兵) 속에서 죽었음.

포조의 시는 당대에서 가장 뛰어나다는 평을 받는데, 특히 악부와 칠언
가행에서 뛰어났다. 후대의 이백과 잠삼(岑參) 등에게 많은 영향을 주었
다. 『시품』에서는 포조를 중품에 넣고 "그 근원은 이장(二張: 장협과 장
화)에게서 나왔는데 형상(形狀) 사물(寫物)의 말을 잘 제작하였다. 경양
(景陽)의 숙궤(淑詭)를 얻고 무선(茂先)의 미만(靡嫚)을 머금었다. 골절
(骨節)은 사혼(謝混)보다 강하고 구매(驅邁)는 안연지보다 빠르다. 사가
(四家)를 모아서 천미(擅美)하였다"고 평하였다.

이의현(李宜顯)은 『도곡잡저(陶谷雜著)』에서 "나는 도연명·사령운 이후
에서는 지극히 포명원을 좋아한다. 대개 송(宋)·제(齊) 이래 침침(駸

399

駿)히 미려(靡麗)함을 추구하여 자태는 많지만 골기(骨氣)는 적어서 서경(西京)과 건안(建安)의 음절이 거의 단절되었다. 그런데 포명원의 시는 홀로 준쾌(俊快) 교건(嬌健)하고 골기가 높고 강하여 대략 후래의 여러 사람들이 미칠 수 있는 바가 아니다. 이 때문에 이백과 두보 역시 지극히 종상(宗尙)한 것이다. 주부자(朱夫子)가 말하기를, 이태백은 그를 전적으로 공부하여 체득하였다고 했다. 태백의 천선(天仙)의 재능은 비록 천수(天授)에서 나왔지만 그 준일(俊逸)한 기세는 참으로 본래 소종래(所從來)가 있다"고 포조를 평하였다.

대동문행 代東門行[1]

傷禽惡弦驚[2]	부상당한 새는 활 소리를 미워하고
倦客惡離聲	피곤한 나그네는 이별소리를 싫어하네
離聲斷客情	이별소리는 나그네의 정을 애끊게 하니
賓御皆涕零	빈객과 마부가 모두 눈물을 떨구네
涕零心斷絶	눈물 떨구며 마음이 찢어지니
將去復還訣	가려다가 또다시 돌아보고 이별하네
一息不相知	한 순간도 서로 알 수 없는데
何況異鄕別	하물며 타향에서의 이별이라
遙遙征駕遠	멀리 떠나는 수레는 멀어지고
杳杳白日晩[3]	어둑어둑 해는 저무네
居人掩閨臥	집에 남은 사람은 문을 닫고 누웠는데
行子夜中飯	길 떠난 사람은 밤중에 식사하네
野風吹秋木	들바람은 가을 나무에 부니
行子心腸斷	나그네의 심장이 끊어지네
食梅常苦酸	매실을 먹으면 항상 신맛이 괴롭고
衣葛常苦寒	갈포를 걸치면 항상 추위가 괴롭네
絲竹徒滿坐[4]	음악소리 좌석에 가득하나
憂人不解顔	근심하는 사람은 얼굴을 펴지 못하네
長歌欲自慰	긴 노래로 스스로를 위로하려 하지만
彌起長恨端	다시 긴 한의 실마리가 일어나네

주석 ⟋

1) 〈대동문행(代東門行)〉: 〈동문행〉은 악부 고사(古辭)의 제목. 〈상화가·瑟
   調曲〉에 속함. 대(代)는 본뜬다는 의미. 의(擬)와 같음.

2) 傷禽(상금): 과거 화살에 부상당한 적이 있던 새.

3) 杳杳(묘묘): 저녁이 어두운 모양.

4) 絲竹(사죽): 현악기와 관악기. 음악을 말함.

평설 ⟋

• 『설시수어』권상 : "포명원의 악부는 항음(抗音) 토회(吐懷)하여 매번 양
  절(亮節)을 이루었다. 〈대동문행〉·〈대방가행〉 등의 편은 곧장 앞에
  고인(古人)들을 없애고자 하였다."

대방가행 代放歌行[1]

蓼蟲避葵菫[2]	요충은 규근을 피하는데
習苦不言非	쓴맛에 익숙한 것 그르다고 말할 수 없네
小人自齷齪[3]	소인은 스스로 악착같은데
安知曠士懷[4]	어찌 광사의 회포를 알겠는가
鷄鳴洛城裏	낙양성에서 닭이 우니
禁門平旦開	금문이 새벽에 열리네
冠蓋縱橫至	관리들이 종횡으로 이르고
車騎四方來	수레와 기마들 사방에서 오네

素帶曳長飆[5]	흰 의대는 긴 바람을 끌고
華纓結遠埃[6]	화관의 끈은 먼 먼지를 묻히네
日中安能止	해가 중천인데 어찌 그칠 수 있겠는가
鍾鳴猶未歸	한밤중의 종소리에도 여전히 돌아가지 못하네
夷世不可逢[7]	태평성대 만날 수 없는데
賢君信愛才	어진 군주라면 참으로 재능을 사랑하여
明慮自天斷[8]	밝은 생각으로 스스로 결단하고
不受外嫌猜	외부의 꺼림과 시기를 받아들이지 않으리
一言分珪爵	한 마디 말에도 규작을 나눠주고
片善辭草萊	작은 장점에도 초야에 있게 하지 않으리
豈伊白璧賜[9]	아마 백벽를 하사하고
將起黃金臺[10]	장차 황금대를 세우리라
今君有何疾	지금 그대는 무슨 병이 있어서
臨路獨遲廻	길 앞에서 홀로 서성이고 있는가

주석 ∽

1) 〈대방가행(代放歌行)〉: 〈방가행〉은 악부 〈상화곡·슬조곡〉에 속함.

2) 蓼蟲(요충): 여뀌를 갉아먹고 사는 벌레. 여뀌는 맛이 매움. 葵菫(규근): 아욱과 근대. 모두 맛이 감미로운 좋은 채소.

3) 齷齪(악착): 기량이 협착(狹窄)함.

4) 曠士(광사): 성격이 호방하고 뜻이 광달한 선비.

5) 素帶(소대): 흰 비단의 의대(衣帶). 수레를 탄 관리의 의대를 말함.

6) 華纓(화영): 화관(華冠)의 끈.

7) 夷世(이세): 태평성대.

8) 明廬(명려): 밝은 지혜.

9) 白璧(백벽): 흰 벽옥.

10) 黃金臺(황금대): 전국시대 연(燕)나라 소왕(昭王)이 황금대를 세워 현사들을
    불러모았음.

대동무음 代東武吟[1]

主人且勿喧	주인께서는 잠시 떠들지 마시오
賤子歌一言	천한 사람이 노래 한 곡을 부르리라
僕本寒鄉士[2]	저는 본래 궁벽한 시골 사람인데
出身蒙漢恩[3]	세상에 나서 한나라 은혜를 입었다네
始隨張校尉[4]	처음엔 장교위를 따라서
占募到河源[5]	모병에 응하여 하원에 이르렀고
後逐李輕車[6]	나중엔 이경거를 좇아서
追虜出塞垣	오랑캐를 추적하여 변새로 나갔다네
密塗亘萬里	좁은 길 만리에 이어지고
寧歲猶七奔	태평세월에도 오히려 일곱 번을 출정하였네
肌力盡鞍甲	피부와 힘은 안장과 갑옷 속에서 소진되었고
心思屬涼溫	심사는 추위와 더위 속에서 괴로웠네
將軍旣下世	장군은 이미 세상을 떠났고
部曲亦罕存[7]	부곡 또한 남은 것이 드무네
時事一朝異	시사가 하루아침에 바뀌니
孤績誰復論	외롭게 쌓은 공적 누가 다시 논해줄 건가

少壯辭家去　　　젊었을 때 집을 떠나가서
窮老還入門　　　늙어서 집으로 돌아왔네
腰鎌刈葵藿　　　낫을 허리에 차고 규곽을 베어내고
倚杖牧鷄豚　　　지팡이 집고 닭과 돼지를 치네
昔如鞲上鷹[8]　　예전엔 팔 깍지 위의 매와 같았는데
今似檻中猿　　　지금은 우리 속의 원숭이 같네
徒結千載恨　　　다만 천년의 한을 맺고
空負百年怨　　　공연히 백년의 원한을 지녔네
棄席思君幄[9]　　버려진 자리는 임금의 장막을 생각하고
疲馬戀君軒[10]　　피폐한 말은 임금의 수레를 연모하네
願垂晉主惠[11]　　원컨대 진나라 임금의 은혜를 내리어
不愧田子魂[12]　　전자방의 혼을 부끄럽지 않게 하게

주석 ⌒

1) 〈대동무음(代東武吟)〉: 〈동무(東武)〉는 원래 악부의 제목이었음. 『문선』이
   선주: "東武, 泰山皆齊之土風, 弦歌謳吟之曲名也."

2) 寒鄕(한향): 궁벽한 시골.

3) 出身(출신): 이 구절은 한미한 출신으로 행오(行伍: 군졸)가 됨을 말함.

4) 張校尉(장교위): 서한 때의 장건(張騫). 장건은 일찍이 교위가 되어 대장군
   위청(衛靑)을 따라 흉노를 격파하였음.

5) 河源(하원): 황하의 근원. 곤륜산(崑崙山: 지금의 靑海省 남부)에 있음. 장건
   은 일찍이 대하국(大河國)으로 사신을 가서 황하의 근원을 찾고 그 산에서
   많은 보석을 채굴하여 가져왔음.

6) 李輕車(이경거): 서한의 대장군 이광(李廣)의 종제 이찰(李蔡). 무제 때 경거

405

장군(輕車將軍)으로서 흉노를 격파하여 공을 세웠음.

7) 部曲(부곡): 부하(部下). 한나라 때의 군사편제. 대장군의 진영에 5부가 있고, 부 아래에 곡이 있었음.

8) 韝(구): 무인이 팔에 끼는 가죽 띠. 사냥할 때는 매를 그 위에 앉게 함.

9) 棄席(기석): 공신(功臣)을 버림을 말함. 『韓非子·外儲說』에 고사가 있음. 진(晉)나라 문공(文公)이 19년 동안 떠돌다가 귀국하여 즉위하였을 때 예전에 쓰던 변두(籩豆), 욕석(蓐席) 등을 버리게 하였음. 이에 구범(咎犯)이 통곡하며 물러날 뜻을 밝히자 그만 두었다고 함.

10) 疲馬(피마): 힘이 없는 늙은 말. 『韓氏外傳』: "昔者田子方出, 見老馬于途, 喟然有志焉……田子方曰: '少盡其力, 而老棄其身, 仁者不爲也.'"

11) 晉主(진주): 진나라 문공(文公)을 말함.

12) 田子(전자): 전자방(田子方)을 말함.

대출자계북문행 代出自薊北門行[1]

羽檄起邊亭[2]	우격이 변정에서 일어나니
烽火入咸陽[3]	봉화가 함양으로 들어가네
徵師屯廣武[4]	군대를 징발하여 광무에 주둔시키고
分兵救朔方[5]	군사를 나누어 삭방을 구원하네
嚴秋筋竿勁[6]	모진 가을기운에 활과 화살이 강건하고
虜陣精且彊	오랑캐의 진영은 정련되고 강하네
天子按劍怒	천자가 검을 만지며 노하니
使者遙相望	사자들은 멀리서 서로 바라보네
雁行緣石徑[7]	기러기 행렬 같은 대오는 돌길을 따라가고

魚貫渡飛梁[8]	연이은 물고기 같은 행진은 비량을 넘어가네
簫鼓流漢思[9]	소고소리 한나라 고향생각을 전하고
旌甲被胡霜	깃발 갑옷엔 호땅의 서리가 덮었네
疾風衝塞起	질풍이 변방을 치며 일어나니
沙礫自飄揚	모래 자갈이 절로 날려가네
馬毛縮如蝟	말 털은 고슴도치처럼 움츠러들고
角弓不可張	각궁은 펼 수가 없네
時危見臣節	시대가 위급하면 신하의 절개를 보고
世亂識忠良	세상이 어지러우면 충량을 알 수 있네
投軀報明主	몸을 던져 밝은 임금에게 보답하니
身死爲國殤	몸이 죽어 국상이 되리라

주석 ☙

1) 〈대출자계북문행(代出自薊北門行)〉: 악부 〈잡곡가사〉에 속함. 계(薊)는 전국시대 연(燕)나라 도성. 지금의 북경성(北京城) 서남쪽.

2) 羽檄(우격): 새의 깃털을 꽂은 긴급문서. 邊亭(변정): 변방의 요새.

3) 咸陽(함양): 진(秦)나라의 도성. 국도(國都)의 대칭으로 쓰임.

4) 廣武(광무): 옛 성의 이름. 하남성 형양(滎陽) 광무산(廣武山)에 위치함.

5) 朔方(삭방): 북방의 변경.

6) 籠竿(늑간): 활과 화살.

7) 雁行(안항): 행군하는 대오(隊伍)가 안항처럼 질서정연함을 말함.

8) 魚貫(어관): 연이어 차례로 나아감이 물고기가 꼬리를 물고 지나감과 같음을 말함. 飛梁(비량): 높은 언덕의 가교(架橋).

9) 簫鼓(소고): 소(簫)와 북의 군악소리. 漢思(한사): 한나라의 고향생각을 말함.

의행로난 擬行路難[1]

1.

奉君金巵之美酒	그대에게 황금술잔의 좋은 술을 올리니
瑇瑁玉匣之雕琴[2]	대모 옥갑의 문양 새긴 금을 울리네
七彩芙蓉之羽帳	일곱 색깔 부용 무늬 깃털 휘장과
九華蒲萄之錦衾[3]	무성한 포도 무늬 비단이불
紅顔零落歲將暮	고운 얼굴은 영락하고 세월은 저물려 하는데
寒光宛轉時欲沈	찬 햇살 완전히 세월이 잠기려 하네
願君裁悲且減思	그대에게 원하니 슬픔과 수심을 그치고
聽我抵節行路吟[4]	내가 박자 치며 행로음을 부르는 것을 들어보오
不見柏梁銅雀上[5]	백량대와 동작대를 볼 수 없으니
寧聞古時清吹音	어찌 옛날의 맑은 음률을 들을 수 있겠는가

주석 ☞

1) 〈의행로난(擬行路難)〉: 〈행로난〉은 본래 한나라 악부 잡곡가사. 포조는 이
   제목으로 18수의 시를 지었음.

2) 瑇瑁(대모): 대모(玳瑁)와 같음.

3) 九華(구화): 꽃송이가 무성한 모양.

4) 抵節(저절): 격절(擊節). 박자를 침.

5) 柏梁(백량): 한나라 무제 때 장안(長安)에 세웠던 대(臺)의 이름. 무제는 그곳
   에 술자리를 마련하고 군신(群臣)들과 함께 시를 수창하였음. 銅雀(동작):
   건안(建安) 연간에 조조가 업성(鄴城)에 세웠던 대의 이름. 조조는 동작대가
   보이는 서쪽 언덕에 자신의 묘지를 만들고 동작대에서 가무를 하도록 유언하
   였다고 함.

2.

洛陽名工鑄爲金博山[1]	낙양의 명공이 금박산을 주조하니
千斫復萬鏤	천 번 두들기고 만 번을 새겨서
上刻秦女携手仙[2]	위에는 진녀가 손잡고 신선으로 떠남을 새겼는데
承君淸夜之歡娛	그대의 맑은 밤의 즐거움을 받드네
列置幃裏明燭前	휘장 속 밝은 촛불 앞에 늘어놓으니
外發龍鱗之丹彩	밖에는 용 비늘의 붉은 채색이 빛나고
內含麝芬之紫煙	안에는 사향의 붉은 연기를 머금었네
如今君心一朝異	지금 그대의 마음 하루아침에 달라지니
對此長歎終百年	이것을 대하고 길게 탄식하며 백년 인생을 마치려네

주석 ☙

1) 金博山(금박산): 해상의 신선이 산다는 박산(博山) 형태의 구리 향로. 박산로(博山爐)라고 부름.

2) 秦女(진녀): 진목공(秦穆公)의 딸 농옥(弄玉). 소(簫)를 잘 부는 소사(蕭史)에게 시집가서 소를 배웠는데, 나중에 부부는 소로 봉황을 불러 함께 타고서 날아갔다고 함.

3.

| 璇閨玉墀上椒閣[1] | 고운 규방의 옥 섬돌 위 초각은 |
| 文窓繡戶垂羅幕 | 아로새긴 창과 수놓은 문에 비단 장막 드리우고 |

中有一人字金蘭	그 안에 한 사람이 있는데 자가 금란이고
被服纖羅蘊芳藿[2]	걸친 비단 옷엔 향기로운 곽향을 간직하였네
春燕差池風散梅[3]	봄 제비는 들쭉날쭉 날고 바람은 매화를 날리는데
開幬對景弄禽爵[4]	휘장을 열고 경치를 대하고 새들을 구경하네
含歌攬涕恒抱愁	노래 부르려다 눈물 훔치며 항상 수심을 품으니
人生幾時得爲樂	인생에서 얼마나 즐거움을 이루겠는가
寧作野中之雙鳧	차라리 들판의 쌍 오리가 될지언정
不願雲間之別鶴	구름 속의 이별한 학은 원하지 않네

주석

1) 璇閨(선규): 옥으로 장식한 규방. 玉墀(옥지): 고운 섬돌 위의 뜰. 椒閣(초각): 산초(山椒) 기름을 벽에 바른 향기로운 누각.

2) 纖羅(섬라): 정치(精致)한 능라(綾羅). 藿(곽): 일종의 향초.

3) 差池(차지): 참치(參差). 장단이 가지런하지 않은 모양.

4) 禽爵(금작): 금작(禽雀).

4.

瀉水置平地	평지에다 물을 쏟으면
各自東西南北流	각자 동서남북으로 흘러가네
人生亦有命	인생 또한 운명이 있는데
安能行歎復坐愁	어찌 가면 탄식하고 앉으면 근심하는가
酌酒以自寬	술을 따라 스스로 위로하려는데

擧杯斷絶歌路難	술잔 들고 행로난의 노래를 못 부르네
心非木石豈無感	마음이 목석이 아닌데 어찌 감개가 없겠는가만
呑聲躑躅不敢言	소리 삼키고 서성이며 감히 말하지 못하네

5.

對案不能食	상을 대하고도 밥을 먹지 못하고
拔劒擊柱長歎息	검을 뽑아 기둥을 치며 길게 탄식하네
丈夫生世會幾時	장부가 세상에 나서 얼마나 머물 것인가
安能蹀躞垂羽翼[1]	어찌 능히 전진하지 못하고 날개를 드리우는가
棄置罷官去	버림받아 파관되어 떠나서
還家自休息	집에 돌아와 스스로 쉬는데
朝出與親辭	아침에 나가서 친지들과 헤어졌다가
暮還在親側	저녁에 돌아와 친지들 옆에 있네
弄兒牀前戲	아이를 놀리며 상 앞에서 장난치고
看婦機中織	부인이 베틀에서 베를 짜는 것을 보네
自古聖賢盡貧賤	예로부터 성현들도 모두 빈천했는데
何況我輩孤且直	하물며 우리 무리의 고단하고 경직됨에랴

주석 ⌇

1) 蹀躞(섭접): 작은 걸음으로 위축되어 전진하지 못하는 모양.

6.

愁思忽而至	근심이 문득 일어나
跨馬出北門	말을 타고 북문을 나섰네
擧頭四顧望	머리 들어 사방을 둘러보니
但見松柏園荊棘鬱樽樽[1]	다만 송백 동원에 가시나무만 울창하게 우거짐을 보네
中有一鳥名杜鵑[2]	그 안에 한 마리 새가 있어 두견이라 하는데
言是古時蜀帝魂[3]	옛날 촉나라 황제의 혼이라 하네
聲音哀苦鳴不息	울음소리 슬프고 괴로운데 울음을 그치지 않고
羽毛憔悴似人髡	깃털은 초췌하여 흡사 머리 깎인 사람 같네
飛走樹間啄蟲蟻	나무 사이로 날아가서 벌레를 쪼니
豈憶往日天子尊	어찌 지난날의 천자의 존귀함을 생각할 수 있겠는가
念此死生變化非常理	이 생사 변화의 비상한 이치를 생각하니
中心惻愴不能言	마음이 슬퍼서 말을 할 수가 없네

주석 ⌒⌒

1) 樽樽(준준): 무성하게 우거진 모양.

2) 杜鵑(두견): 두견이. 뻐꾹이과의 철새,

3) 蜀帝(촉제): 주(周)나라 말 촉나라 임금인 두우(杜宇). 그의 혼이 두견이가 되었다고 함.

4) 髡(곤): 머리를 깎는 형벌의 하나.

7.

中庭五株桃	중정의 다섯 그루의 복숭아나무
一株先作花	한 그루가 먼저 꽃을 피웠네
陽春妖冶二三月	따뜻한 봄 아름다운 이삼 월에
從風簸蕩落西家	바람 따라 휘날려 서쪽 집으로 떨어지네
西家思婦見悲惋	서쪽 집의 수심 어린 아낙이 보고서 슬퍼하며
零淚霑衣撫心歎	눈물 떨구어 옷 적시며 가슴 매만지며 탄식하네
初送我君出戶時	처음 내 낭군이 문을 나서는 것을 전송했을 때
何言淹留節回換	어찌 엄류하여 계절이 바뀜을 말했던가
牀席生塵明鏡垢	침석엔 먼지 쌓이고 밝은 거울엔 때가 끼어
纖腰瘦削髮蓬亂	가는 허리 수척해지고 머리는 쑥대처럼 어지럽네
人生不得恒稱意	인생에서 항상 뜻을 말할 수 없으니
惆悵徙倚至夜半	슬프게 서성이며 한밤중에 이르네

8.

剉蘗染黃絲[1]	베어낸 황얼나무로 실을 노랗게 물들이는데
黃絲歷亂不可治	노란 실 얽혀서 풀어낼 수가 없네
我昔與君始相値	내가 지난날 그대와 처음 만났을 때
爾時自謂可君意	그 때 스스로 그대와 마음 맞는다고 하고
結帶與君言	치마 띠를 묶어 그대에게 주겠다고 하였네
死生好惡不相置	생사와 호오에도 서로 버리지 않겠다고 했는데
今日見我顏色衰	금일 나의 안색이 시든 것을 보고
意中索寞與先異	심중이 삭막하여 먼저와 달라졌네

還君金釵玳瑁簪　　그대에게 금비녀와 대모잠을 돌려주니
不忍見之益愁思　　그것을 보며 더욱 근심할 수 없기 때문이네

주석 ⌒ᴗ

1) 蘗(얼): 황얼목(黃蘗木). 황백(黃柏)이라고도 함. 노란 껍질을 염료로 사용함.

매화락 梅花落[1]

中庭雜樹多　　　　중정에 여러 나무들이 많지만
偏爲梅咨嗟　　　　오로지 매화 때문에 탄식하네
問君何獨然　　　　그대에게 어찌 유독 그러냐고 물으니
念其霜中能作花　　서리 속에서 능히 꽃을 피우고
露中能作實　　　　이슬 속에서 능히 열매를 맺어서라네
搖蕩春風媚春日　　봄바람 속에 흔들리며 봄날에 아름다운데
念爾零落逐寒風　　너희 다른 나무들은 영락하여 찬바람을 좇아가니
徒有霜華無霜質　　다만 서리 속에 꽃은 피지만 서리 이기는 자질은
　　　　　　　　　없네

주석 ⌒ᴗ

1) 〈매화락(梅花落)〉: 한(漢) 악부 횡취곡(橫吹曲)의 이름. 고사(古辭)는 현존
　 하지 않음.

영사 詠史

五都矜財雄[1]	다섯 도시는 재화가 많음을 자랑하고
三川養聲利[2]	삼천에선 명리를 양성하네
百金不市死[3]	백금이 있으면 시장에서 죽지 않고
明經有高位	경서에 밝으면 고위직이 있게 되네
京城十二衢	경성의 열두 거리
飛甍各鱗次	나는 용마루 비늘처럼 늘어졌네
仕子影華纓	벼슬아치들의 화려한 모자 끈이 치렁거리고
遊客竦輕轡	유람객들의 가벼운 고삐가 드날리네
明星晨未晞	밝은 별빛 새벽에 희미하지 않을 때
軒蓋已雲至	수레들 이미 운집하였네
賓御紛颯沓[4]	빈객과 마부들 어지럽게 이어지고
鞍馬光照地	안장 말들 환하게 땅에 비치네
寒暑在一時	추위와 더위가 한 때에 있는데
繁華及春媚	많은 꽃들 봄에 아름답네
君平獨寂寞[5]	군평은 홀로 적막하니
身世兩相棄	신세가 버림받았네

주석 ∽

1) 五都(오도): 한나라 때의 대도시인 낙양(洛陽)·한단(邯鄲)·임치(臨淄)·완(宛)·성도(成都)를 말함.

2) 三川(삼천): 전국시대 영양(榮陽)에 있었던 군(郡) 이름. 聲利(성리): 명리(名利).

3) 市死(시사): 시장에서 극형을 당함.

4) 颯沓(삽답): 끊이지 않고 이어지는 모양.

5) 君平(군평): 엄준(嚴遵)의 자. 서한 촉(蜀) 사람. 성도(成都)에서 점을 쳐주고
생계를 이었는데 『노자』와 『장자』에 정통하였음.

의고 擬古[1]

幽幷重騎射[2]	유주와 병주에선 말타기 활쏘기를 중시하여
少年好馳逐	젊은이들 내달리며 좇는 것을 좋아하네
氈帶佩雙鞬[3]	모직 요대와 쌍 활집을 차고
象弧插彫服[4]	상아 활과 문양 새긴 화살통을 꽂았네
獸肥春草短	짐승들 살쪘는데 봄 풀은 짧고
飛鞚越平陸	나는 말은 평원을 넘어가네
朝游雁門上[5]	아침에는 안문 위에서 놀고
暮還樓煩宿[6]	저녁에 누번으로 돌아와 묵네
石梁有餘勁[7]	돌다리를 뚫은 화살 남은 힘이 있는데
驚雀無全目[8]	놀란 참새는 온전한 눈동자가 없네
漢虜方未和	한나라 때의 오랑캐들 화평하지 못하여
邊城屢飜覆	변성엔 자주 전쟁이 반복되네
留我一白羽[9]	나의 한 개 백우를 남겨두어
將以分虎竹[10]	장차 호죽으로 나누어 사용하리라

1) 포조의 〈의고〉시는 모두 8수이다.

2) 幽幷(유병): 유주(幽州)와 병주(幷州). 유주는 하북성 북부 일대, 병주는 산서성과 섬서성 북부 일대.

3) 氈帶(전대): 모직 요대(腰帶). 鞬(건): 말 위에 걸쳐놓은 활집.

4) 彫服(조복): 문양을 새긴 화살집.

5) 雁門(안문): 안문산(雁門山)에 있는 요새를 말함. 산서성 대현(代縣) 서북쪽.

6) 樓煩(누번): 현(縣) 이름. 한나라 때 안문군(雁門郡)에 속하였음.

7) 石梁(석량): 석교(石橋). 『문선』 이선주: "『闕子』曰:「宋景公使工人爲弓, 九年乃成……景公登虎圈之臺, 援弓東面而射之, 矢踰於西霜之山, 集于彭城之東, 其餘力逸勁, 猶飮羽于石梁.」"

8) 『문선』 이선주: "『帝王世紀』曰:「帝羿有窮氏與吳賀北遊, 賀使羿射雀, 羿曰: ‘生之乎? 殺之乎?’ 賀曰: ‘射其左目.’ 羿引弓射之, 誤中右目. 羿仰首而愧, 終身不忘.」"

9) 白羽(백우): 화살의 이름.

10) 虎竹(호죽): 동호부(銅虎符)와 죽사부(竹使符). 군령(軍令)을 내릴 때 사용하는 부절(符節).

포령휘 鮑令暉

포령휘(생졸년 미상), 포조(鮑照)의 누이, 재능이 있고 시에 뛰어났음. 『향명부집(香茗賦集)』이 있었으나 전하지 않고,『옥대신영』에 7편의 시가 전함.『시품』에서 "포령희의 가시(歌詩)는 종종 참절(嶄絶) 청교(淸巧)하다"고 평하고, 하품에 넣었음.

고의증금인 古意贈今人

寒鄕無異服	추운 고을엔 다른 의복이 없고
氈褐代文練[1]	털옷으로 문양 있는 비단옷을 대신하네
日月望君歸	온 세월 그대의 귀환을 바라건만
年年不解綖[2]	해마다 지체됨을 풀지 못하네
荊揚春早和[3]	형주와 양주엔 봄이 일찍 온화한데
幽冀猶霜霰[4]	유주와 기주엔 아직 서리와 눈이 내리네
北寒妾已知	북쪽의 추위는 첩이 이미 아는데
南心君不見	남쪽의 마음을 그대는 보지 못하네
誰爲道辛苦	누가 길이 고생스럽다고 하는가
寄情雙飛燕	쌍으로 나는 제비에게 정을 부치네
形迫杼煎絲	형세의 급박함은 북의 실이 다한 듯하고
顔落風催電	안색의 쇠락은 폭풍이 번개를 재촉한 듯하네
容華一朝盡	용모의 고움은 하루아침에 없어졌으나
惟餘心不變[5]	다만 내 마음은 변하지 않았네

주석 ⌒

1) 氈褐(전갈): 모직으로 짠 털옷. 文練(문련): 문양 있는 비단옷.

2) 綖(연): 연(延)과 같음.

3) 荊揚(형양): 형주(荊州)와 양주(揚州). 강남(江南) 지역을 말함.

4) 幽冀(유기): 유주(幽州)와 기주(冀州). 황하 이북 지역을 말함.

5) 餘(여): 여(余)와 같음.

왕미 王微

왕미(415-453), 자는 경현(景玄), 낭야(琅琊) 임기(臨沂: 산동성 임기현)
사람. 처음에 시흥왕우(始興王友)가 되어, 후에 남평왕(南平王)의 자의
참군(咨議參軍)과 중서시랑(中書侍郞)을 지냄. 부친의 상으로 관직에서
물러난 후 여러 번 불렀으나 다시 관직에 나가지 않았음.
왕미의 시는 『문선』과 『옥대신영』에 겨우 5수가 전함. 『시품』에서는 왕
미를 중품에 넣었음.

잡시 雜詩[1]

思婦臨高臺	수심 젖은 부인 높은 대에 올라
長想憑華軒[2]	오랫동안 생각하며 채색 난간에 기대고 있네
弄弦不成曲	현을 놀려보지만 곡을 이루지 못하고
哀歌送苦言	슬픈 노래 괴로운 말을 전하네
箕帚留江介[3]	강가에 부인을 남겨두고
良人處雁門	낭군은 안문에 있다네
詎憶無衣苦	어찌 옷 없는 고생을 생각하겠는가
但知狐白溫[4]	다만 흰 여우털옷이 따뜻하리라
日暗牛羊下	날 어두워 소와 양들이 내려오고
野雀滿空園	들의 새들 빈 동원에 가득하네
孟冬寒風起	초겨울 찬바람이 일어나니
東壁正中昏[5]	동벽이 황혼에 떠 있네
朱火獨照人	붉은 등불 외롭게 사람을 비추고
抱景自愁怨	그림자 껴안고 스스로 근심하네
誰知心曲亂	누가 마음이 산란함을 알리오
所思不可論	그리움을 논할 수가 없네

주석 ∾

1) 왕미의 〈잡시〉는 본래 2수임.

2) 華軒(화헌): 채색 난간.

3) 箕帚(기추): 쓰레받기와 비. 아내를 말함. 江介(강개): 강변(江邊).

4) 狐白(호백): 호백구(狐白裘). 여우 겨드랑이의 흰 털로 만든 털옷.

5) 東壁(동벽): 별의 이름. 하력(夏曆) 10월 황혼에 정남방의 하늘가에 떠오름.

사장 謝莊

사장(421-466), 자는 희일(希逸), 진군(陳郡) 양하(陽夏: 하남성 太康縣) 사람. 효무제(孝武帝) 때 이부상서(吏府尙書)를 지내고, 명제(明帝) 때 중서령(中書令)·산기상시(散騎常侍)을 지내고 금자광록대부(金紫光祿大夫)가 됨.

사장은 시부(詩賦)에 능하였는데, 〈월부(月賦)〉가 유명하다. 『시품』에서 사장의 시를 "기후(氣候)가 청아(淸雅)하다"고 평하고 하품에 넣었다.

북택비원 北宅秘園

夕天霽晚氣	석양 하늘에 저녁 기운 맑게 개고
輕霞澄暮陰	가벼운 놀은 저녁 그늘 속에 맑네
微風清幽幌	미풍은 깊은 장막에 맑게 불고
餘日照青林	남은 햇살 푸른 숲을 비추네
收光漸窓歇[1]	석양빛은 점차 창에서 없어지고
窮園自荒深	궁벽한 동원은 절로 황폐함이 깊네
綠池翻素景[2]	초록 못엔 흰 달빛이 일렁이고
秋槐響寒音	가을 회나무엔 찬 바람소리 울리네
伊人儻同愛	누군가 혹시 나와 함께 즐기겠다면
絃酒共棲尋[3]	금과 술을 들고 함께 노닐며 쉬리라

주석 ⌒

1) 收光(수광): 거두어지는 빛. 석양빛.

2) 素景(소영): 소영(素影). 흰 달빛.

3) 絃酒(현주): 금(琴)과 술. 棲尋(서심): 쉬면서 노닒.

유준 劉駿

유준(430-464), 송(宋) 효무제(孝武帝). 자는 휴룡(休龍), 소자(小字)는
도민(道民), 팽성(彭城) 수여리(綏輿里: 강소성 徐州) 사람. 송 문제(文
帝)의 셋째 아들. 원가(元嘉) 30년(453)에 제위에 오름.

『시품』에서 유준의 시를 "문채를 새기고 짜서 지나치게 정밀하다"고 평
하고 하품에 넣었음.

자군지출의 自君之出矣

自君之出矣	그대가 떠난 후부터
金翠闇無精	금과 비취장식 어둡게 빛이 없고
思君如日月	그대를 그리워함이 해와 달같이
回還晝夜生	되돌아오며 밤낮으로 일어나네

육개 陸凱

육개(생졸년 미상), 자는 지군(智君), 대(代: 하북성 蔚縣) 사람. 『후한서』를 편찬한 범엽(范曄)과 절친하였음.

증범엽시 贈范曄詩¹⁾

折梅逢驛使²⁾　　　매화 꺾어 역사를 만나
寄與隴頭人³⁾　　　농두 사람에게 부쳤네
江南無所有　　　강남에는 지닌 것이 없어서
聊贈一枝春　　　애오라지 한 가지의 봄을 보냈네

주석 ☞

1) 『형주기(荊州記)』에 "陸凱與范曄交善, 自江南寄梅花一枝, 詣長安與曄, 兼贈 詩……"라고 하였음.

2) 驛使(역사): 역참(驛站)에서 문서 따위를 전달하는 관리.

3) 隴頭(농두): 농산(隴山).

427

오매원 吳邁遠

오매원(?-474), 출신 미상. 일찍이 강주종사(江州從事)를 지냄. 편장(篇章)을 짓기를 좋아하였는데, 송 명제(明帝)가 그를 불러보고서 "이 사람은 연절(聯絶) 외에는 다시 볼 것이 없다"고 평하였음. 그러나 스스로 시문을 자부하며 남을 업신여겼는데, 조자건(曹子建)마저도 자신보다 못하다고 하였음. 송 원휘(元徽) 2년에 계양(桂陽)의 반란에 연루되어 주살되었음.

『시품』에서 오매원을 "풍인(風人)의 답증(答贈)에 뛰어나다"고 평하고 하품에 넣었음.

호가곡 胡笳曲[1]

輕命重義氣	목숨을 가볍게 여기고 의기를 중시함은
古來豈但今	예로부터이니 어찌 지금만일 것인가
緩頰獻一說[2]	완곡하게 한 계책을 올려서
揚眉受千金	눈썹 쳐들고 천금을 받네
邊風落寒草	변새의 바람에 찬 풀이 떨어지고
鳴笳墜飛禽	우는 갈피리 소리에 나는 새가 추락하네
越情結楚思[3]	월나라 생각에 초나라 그리움이 맺히고
漢耳聽胡音	한나라 사람의 귀는 호땅의 음성을 듣네
旣懷離俗傷[4]	이미 고향 떠난 상심을 지녔는데
復悲朝光侵	다시 아침 햇살 사라짐을 슬퍼하네
日當故鄉沒	해가 고향 쪽에서 질 때
遙見浮雲陰	멀리서 뜬구름의 어둠을 보네

주석 Ꮙ

1) 胡笳(호가): 일종의 관악(管樂). 북방민족의 음악인데 본래 서역에서 전해왔
   다고 하며 그 음색은 몹시 비량(悲凉)함.

2) 緩頰(완협): 비유 등을 써가며 완곡하게 말함.

3) 越情(월정): 월나라를 그리는 정. 월나라 사람 장석(莊舃)이 초나라에서 벼슬
   을 하였는데 고향인 월나라 생각에 병이 들어 월나라 빙인으로 신음했음. 楚
   思(초사): 초나라 사람 종의(鍾儀)가 진(晉)나라 옥에 잡혀있을 때 초나라 곡
   을 연주하였음.

4) 俗(속): 향속(鄉俗).

탕혜휴 湯惠休

탕혜휴(생졸년 및 출신 미상), 자는 무원(茂遠), 처음 승려가 되어 이름
이 혜휴였는데, 송 효무제가 환속하도록 하여, 관직이 양주종사사(揚州
從事史)에 이름.

『시품』에서 탕혜휴를 평하여 "혜휴는 음미(淫靡)하여 정이 재능보다 지
나치다. 세상에서는 포조(鮑照)와 필적한다고 하지만 상(商)나라와 주
(周)나라의 차이가 아닌가 싶다"고 하고 하품에 넣었음. 안연지(顔延之)
는 탕혜휴의 시를 "혜휴의 제작은 위항(委巷)의 가요일 뿐으로 후생을
그르칠 수 있다"고 혹평하였음.

원시행 怨詩行

明月照高樓	밝은 달 높은 누대를 비추며
含君千里光	그대 있는 천리 밖의 빛을 머금었네
巷中情思滿	마을에서 그리운 정이 가득하여
斷絶孤妾腸	외로운 첩의 애간장을 끊네
悲風蕩帷帳	슬픈 바람 휘장을 펄럭이고
瑤翠坐自傷[1]	옥 장식한 여인 앉은 채 상심하네
妾心依天末	첩의 마음은 하늘 끝에 있어
思與浮雲長	그리움이 뜬구름과 더불어 기네
嘯歌視秋草	노래 부르며 가을 풀을 보니
幽葉豈再揚	어두운 잎이 어찌 다시 돋아나리오
暮蘭不待歲	석양의 난은 세월을 기대할 수 없고
離華能幾芳	떨어진 꽃은 향기가 얼마나 갈 것인가
願作張女引[2]	원컨대 장녀인을 지어서
流悲繞君堂	슬픈 소리 그대의 당에 흘러보내리라
君堂嚴且秘	그대의 당은 엄하고도 깊어서
絶調徒飛揚	고절한 곡조가 헛되이 날아가 버리네

주석 ⌒⌒

1) 瑤翠(요취): 경요(瓊瑤)와 비취(翡翠). 옥장식을 말함.
2) 張女引(장녀인): 장녀(張女)는 옛 곡조의 이름. 인(引)은 악곡의 서곡.

백저가 白紵歌

少年窈窕舞君前[2]	어린 소녀가 아리땁게 그대 앞에서 춤추는데
容華艶艶將欲然[3]	용모가 화려하게 불타려 하네
爲君嬌凝復遷延	그대 때문에 곱게 멈췄다가 다시 옮겨가니
流目送笑不敢言	눈짓하며 미소 보내며 말을 못 하네
長袖拂面心自煎	긴 소매가 얼굴 스치니 마음 절로 타오르니
願君流光及盛年	그대여 흐르는 세월 속에 성년이 되기를 바라네

주석 ⟨⟩

1) 백저가(白紵歌): 악부 〈무곡가사(舞曲歌辭)·잡무(雜舞)〉에 속함.

2) 少年(소년): 나이 어린 무녀(舞女).

3) 艶艶(염염): 염려(艶麗)한 모양.

독곡가 讀曲歌[1]

1.

千葉紅芙蓉	천엽 붉은 부용
照灼綠水邊[2]	초록 물가에 밝게 빛나네
餘花任郞摘	남은 꽃들 낭군에게 꺾게 하니
愼莫罷儂蓮	부디 나의 연꽃을 훼손하지 마오

2.

柳樹得春風	버드나무 봄바람을 얻어서
一低復一昻	나직이 고개 숙였다가 다시 치켜드네
誰能空相憶	누가 공연히 서로 그리워할 수 있는가
獨眠度三陽[3]	홀로 자며 온 봄을 지내네

3.

音信闊弦朔[4]　　소식이 이레나 멀어지니

方悟千里遙　　비로소 천리가 멈을 깨닫네

朝霜語白日　　아침이슬이 해에게 말하는 듯

知我爲歡消[5]　　내가 님을 위해 없어짐을 깨닫네

4.

打殺長鳴鷄　　길게 우는 닭을 쳐죽이고

彈去烏白鳥[6]　　오구나무의 새를 쏘아 쫓아버리네

願得連冥不復曙　　어두운 밤만 이어지고 날이 새지 않기를 바라는데

一年都一曉　　일년이 다만 한 새벽 같다네

5.

執手與歡別　　손을 잡고 님과 이별하니

合會在何時　　다시 만남은 언제일 것인가

明燈照空局[7]　　밝은 등불 빈 바둑판만 비추고

悠然未有期[8]　　유연히 기약이 없네

6.

暫出白門前[9]　　잠시 백문 앞에 나가니

楊柳可藏烏	버드나무는 까마귀가 깃들만 하네
歡作沈水香[10]	님은 침수향이 되고
儂作博山爐[11]	나는 박산로가 되리라

7.

一夕就郎宿	하룻밤 님에게 가서 머무니
通夜語不息	온 밤 동안 이야기 그치지 않네
黃蘗萬里路[12]	황얼나무 만 리의 길에 있는데
道苦眞無極	길은 괴롭게 참으로 끝이 없네

주석 ◌෨

1) 〈독곡가(讀曲歌)〉: 악부 〈청상가사(淸商歌辭)·오성가곡(吳聲歌曲)〉에 속함. 『악부시집』에 89수가 실려 있음. 『宋書·樂志』: "〈讀曲歌〉者, 民間爲彭城王義康所作也. 其歌云「死罪劉領軍, 誤殺劉第四」是也."『古今樂錄』: "〈讀曲歌〉者, 元嘉十七年袁后崩, 百官不敢作聲歌, 或因酒讌, 止竊聲讀曲細吟而已, 以此爲名."

2) 照灼(조작): 선명(鮮明)함.

3) 三陽(삼양): 양춘(陽春).

4) 闊(활): 활별(闊別). 弦朔(현삭): 현(弦)은 반달, 삭(朔)은 초생달. 현과 삭은 대략 7일의 기간임.

5) 歡(환): 사랑하는 남자를 말함. 消(소): 융화(融化)됨.

6) 烏臼(오구): 나무 이름. 오구(烏桕).

7) 局(국): 바둑판.

8) 쌍관의(雙關意)로서 "油燃而無棋"를 말함.

9) 白門(백문): 육조 때 건강(建康: 지금의 南京)의 정남문(正南門)인 선양문(宣
   陽門)을 백문이라 불렀음.

10) 沈水香(침수향): 침향(沈香).

11) 博山爐(박산로): 향로의 이름.

12) 黃蘗(황얼): 나무 이름. 황얼(黃蘗). 황백(黃柏). 껍질 속이 노랗고 맛이 씀.

막수악 莫愁樂[1]

1.

莫愁在何處	막수는 어디에 있는가
莫愁石城西[2]	막수는 석성 서쪽에 있다네
艇子打兩槳	작은 배 양 삿대를 저으며
催送莫愁來	막수를 재촉하여 보내오네

2.

聞歡下揚州	님이 양주로 내려간다는 소식을 듣고
相送楚山頭	초산의 머리에서 서로 송별하네
探手抱腰看	손을 더듬어 허리 껴안고 살펴보니
江水斷不流	강물은 끊겨서 흐르지 못하네

주석 ⋐

1) 〈막수악(莫愁樂)〉: 악부 〈청상곡 · 서곡가(西曲歌)〉에 속함. 『唐書 · 樂志』:

"〈莫愁樂〉者, 出於石城樂. 石城有女子名莫愁, 善歌謠, 石城樂和中復有忘愁

聲, 因有此歌."

2) 石城(석성): 진(晉), 송(宋) 때 경릉군(竟陵郡) 치소(治所). 지금의 호북성 종

상현(鍾祥縣).

양양악 襄陽樂[1]

1.

朝發襄陽城	양양성을 아침에 떠나서
暮至大堤宿[2]	대제에 저녁에 이르러 머무네
大堤諸女兒	대제의 여러 여아들
花艶驚郎目	꽃처럼 아름다워 님의 눈을 놀라게 하네

2.

江陵三千三[3]	강릉에서 삼 천 삼 리
西塞陌中央[4]	서새는 도로 중앙에 있네
但問相隨否	다만 서로 따를 것을 물을 뿐
何計道里長	어찌 길이 멈을 헤아리랴

주석 ⌒⌒

1) 〈양양악(襄陽樂)〉: 악부 〈창상곡・서곡가〉에 속함. 모두 9수임. 襄陽(양양):

한(漢)나라 때의 군(郡) 이름. 지금의 호북성 양번시(襄樊市).

2) 大堤(대제): 양양(襄陽) 부근의 한강(漢江)의 제방.

3) 江陵(강릉): 현(縣)의 이름. 지금의 호복성 경내에 있음.

4) 西塞(서새): 산 이름. 지금의 호복성 황석시(黃石市) 동교(東郊)에 있음.

서오야비 西烏夜飛[1]

1.

日從東方出	해가 동방에서 떠오르니
團團鷄子黃[2]	둥근 달걀처럼 노랗네
夫婦恩情重	부부의 은정이 깊으니
憐歡故在傍	서로 사랑함이 곁에 있네

2.

陽春二三月	양춘 이삼 월
諸花盡芳盛	여러 꽃들 모두 향기롭고 무성하네
持底喚歡來	무엇으로 님을 불러올 수 있을까
花笑鶯歌詠	꽃들 미소짓고 꾀꼬리 노래하네

주석 ꬂ

1) 〈서오야비(西烏夜飛)〉: 악부 〈창상곡·서곡가〉에 속함. 모두 5수임.

2) 團團(단단): 둥근 모양.

제시 齊詩

장융 張融

장융(444-497), 자는 은광(恩光). 오군(吳郡) 오(吳: 강소성 蘇州市) 사람. 송(宋) 효무제 때 신안왕(新安王) 유자란(劉子鸞)의 북중랑참군(北中郎參軍)과 봉계령(封溪令)을 지냄. 제(齊)나라 영명(永明) 연간에 사도겸우장사(司徒兼右長史), 황문랑(黃門郞), 태자중서자(太子中庶子), 좌태사(左太史) 등을 지냄.

『시품』에서 장융의 시에 대해 "은광의 시는 완탄(緩誕) 방종(放縱)하여 문체에 어긋남이 있으나 또한 첩질(捷疾) 봉요(丰饒)하여 조금도 국촉(局促)하지 않다"고 평하고 하품에 넣었음.

별시 別詩

白雲山上盡	흰 구름 산 위로 사라지고
淸風松下歇	맑은 바람 소나무 아래로 없어지네
欲識離人悲	이별한 사람의 슬픔을 알려거든
孤臺見明月	외로운 대에서 밝은 달을 보게나

공치규 孔稚珪

공치규(447-501), 자는 덕장(德璋), 회계(會稽) 산음(山陰: 지금의 절강 성 紹興) 사람. 장융(張融)의 외제(外弟). 일찍이 장융에게서 시를 배움. 송나라 안성왕(安成王)의 거기법조행참군(車騎法曹行參軍)을 지내고, 제나라에서 남군태수(南郡太守), 태자첨사(太子詹事), 산기상시(散騎常 侍) 등을 지냄.

공치규는 박학하고 산문에도 뛰어났는데, 산문으로는 「북산이문(北山移 文)」이 유명하다. 『시품』에서 공치규의 시를 평하여 "장융에게서 배웠 으나 문채를 아로새겨 청출어람이다"라고 평하고 하품에 넣었음.

유태평산 遊太平山[1)]

石險天貌分	바위 험하여 하늘 모습이 나뉘고
林交日容缺	숲 무성하여 해의 얼굴이 일그러졌네
陰澗落春榮	어두운 골짜기엔 봄꽃이 떨어지고
寒巖留夏雪	찬 바위엔 여름의 눈이 쌓여 있네

주석

1) 太平山(태평산): 여요현(餘姚縣) 남쪽 백 리에 있는 산 이름.

유회 劉繪

유회(458-502), 자는 사장(士章), 팽성(彭城: 강소성 徐州市) 사람. 송나라 말에 저작랑(著作郞)을 지내고, 제나라 고제(高帝) 때 태위행참군(太尉行參軍), 태자세마(太子洗馬), 남강상(南康相)을 지냄. 명제(明帝) 때 태자중서자(太子中庶子), 영삭장군(寧朔將軍), 남동해태수(南東海太守)를 지냄.

『시품』에서 유회를 왕융(王融)과 함께 하품에 넣고, 두 사람 모두 성대한 재능이 있고 사미(詞美)가 영정(英淨)하나 5언시에는 능하지 못하다고 평했음.

유소사 有所思

別離安可再	이별을 어찌 거듭할 수 있겠는가
而我更重之	그러나 나는 이별을 거듭하였네
佳人不相見	가인을 볼 수 없는데
明月空在帷	밝은 달빛만 공연히 장막에 있네
共銜滿堂酌	당에 가득 모여 술 마시던 때를 함께 생각하는데
獨斂向隅眉	홀로 눈썹 여미고 눈썹 치키었던 곳을 향하네
中心亂如雪	마음속이 눈발처럼 어지러우니
寧知有所思	어찌 그리운 사람이 있음을 알겠는가

사조 謝脁

사조(464-499), 자는 현휘(玄暉), 진군(陳郡) 양하(陽夏: 하남성 太康縣) 사람. 일찍이 경릉왕(竟陵王) 소자량(蕭子良)의 막하에서 공조(功曹)를 지냈는데, 문학으로 칭찬을 받아 '경릉팔우(竟陵八友)' 중의 한 사람이 됨. 선성태수(宣城太守)를 지내서 세칭 '사선성(謝宣城)'이라 불림. 관직이 상서이부랑(尙書吏部郎)에 이르렀는데 시안왕(始安王) 소요광(蕭遙光)의 모함을 받아 하옥되어 죽음.

그는 제(齊) 무제(武帝) 영명(永明: 483-493) 말, 심약(沈約)·왕융(王融) 등과 함께 성조(聲調) 격률(格律)을 연구하여 '영명체(永明體)'를 이루어 후래 오언시의 율화(律化) 및 당대(唐代) 근체시의 성립에 지대한 영향을 미쳤다.

그의 시는 자연의 경색을 묘사한 것이 많은데 품격이 준수하여 사령운(謝靈運)과 함께 '대·소사(大·小謝)'로 불렸으며, 또 사혜련(謝惠連)과 더불어 '삼사(三謝)'로 불림. 소연(蕭衍)은 "3일 동안 사조의 시를 읽지 않으면 곧 입 냄새가 난다"고 했으며, 심약(沈約)은 "2백 년 이래 이 같은 시는 없었다"고 사조의 시를 칭찬하였음. 『시품』에는 "한 장(章) 안에 스

스로 옥석이 있지만 기장(奇章) 수구(秀句)가 종종 경주(警遒)하다"고 평
하고 중품에 넣었음.

옥계원 玉階怨[1]

夕殿下珠簾	저녁 전각에 주렴을 내렸는데
流螢飛復息	지나는 개똥벌레 날다 쉬다 하네
長夜縫羅衣	긴 밤 비단옷을 바느질하는데
思君此何極	그대 생각 이처럼 어찌 끝이 없는가

주석 ◯◯

1) 〈옥계원(玉階怨)〉: 악부 〈상화가(相和歌)·초조곡(楚調曲)〉에 속함. 본 시
는 당대(唐代) 궁원시(宮怨詩)의 선구가 됨.

왕손유 王孫遊[1]

綠草蔓如絲	초록 풀 실처럼 뻗었고
雜樹紅英發	여러 나무엔 붉은 꽃이 피었네
無論君不歸	그대가 귀환하지 않음을 말할 필요가 없지만
君歸芳已歇	그대 돌아올 땐 향기가 이미 없어졌으리라

주석 ◯◯

1) 〈왕손유(王孫遊)〉: 악부 〈잡곡가사〉에 속함.

동왕주부유소사 同王主簿有所思[1]

佳期期未歸	좋은 약속 기약했지만 돌아오지 않으니
望望下鳴機	그리움 속에 베틀에서 내려와
徘徊東陌上	동쪽 길에서 배회하는데
月出行人稀	달은 떴으나 행인은 드무네

주석 ∽

1) 王主簿(왕주부): 사조의 친구 왕계철(王季哲).

유동전 游東田[1]

戚戚苦無悰[2]	슬픔 속에 즐거움이 없어 괴로운데
携手共行樂	손을 끌고 함께 행락에 나섰네
尋雲陟累榭[3]	구름 찾아 높은 정자에 오르고
隨山望菌閣[4]	산을 따라 버섯모양의 누각들을 바라보네
遠樹曖仟仟[5]	먼 나무들은 흐릿하게 무성하고
生烟紛漠漠[6]	오르는 연기 어지럽게 자욱하네
魚戲新荷動	물고기들 장난치니 새 연잎 흔들리고
鳥散餘花落	새들 흩어지니 남은 꽃이 떨어지네
不對芳春酒	향기로운 봄 술을 대하지 못하고
還望靑山郭[7]	다시 푸른 산의 모습을 바라보네

1) 東田(동전): 『문선』 이선주: "朓有莊在鍾山東, 遊還作."

2) 戚戚(척척): 슬퍼하는 모양. 惊(종): 즐거움.

3) 累榭(누사): 높은 바위 위의 정자.

4) 菌閣(균각): 버섯모양의 누각.

5) 仟仟(천천): 무성한 모양.

6) 漠漠(막막): 광대한 모양.

7) 山郭(산곽): 산의 윤곽.

평설 ◕◠

• 호자(胡仔) 『초계어은총화(苕溪漁隱叢話)』: "채관부(蔡寬夫)의 시화(詩話)에서 「진(晉)·(宋) 간의 시인들의 조어(造語)는 비록 수발(秀拔)하지만 대체로 상하의 구(句)가 한 뜻을 내는 것이 많다」고 하였다. 예컨대 「어은신하도, 조산여화락(魚戲新荷動, 鳥散餘花落)」, 「선조림유정, 조명산갱심(蟬噪林逾靜, 鳥鳴山更幽」과 같은 것은 공교롭지 않음이 아니나 끝내 이 병을 벗어나지 못했다."

• 범희문(范希文) 『대상야화(對床夜話)』: "사령운의 시 「초황포록탁, 신포함자용(初篁包綠籜, 新蒲含紫茸)」과 구희범(丘希範)의 시 「소공초조비, 행란신어희(巢空初鳥飛, 荇亂新魚戲)」는 아름답게 유려(流麗)한 풍(風)이 있다. 소사(小謝)의 「어희신하동, 조산여화락」 구 또한 부끄러움이 없다."

선성군으로 가는 도중 신림포를 나와 판교로 향하다

之宣城郡, 出新林浦, 向板橋[1]

江路西南永	강 길은 서남쪽으로 길고
歸流東北鶩	돌아오는 물결은 동북쪽으로 치닫네
天際識歸舟	하늘 끝에서 돌아오는 배를 알아보고
雲中辨江樹	구름 속에서 강가 나무를 분별하네
旅思倦搖搖	나그네 수심 권태롭게 요동치는데
孤遊昔已屢	외로운 유람 전에도 여러 번이었네
旣歡懷祿情	이미 벼슬의 정이 즐거운데
復協滄洲趣[2]	또 창주의 아취를 더하네
囂塵自茲隔	속세의 소란한 먼지는 이로부터 멀어지고
賞心于此遇	즐거운 마음 여기에서 만났네
雖無玄豹姿[3]	비록 현표의 자태는 없지만
終隱南山霧	끝내 남산의 안개 속에 숨으리라

주석

1) 『문선』이선주: "酈善長『水經注』曰:「江水經三山, 又幽浦出焉. 水上南北結浮橋渡水, 故曰版橋. 浦江又北經新林浦.」"

2) 滄洲(창주): 맑은 강의 섬. 은거지를 말함.

3) 玄豹(현표): 흑표(黑豹). 『列女傳』: "陶答子治陶三年, 名譽不興, 家富三倍, 其妻抱兒而泣, 姑怒, 以爲不詳. 妻曰:「妾聞南山有玄豹, 隱霧而七日不食, 欲以澤其衣毛, 成其文章. 至於犬豕, 肥以取之, 逢禍必矣.」朞年, 答子之家, 果被盜誅."

저녁에 삼산에 올라 경읍을 되돌아보다 晚登三山, 還望京邑[1]

灞涘望長安[2]	파수 가에서 장안을 바라보고
河陽視京縣[3]	하양에서 경현을 보네
白日麗飛甍	햇살이 나는 용마루 화려하게 비추니
參差皆可見	들쭉날쭉 모두 볼 만하네
餘霞散成綺	남은 놀은 흩어져 비단결 이루고
澄江靜如練[4]	맑은 강은 흰 비단 빛으로 고요하네
喧鳥覆春洲	우는 새들 봄의 물 섬을 뒤덮고
雜英滿芳甸	여러 꽃들 향기로운 교외에 가득하네
去矣方滯淫	떠나려다 곧 머물러 가지 못하고
懷哉罷歡宴	즐거운 연회 마치던 일을 생각하네
佳期悵何許[5]	좋은 기약 슬프게도 언제나 이루려나
淚下如流霰	눈물방울 싸락눈처럼 떨어지네
有情知望鄉	정이 있어 고향을 그릴 줄 아는데
誰能鬒不變	누가 검은 머리 변하지 않을 수 있겠는가

주석 ᑲ

1) 三山(삼산): 산 이름. 남경(南京) 서남쪽 장강(長江) 동안(東岸)에 있음.

2) 灞涘(파사): 파수(灞水)의 물가. 파수는 장안에 있음.

3) 河陽(하양): 현(縣) 이름. 지금의 하남성 맹현(孟縣) 서쪽. 京縣(경현): 낙양
   (洛陽).

4) 靜(정): 『문경비부(文鏡秘府)』와 『환우기(寰宇記)』 등에는 '정(淨)'으로 되어
   있음.

평설 ᑐᵉ

* 왕직방(王直方) 『왕직방시화(王直方詩話)』 : "사현휘는 「澄江淨如練」으로
   가장 명성을 얻었다. 그러므로 이백이 「解道澄江淨如練, 令人却憶謝
   玄暉」라고 한 것이다. 산곡(山谷)의 시에 「凭誰說與謝玄暉, 莫道澄江
   淨如練」이라고 하였다. 곧 그 사람의 우열을 여기에서 볼 수가 있다."

추야 秋夜

秋夜促織鳴	가을밤 귀뚜라미 울고
南鄰搗衣急	남쪽 이웃엔 다듬이소리 급하네
思君隔九重	그대 생각 구중 하늘로 막혀 있어
夜夜空佇立	밤마다 공연히 우두커니 서 있네
北窓輕幔垂	북쪽 창엔 가벼운 휘장 드리우고
西戶月光入	서쪽 문엔 달빛이 스며드네
何知白露下	흰 이슬 내렸음을 어찌 아는가
坐視階前濕	섬돌 앞 축축함을 앉아서 보네
誰能長分居	누가 오랫동안 떨어져 지낼 수 있겠는가
秋盡冬復及	가을이 다 지나니 겨울이 다시 다가왔네

왕융 王融

왕융(467-493), 자는 원장(元長), 낭야(琅琊) 임기(臨沂: 산동성 임기현) 사람. '경릉팔우(竟陵八友)' 중의 한 사람. 경릉왕 소자량(蕭子良)의 추천으로 영삭장군(寧朔將軍)을 지냄. 소자량을 제위에 즉위시키려다 실패하고 사사(賜死)됨.

왕융은 음률에 밝아 심약·사조 등과 함께 '영명체(永明體)'를 창시함. 『시품』에서 "성대한 재능이 있고 사미(詞美)가 영정(英淨)하다"고 평하고 하품에 넣었음.

무산고 巫山高[1]

想象巫山高	무산고를 상상하며
薄暮陽臺曲[2]	석양에 양대곡을 부르네
烟霞乍舒卷	부연 놀은 금새 펴졌다 걷히고
蘅芳時斷續[3]	두형의 향기 때때로 끼쳐오네
彼美如可期[4]	저 아름다운 미인을 기다릴 만하니
寤言紛在矚	꿈에서 깨어나 하는 말이 눈앞에서 어지럽네
憮然坐相望	멍하니 앉아서 살펴보니
秋風下庭綠	가을바람이 마당의 초록 잎을 떨구네

주석 ⌒⌒

1) 본래 제목은 〈同沈右率諸公賦鼓吹曲二首〉이고, 〈무산고〉는 그 중 한 수임. 〈무산고〉는 한(漢) 악부 〈고취곡·요가(饒歌)〉 18곡 중의 하나임.

2) 陽臺(양대): 송옥(宋玉) 「고당부(高唐賦)」: "昔者先王嘗游高唐, 怠而晝寢, 夢見一婦人曰, 「妾巫山之女也」……王因幸之, 去而辭曰, 「妾在巫山之陽, 高丘之阻, 旦爲朝雲, 暮爲行雨. 朝朝暮暮, 陽臺之下.」"

3) 蘅(형): 두형(杜蘅). 일종의 향초.

4) 彼美(피미): 무산의 신녀(神女)를 말함.

육궐 陸厥

육궐(472-499), 자는 한경(韓卿), 오군(吳郡) 오(吳: 江蘇省 蘇州市) 사람. 영명(永明) 9년(491) 수재(秀才)로 천거되어 소부주부(少傅主簿), 후군참군(後軍參軍)을 지냄. 28세로 요절하였음.

『남제서(南齊書)』 본전(本傳)에서는 육궐의 시를 "오언시체가 몹시 신변(新變)이다"라고 하였고, 『시품』에서는 "스스로의 제작이 우아하지 못하다"고 평하고 하품에 넣었음.

임강왕절사가 臨江王節士歌[1]

木葉下	낙엽 지고
江波連	강 물결 이어지는데
秋月照浦雲歇山	가을달 물가를 비추고 구름은 산에서 사라지네
秋思不可裁[2]	가을 수심을 없앨 수 없는데
復帶秋風來	다시 가을바람을 띠고 오네
秋風來已寒	가을바람 불어 이미 차가운데
白露驚羅紈	흰 이슬에 비단옷 엷음을 깨닫네
節士慷慨髮衝冠	절사는 강개하여 머리털이 모자를 찌르고
彎弓挂若木[3]	만궁은 약목에 걸려 있고
長劍竦雲端	장검은 구름 끝에 솟아 있네

주석 ᧕ᧈ

1) 〈임강왕절사가(臨江王節士歌)〉: 악부 〈잡곡가사〉에 속함. 『漢書·藝文志』
   에 〈臨江王及愁思節士歌詩〉 4수가 있었다고 함. 지금은 전하지 않음.

2) 裁(재): 소제(消除).

3) 若木(약목): 전설 속의 신목(神木)의 이름.

양시 梁詩

심약 沈約

심약(441-513), 자는 휴문(休文), 오흥(吳興) 무강(武康: 浙江省 德淸縣 武康鎭) 사람. 송·제·양 세 조정에서 벼슬하였음. 송에서는 상서탁지 랑(尙書度支郎)을 지내고, 제에서는 동양태수(東陽太守), 국자좨주(國子 祭酒)를 지냄. '경릉팔우' 중의 한 사람이 됨. 양에서는 관직이 상서령겸 태자소부(尙書令兼太子少傅)에 이르렀음.

그는 제·양 문단의 영수로서 저술이 방대한데, 시에 있어서는 사조와 왕융 등과 '영명체'를 창시하였음. '사성팔병설(四聲八病說)'을 주창하고 시의 정밀함에 주력하여 5언시의 발전에 일정 정도 기여하였다고 평가 됨. 『시품』에서는 "시가 구속되고 꺼림이 많아서 진미(眞美)가 상하였 다"고 평하고 중품에 넣었음.

학성에서 야직(夜直)하며 수심 속에 누워서 直學省愁臥[1]

秋風吹廣陌	가을바람 넓은 길에 불며
蕭瑟入南闈	소슬하게 남문으로 들어오네
愁人掩軒臥	수심 속의 사람 창을 닫고 누웠는데
高窗時動扉	높은 창의 문짝이 때때로 흔들리네
虛館淸陰滿[2]	빈 학관에 맑은 그늘 가득하여
神宇曖微微[3]	신성한 건물에 따뜻함이 미미하네
網蟲垂戶織[4]	거미가 문에 거미줄을 늘이고
夕鳥傍櫚飛	석양의 새는 처마 옆에서 날고 있네
纓佩空爲忝[5]	갓끈과 패식을 공연히 더럽히며
江海事多違[6]	강해의 일은 어긋남이 많네
山中有桂樹	산중에 계수나무가 있는데
歲暮可言歸	세모엔 돌아가겠다고 하리라

주석

1) 學省(학성): 국자학(國子學).

2) 虛館(허관): 빈 학관(學館)을 말함.

3) 神宇(신우): 신성한 건물.

4) 網蟲(망충): 거미.

5) 纓佩(영패): 모자 끈과 패식(佩飾). 관직을 말함.

6) 江海事(강해사): 강해로 은퇴함을 말함.

범안성과 이별하다 別范安成[1]

生平少年日	평생 젊은 시절은
分手易前期	이별이 쉬웠던 지난날이었네
及爾同衰暮	이제 그대와 함께 노쇠한 모년에 이르니
非復別離時	다시 이별했던 때가 아니네
勿言一樽酒	한 잔의 술을
明日難重持	내일에는 다시 들기 어렵다고 말하지 마오
夢中不識路	꿈속에선 길을 알 수 없으니
何以慰相思	어떻게 서로의 그리움을 위로할 건가

주석 ⌒

1) 范安成(범안성): 범수(范岫), 자는 번빈(樊賓), 제나라 안성내사(安成內史)를 지냄.

평설 ⌒

• 남용익(南龍翼) 『호곡시화(壺谷詩話)』: "『선시(選詩)·십구수(十九首)』외, 전편이 절승(絶勝)한 것은 앞에는 조자환(曹子桓)의 「서북유고운(西北有浮雲)」이고, 중간에는 도연명의 「채국동리하(採菊東籬下)」이고, 뒤에는 심휴분(沈休文)의 「생평소년일(生平少年日)」이다."

정산에서 일찍 출발하다 早發定山[1]

夙齡愛遠壑	젊은 나이에 먼 골짜기를 좋아했는데
晩蒞見奇山	만년에야 기이한 산을 와서 보네
標峯綵虹外	높은 봉우리는 채색 무지개 너머에 있고
置嶺白雲間	고개 마루는 흰 구름 사이에 있네
傾壁忽斜竪	경사 진 벼랑은 갑자기 기울었다 솟아나고
絶頂復孤圓	맨 꼭대기는 또 고립되어 둥그네
歸海流漫漫[2]	바다로 흘러가는 물 흐름은 드넓고
出浦水濺濺[3]	하류를 나선 물은 빠르게 흘러가네
野棠開未落	들 해당화가 피어서 떨어지지 않았는데
山櫻發欲然	산 앵두가 피어 불타려 하네
忘歸屬蘭杜	돌아감을 잊고 난과 두약 사이에서
懷祿寄芳荃[4]	벼슬에 연연함을 향초에 부치네
眷言采三秀[5]	삼수를 캐던 곳 되돌아보며
徘徊望九仙[6]	배회하며 구선법을 바라네

주석 ❧

1) 定山(정산): 동양(東陽: 절강성 金華縣)으로 가는 도중에 있는 산 이름.『문
   선』이선주: "『梁書』曰:「約爲東陽太守. 然定山, 東陽道之所經也.」

2) 漫漫(만만): 강 흐름이 드넓은 모양.

3) 濺濺(천천): 물이 빠르게 흐르는 모양.

4) 芳荃(방전): 향기로운 향초.

5) 眷言(권언): 못 잊어 되돌아봄. 언(言)은 의미 없는 어조사. 三秀(삼수): 영지

(靈芝). 일년에 세 번 꽃이 핀다고 하여 삼수라고 함.

6) 九仙(구선): 신선술의 하나. 『열선전』:"涓子者, 齊人, 好餌術, 至三百年乃見
   於齊, 後授伯陽九仙法."

강엄 江淹

강엄(444-505), 자는 문통(文通), 제양(濟陽) 고성(考城: 하남성 蘭考縣 동쪽) 사람. 송·제·양 세 조정에 출사하였는데, 송에서는 상서가부랑(尙書駕部郎)·표기참군(驃騎參軍) 등을 지냈고, 제에서는 비서감(秘書監)·시중(侍中)을 지냈고, 양에서는 금자광록대부(金紫光祿大夫)를 지내고 예릉후(醴陵侯)에 봉해졌음.

강엄은 시부(詩賦)에 능하였는데, 그의 「한부(恨賦)」·「별부(別賦)」 등은 명편으로 인구에 회자되었다. 『시품』에서 그의 시를 "모의(摹擬)에 뛰어나다"고 평하고 중품에 넣었다.

형산을 바라보다 望荊山[1]

奉義至江漢[2]	의리를 받들고 강한에 이르러
始知楚塞長[3]	초새가 김을 비로소 아네
南關繞桐柏[4]	남쪽 관문은 동백산을 둘렀고
西嶽出魯陽[5]	서쪽 봉우리는 노양산에서 나왔네
寒郊無留影	추운 교외엔 머무는 그림자 없는데
秋日懸清光	가을달 매달려 맑게 비추네
悲風撓重林	슬픔 바람 우거진 숲을 흔들고
雲霞肅川漲	구름 놀은 넘실대는 물가에서 차갑네
歲晏君如何	세월 저무는데 그대는 어떠한가
零淚霑衣裳	눈물 떨구어 의상을 적시네
玉柱空掩露[6]	금의 옥 기둥은 이슬에 싸여 쓸쓸하고
金尊坐含霜	금 술잔은 서리 머금고 놓여 있네
一聞苦寒奏[7]	고한행 연주를 한 번 듣고
再使艶歌傷[8]	다시 염가행을 듣고 상심하네

주석 ❧

1) 荊山(형산): 호북성 서부에 있는 산 이름.

2) 奉義(봉의): 모의(慕義). 『宋書』: "建平王景素, 爲右將軍荊州刺史, 江淹授景
   素五經." 江漢(강한): 장강(長江)과 한수(漢水).

3) 楚塞(초새): 초(楚) 땅의 요새.

4) 桐柏(동백): 산 이름.

5) 魯陽(노양): 산 이름.

6) 玉柱(옥주): 금(琴)의 현을 받치는 옥 기둥.

7) 苦寒(고한): 고한행(苦寒行). 악부(樂府) 곡의 이름.

8) 艶歌(염가): 염가행(艶歌行). 악부 곡의 이름.

고이별 古離別[1]

遠與君別者	멀리 그대와 이별하니
乃至雁門關[2]	곧 안문관에 이르렀네
黃雲蔽千里[3]	누런 구름 천 리를 가렸는데
遊子何時還	나그네는 언제나 돌아올 건가
送君如昨日	그대를 보낸 것 어제 같은데
檐前露已團	처마 앞엔 이슬이 이미 둥그네
不惜蕙草晚	혜초가 시들어 감은 아깝지 않으나
所悲道里寒[4]	슬픈 것은 변방의 추위이네
君在天一涯	그대가 하늘 한 끝에 있어서
妾身長別離	첩은 오래 이별을 하네
願一見顏色	바라건대 안색을 한 번 보고싶건만
不異瓊樹枝[5]	경수의 가지를 보는 것과 다르지 않네
菟絲及水萍[6]	토사와 물위의 부평초처럼
所寄終不移	의탁한 곳을 끝내 옮기지 못하네

주석 ♋

1) 강엄의 〈잡체시(雜體詩)〉 30수 중의 한 수.

2) 雁門關(안문관): 북방 변방 요새의 이름.

3) 黃雲(황운): 변방의 황사(黃紗)를 말함.

4) 道里(도리): 도(道)는 먼 변방의 현(縣). 도리는 곧 변방 지역을 말함.

5) 瓊樹枝(경수지): 세상에서 보기 어려운 진기한 물건을 말함.

6) 菟絲(토사): 새삼. 다른 식물에 붙어 자라는 기생 덩굴식물. 水萍(수평): 물위를 떠 다니는 부평초. 개구리밥. 조식(曹植) 〈잡시(雜詩)〉: "寄松爲女羅, 依水與浮萍."

효완공시 效阮公詩[1]

歲暮懷感傷	세모에 슬픔을 품고
中夕弄淸琴	한밤중 맑은 금을 연주하네
庆庆曙風急	쏴아쏴아 새벽바람 급하고
團團明月陰	둥근 밝은 달빛 어두워졌네
孤雲出北山	외로운 구름은 북쪽 산에서 나오고
宿鳥驚東林	깃든 새는 동쪽 숲에서 놀라네
誰謂人道廣	누가 인생의 길이 넓다고 하였는가
憂慨自相尋	근심과 분개가 절로 찾아드네
寧知霜雪後	어찌 알았으랴 서리와 눈이 내린 후
獨見松竹心	홀로 솔과 대나무의 마음을 보게 될 줄을

주석 ﻌ

1) 〈효완공시(效阮公詩)〉: 완적(阮籍)의 〈영회(詠懷)〉시를 본뜬 작품으로 모

두 15수임. 『南史·江淹傳』: "少帝卽位, 多失德. 景素專据上流, 咸勸因此擧
事. 淹每從容進諫, 景素不納. 及鎭京口, 淹爲鎭軍參軍, 領東南海郡丞. 景素
與腹心日夜謀議, 淹知禍機將發, 乃贈詩十五首以諷焉."

2) 戾戾(여려): 바람이 센 모양.

범운范雲

범운(451-503), 자는 언룡(彦龍), 남향(南鄕) 무음(舞陰: 하남성 泌陽縣 서북) 사람. '경릉팔우' 중의 한 사람. 송(宋)에서 법조행참군(法曹行參軍)을 지내고, 제(齊)에서 광주자사(廣州刺史)를 지냄. 양(梁)에서 산기상시(散騎常侍)를 거쳐 상서우복야(尙書右僕射)에 이름.

『시품』에서 범운의 시를 "청편(淸便) 완전(婉轉)하여 바람이 눈발을 되돌려오는 것 같다[流風回雪]"라고 평하고 중품에 넣었음.

서주 장속에게 주다 贈張徐州謖[1]

田家樵採去	전가에서 땔나무를 하러 갔다가
薄暮方來歸	석양에 방금 돌아와서
還聞稚子說	어린애의 말을 들으니
有客款柴扉[2]	어떤 손님이 사립문을 두드렸다고 하네
儐從皆珠玳[3]	수행한 사람들 모두 구슬과 대모로 장식하였고
裘馬悉輕肥	갓옷과 말은 모두 가볍고 살쪘다 하네
軒蓋照墟落	수레는 마을을 비추고
傳瑞生光輝[4]	전서에선 빛이 났다네
疑是徐方牧[5]	서방목이 아니었나 싶은데
既是復疑非	틀림없을 터이건만 다시 미심쩍네
思舊昔言有	옛친구를 방문하는 일 예전엔 있었다고 하나
此道今已微	이런 도리를 지금은 이미 하찮게 여기네
物情棄疵賤	물정이 허물 있고 천한 사람을 버리는 법인데
何獨顧衡闈[6]	어찌 홀로 누추한 집을 찾아왔던가
恨不具雞黍[7]	한스러운 것은 닭고기와 기장밥을 갖추지 못하고
得與故人揮	친구와 헤어지게 된 것이네
懷情徒草草[8]	품은 정은 다만 근심스러운데
淚下空霏霏[9]	눈물 떨어짐만 공연이 분분하네
寄書雲間雁	구름 속의 기러기에게 편지를 부치니
爲我西北飛	나를 위해 서북쪽으로 날아가네

1) 張謖(장속): 제(齊) 명제(明帝) 때 북서주자사(北徐州刺史)를 지냈던 범운의 친구.

2) 款(관): 고(叩).

3) 儐從(빈종): 길을 인도하고 뒤따르는 종복(從僕). 珠玳(주대): 모자에 장식하는 구슬과 대모 장식.

4) 傳瑞(전서): 부절(符節).

5) 方牧(방목): 방백(方伯)과 주목(州牧)의 합칭.

6) 衡闈(형위): 형문(衡門). 누추한 집의 문을 말함.

7) 鷄黍(계서): 『後漢書』: "山陽范式, 字巨卿, 與汝南張元伯爲友. 春別京師, 以秋爲期, 至九月十五日, 殺鷄作黍. 二親曰:「山陽去此幾千里, 何必至.」元伯曰 :「巨卿信士, 不失期者.」言未絶而巨卿至."

8) 草草(초초): 근심하는 모양.

9) 霏霏(분분): 분분하게 떨어지는 모양.

영릉군에 가서 신정에 머물다 之零陵郡, 次新亭[1]

江干遠樹浮	강가에 먼 숲이 떠 있고
天末孤烟起	하늘 끝엔 외딴 연기가 오르네
江天自如合	강과 하늘은 절로 합쳐진 듯하고
烟樹還相似	연기와 숲은 도리어 서로 비슷하네
滄流未可源	푸른 물은 그 근원으로 거슬러갈 수 없는데
高飄去何已	높은 바람 지나감이 어찌 그치랴

주석 ↩

1) 新亭(신정): 삼국 오(吳)나라 때 지은 정자. 지금의 남경시(南京市) 남쪽에 있었음. 범운이 제나라에서 영릉군(零陵郡: 호남성 永州市) 내사(內史)를 지낼 때 신정에서 머물며 지은 시임.

이별시 別詩[1]

洛陽城東西	낙양성 동서쪽에서
長作經時別	오랫동안 시절을 보내며 이별하니
昔去雪如花	지난날 떠날 땐 눈이 꽃 같았는데
今來花似雪	지금 오니 꽃이 눈 같네

주석 ↩

1) 이 시는 하손(河遜)과의 연작시임. 『하손집』에는 제목이 〈范廣州宅聯句〉로 되어 있음. 하손이 지은 뒤의 4구는 "濛濛夕煙起, 奄奄殘暉滅. 非君愛滿堂, 寧我安車轍."이라 하였음.

도홍경 陶弘景

도홍경(456-536), 자는 통명(通明), 단양(丹陽) 말릉(秣陵: 南京市) 사람. 송나라에서 여러 왕의 시독(侍讀)을 지내고, 제나라에서 관직이 좌위전중장군(左衛殿中將軍)에 이르렀는데 영명(永明) 10년에 사직하고 구곡산(句曲山)에 은거하였음. 양나라 때 여러 번 불렀으나 나가지 않았음. 나라에 큰 일이 있으면 항상 그에게 가서 자순(諮詢)하였는데, 세상에서 '산중제상(山中宰相)'이라 불렀음. 시호는 정백선생(貞白先生).

도홍경은 의학에 정통하고 도술을 좋아하였는데, 『본초경집주(本草經集注)』『복궐주후방(複闕肘後方)』『진고(眞誥)』『합단절도(合丹節度)』등의 저서가 있음. 시는 겨우 6수가 전함.

산중에서 무엇을 지녔냐고 조문하므로 시를 지어 답하다
詔問山中何所有, 賦詩以答[1]

山中何所有	산중에서 무엇을 지녔냐고 물으시는데
嶺上多白雲	고개 위에 흰 구름이 많답니다
只可自怡悅	다만 스스로 즐길 만한데
不堪持寄君	가지고 가서 임금께는 드릴 수가 없답니다

주석 ↩

1) 제나라 고제(高帝) 소도성(蕭道成)의 조문에 답한 시.

소연 蕭衍

소연(464-549), 자는 숙달(叔達), 난릉(蘭陵) 무진(武進: 강소성 常州 서
북) 사람. 곧 양무제(梁武帝)이다. 제나라 영명(永明) 초에 파릉왕(巴陵
王) 남중랑(南中郎)의 법조참군(法曹參軍)을 지내고, 제나라 말에 옹주
자사(雍州刺史)로 양양(襄陽)를 지키고 있다가 내란을 틈타 권력을 장악
하고 승진하여 표기대장군(驃騎大將軍)·양주자사(揚州刺史)·도독중외
제군사(都督中外諸軍事)를 지냄. 양공(梁公)에 봉해지고 상국(相國)에
이름. 양왕(梁王)에 봉해진 후 제위를 탈취하여 양(梁)나라를 건립하였
다. 48년 동안 제위에 있다가 후경(侯景)의 난 때 붙잡혀 아사하였음.
시호는 무황제(武皇帝)라 하였음.

소연은 일찍이 '경릉팔우' 중의 한 사람으로 박학다식하고 사부(辭賦)를
좋아하였는데, 시는 악부가 태반이고 음사(淫詞) 염어(艷語)가 많아서
양나라 '궁체시'의 단초를 열었다고 평가됨.

동비백로가 東飛伯勞歌[1]

東飛伯勞西飛燕	동쪽엔 백로가 날고 서쪽엔 제비 나는데
黃姑織女時相見[2]	황고와 직녀 때때로 서로 바라보네
誰家女兒對門居	누구 집 여아가 문을 마주하고 사는가
開顏發艷照里閭	웃는 얼굴 아리땁게 동리를 비추네
南窗北牖挂明光	남북의 창문엔 밝은 빛이 걸렸는데
羅幃綺帳脂粉香	비단 휘장엔 지분의 향기가 나네
女兒年幾十五六	여아의 나이 거의 십오륙세인데
窈窕無雙顏如玉	아리따움 짝이 없어 얼굴은 옥과 같네
三春已暮花從風	봄날이 이미 저물어 꽃잎은 바람을 좇아가는데
空留可憐與誰同	공연히 가련함을 남겨두어 누구와 함께 하려는가

주석 ⌘

1) 『옥대신영』권9에 이 시를 무명씨의 〈歌辭二首〉 중 제1수로 수록하였음. 伯勞(백로): 새 이름.

2) 黃姑(황고): 별 이름. 하고(河鼓). 속칭 우랑성(牛郎星).

하중지수가 河中之水歌[1]

河中之水向東流	하수의 물 동으로 흘러가는데
洛陽女兒名莫愁	낙양 여아는 이름이 막수라네
莫愁十三能織綺	막수는 열셋에 비단을 짤 수 있었고

十四采桑南陌頭	열 넷엔 남쪽 길가에서 뽕잎을 땄었네
十五嫁爲盧家婦	열 다섯에 시집가서 노가의 부인이 되어
十六生兒字阿侯	열 여섯에 아이를 낳아 자가 아후라네
盧家蘭室桂爲梁2)	노가의 난실은 계수나무로 대들보를 올렸는데
中有鬱金蘇合香	그 가운데 울금과 소합향이 있네
頭上金釵十二行	머리 위엔 금비녀를 열두 개나 꽂고
足下絲履五文章	발아래 비단신발엔 다섯 문장이 있네
珊瑚卦鏡爛生光	산호 달린 거울은 찬란하게 빛나는데
平頭奴子提履箱	맨머리 노비들은 신발상자 들고 있네
人生富貴何所望	인생의 부귀를 어찌 바라겠는가만
恨不早嫁東家王	일찍이 동쪽 집 왕씨에게 시집가지 못한 것이 한
	스럽네

주석 ᏄᎲ

1) 『옥대신영』 권9에 이 시를 무명씨의 〈가사이수〉 중 제2수로 수록하였음. 『악
   부시집·잡곡가사』에도 이 시를 고사(古辭)라고 하였음.

2) 蘭室(난실): 규방을 말함.

3) 울금소합향(鬱金蘇合香): 울금과 소합향은 모두 서역에서 생산되는 향료.

평설 ᏄᎲ

• 『지봉유설』: "양무제의 사(詞)에 「낙양여아명막수, 십오가작노가부」·「노
   가난실계위량, 중유울금소합향」이라 하였다. 심전기(沈佺期)의 시 「노
   가소부울금당(盧家少婦鬱金堂)」은 곧 여기에서 나왔다. '당(堂)' 자는

혹은 '향(香)'이라고도 하는데 옳은 것 같다. 또 막수를 살펴보니 석성(石城)의 여자로서 노래를 잘 불렀다. 장자용(張子容)의 시에 「묘곡봉노녀(妙曲逢盧女)」라고 한 것은 그녀가 노래를 잘 불렀기 때문에 그렇게 말한 것이다. 그러나 막수는 한 사람이 아닌 듯하다.”

유운 柳惲

유운(465-517), 자는 문창(文暢), 하동(河東) 해(解: 산서성 運城縣 서남) 사람. 제나라 경릉왕(竟陵王) 소자량(蕭子良)의 법조행참군(法曹行參軍)과 상국우사마(相國右司馬)를 지내고, 양나라에서 시중(侍中)·비서감(秘書監)·오흥태수(吳興太守) 등을 지냄.

유운의 시는 사경(寫景)에 뛰어나고 청신(淸新)하다는 평을 받음. 왕세정의 『예원치언』에서 "오흥(吳興)의 「정고목엽하, 농수추운비(庭皐木葉下, 隴首秋雲飛)」·「태액창파기, 장양고수추(太液滄波起, 長楊高樹秋)」는 제(齊)·양(梁)의 월로(月露) 사이에 놓아둔다면 교교(矯矯)하게 기운이 있다. 위로 강락(康樂)을 당하기에는 부족하나 아래로 자안(子安)을 능가함에는 남음이 있다"고 평하였다.

강남곡 江南曲[1]

汀洲采白蘋[2]	물가 모래섬에서 백빈을 따는데
日落江南春	해가 지는 강남의 봄이네
洞庭有歸客[3]	동정호에서 돌아오는 손님이 있는데
瀟湘逢故人[4]	소상에서 옛 친구를 만났다네
故人何不返	옛 친구는 어찌 돌아오지 않는가
春華復應晚	봄꽃은 다시 마땅히 만춘에 이르리라
不道新知樂	새 친구와의 즐거움은 말하지 말고
且言行路遠	다만 가는 길이 멀기 때문이라고 말해주오

주석 ⌒

1) 〈강남곡(江南曲)〉: 악부 〈상화가사 · 상화곡〉에 속함.

2) 汀洲(정주): 물가의 모래섬. 白蘋(백빈): 수중 식물의 이름. 네가래.

3) 洞庭(동정): 호수 이름. 호남성 북부에 있음.

4) 瀟湘(소상): 소수(瀟水)와 상수(湘水).

하손 河遜

하손(?-약518), 자는 중언(仲言), 동해(東海) 담(郯: 산동성 郯城縣) 사람. 양나라 천감(天監: 502-519) 중에 상서수부랑(尙書水府郞)을 지내어 세칭 '하수부(何水府)'라고 불림. 후에 노릉왕(盧陵王) 소속(蕭續)의 기실(記室)을 지냄.

하손은 시문에 능하여 일찍이 범운(范雲)과 심약(沈約) 등에게 칭송을 받았음. 그의 시는 사경에 뛰어났는데, 품격은 청신하고, 연자(煉字)에 정밀하고, 음운은 조화로워서 당률(唐律)의 기초를 열었다고 평가된다. 육시옹(陸時雍)은 『시경총론(詩鏡總論)』에서 "하손의 시는 말마다 실제(實際)이고, 체색(滯色)이 전혀 없다. 그가 경(景)을 탐색함은 매번 유미(幽微)함으로 들어갔다. 어기(語氣)가 유유(悠柔)하여 읽어보면 특히 이어지는 아취가 그치지 않는다"고 평하였다.

기실 범운의 시에 수창하다 酬范記室雲詩[1]

林密戶稍陰	숲 무성하여 문이 조금 그늘지고
草滋階欲暗	풀 자라서 섬돌이 파묻히려고 하네
風光蘂上輕	풍광은 꽃 위에서 가볍고
日色花中亂	햇빛은 꽃 속에서 어지럽네
相思不獨歡	그리운 생각에 홀로 즐겁지 못하여
佇立空爲嘆	우두커니 서서 공연히 탄식하네
淸談莫共理	청담을 함께 나누지 못하니
繁文徒可玩	긴 문장만 완상할 만하네
高唱子自輕[2]	높은 노래를 그대는 스스로 경시하나
繼音予可憚[3]	음를 잇는 것을 나는 꺼린다네

주석 ⌒

1) 범운(范雲)이 하손에게 준 〈貽何秀才〉시: "桂葉竟穿荷, 蒲心爭出波. 有鶀驚蘋袂, 綿蠻弄藤蘿. 臨花空相望, 對酒不能歌. 聞君饒綺思, 摛掞足爲多. 布鼓誠自鄙, 何事絶經過."에 대한 수창임.

2) 高唱(고창): 범운이 준 시를 말함.

3) 繼音(계음): 수답(酬答)함을 말함.

호흥안과 밤에 이별하다 與胡興安夜別

居人行轉軾[1]	주인은 가려다가 수레를 돌리고
客子暫維舟	나그네도 잠시 배를 매었네

念此一筵笑	이 한 연회를 생각하면 웃을 터이지만
分爲兩地愁	이별하여 양쪽이 되면 근심하게 되리라
露濕寒塘草	이슬은 찬 못의 풀에서 축축하고
月映清淮流	달빛은 맑은 회수의 물결에 비추네
方抱新離恨	바야흐로 새 이별의 한을 안고
獨守故園秋	홀로 고향 동산의 가을을 지키네

주석 ∽

1) 居人(거인): 유거인(留居人). 주인(主人)을 말함. 轉軾(전식): 수레를 돌림.

이른 매화를 읊다 詠早梅[1]

免園標物序[2]	토원에서 계절을 알리는데
驚時最是梅	시절을 깨닫게 하는 건 매화가 최고이네
銜霜當路發	서리 머금고 길가에서 피어
映雪擬寒開	눈에 비추며 추위와 함께 피었네
枝橫却月觀[3]	가지는 각월관에 비껴 있고
花繞凌風臺[4]	꽃은 능풍대를 둘렀네
朝洒長門泣[5]	아침엔 장문궁의 눈물을 씻어내고
夕駐臨邛杯[6]	저녁엔 임공의 술잔에 머무네
應知早飄落	일찍 떨어질 것을 마땅히 알아서
故逐上春來	그래서 상춘을 좇아서 왔다네

1) 제목이 〈揚州法曹梅花盛開〉로 된 판본도 있음.

2) 免園(토원): 서한(西漢) 때 양효왕(梁孝王)이 건조한 궁중 원유(園囿)의 이름. 양원(梁園) 혹은 양원(梁苑)이라 불림.

3) 却月觀(각월관): 옛 양주(揚州)에 있던 대관(臺觀)의 이름.

4) 凌風臺(능풍대): 옛 양주(揚州)에 있던 대관(臺觀)의 이름.

5) 長門(장문): 서한 때 장안(長安)에 있었던 별궁(別宮)의 이름. 한무제의 진황후(陳皇后)가 총애를 잃고 이곳에서 거처하였음. 사마상여(司馬相如)의 「장문부(長門賦)」는 이 일을 읊은 것임.

6) 臨邛(임공): 옛 현의 이름. 지금의 사천성 공래현(邛崍縣). 일찍이 사마상여(司馬相如)가 이곳에서 탁문군(卓文君)을 만나 함께 성도(成都)로 달아났음.

자모기 慈姥磯[1]

暮烟起遙岸	저녁 연기 먼 언덕에서 일어나고
斜日照安流	기우는 햇살 고요한 흐름에 비추네
一同心賞夕	한 마음으로 석양을 완상하며
暫解去鄉憂	잠시 고향생각을 풀어버리네
野岸平沙合	들 언덕은 평평한 모래밭과 합쳐지고
連山遠霧浮	연이은 산은 먼 안개 속에 떠 있네
客悲不自己	나그네 슬픔 스스로 그치지 못하고
江上望歸舟	강가에서 돌아가는 배를 바라보네

1) 慈姥磯(자모기): 자모산(慈姥山)이라고도 함. 지금의 강소성 강녕현(江寧縣) 강녕진(江寧鎭) 남쪽과 안휘성 당도현(當涂縣) 북쪽의 장강(長江) 언덕 가에 위치함. 기(磯)는 강가에 산석(山石)이 돌출한 곳.

상송 相送

客心已百念	나그네 마음 이미 온갖 상념에 젖어
孤遊重千里	외로운 유람 천리를 거듭하네
江暗雨欲來	강은 어둡고 비가 오려하는데
浪白風初起	물결은 희고 바람이 막 일어나네

오균 吳均

오균(469-520), 자는 숙상(叔庠), 이름을 일작 오균(吳筠)이라고도 표기함. 오흥(吳興) 고장(故鄣: 절강성 安吉縣) 사람. 양나라 천감(天監) 중에 오흥태수(吳興太守) 유운(柳惲)의 주부(主簿)를 지내고 건안왕(建安王) 기실(記室)과 국시랑(國侍郎)을 지냄. 봉조청(奉朝請)이 되었으나 현달하지 못하고 관직을 마쳤다.

오균은 시문에 뛰어났는데, 시체(詩體)가 청발(清拔)하고 고기(古氣)가 있어서 당시 사람들이 그것을 본받으며 '오균체(吳均體)'라고 불렀음.

산기 주흥사에게 주다 贈周散騎興嗣[1]

子雲好飮酒[2]	자운은 음주를 좋아하는데
家在成都縣	집은 성도에 있다네
製賦已百篇	지은 부가 이미 백 편이고
彈琴復千轉	금의 연주도 또 천 번에 이르네
敬通不富豪[3]	경통은 부호가 아니었고
相如本貧賤[4]	상여는 본래 빈천했었네
共作失職人	함께 실직한 사람이 되어
包山一相見[5]	포산에서 한 번 상견하네

주석 ❧

1) 周興嗣(주흥사): 자는 은기(恩纂), 양무제 때 원외산기시랑(員外散騎侍郎)을 지냄. 그는 오균과 증답시를 많이 주고받았음. 본 제목 아래의 시는 2수임.

2) 子雲(자운): 서한의 사부가(辭賦家) 양웅(揚雄)의 자. 촉군(蜀郡) 성도(成都) 사람. 빈천하였지만 술을 좋아하였다고 함.

3) 敬通(경통): 동한의 사부가 풍연(馮衍)의 자. 높은 재능을 지니고서도 평생 뜻을 얻지 못하였음.

4) 相如(상여): 사마상여(司馬相如). 빈천하여 한 때 탁문군(卓文君)과 함께 술을 팔아 연명하였음.

5) 包山(포산): 서동정산(西洞庭山). 강소성 소주시(蘇州市) 서남쪽 태호(太湖) 안에 있음. 은거지를 말함.

산중잡시 山中雜詩[1]

山際見來煙	산 끝에서 몰려오는 연기를 보고
竹中窺落日	대숲에서 지는 해를 엿보네
鳥向簷上飛	새는 처마 위를 향해 날고
雲從窗裏出	구름은 창문 안에서 나오네

주석 ❧

1) 모두 3수임.

보검을 읊다 詠寶劍

我有一寶劒	나에게 한 자루 보검이 있는데
出自昆吾溪[1]	곤오산 개울에서 나왔다네
照人如照水	사람을 비추면 수면에 비추는 것 같고
切玉如切泥	옥을 자르면 진흙 자르는 듯하네
鍔邊霜凜凜	칼날에 서릿기운 늠름하고
匣上風凄凄	갑 위의 바람은 서늘하네
寄語張公子	장공자에게 말하니
何當來見携	언제나 와서 휴대하려는가

주석 ❧

1) 昆吾(곤오): 전설 속의 선산(仙山)의 이름. 이곳엔 적동(赤銅)이 많이 생산되는데 칼을 만들면 진흙을 베듯 옥을 벤다고 함.

주사 周捨

주사(469-524), 자는 승일(升逸), 여남(汝南) 안성(安成: 하남성 여남현 동남) 사람. 제나라 영명 연간에 『사성절운(四聲切韻)』을 저술한 주과(周顒)의 아들. 제나라 말에 태상박사(太常博士)·태상승(太常丞)을 지내고, 양나라에서 관직이 시중(侍中)에 이름.

전사로 돌아오다 還田舍

薄遊久已倦[1]	낮은 벼슬살이 오래되어 이미 피곤하여
歸來多暇日	돌아오니 한가한 날이 많네
未鑿武陵巖[2]	무릉의 바위를 아직 뚫지 못하였는데
先開仲長室[3]	먼저 중장통의 집을 열었네
松篁日月長	소나무 대나무 세월 따라 자라고
蓬麻歲時密	쑥과 삼대는 시절 따라 우거지네
心存野人趣	마음에 야인의 취향이 있는데
貴使容吾膝[4]	귀한 바는 내 무릎을 편안히 들이는 것이네
況玆薄暮情	하물며 이처럼 박모의 정이 있어
高秋正蕭瑟	한 가을이 진정 소슬하네

주석 ∽

1) 薄遊(박유): 박한 환유(宦遊). 소리(小吏)를 말함.

2) 武陵巖(무릉암): 도연명의 무릉도원을 말함.

3) 仲長室(중장실): 동한(東漢) 중장통(仲長統)의 「누실명(陋室銘)」을 말함.

4) 容吾膝(용오슬): 『韓詩外傳』: "結駟連騎, 所安不過容膝."

평설 ∽

• 양신(楊愼) 『승암시화(升菴詩話)』: "주사의 〈환전가시〉「……」는 참으로 전가(田家)의 뜻을 얻었다."

왕적 王籍

왕적(?-약536), 자는 문해(文海), 낭야(琅琊) 임기(臨沂: 산동성 임기현) 사람. 어려서부터 시문에 능하여 일찍이 임방(任昉)과 심약(沈約)의 칭찬을 받았음. 제나라 말에 관군행참군(冠軍行參軍)·외병기실(外兵記室)을 지내고, 양나라에서 상동왕(湘東王) 자의참군(咨議參軍) 등을 지냄.

약야계로 들어가다 入若耶溪[1]

艅艎何泛泛[2]	큰 배가 어찌 그리 잘 떠가는가
空水共悠悠	하늘과 물이 함께 아득하네
陰霞生遠岫	어둔 놀은 먼 산봉우리에서 떠오르고
陽景逐回流[3]	해 그림자 도는 물결을 좇아가네
蟬噪林逾靜	매미가 우니 숲은 더욱 고요해지고
鳥鳴山更幽	새가 우니 산은 더욱 깊어지네
此地動歸念	이곳에서 돌아갈 마음 일어나니
長年悲倦遊[4]	오랜 동안의 고달픈 벼슬살이가 슬퍼지네

주석 ᠗

1) 若耶溪(약야계): 회계산(會稽山)에서 흘러나오는 계수(溪水)의 이름.

2) 艅艎(여황): 대선(大船). 원래 오왕(吳王)이 탔던 좌선(座船)이었는데 후에 큰 배를 지칭하게 됨.

3) 陽景(양경): 일영(日影).

4) 倦遊(권유): 고달픈 환유(宦遊).

평설 ᠗

● 『예원치언』: "왕적의 「조명산갱명」은 비록 고질(古質)에는 못 미치나 또한 준어(雋語)이다. 상구의 「선조림유정」과 합하여 읽어보면 끝내 장(章)을 이루지 못한다. 또한 가소로운 것이 있는데, 「조명산갱유」는 본래 「불명산유(不鳴山幽)」의 의미를 거꾸로 한 것인데도 왕개보(王介甫)는 어떤 연유로 그 본의를 취하여 거꾸로 한 것인가? 「일조불명산

갱유(一鳥不鳴山更幽)」에 어떤 취미(趣味)가 있는가? 송인(宋人)의 가소로운 점은 대개 이와 같다."

소강 蕭綱

소강(503-551), 자는 세찬(世纘), 소자(小字)는 육통(六通). 양나라 무제 (武帝)의 셋째 아들로서 즉위한 간문제(簡文帝)이다. 소명태자(昭明太 子) 통(通)이 죽자 황태자가 되어 태청(太淸) 3년(549)에 즉위하여 대보 (大寶) 2년(551)에 후경(侯景)에게 살해되었음.

소강은 총민하고 문장에 능하였는데 태자 때 서리(徐摛)·유견오(庾肩 吾) 등과 함께 음염(淫艶)한 궁체시를 창시하였음.

절양류 折楊柳[1]

楊柳亂成絲	버드나무 어지럽게 푸른 끈을 이루니
攀折上春時	상춘 때 꺾어 올리네
葉密鳥飛碍	잎 우거져 새가 나는 것 막히고
風輕花落遲	바람 가벼워 꽃 지는 것 늦네
城高短簫發	성은 높은데 단소소리 울려나고
林空畵角悲[2]	숲은 비었는데 화각소리 슬프네
曲中無別意	곡 중에 이별의 뜻이 없건만
幷是爲相思	모두 그리운 정을 이루네

주석 ↝

1) 〈절양류(折楊柳)〉: 악부 〈횡취곡(橫吹曲)〉에 속함. 본시는 〈화상동왕횡취
   곡삼수(和湘東王橫吹曲三首)〉 중 한 수임.
2) 畵角(화각): 고대 취주악기. 호각(號角)과 비슷한데 죽목(竹木) 혹은 피혁(皮
   革)으로 만듦. 소리가 비량(悲凉) 고항(高亢)함.

임고대 臨高臺[1]

高臺半行雲	높은 대의 절반에 구름 지나고
望望高不極	아득히 높아 끝이 없네
草樹無參差	풀과 나무 들쭉날쭉하지 않고
山河同一色	산하가 한 빛으로 같네
彷佛洛陽道	낙양도가 보이는 듯하지만

道遠難別識　　길이 멀어 구별하기 어렵네
玉階故情人　　옥계엔 옛 정든 사람이 있는데
情來共相憶　　정이 일면 함께 서로 그리워하리라

주석 ◌◞

1) 〈임고대(臨高臺)〉: 악부 〈횡취곡〉에 속함. 일설에는 본시의 작가가 양무제
　　라고 함.

소역 蕭繹

소역(508-554), 자는 세성(世誠), 소자는 칠부(七符), 자호는 금루자(金樓子). 양무제의 7째 아들로서 후경(侯景)의 난을 진압하고 즉위한 원제(元帝)이다. 재위 3년 만에 서위(西魏)의 침략을 받아 포로가 되어 피살됨.

양운루 처마의 버들을 읊다 詠陽雲樓簷柳

楊柳非花樹	버들은 꽃나무가 아닌데
依樓自覺春	누대 옆에서 절로 봄을 깨닫네
枝邊通粉色	가지 주변엔 분 단장한 안색이 지나가고
葉裏暎紅巾	잎 사이엔 붉은 수건이 비치네
帶日交簾影	햇살 띠고 발 그림자와 섞이고
因吹掃席塵	휘날리며 자리의 먼지를 쓸어내네
拂簷應有意	처마에 스치는 건 마땅히 뜻이 있을 터인데
偏宜桃李人	특별히 복사꽃 오얏꽃 같은 사람에게 어울리리라

진시 陳詩

음갱 陰鏗 🌀

음갱(생졸년 미상), 자는 자견(子堅), 무위(武威: 감숙성 무위현) 사람.
양나라 때 상동왕(湘東王) 소역(蕭繹)의 법조행참군(法曹行參軍)을 지내
고, 진(陳)나라에서 시흥왕(始興王) 녹사참군(綠事參軍)과 진릉태수(晉
陵太守)·원외산기상시(員外散騎常侍) 등을 지냄.
음갱은 5언시에 능하였는데, 산수경물의 묘사에 뛰어났고, 연자조구(煉
字造句)가 정밀하여 하손(河遜)과 더불어 당률의 형성에 큰 영향을 미쳤
다고 평가됨.

청초호를 건너다 渡青草湖[1]

洞庭春溜滿	동정호엔 봄물 가득 차서
平湖錦帆張	평평한 호수에 비단 돛을 펼쳤네
沅水桃花色[2]	원수는 복사꽃의 빛이 감돌고
湘流杜若香[3]	상류는 두약의 향기가 나네
穴去茅山近[4]	물 깊은 곳은 모산에 가깝고
江連巫峽長[5]	강은 무협에 이어져 기네
帶天澄逈碧	하늘에 이어져 먼 푸른빛이 맑고
映日動浮光	햇살 비추어 떠 있는 빛이 일렁이네
行舟逗遠樹	지나는 배는 먼 숲에 머물러 있고
度鳥息危檣	지나가는 새는 높은 돛대에서 쉬네
滔滔不可測[6]	출렁이는 물결 헤아릴 수 없으니
一葦豈能航	한 작은 배가 어찌 항해할 수가 있으랴

주석

1) **青草湖**(청초호): 옛날 동정호(洞庭湖: 호남성 북부)의 동남부 일대를 청초호라고 불렀음. 『方輿紀要』: "青草湖北連洞庭, 南接瀟湘, 東納汨羅."

2) **沅水**(원수): 귀주(貴州) 운무산(雲霧山)에서 발원하여 호남성 검양(黔陽)과 상덕(常德)을 북쪽으로 동정호로 흘러드는 물 이름.

3) **湘流**(상류): 상수(湘水). 호남성 경내의 남북으로 흘러서 동정호로 흘러드는 물.

4) **穴**(혈): 호수의 깊은 곳. **茅山**(모산): 강소성 구용현(句容縣) 동남에 있는 구곡산(句曲山).

5) **江**(강): 장강(長江)을 말함. 동정호 북쪽은 장강과 접해 있음.

강나루에서 유광록을 송별하려 했으나 이르지 못하였다
江津, 送別劉光祿不及[1]

依然臨送渚	의연히 송별하는 물가에 임하여
長望倚河津	멀리 바라보며 강나루에 기대었네
鼓聲隨聽絕	북소리는 들림이 끊어지고
帆勢與雲隣	돛 그림자는 구름과 이웃하였네
泊處空餘鳥	정박한 곳엔 공연히 새들만 남아 있고
離亭已散人	이정엔 이미 사람들 흩어졌네
林寒正下葉	숲 차가워 진정 잎이 지려하고
釣晚欲收綸	낚시터 저물어 낚싯줄을 거두려 하네
如何相背遠	어찌하여 서로 멀리 등짐이
江漢與城闉[2]	강한과 성문의 거리 같은가

주석 ᰍ

1) 劉光祿(유광록): 광록경(光祿卿) 유유(劉孺).

2) 江漢(강한): 장강(長江)과 한수(漢水).

505

서릉 徐陵

서릉(507-583), 자는 효목(孝穆), 동해(東海) 담(郯: 산동성 郯城縣) 사람. 서리(徐摛)의 아들. 양나라 때 관직이 비서감(秘書監)에 이르렀고. 두 차례 북조(北朝)에 사신을 갔음. 진(陳)나라 때 이부상서(吏部尙書)를 지내고 건창현후(建昌縣侯)로 봉해졌음. 관직은 태자소부(太子少傅)에 이르렀음.

서릉은 양나라 동궁학사(東宮學士)를 지낼 때 궁체시의 중요 작가 중의 한 사람으로서 유신(庾信)과 제명하여 '서유(徐庾)'로 불리었고, 그들의 시문은 '서유체(徐庾體)'라고 불리었다.

출자계북문행 出自薊北門行[1]

薊北聊長望	계북에서 잠시 멀리 바라보니
黃昏心獨愁	황혼에 마음 홀로 근심스럽네
燕山對古刹[2]	연산은 고찰을 마주하고
代郡隱城樓[3]	대군은 성루에 가려졌네
屢戰橋恒斷	여러 번의 전쟁에 다리는 항상 끊겨 있고
長氷塹不流	긴 얼음은 참호에서 흐르지 않네
天雲如地陣	하늘의 구름은 땅의 진영 같은데
漢月帶胡愁	한 땅의 달은 호 땅의 수심을 띠고 있네
漬土泥函谷[4]	젖은 흙으로 함곡관을 봉해버리고
接繩縛凉州[5]	밧줄로 양주를 결박하리라
平生燕頷相[6]	평생 연함의 상으로
會自得封侯	때 마침 스스로 봉후를 얻네

주석 ⌖

1) 〈출자계북문행(出自薊北門行)〉: 악부 〈잡곡가사〉에 속함. 계(薊)는 계주 (薊州). 지금의 천진시(天津市) 계현(薊縣).

2) 燕山(연산): 지금의 화북(華北) 평원 북부에 위치한 산 이름.

3) 代郡(대군): 지금의 하북(河北) 울현(蔚縣) 서남에 위치했던 옛 현의 이름. 그 북쪽에 흉노(匈奴), 오환(烏桓)이 있어서 진(秦)·한(漢) 때 군사요충지였음.

4) 函谷(함곡): 하남성 영보현(靈寶縣) 남쪽에 위치했던 옛 관(關)의 이름. 『後 漢書·隗囂傳』: "元遂說囂曰:「元請以一丸泥爲大王東封函谷關, 此萬世一 時也」."

5) 凉州(양주): 지금의 감숙성 가천(家川)에 있었던 옛 주(州)의 이름.

6) 燕頷相(연함상): 옛 관상법에 '연함호경(燕頷虎頸)'을 봉후가 될 상(相)이라 하였음. 『후한서·班超傳』; "生燕頷虎頸, 飛而食肉, 此萬里侯相也."

관산월 關山月[1]

關山三五月	관산의 보름달 아래
客子憶秦川[2]	나그네는 진천을 생각하네
思婦高樓上	남편 그리는 부인은 높은 누대 위에서
當窗應未眠	창을 대하고 마땅히 잠을 못 이루리
星旗映疏勒[3]	기성은 소륵을 비추고
雲陣上祁連[4]	구름 진영은 기련산 위에 있네
戰氣今如此	전쟁 기운이 지금 이 같은데
從軍復幾年	종군이 또 몇 해나 될 것인가

주석

1) 〈관산월(關山月)〉: 악부 〈횡취곡〉에 속함. 이별을 상심한 노래임.

2) 秦川(진천): 진령(秦嶺) 이북의 섬서성과 감숙성 평원지대를 말함.

3) 星旗(성기): 기성(旗星). 疏勒(소륵): 서역에 있던 나라 이름.

4) 祁連(기련): 산 이름. 감숙성 서남과 청해성 동북 경계에 있음.

주홍양 周弘讓

주홍양(생졸년 미상), 여남(汝南) 안성(安城: 하남성 여남 안성현) 사람. 제나라 주과(周顆)의 손자. 어려서 양나라에 있었는데, 모산(茅山)에 은거하고 있다가 후경(侯景)의 난 이후 후경의 중서시랑(中書侍郞)이 되어 사람들의 비난을 받음. 양나라 원제(元帝) 때 국자좨주(國子祭酒), 인위장군(仁威將軍)을 지내고, 진나라에서 광록대부(光祿大夫)에 이름.

산중의 은사에게 남겨주다 留贈山中隱士

行行訪名嶽	가고 가서 유명한 산을 찾아가서
處處必留連	곳곳에서 반드시 머물렀네
遂至一巖裏	마침내 한 암굴 속에 이르니
灌木上參天	관목이 위로 하늘에 닿아 있네
忽見茅茨屋	문득 초가집을 발견하니
曖曖有人煙	흐릿하게 연기가 있네
一士開門出	한 은사가 문을 열고 나오고
一士呼我前	한 은사가 나를 불러 앞으로 오게 하네
相看不道姓	서로 보며 성명을 말하지 않으니
焉知隱與仙	은사인지 신선인지 어찌 알겠는가

강총 江總

강총(519-594), 자는 총지(恩持), 제양(濟陽) 고성(考城: 하남성 蘭考縣) 사람. 어려서부터 총민하고 배우기를 좋아하였는데, 18세에 양나라 무릉왕(武陵王)의 법조참군이 됨. 시재(詩才)로써 양무제에게 칭찬을 받고 태자중서사인(太子中書舍人)을 지냄. 진나라 때 중서령(中書令)을 지내고 세칭 강령(江令)으로 불림. 이때 매일 후주(後主)의 연회에 참석하여 궁체시를 지었다. 수(隋)나라에서 상개부(上開府)를 지냈다.

장안에서 양주로 가는 도중 구월 구일 미산정을 지나며 읊다
于長安, 歸還揚州, 九月九日, 行薇山亭賦韻

心逐南雲逝	마음은 남쪽 구름을 좇아가는데
形隨北雁來	몸은 북쪽 기러기를 따라 왔네
故鄕籬下菊	고향의 울타리 가의 국화는
今日幾花開	오늘 몇 송이나 꽃이 피었을까

평설 ⌒

• 『승암시화』권4 : "강총의 〈장안구일시〉에 「……」라고 하였다. 강총은 양
  나라 사람인데, 양나라 진나라 수나라를 겪고 당나라 정관(貞觀) 연간
  에 이르러 90여 세였다. 그래서 이 시를 지은 것이다."

하서 何胥

하서(생졸년 미상), 자는 효전(孝典). 음악에 정통하였으며, 진나라 후
주 때 태상령(太常令)을 지냄.

사신으로 뽑히어 관을 나서다 被使出關

出關登隴坂[1]	관을 나와 농판에 올라서
回首望秦川[2]	머리 돌려 진천을 바라보네
絳水通西晉[3]	강수는 서진으로 통하고
機橋指北燕[4]	기교는 북연을 가리키고 있네
奔流下激石	흘러가는 물은 아래서 바위에 부딪히고
古木上參天	고목은 위로 하늘에 닿았네
鶯啼落春後	꾀꼬리 울음 봄이 지난 후에 떨어지고
雁度在秋前	기러기 지나감은 가을 앞에 있네
平生屢此別	평생 이런 이별이 여러 번이니
腸斷自催年	애간장 끊으며 스스로 세월을 재촉하네

주석 ∽

1) 隴坂(농판): 농산(隴山).

2) 秦川(진천): 농서(隴西)에서 발원하여 관중(關中)을 지나가는 위수(渭水)를 말함. 관중은 옛 진지(秦地)였기 때문에 진천이라 부름.

3) 絳水(강수): 지금의 산서성 강현(絳縣) 북쪽에 위치함. 西晉(서진): 춘추시대 진국(晉國)을 말함.

4) 機橋(기교): 기관(機關)을 장치한 다리. 北燕(북연): 하북 계현(薊縣) 일대를 말함.

위정 韋鼎

위정(514-592), 자는 초성(超盛), 경조(京兆) 두릉(杜陵: 섬서성 西安 동남) 사람. 양나라에서 중서시랑(中書侍郞)을 지내고, 진나라에서 비서감(秘書監)과 대부경(大府卿)을 지냄. 수나라 때 광주자사(光州刺史)를 지냄.

장안에서 백설조 소리를 듣다 長安聽百舌[1]

萬里風烟異	만 리의 풍연이 다른데
一鳥忽相驚	한 마리 새소리에 문득 깜짝 놀라네
那能對遠客	어찌 멀리서 온 나그네를 대하고
還作故鄕聲	다시 고향의 소리를 내는가

주석 ꙮ

1) 진나라 선제(宣帝) 때 북주(北周)에 사신 갔을 때 지은 시임. 百舌(백설): 백
설조(百舌鳥). 때까치. 개고마리.

누에 실을 뽑다 作蠶絲[1]

春蠶不應老	봄누에 마땅히 늙지를 않고
晝夜常懷思[2]	밤낮으로 항상 근심을 품고 있네
何惜微軀盡	작은 몸이 다하는 것이 어찌 애석하랴?
纏綿自有時[3]	고치 짜는 것 본래 때가 있다네

주석

1) 『옥대신영』에는 〈잠사가(蠶絲歌)〉로 되어 있음.

2) 懷思(회사): 쌍관어로서 사(思)는 사(絲)의 뜻.

3) 纏綿(전면): 쌍관어로서 그리움이 끊이지 않는 것을 말함.

북조 北朝

유창 劉昶

유창(435-498), 자는 휴도(休道), 남조 송문제(宋文帝) 유의융(劉義隆)의 9째 아들. 진희왕(晉熙王)에 봉해지고 중서령(中書令)을 지냄. 폐제(廢帝) 유자업(劉子業)이 즉위하여 서주자사(徐州刺史)로 있던 유창이 다른 뜻이 있다고 의심하자, 유창은 위(魏)나라로 도망쳤다. 위나라 효문제(孝文帝) 탁발굉(拓拔宏)이 그를 대장군으로 삼아 서주(徐州)에 주둔시켰다. 후에 북위(北魏)에서 죽음.

단구시 斷句詩[1]

白雲滿郭來[2]	흰 구름은 장벽에 가득 몰려오고
黃塵暗天起	누런 먼지 하늘 어둡게 일어나네
關山四面絶	관산의 사면은 교통이 끊겼는데
故鄕幾千里	고향은 몇 천 리이던가

주석 ⌒

1) 〈단구시(斷句詩)〉: 절구(絶句)를 말함. 『南史(남사)』에 유창이 병폐(兵敗)하
   여 위나라로 달아났는데, 어머니와 처를 버리고 첩 한 사람만 데리고 가던
   도중에 강개하여 〈단구〉를 지었다고 하였음.

2) 郭(장): 요새 밖의 적을 막는 방벽.

온자승 溫子昇

온자승(495-547), 자는 붕거(鵬去), 조적(祖籍)은 태원(太原: 산서성 태원시), 후에 제음(濟陰) 원구(冤句: 산동성 荷澤縣 서남)으로 이거하였음. 북위(北魏) 말 영희(永熙: 532-534) 중에 시독겸사인(侍讀兼舍人)을 지냄. 동위(東魏) 말에 고징(高澄)이 그를 자의참군(咨議參軍)으로 삼음. 그후 원근(元瑾) 등이 난을 일으키자, 고징이 온자승이 동모하였다고 의심하고 옥에 가두어 아사시켰음.

온자승의 시문은 청려하였는데 형소(邢邵)와 제명하여 '온형(溫邢)'이라 불리었고, 또 위수(魏收)와 더불어 '북지삼재(北地三才)'로 불림.

도의시 搗衣詩

長安城中秋夜長	장안성 안에 가을밤이 긴데
佳人錦石搗流黃[1]	가인은 금석에 유황을 다듬이질하네
香杵紋砧知近遠[2]	향기로운 방망이 화문 다듬잇돌 원근을 알 수 있는데
傳聲遞響何凄凉	차례로 전해오는 소리 어찌 그리 처량한가
七夕長河爛	칠석날 긴 은하수 찬란한데
中秋明月光	중추의 밝은 달이 빛나네
蟋蟀塞邊絶候雁[3]	열옹새 가엔 기러기 끊겼는데
鴛鴦樓上望天狼[4]	원앙루 위에서 천랑성을 바라보네

주석 ⌒

1) 錦石(금석): 화문(花紋)의 결이 있는 돌. 流黃(유황): 황색 물을 들인 견백(絹帛).

2) 香杵(향저): 다듬이 방망이의 미칭. 紋砧(문침): 화문을 띠고 있는 다듬잇돌.

3) 蟋蟀塞(열옹새): 관새(關塞)의 이름. 용관(庸關: 지금의 北京 昌平縣 북쪽)에 있음. 멀리서 바라보면 나나니벌의 땅굴 집처럼 생겨서 열옹새라고 불림. 候雁(후안): 철새인 기러기.

4) 鴛鴦樓(원앙루): 다듬이질 하는 여인이 거처하는 누대를 말함. 天狼(천랑): 별 이름. 전쟁을 주관한다고 함.

위호태후 魏胡太后

위호태후(생졸년 미상), 위세종(魏世宗) 선무제(宣武帝) 원각(元恪)의 영황후(靈皇后) 호씨(胡氏).

양백화가 楊白花歌[1]

陽春二三月	양춘 이삼월
楊柳齊作花	버들이 일제히 꽃이 피었네
春風一夜入閨闥[2]	봄바람 하룻밤에 궁중 문으로 들어오니
楊花飄蕩落南家[3]	버들꽃이 휘날리며 남쪽 집에 떨어지네
含情出戶脚無力	정을 머금고 문을 나서니 다리에 힘이 없는데
拾得楊花淚沾臆	버들꽃을 주으며 가슴에 눈물 적시네
秋去春還雙燕子	가을에 갔다가 봄에 돌아온 쌍 제비여
願銜楊花入窠裏	바라건대 버들꽃을 물고 둥지로 들어가렴

주석

1) 『악부시집』권73 〈잡곡가사〉에 실려 있음. 『양서(梁書)』: "양화(楊華)는 무도 (武都) 구지(仇池) 사람이다. 젊어서 용력이 있고, 용모가 웅위(雄偉)하였는 데, 위(魏)나라 호태후(胡太后)가 가까이 하여 그와 사통하였다. 화(華)는 화 가 미칠까 두려워서 곧 그의 부곡(部曲)을 이끌고 와서 항복하였다. 호태후 는 그에 대한 그리움을 잊지 못하여, 〈양백화(楊白華)〉가사를 지어서 궁인 (宮人)들로 하여금 밤낮으로 어깨를 나란히 하고 발을 내딛으며 그것을 노래 하게 하였다. 그 소리가 몹시 처완(悽惋)하였다." 『남사(南史)』: "양화(楊華) 의 본명은 백화(白花)인데, 양나라로 달아난 후의 이름은 화(華)이다. 위(魏) 나라 명장(名將) 양대안(楊大眼)의 아들이다."

2) 閨闥(규달): 궁중의 소문(小門). 내실을 말함.

3) 南家(남가): 양화(楊華)가 떠나간 남조(南朝)를 말함.

이파소매가 李波小妹歌[1]

李波小妹字雍容	이파의 소매는 자가 옹용인데
褰裙逐馬如卷蓬	치마 걷고 말 달리는 것이 날리는 쑥대 같고
左射右射必疊雙	좌측과 우측으로 쏜 화살이 동시에 과녁을 맞추네
婦女尙如此	부녀가 이와 같으니
男子安可逢	남자를 어찌 만날 수 있으랴

주석 ∽

1) 『위서(魏書)』: "광평인(廣平人) 이파(李波)는 종족(宗族)이 강성(彊盛)하였는데, 잔략(殘掠)을 그치지 않았다. 공사(公私)가 모두 근심하였다. 백성들이 그들을 다음과 같이 말하기를……"

2) 卷蓬(권봉): 바람에 날려 가는 쑥대.

형소 邢邵

형소(496-?). 자는 자재(子才), 하간(河間) 막(鄚: 하북성 任邱縣 북쪽) 사람. 북위(北魏)에서 중서시랑(中書侍郞)·급사황문시랑(給事黃門侍郞)·곤주자사(袞州刺史)를 지내고, 북제(北齊)에서 태상경(太常卿)·중서감(中書監)·국자좨주(國子祭酒) 등을 지냄.

박학능문(博學能文)하여 온자승(溫子昇), 위수(魏收) 등과 제명하였음.

사공자 思公子

綺羅日減帶	비단옷은 날로 허리가 줄고
桃李無顔色	복사꽃 오얏꽃은 안색이 없네
思君君未歸	그대 그리워하나 그대는 돌아오지 않으니
歸來豈相識	돌아왔을 때 어찌 알아볼 수 있겠는가

소각 蕭愨

소각(생졸년 미상). 자는 인조(仁祖), 남난릉(南蘭陵: 강소성 常州市 서북) 사람. 양무제 소연(蕭衍)의 족손(族孫). 제나라 후주 고위무(高緯武) 평중(平中: 570-575) 중에 태자세마(太子洗馬)·대조문림관(待詔文林館)을 지내고 수나라로 들어갔음.

추사 秋思

清波收潦日[1]	맑은 물결 빗물을 거둬들인 날
華林鳴籟初[2]	꽃 수풀엔 가을 소리가 처음 들리네
芙蓉露下落	부용엔 이슬이 아래로 떨어지고
楊柳月中疎	버들은 달빛 속에 성그네
燕幃緗綺被[3]	제비 문양 휘장 속 담황색 비단 이불
趙帶流黃裾[4]	조대와 유황 저고리
相思阻音息[5]	그리워하는데 소식이 막히니
結夢感離居	꿈속에서 이별을 슬퍼하네

주석 ೄ

1) 潦(료): 빗물. 송옥(宋玉) 「九辨」: "沈寥兮天高而氣清, 寂廖兮收潦而水清."

2) 華林(화림): 가을꽃이 무성한 숲.

3) 燕幃(연위): 나는 제비를 수놓은 휘장. 緗綺(상기): 담황색 비단.

4) 趙帶(조대): 조나라 여인의 허리띠. 미인의 허리띠를 말함. 流黃(류황): 황색 비단.

5) 音息(음식): 소식.

칙록가 敕勒歌[1]

敕勒川[2]	칙륵천
陰山下[3]	음산 아래
天似穹廬[4]	하늘은 둥근 천막처럼
籠蓋四野	사방 들을 뒤덮었네
天蒼蒼	하늘 검푸르고
野茫茫	들은 아득한데
風吹草低見牛羊	바람 불어 풀을 나직이 눕히면 소와 양떼들 드러나네

주석

1) 〈칙록가(敕勒歌)〉: 악부 〈잡곡가사〉에 속함. 본래 선비어(鮮卑語)로 된 민
   가를 북제(北齊) 곡률금(斛律金)이 한어(漢語)로 번역한 노래. 『악부시집』권
   86, 〈칙록가〉해제: “『樂府廣題』曰「北齊神武攻周玉璧, 士卒死者十四五. 神
   武恚憤, 疾發. 周王下令曰 ‘高歡鼠子, 親犯玉璧, 劍弩一發, 元凶自斃.’ 神武

聞之, 勉坐以安士衆. 悉引諸貴, 使斛律金唱〈敕勒〉, 神武自和之.」其歌本鮮
卑語, 易爲齊言, 故其句長短不齊." 칙륵은 북방 민족의 이름, 북제 때 철륵
(鐵勒) 혹은 고거부(高車部)라고 불렸음.

2) 敕勒川(칙륵천): 칙륵족이 유목하는 초원. 지금의 내몽고 토묵특기(土黙特
旗) 일대를 말함.

3) 陰山(음산): 지금의 내몽고 자치구 중부에 위치함.

4) 穹廬(궁려): 지붕이 둥근 모직 천막.

평설 ∽

● 원호문(元好問) 〈論詩三十首〉: "慷慨歌謠絶不傳, 穹廬一曲本天然. 中州萬
   古英雄氣, 也到陰山敕勒川."

왕포 王褒

왕포(약513-576), 자는 자연(子淵), 낭야(瑯琊) 임기(臨沂: 산동성 임기현) 사람. 어려서부터 문장에 능하여 약관이 되기 전 수재로 천거되어 비서랑(秘書郎)이 됨. 양무제가 그 재간을 사랑하여 질녀를 그에게 시집보내고, 남창현후(南昌縣侯)에 임명하였다. 원제(元帝) 때 이부상서(吏部尙書) · 좌복야(左僕射)를 지냄. 서위(西魏)가 강릉(江陵)을 함락시키자 원제를 따라 항복하여 장안(長安)으로 들어감. 북주(北周) 무제 우문옹(宇文邕) 때 태자소보(太子少保) · 소사공(少司空) · 선주자사(宣州刺史)를 지냄.

왕포는 원래 양나라 궁중시인이었으나 북조로 들어간 후 유신(庾信)과 더불어 우문씨(宇文氏)에게 중시되었다.

하북을 건너다 渡河北

秋風吹木葉	가을바람 나뭇잎을 불어가니
還似洞庭波	도리어 동정호의 물결 같네
常山臨代郡[1]	상산은 대군에 임하였고
亭障繞黃河[2]	정장들 황하를 둘렀네
心悲異方樂	마음 슬픈 이방의 음악
腸斷隴頭歌[3]	애간장 끊는 농두의 노래이네
薄暮臨征馬	석양에 길가는 말을 마주하고
失道北山阿	북산의 구비에서 길을 잃었네

주석 ⌢

1) 常山(상산): 한(漢)나라 때의 관(關)의 이름. 지금의 하북성 당현(唐縣) 서
   북. 代郡(대군): 진(秦)나라 때의 군(郡)의 이름. 지금의 하북성 울현(蔚縣)
   동북.

2) 亭障(정장): 요새의 초소와 방어벽.

3) 隴頭歌(농두가): 농(隴) 지역의 노래. 악부에 〈농상가(隴上歌)〉, 농두수(隴頭
   水) 등의 노래가 있음.

평설 ⌢

• 『승암시화』 권2: "왕포의 〈도하〉는 「……」라고 하였다. 첫 2구가 경절(警
  絶)하다."

유신 庾信

유신(513-581), 자는 자산(子山), 남양(南陽) 신야(新野: 하남성 신야현)
사람. 양나라 궁중시인 유견오(庾肩吾)의 아들. 양나라에서 학사로 추천
되어 궁체시로 서릉(徐陵)과 제명하여 '서유체(徐庾體)'로 불림. 원제(元
帝) 때 우위장군(右衛將軍)·산기시랑(散騎侍郎)을 지내고 무강현후(武
康縣侯)에 봉해짐. 뒤에 서위(西魏)에 사신을 갔다가 서위가 양나라를
멸망시키자 억류되어 서위 및 북주(北周)에 출사함. 관직이 표기대장군
(驃騎大將軍)·개부의동삼사(開府儀同三司)에 이름. 세칭 '유개부(庾開
府)'라고 불림.

유신은 남북조 최후의 대작가의 한 사람으로서 시·부·병문(騈文)이 한
시대 으뜸이었다. 그의 시는 당대(唐代)의 율(律)·절(絶)·칠고(七古)의
선구로 평가됨.

완당(阮堂) 김정희(金正喜)는 『완당시화』에서 "유자산의 시는 대장(對
仗)이 가장 공교하여 곧 육조 이후 오언고시를 전환하여 오언율시의 시
작이 되었다. 그 조구(造句)는 능히 새롭고 사사(使事)는 흔적이 없어서
하수부(何水府)와 비교하면 같거나 또한 뛰어넘는다. 무릉(武陵) 진윤천

(陳允倩)이 "소릉(少陵)도 청출어람을 할 수 없었고 단지 한 걸음 나아 갔을 뿐이다"라고 하였는데 몹시 지나친 말이다"라고 유신을 평하였다. 두보는 〈희위육절구(戲爲六絶句)〉에서 "유신의 문장은 늙어서 더욱 숙 성하여, 구름을 지르는 건장한 붓에 뜻이 종횡으로 드러났다(庾信文章 老更成, 凌雲健筆意縱橫)"라고 하였고, 〈춘일억이백(春日憶李白)〉 시에 서 "청신함은 유개부이고(淸新庾開府)"라고 하였는데, 이에 대해 명나라 양신(楊愼)은 『단연총록(丹鉛總錄)』에서 "유신의 시는 양나라의 관면(冠 冕)으로서 당나라의 선편(先鞭)을 열었다. 사서(史書)에서 그의 시를 평 하여 '기염(綺艶)'하다고 하였고, 두자미(杜子美)는 그를 칭송하여 '청신' 하다 하고 또 '노성(老成)'하다고 했다. 기염과 청신에 대해서는 남들도 모두 그것을 안다. 그러나 그 노성함에 대해서는 다만 자미만 그 묘함을 발견할 수 있었다. 나는 일찍이 그것을 종합하여 부연하기를 「기려[綺] 함이 많으면 질박[質]함을 손상하고, 농염[艶]하면 골격[骨]이 없고, 맑음 [淸]은 박(薄)해지기 쉽고, 새로움[新]은 날카롭기[尖] 쉽다. 자산의 시는 기려하면서도 질박함이 있고, 농염하면서도 골격을 지녔고, 맑으면서도 박하지 않고, 새로우면서도 날카롭지 않은데 그것은 노성함을 이루었기 때문이다. 원나라 사람의 시는 기염하지 않은 것이 없고 청신하지 않은 것이 없지만 노성함이 결핍되었다. 송나라 사람의 시는 억지로 노성한 태도를 지었지만 기염과 청신함은 대략 갖추지 못하였다. 자산의 경우 는 이것들을 겸하였다고 하겠다. 그렇지 않다면 자미가 무엇 때문에 그 에게 이처럼 승복하였겠는가?」라고 하였다."라고 하였다.

의영회 擬詠懷[1]

1.

榆關斷音信[2]	유관에 소식 끊기고
漢使絶經過	한나라 사신은 지나가지 않네
胡笳落淚曲	호가는 눈물 떨구게 하는 곡을 불고
羌笛斷腸歌	강적은 애 끊는 노래를 하네
纖腰減束素[3]	가는 허리의 비단 허리띠 줄어들고
別淚損橫波[4]	이별의 눈물 눈동자에서 메말랐네
恨心終不歇	한스런 마음 끝내 없어지지 않고
紅顔無復多	고운 얼굴 다시 곱지 않네
枯木期塡海	마른 나뭇가지로 바다를 메우기를 바라며
靑山望斷河	청산에서 끊긴 강을 바라보네

주석 ⚶

1) 〈의영회(擬詠懷)〉: 완적(阮籍)의 〈영회〉시를 의고한 것임. 모두 27수임.

2) 榆關(유관): 한(漢)나라 때의 요새의 이름. 유곡새(楡谷塞), 유림새(楡林塞)라
고도 함. 지금의 내몽고(內蒙古) 준격이기(准格爾旗)에 위치함. 한나라와 흉
노 사이의 국경 요충지이며 통로였음.

3) 束素(속소): 흰 비단 허리띠.

4) 橫波(횡파): 여인의 눈동자의 미칭. 부의(傅毅)「舞賦」: "眉連娟以增繞兮, 目
流睇而橫波." 이선주: "橫波, 言目邪視, 如水之橫流也."

2.

日色臨平樂[1]	햇살은 평락관에 임했고
風光滿上蘭[2]	풍광은 상란관에 가득하네
南國美人去[3]	남국의 미인이 떠나가니
東家棗樹完[4]	동쪽 집엔 대추나무 온전하네
抱松傷別鶴[5]	소나무 껴안고 별학조에 상심하는데
向鏡絶孤鸞[6]	거울 향한 외로운 난새 절명하였네
不言登隴首[7]	농수에 오름을 말하지 않음은
唯得望長安	다만 장안만을 바라볼 수 있기 때문이네

주석 ♋

1) 平樂(평락): 평락관(平樂館). 서한(西漢) 때 장안의 상림원(上林園)에 세웠던 관(館).

2) 上蘭(상란): 상란관(上蘭觀). 서한 때 장안 상림원에 있었음.

3) 南國美人(남국미인): 양(梁)나라 원제(元帝)를 말함. 원제가 죽어서 양나라가 망했음을 말한 것.

4) 『漢書‧王吉傳』에 의하면, 왕길의 처가 동쪽 집의 큰 대추나무의 대추를 따다가 왕길에게 먹게 하였는데, 후에 왕길이 이를 알고 처를 쫓아냈다고 함. 동쪽 집에서 그 소문을 듣고 대추나무를 베어버리려고 하였는데 마을 사람들이 그것을 제지하고 함께 왕길을 설득하여 쫓아낸 처를 데려오도록 하였다고 함.

5) 別鶴(별학): 별학조(別鶴操). 금곡(琴曲)의 이름.

6) 孤鸞(고란): 짝이 없는 난새. 『異言』: "罽國王買得一鸞……三年不鳴, 夫人曰, 「嘗聞鸞得類則鳴, 何不懸鏡照之?」 王從其言, 鸞睹影悲鳴, 冲霄一奮而絶."

7) 隴首(농수): 농산(隴山).

왕림에게 부치다 寄王琳[1]

玉關道路遠[2]	옥문관 길 먼데
金陵信使疏	금릉의 사신은 뜸하네
獨下千行淚	홀로 천 가닥 눈물 흘리며
開君萬里書	그대가 만 리 밖에서 부친 편지를 열어보네

주석 ༼

1) 王琳(왕림): 자는 자형(子珩). 후경(侯景)의 난을 평정한 공을 세웠음. 원제(元帝)가 강릉(江陵)에서 서위(西魏)의 포위 공격을 당했을 때 구원하여 상주자사(湘州刺史)에 임명되었음. 강릉이 함락되자 군사 십 만을 거느리고 영성(郢城)으로 가서 양나라의 부흥을 도모하였음. 나중에 패하여 진(陳)나라 장수에게 피살됨. 왕림이 영성에서 양나라의 부흥을 도모하고자 만 리 밖의 유신에게 편지를 보냈는데 이에 대하여 시로써 답한 것임.

2) 玉關(옥관): 옥문관(玉門關). 지금의 감숙성 돈황현(敦煌縣) 서쪽.

3) 金陵(금릉): 양나라의 국도였던 지금의 남경(南京).

거듭 주상서와 이별하다 重別周尚書[1]

陽關萬里道[2]	양관 만 리 길
不見一人歸	한 사람도 돌아옴을 보지 못했는데
唯有河邊雁	다만 하수 가에 기러기가 있어
秋來南向飛	가을 오니 남쪽 향해 날아가네

주석 ◡⌒

1) 周尙書(주상서): 이름은 홍정(弘正), 자는 사행(思行). 양나라에서 태상경(太
   常卿)·도관상서(都官尙書) 등을 지냄. 진(陳)나라 선제(宣帝) 때 상서우복야
   (尙書右僕邪)를 지냄. 진나라 때 북주(北周)에 사신으로 감. 본시는 모두 2수
   임. 유신에게는 〈送周尙書弘正〉이란 시 2수가 또 있음.
2) 陽關(양관): 지금의 감숙성 돈황현 서남에 위치함. 옥문관 남쪽의 관소(關所).

매화 梅花

當年臘月半	당년 섣달 중반에
已覺梅花闌	이미 매화 무르익었음을 깨닫고
不信今春晩	금년 봄이 늦음을 믿지 않았는데
俱來雪裡看	모두 와서 눈 속에서 보게되네
樹動懸氷落	나무 흔들리니 매달린 얼음이 떨어지고
枝高出手寒	가지 높아 손 뻗음이 차갑네
早知覓不見	찾아도 보지 못할 것을 일찍 알았건만
眞悔著衣單	참으로 홑옷 걸친 것이 후회스럽네

안지추 安之推

안지추(531-약591), 자는 개(介), 낭야(瑯琊) 임기(臨沂: 산동성 임기현)
사람. 양나라에서 산기시랑(散騎侍郞)을 지냄. 강릉(江陵)이 함락되어
포로가 되어 관중(關中)으로 끌려갔다가 북제(北齊)로 도망가서 황문시
랑(黃門侍郞)·평원태수(平原太守)를 지냄. 북제가 멸망하자 북주(北周)
로 가서 어사상사(御史上士)가 됨. 수(隋)나라에서 학사(學士)를 지냄.
안지추는 박학다재(博學多才)하였는데 저서로『안씨가훈(顔氏家訓)』20
편이 있음.

고의 古意[1]

十五好詩書	열 다섯에 시서를 좋아하였고
二十彈冠仕[2]	스물에 관을 털고 벼슬에 나아갔네
楚王賜顔色[3]	초왕이 은혜를 내리시어
出入章華裏[4]	장화대 안에 출입하였네
作賦凌屈原	지은 부는 굴원을 능가하고
讀書誇左史[5]	독서는 좌사를 뛰어넘었네
數從明月宴	여러 번 밝은 달빛 속의 연회를 따랐고
或侍朝雲祀[6]	간혹 조운의 제사를 모셨네
登山摘紫芝	산에 올라 붉은 영지를 따고
泛江採綠芷	강에 배를 타고 초록 구리때를 캤네
歌舞未終曲	가무의 곡조가 그치기 전에
風塵暗天起	먼지 바람 하늘 어둡게 일어났네
吳師破九龍[7]	오나라 군사가 구룡종을 파괴하고
秦兵割千里[8]	진나라 병사는 천 리 땅을 앗아갔네
狐兔穴宗廟	여우와 토끼가 종묘에 굴을 파고
霜露沾朝市[9]	서리와 이슬은 조시를 적시었네
璧入邯鄲宮[10]	벽옥은 한단의 궁궐로 들어가고
劍去襄城水[11]	검은 양성의 강물을 떠나갔네
未獲殉陵墓	능묘에서 순국하지 못하고
獨生良足恥	홀로 살아남이 참으로 수치스럽네
憫憫思舊都	슬프게 옛 도성을 생각하고
惻惻懷君子[12]	애통하게 군자를 회상하네

白髮窺明鏡　　백발로 밝은 거울 살펴보며

憂傷沒余齒　　나의 이가 빠졌음을 상심하네

주석 ⌒

1) 본래 2수임.

2) 彈冠(탄관): 관의 먼지를 터는 것. 벼슬에 나아감을 말함. 『漢書·王吉傳』: "吉與貢禹爲友, 世稱'王陽在位, 貢公彈冠', 言其取舍同也."

3) 楚王(초왕): 양나라 원제 소강(蕭繹)을 말함. 강릉(江陵)에 도읍하였는데, 강릉은 춘추시대 초나라의 도읍인 영(郢)이었음.

4) 章華(장화): 초나라 영왕(靈王)이 세웠던 대(臺)의 이름. 강릉 동쪽에 있음.

5) 左史(좌사): 춘추시대 초나라의 좌사의상(左史倚相). 초나라 양사(良史)로서 『삼분(三墳)』·『오전(五典)』·『팔삭(八索)』·『구구(九丘)』 등을 능히 읽을 수 있었다고 함.

6) 朝雲(조운): 송옥(宋玉)의 「고당부(高唐賦)」에 나오는 초나라 회왕(懷王)이 꿈속에서 만났다는 신녀(神女)의 이름.

7) 九龍(구룡): 아홉 마리 용이 새겨진 종(鐘) 이름. 오나라 합려(闔閭)가 초나라 영(郢)을 침략하여 구룡종을 파괴하였음. 이를 빌어 서위(西魏)가 강릉을 점령하여 양나라를 멸망시킨 것을 말한 것임.

8) 秦兵(진병): 전국시대 말에 진(秦)나라는 초나라를 멸망시키기 전에 이미 초나라 영토를 많이 점령하였음.

9) 朝市(조시): 조정(朝廷).

10) 邯鄲(한단): 전국시대 조(趙)나라 도읍. 이 구절은 인상여(藺相如)의 '완벽귀조(完璧歸趙)'의 고사를 말함.

11) 襄城水(양성수): 양성을 지나가는 여수(汝水)를 말함. 『豫章記』: "孔章掘得二劍, 留其一, 匣而進之(張華), 后張華遇害, 此劍飛入襄城水中."

12) 君子(군자): 양나라 원제(元帝)를 말함.

진숙보 陳叔寶

진숙보(553-604), 자는 원수(元秀), 오흥(吳興) 장성(長城: 절강성 長興
縣) 사람. 진나라 후주(後主). 다예다재(多藝多才)하였으나 주색에 탐닉
하여 정사에 소홀하고, 비빈(妃嬪)과 궁중시인들을 모아놓고 연회로 세
월을 보내다 수나라에 멸망하였음. 수나라 도성 장안에서 16년 동안 포
로생활을 하였음.

옥수후정화 玉樹後庭花[1]

麗宇芳林對高閣	장려한 궁전 향기로운 숲은 높은 누각을 대하고
新妝艶質本傾城	새 단장 아름다운 자질은 본래 경성의 미색이네
映戶凝嬌乍不進	창에 비치는 아리따운 그림자 곧 나서질 않는데
出帷含態笑相迎	휘장 나선 어여쁜 자태 미소로 맞이하네
妖姬臉似花含露	요염한 여인의 뺨은 꽃이 이슬을 머금은 듯한데
玉樹流光照後庭	옥수에 흐르는 빛은 후정을 비추네

주석 ℘

1) 〈옥수후정화(玉樹後庭花)〉: 악부 〈청상곡(淸商曲)〉에 속함. 『수서(隋書)·
악지(樂志)』: "진(陳)나라 후주(後主)의 청악(淸樂) 가운데 〈황리류(黃鸝留)〉
와 〈옥수후정화(玉樹後庭花)〉와 〈금차양빈수(金釵兩鬢垂)〉 등의 곡을 제작
하고, 행신(幸臣) 등과 함께 그 가사(歌詞)를 지었는데, 기려(綺艷)함이 서로
높고, 지극히 경박(輕薄)하였다. 남녀가 창화(唱和)하였는데 그 음율이 몹시
처량하였다." 『오행지(五行志)』: "정명(禎明) 초에 후주(後主)가 새 노래를 지
었는데, 가사가 몹시 애원(哀怨)하였다. 후궁(後宮)의 미인들에게 그것을 연
습시켜 노래하게 하였는데 그 가사는 「옥수 후정화, 꽃이 피었는데 다시 오
래가지 못하네(玉樹後庭花, 花開不復久)」라고 하였다. 당시 사람들이 가참
(歌讖)이라 여겼다. 그것은 그가 오래가지 못할 징조였다."

기유가 企喩歌[1]

1.

男兒欲作健[2]	남아가 굳건해 지려면
結伴不須多	동반을 맺음이 많을 필요가 없고
鷂子經天飛[3]	새매가 하늘을 가로질러 나니
郡雀兩向波	여러 새들이 양쪽으로 갈라지네

2.

男兒可憐蟲	남아는 가련한 벌레 같으니
出門懷死憂	문을 나서면 전사할 우려가 있네
尸喪狹谷中	협곡 안에서 죽으면
白骨無人收	백골을 거둘 사람이 없다네

주석 ᘓ

1) 〈기유가(企喩歌)〉: 악부 〈횡취곡사〉에 속함. 모두 4수임.
   『악부시집』권25 해제: "『古今樂錄』曰:「梁鼓角橫吹曲有〈企喩〉……〈隴頭流
   水〉等歌三十六曲.」
   ……〈企喩歌〉四曲……最後「男兒可憐蟲」一曲是苻融詩, ……按〈企喩〉本北
   歌,『唐書‧樂志』曰:「北狄樂……皆馬上樂也」"

2) 健(건): 용사를 말함.

3) 鷂子(요자): 새매. 용사를 비유함.

절양류 折楊柳[1]

1.

上馬不捉鞭	말에 올라 재촉할 채찍이 없어
反折楊柳枝	몸 돌이켜 버들가지를 꺾네
蹀坐吹長笛[1]	책상다리로 앉아 장적을 부니
愁殺行客兒	수심 어린 행객이네

2.

遙看孟津河[3]	멀리 맹진의 하수를 보니
楊柳鬱婆娑[4]	버들이 울창하게 우거졌네
我是虜家兒[5]	나는 노가아이니
不解漢兒歌[6]	한아의 노래를 알아들을 수 없네

3.

健兒須快馬	대장부는 날랜 말이 필요하고
快馬須健兒	날랜 말은 대장부가 필요하다네
跋跋黃塵下[7]	황토 사막을 내달려 본 후에야
然後別雄雌	비로소 자웅을 가릴 수 있다네

주석 ෴

1) 〈절양류(折楊柳)〉: 악부 〈횡취곡사〉에 속함. 모두 5수임.

2) 蹀坐(접좌): 책상다리로 앉음.

3) 孟津(맹진): 부평진(富平津). 황하에 있는 옛 나루의 이름.

4) 鬱婆娑(울파사): 울창하게 우거진 모양.

5) 虜家兒(노가아): 호로(胡虜). 호인(胡人).

6) 漢兒(한아): 한인(漢人).

7) 跋跋(제발): 말이 빠르게 달리는 발굽소리.

목란시 木蘭詩[1]

唧唧復唧唧[2]	아아! 아아!
木蘭當戶織	목란이 창가에서 베를 짜는데
不聞機杼聲[3]	베틀소리는 들리지 않고
唯聞女嘆息	다만 그녀의 탄식소리만 들리네
問女何所思	그대는 무슨 생각을 하는가?
問女何所憶	그대는 무엇을 근심하는가?

女亦無所思	그녀는 아무 생각도 하지 않고
女亦無所憶	그녀는 아무 근심도 없다네
昨夜見軍帖[4]	어젯밤 군첩을 보았는데
可汗大點兵[5]	가한이 점병을 크게 하여
軍書十二卷	군서가 열두 권인데
卷卷有爺名	권권마다 아버지의 이름이 있었네
阿爺無大兒	아버지에겐 큰아들도 없고
木蘭無長兄	목란에겐 장형도 없네
願爲市鞍馬	바라건대 안장과 말을 사서
從此替爺征	이로써 아버지 대신 출정하리라
東市買駿馬	동쪽 시장에서 준마를 사고
西市買鞍韉	서쪽 시장에서 안장을 사고
南市買轡頭	남쪽 시장에서 고삐를 사고
北市買長鞭	북쪽 시장에서 긴 채찍을 샀네
旦辭爺孃去	아침에 아버지 어머니를 떠나가서
暮宿黃河邊	저녁에 황하 가에서 숙박하니
不聞爺孃喚女聲	아버지 어머니가 딸을 부르는 소리는 듣지 못하고
但聞黃河流水鳴濺濺[6]	다만 황하의 물이 콸콸 흘러가는 소리만 듣네
旦辭黃河去	아침에 황하를 떠나가서
暮至黑山頭[7]	저녁에 흑산 가에 이르니
不聞爺孃喚女聲	아버지 어머니가 딸을 부르는 소리는 듣지 못하고
但聞燕山胡騎鳴啾啾[8]	다만 연산의 호기가 히잉히잉 우는소리만 듣네

萬里赴戎機[9]	만리를 달려 전장으로 가서
關山度若飛	관산을 날 듯이 넘었네
朔氣傳金柝[10]	북방의 찬 기운 속에 금탁소리 들려오고
寒光照鐵衣	찬 빛은 철갑옷을 비추네
將軍百戰死	장군은 백전을 치르고 전사하고
壯士十年歸	장사들 십 년만에 돌아왔네
歸來見天子	돌아와 천자를 알현하니
天子坐明堂[11]	천자는 명당에 앉아
策勳十二轉[12]	책훈을 십이 전에 정하고
賞賜百千彊	상을 내린 것은 수 백천이 넘네
可汗問所欲	가한이 하고 싶은 것을 물었네
木蘭不用尚書郎[13]	「목란은 상서랑이 되고 싶지 않고
願馳千里足[14]	천리를 내달리는 말을 원하오니
送兒還故鄉	저를 고향으로 돌려 보내주십시오」
爺孃聞女來	아버지 어머니가 딸이 온다는 소식을 듣고
出郭相扶將	성곽을 나서 서로 부여잡고
阿姊聞妹來	손윗누이는 동생이 온다는 소식을 듣고
當戶理紅粧	창가에서 화장을 매만지네
小弟聞姊來	어린 동생은 누님이 온다는 소식을 듣고
磨刀霍霍向豬羊[15]	칼을 싹싹 갈아 돼지와 양에게 향하네
開我東閣門	나의 동각문을 열고
坐我西間牀	나의 서쪽의 평상에 앉아
脫我戰時袍	나의 전시의 도포를 벗고
着我舊時裳	나의 옛 치마를 걸치고

當窗理雲鬢	창가에서 구름머리 매만지고
挂鏡貼花黃[16]	거울을 걸어놓고 화황을 붙이고
出門看火伴[17]	문을 나와 화반들을 보니
火伴皆驚忙	화반들은 모두 경악하네
同行十二年	「동행한 지 이십 년인데
不知木蘭是女郎	목란이 여자란 걸 몰랐네」
雄兔脚撲朔[18]	수토끼가 뒷다리로 땅을 박차니
雌兔眼迷離[19]	암토끼는 눈동자가 어지럽네
雙兔傍地走	쌍 토끼가 나란히 달려가니
安能辨我是雄雌	어떻게 나의 자웅을 구별하리오

주석 ∽

1) 〈목란시(木蘭詩)〉: 악부 〈횡취곡사〉에 속함. 모두 2수인데, 본시는 북조의 민가이고, 다른 한 수는 중당(中唐) 대종(代宗) 때의 위원보(韋元甫)의 작품임. 『악부시집』 권25 해제: "『古今樂錄』曰「木蘭不知名, 浙江西道觀察使兼御史中丞韋元甫續附入」"

2) 唧唧(즉즉): 한탄하는 소리.

3) 機杼(기저): 베틀의 북.

4) 軍帖(군첩): 징병 문서.

5) 可汗(가한): 남북조 때 서북방의 유연(柔然)·돌궐(突厥)·몽고(蒙古) 등의 최고통치자를 지칭하는 칭호.

6) 濺濺(천천): 물이 세차게 흘러가는 소리.

7) 黑山(흑산): 황하 이북 연(燕) 지역에 있는 산 이름.

8) 燕山(연산): 연(燕) 지역의 산을 말함. 胡騎(호기): 북방 호(胡) 지역에서 생

산되는 기마(騎馬). **啾啾**(추추): 말이 우는소리.

9) 戎機(융기): 전기(戰機). 전장을 말함.

10) 朔氣(삭기): 북방의 한랭한 기운. 金柝(금탁): 조두(刁斗). 고대 군대에서 야
간에 시각을 알리는 기구.

11) 明堂(명당): 고대 천자가 제후를 조견(朝見)할 때의 전당(殿堂).

12) 轉(전): 일등 군공(軍功)에 관직 일급(一級)을 더해 주는 것을 일전(一轉)이
라 함.

13) 尙書郎(상서랑): 상서성(尙書省)의 시랑(侍郎) 및 낭중(郎中)을 일컫는 말.

14) 千里足(천리족): 천리를 갈 수 있는 말이나 낙타 따위.

15) 霍霍(곽곽): 칼을 가는 소리.

16) 花黃(화황): 고대 여성의 얼굴 장식. 빈액(鬢額) 사이에 붙임.

17) 撲朔(박삭): 수토끼가 구애할 때 뒷다리로 지면을 박차서 내는 소리.

18) 迷離(미리): 눈동자가 돌며 고정되지 않는 모양.

평설 ⌒

● 호응린『시수』: "〈목란가(木蘭歌)〉를 세상에서는 제(齊)·양(梁)의 작품
이라고 말한다. 제인(齊人)의 한 시대에는 칠언가행이 몹시 적었고, 양
(梁) 때 비로소 초당체(初唐體)를 지었다. 이 노래 가운데 고질(古質)이
한(漢)·위(魏)에 핍근한 곳이 있어서 두 시대가 미칠 바가 아니다. 오
직 '삭기(朔氣)'·'한광(寒光)'만이 정려(整麗)·유량(流亮)하여 양(梁)·
진(陳)과 같다. …… 제·양의 가요(歌謠) 가운데 또한 전해오는 것이
있지만. 서로의 거리가 몹시 멀다. 나는 이 노래들이 틀림없이 진인(晉
人)에게서 나왔다고 여기는데, 그 후편은 곧 당의 작품이다."

수시 隋詩

양소 楊素

양소(?-606), 자는 처도(處道), 홍농(弘農) 화음(華陰: 섬서성 화음현) 사람. 처음 북주(北周)에서 거기대장군(車騎大將軍)을 지내고, 후에 수문제(隋文帝) 양견(楊堅)의 천하 평정을 도와서 월국공(越國公)에 봉해지고 내사령(內史令)·상서좌복야(尙書左僕邪)를 지냄. 전태자(前太子) 용(勇)을 폐위하고 광(廣)을 태자로 세운 모의에 참여하였음. 광이 즉위하자 관직이 사도(司徒)에 이르고 초국공(楚國公)에 봉해짐.

양소는 시문에 능했는데, 그의 시는 사기(詞氣)가 굉발(宏拔)하고 풍운(風韻)이 빼어나서 제량(齊梁) 이래의 문사(文詞)의 폐를 교정하였다고 평가됨.

산재에 홀로 앉아 설내사에게 주다

山齋獨坐, 贈薛內史詩[1] 2수

1.

居山四望阻	산에 사니 사방 전망이 막히고
風雲竟朝夕	바람과 구름 속에서 아침저녁을 지내네
深溪橫古樹	깊은 개울엔 고목이 비껴 있고
空巖臥幽石	공중의 암벽엔 그윽한 바위가 누워 있네
日出遠岫明	해는 먼 산에서 떠올라 밝고
鳥散空林寂	새들은 빈 숲으로 흩어져 적막하네
蘭庭動幽氣	난이 자라는 정원엔 그윽한 향기 끼쳐오고
竹室生虛白[2]	대숲의 방엔 밝은 마음이 생겨나네
落花入戶飛	떨어진 꽃잎은 창으로 들어와 날고
細草當階積	작은 풀은 섬돌 앞에 우거졌네
桂酒徒盈樽	계주를 공연히 잔에 채우는데
故人不在席	친구는 자리에 없네
日暮山之幽	날 저물어 산 어두운데
臨風望羽客[3]	바람 앞에서 우객을 기다리네

주석 ᓂ

1) 薛內史(설내사): 설도형(薛道衡).

2) 室生虛白(실생허백):『莊子·人間世』:"虛室生白, 吉祥止止." 심경이 공허하여 구하는 것이 없어서 마음이 절로 밝은 것.

3) 羽客(우객): 도사(道士) 혹은 은자(隱者)를 말함.

2.

巖壑澄淸景	바위 골짜기엔 맑은 경치 정결하고
景淸巖壑深	경치 맑으니 바위 골짜기가 깊네
白雲飛暮色	흰 구름 저녁 어스름에 날고
綠水激淸音	초록 물은 맑은 소리 격렬하네
澗戶散餘彩	골짜기 가의 문엔 남은 채색 놀이 흩어지고
山窓凝宿陰	산 앞의 창엔 지난밤의 어둠이 엉겨 있네
花草共榮映	꽃과 풀들은 함께 무성하게 비추고
樹石相陵臨	나무와 바위는 서로 뒤섞여 기대었네
獨坐對陳榻[1]	홀로 앉아 진탑을 마주하니
無客有鳴琴	손님 없는데 명금이 있네
寂寂幽山裏	적적한 깊은 산 속에
誰知無悶心[2]	누가 무관심을 알겠는가

주석 ◯~

1) 陳榻(진탑): 진번(陳蕃)의 걸상. 후한 진번이 태수가 되어 군(郡)에 있을 때 빈객을 접하지 않았는데, 오직 서치(徐穉)가 오면 특별히 한 걸상을 내어놓 았는데 그가 돌아가면 그 걸상을 매달아 두었다고 함.

2) 無關心(무관심): 속세에 대한 무관심. 『주역·乾』: "遁世無關"

설도형 薛道衡

설도형(540-609), 자는 현경(玄卿), 하동(河東) 분음(汾陰: 산서성 榮縣 서쪽) 사람. 처음 북제(北齊)에서 중서시랑(中書侍郞)을 지내고, 북주(北周)에 들어갔다가 다시 수(隋)나라로 들어가 사예대부(司隷大夫)를 지냈는데 뒤에 하옥되어 피살됨.

설도형의 시는 사조(詞藻)가 화염(華艶)하였으나 변새시의 경우는 강건하고 청신함을 갖추어서 당시(唐詩)에 영향을 주었음.

석석염 昔昔鹽[1]

垂柳覆金堤[2]	늘어진 버들 금제를 덮고
靡蕪葉復齊	미무의 잎은 다시 가지런히 자랐네
水溢芙蓉沼	물은 부용의 못에 넘치고
花飛桃李蹊	꽃은 복사꽃 오얏꽃의 길에 나네
採桑秦氏女[3]	뽕잎 따는 진씨의 딸
織錦竇家妻[4]	비단 짜는 두가의 처
關山別蕩子[5]	관산에서 탕자와 이별하고
風月守空閨	바람과 달빛 속에서 빈 규방을 지키네
恒斂千金笑	항상 천금의 미소를 거두어들이고
長垂雙玉啼	오래 두 줄기 옥 눈물을 떨구네
盤龍隨鏡隱[6]	서린 용은 거울을 따라가 숨고
彩鳳逐帷低[7]	채색 봉황은 휘장을 좇아 나직하네
飛魂同夜鵲	나는 혼은 밤 까치와 함께 하고
倦寢憶晨鷄	나른한 잠자리에서 새벽 닭소리를 생각하네
暗牖懸蛛網	어두운 창엔 거미줄이 걸려 있고
空梁落燕泥	빈 대들보엔 제비집의 진흙이 떨어지네
前年過代北	지난해엔 대북을 지났는데
今歲往遼西	올해엔 요서로 갔네
一去無消息	한 번 떠나가 소식이 없으니
那能惜馬蹄	어찌 말굽소리를 애석해 할 수 있겠는가

주석 ⌇

1) 〈석석염(昔昔鹽)〉: 악부 〈근대가곡(近代歌曲)〉에 속함. 『악부시집』 권79 해제: "『樂苑』曰:「〈昔昔鹽〉, 羽調曲, 唐亦爲舞曲.」'昔'一作'析'."

2) 金堤(금제): 쇠처럼 단단한 제방이라는 의미로 금제라고 함.

3) 秦氏女(진씨녀): 한(漢) 악부 〈陌上桑〉의 "秦氏有好女"를 차용함.

4) 竇家妻(두가처): 전진(前秦) 부견(苻堅) 때의 진주자사(秦州刺史) 두도(竇滔)의 처 소혜(蘇蕙). 자는 약란(若蘭). 남편 두도가 유방(流放)되어 유사(流沙)에 이르러 이별의 정을 전해오자 회문시(回文詩)를 비단으로 짜서 두도에게 주었음.

5) 蕩子(탕자): 귀향하지 못하고 떠도는 나그네를 말함.

6) 盤龍(반룡): 동경(銅鏡)에 새겨진 용 문양을 말함. 이 구절은 거울을 보지 않아서 용 문양이 먼지 속에 묻혀 보이지 않게 되었음을 말함.

7) 彩鳳(채봉): 비단 휘장에 수놓인 봉황 문양을 말함. 이 구절은 수심 속에서 비단 휘장을 바닥에 내버려둔 채 쳐놓지 않음을 말함.

8) 代北(대북): 북쪽의 대군(代郡). 지금의 산서성 대동시(大同市).

9) 遼西(요서): 군(郡) 이름. 지금의 산해관(山海關) 서쪽.

인일에 귀향을 생각하다 人日思歸[1]

入春纔七日	봄이 된 지 겨우 칠일인데
離家巳二年	집 떠난 지 이미 이년이네
人歸落雁後	사람의 귀환은 기러기 뒤에 뒤쳐지고
思發在花前	그리움 이는 것은 꽃이 피기 전에 있네

주석 ↷

1) 人日(인일): 정월 초칠일.

공소안 孔紹安

공소안(577-약622), 월주(越州) 산음(山陰: 절강성 紹興縣) 사람. 진(陳)
이 망한 후 수(隋)나라로 들어갔는데, 30세에 경조(京兆) 호현(鄠縣)으
로 이거한 후 독서에 몰두하여 표형(表兄) 우세남(虞世南)의 칭송을 받
았음. 수양제 말에 감찰어사(監察御使)를 지내고 당(唐)나라에서 내사사
인(內史舍人)·비서감(秘書監)을 지냄.

낙엽 落葉

早秋驚落葉	초가을 낙엽에 놀라는데
飄零似客心	휘날려 떨어짐이 나그네 마음 같네
飜飛未肯下	뒤집혀 날며 떨어지려 하지 않는데
猶言惜故林	마치 옛 숲이 애석하다고 말하는 듯하네

송별시 送別詩[1]

楊柳靑靑著地垂	버들가지 푸릇푸릇 땅까지 드리우고
楊花漫漫攪天飛	버들꽃 가득하게 하늘까지 나네
柳條折盡花飛盡	버들가지는 모두 꺾이고 꽃도 모두 날려가 버렸는데
借問行人歸不歸	물어보자 행인이여 돌아가는지 아닌지를

주석

1) 최경(崔瓊) 『동허기(東虛記)』: "이 시는 대업(大業) 말년에 지어졌다. 실지로 수양제(煬帝)의 순유(巡游)가 무도(無度)함과 진신(縉紳)들의 초췌함이 몹시 심함을 지적하고 있는데, 여염(閭閻)에까지 이르러……백성들은 곤궁하여 재물이 군색하게 되었다. 이에 이르러 바야흐로 〈오자지가(五子之歌)〉의 근심으로 그가 국도(國都)로 돌아갈 것을 바란 것이다."

평설 ⊙~

- 『지봉유설』: "『고시기(古詩記)』에 실려 있는 무명씨의 시는 「……」이다.
  최경의 말을 살펴보니, 이 시는 대업(大業) 말년에 지었다고 하고, 위
  두 구는 양제(煬帝)의 순유(巡遊)가 무도(無度)함을 지적하고 창인(倀
  人)이 위복(威福)을 뿌리며 희롱한 것이고, 아래 구는 백성의 재물이
  궁군(窮窘)하여 그가 국도로 돌아가기를 바란 것이라고 하였다. 나는
  수구(首句)는 그 성대함을 비유했고, 제2구는 그 어지러움을 비유했
  고,「유조절진」이하는 나라가 망했음을 비유했다고 생각한다. 그래서
  임금은 돌아갈 수 없었던 것이다."

찾아보기

기태완(奇泰完)

중앙대학교 문예창작과 졸업
성균관대학교 국어국문학과 석·박사과정 수료
전남대학교 호남문화연구소 전임연구원
홍익대학교 겸임교수
저서로 『황매천시연구』·『곤충이야기』 등이 있고,
역서로 『동시화』·『정언묘선』·『고종신축의궤』·『호응린의 역대한시 비평―시수』 등
이 있음.

한중역대한시선 ❶
한위육조시선 漢魏六朝詩選

2005년 10월 14일 1쇄 발행
2022년 06월 10일 2쇄 발행

선 역 · 기태완
발행인 · 김흥국
발행처 · 보고사
등 록 · 1990년 12월(제6-0429)
주 소 · 경기도 파주시 회동길 337-15 보고사
전 화 · 031-955-9797
팩 스 · 02-922-6990
메 일 · kanapub3@naver.com
www.bogosabooks.co.kr

ⓒ 기태완, 2005
ISBN 89-8433-353-0(93820)
잘못된 책은 교환하여 드립니다.

정가 20,000 원